Die 6. Geisel

JAMES PATTERSON

MIT MAXINE PAETRO

DIE 6. GEISEL

Thriller

Aus dem Amerikanischen von
Andreas Jäger

Weltbild

Die amerikanische Originalausgabe erschien 2007 unter dem Titel
The 6. Target bei Little, Brown and Company,
Hachette Book Group USA, New York.

Besuchen Sie uns im Internet:
www.weltbild.de

Genehmigte Lizenzausgabe für Verlagsgruppe Weltbild GmbH,
Steinerne Furt, 86167 Augsburg

Übersetzung: Andreas Jäger
Umschlaggestaltung: Johannes Frick, Augsburg
Umschlagmotiv: Getty Images, München (© Brock Hanson);
Plainpicture, Hamburg (© Muckenheim, F.)
Gesamtherstellung: Bagel Roto-Offset GmbH & Co. KG, Schleinitz
Printed in the EU

ISBN 978-3-8289-9445-4

2012 2011 2010 2009
Die letzte Jahreszahl gibt die aktuelle Lizenzausgabe an.

Prolog

Ein Tagesausflug

1

Fred Brinkley, Killer auf Standby, fläzt auf der blau gepolsterten Sitzbank auf dem Sonnendeck der Fähre. Die Novembersonne starrt wie ein riesiges weißes Auge vom Himmel herab, während der Katamaran sich durch die San Francisco Bay pflügt, und Fred Brinkley starrt unverwandt zurück.

Ein Schatten fällt auf ihn, und eine Kinderstimme fragt: »Mister, könnten Sie ein Foto von uns machen?«

Fred schüttelt den Kopf – *nein, nein, nein* –, und der Zorn ist wie eine Uhrfeder, die sich in ihm spannt, wie ein Draht, der sich um seinen Kopf zusammenzieht.

Er will den Jungen zerquetschen wie ein Insekt.

Fred wendet den Blick ab. In seinem Kopf ertönt das Lied: *Ay, ay, ay, ay, Sausalito lindo.* Er versucht, die Stimmen zum Schweigen zu bringen, legt die Hand auf Bucky, um sich zu beruhigen, ertastet ihn durch seine blaue Nylon-Windjacke, aber noch immer wummern die Stimmen in seinem Kopf wie ein Presslufthammer.

Du bist ein Loser. Ein Stück Scheiße.

Die Möwen schreien, kreischen wie kleine Kinder. Die Sonne brennt durch den dunstigen Himmel hindurch und macht ihn durchsichtig wie Glas. *Sie wissen, was er getan hat.*

Passagiere mit Shorts und Schirmmützen drängen sich an der Reling, schießen Fotos von Angel Island, von Alcatraz, von der Golden Gate Bridge.

Ein Segelboot fliegt vorüber, das Großsegel doppelt gerefft. Gischtspritzer sprenkeln die Reling, und Fred krümmt sich, als die Erinnerung an die böse Sache ihm durch den Kopf schießt. Er sieht den Baum schwingen. Hört das laute Krachen. *O Gott! Das Segelboot!*

Irgendjemand muss dafür bezahlen!

Er fährt zusammen, als die Maschinen der Fähre dröhnend in den Rückwärtsgang schalten und das Deck beim Einfahren ins Hafenbecken erzittert.

Fred steht auf, bahnt sich seinen Weg durch die Menge, vorbei an acht weißen Tischen, an Reihen verschrammter blauer Stühle, verfolgt von den Blicken der anderen Passagiere.

Er tritt in den offenen Bereich am Bug, sieht eine Mutter, die ihren Sohn zurechtweist, einen Jungen von neun oder zehn Jahren mit hellbraunem Haar. »Du treibst mich noch in den *Wahnsinn*!«, ruft die Frau.

Fred spürt, wie der Draht reißt. *Irgendjemand muss bezahlen.*

Seine rechte Hand gleitet in seine Jackentasche – findet Bucky.

Er legt den Finger an den Abzug.

Die Fähre stößt gegen den Anleger und kommt mit einem Ruck zum Stillstand. Die Menschen halten sich aneinander fest, lachen. An Bug und Heck werden Leinen ausgeworfen.

Freds Augen schießen zu der Frau, die immer noch ihren Sohn ausschimpft. Sie ist klein, bekleidet mit einer beigefarbenen Caprihose. Unter der zarten Haut ihrer weißen Bluse zeichnen sich die Umrisse ihrer Brüste ab, die Nippel spitz aufgerichtet.

»Was ist eigentlich in dich gefahren?«, schreit sie, um das Dröhnen der Maschinen zu übertönen. »Du geht mir tierisch auf die Nerven, Freundchen.«

Bucky, die Smith & Wesson Model 10, liegt in Freds Hand und pulsiert wie ein lebendiges Wesen.

Die Stimme dröhnt: *Töte sie. Töte sie. Sie ist außer Kontrolle!*

Bucky zielt zwischen die Brüste der Frau.

WAMM!

Fred spürt den Rückstoß der Waffe, sieht die Frau mit einem spitzen Schmerzensschrei zurückprallen, sieht den roten Fleck, der sich auf ihrer weißen Bluse ausbreitet.

Gut!

Der kleine Junge beobachtet mit großen runden Augen, wie seine Mutter auf dem Deck zusammenbricht. Das Erdbeereis fällt ihm von der Waffel und klatscht auf den Boden, und seine Hose färbt sich vorn dunkel von Urin.

Der Junge hat auch etwas Böses getan.

WAMM!

2

Blut fließt über die Planken, doch in seinem Kopf sieht Fred nur die blendend weißen Segel. Sein Blick schwenkt über das Deck.

Die Stimme in seinem Kopf brüllt: *Lauf. Verschwinde. Du hast das nicht gewollt.*

Aus dem Augenwinkel sieht Fred einen kräftigen Mann auf sich zustürmen, das Gesicht wutentbrannt, ein höllisches Blitzen in den Augen. Fred streckt den Arm aus.

WAMM!

Ein zweiter Mann, asiatische Züge, harte schwarze Augen, der Mund ein weißer Strich, will nach Bucky greifen.

WAMM!

Eine schwarze Frau steht in der Nähe, eingekeilt in der Menge. Sie dreht sich zu ihm um – runde Wangen, die Augen weit aufgerissen. Starrt ihm ins Gesicht und … *liest seine Gedanken.*

»Okay, Junge«, sagt sie und streckt eine zitternde Hand aus, »das reicht jetzt. Gib mir die Kanone.«

Sie weiß, was er getan hat. Woher weiß sie das?

WAMM!

Ein Gefühl der Erleichterung durchströmt Fred, als die Frau, die Gedanken lesen kann, zu Boden geht. Die Menschen in dem kleinen vorderen Deckabschnitt wogen hin und her, ducken sich, weichen nach links und rechts aus.

Sie haben Angst vor ihm. Angst vor *ihm.*

Zu seinen Füßen hält die schwarze Frau ein Handy in den blutigen Händen. Ihr Atem geht rasselnd, als sie mit dem Daumen die Nummerntasten drückt. *Nein, das lässt du schön bleiben!* Fred steigt auf das Handgelenk der Frau. Dann beugt er sich tief hinunter, um ihr in die Augen zu sehen.

»Sie hätten mich *aufhalten* sollen«, stößt er mit zusammengebissenen Zähnen hervor. »Das war Ihr *Job.*« Buckys Mündung bohrt sich in ihre Schläfe.

»Nicht!«, bettelt sie. »*Bitte nicht!*«

Jemand schreit: »*Mom!*«

Ein schlanker schwarzer Junge, vielleicht siebzehn oder achtzehn, kommt mit einem Stück Rohr über der Schulter auf ihn zu. Er hält es wie einen Schläger.

Fred drückt den Abzug, und im gleichen Moment geht ein Ruck durch das Schiff – WAMM!

Der Schuss geht daneben. Das Metallrohr fällt zu Boden und kullert übers Deck. Der Junge rennt auf die Frau zu, wirft sich auf sie. *Um sie zu schützen?*

Die Passagiere verkriechen sich unter den Bänken, und ihre Schreie sind wie lodernde Flammen, die ihn umzingeln.

Zum Lärm der Maschinen gesellt sich nun das metallische Rasseln der Gangway, die herangefahren wird. Bucky hält die Menge weiter in Schach, während Fred einen Blick über die Reling wirft.

Er schätzt die Entfernung ab.

Der Unterbau der Gangway ist etwas mehr als einen Meter unterhalb des Decks, und von dort ist es ein ziemlich weiter Satz bis auf den Kai.

Fred steckt Bucky ein und legt beide Hände auf die Reling. Er hechtet drüber und landet flach auf den Sohlen seiner Nikes. Eine Wolke schiebt sich vor die Sonne, hüllt ihn ein und macht ihn unsichtbar.

Beeil dich, Seemann. Los.

Und er tut es – wagt den Sprung auf den Kai und rennt los in Richtung Farmer's Market, wo er in der Menschenmenge auf dem Parkplatz untertaucht.

Dann schlendert er langsam, geradezu gemütlich weiter, den halben Block bis zum Embarcadero.

Er summt vor sich hin, als er die Stufen zur BART-Station hinuntertrabt, und er summt immer noch, als er in den Zug steigt, der ihn nach Hause bringt.

Du hast es geschafft, Seemann.

Erster Teil

Kennen Sie diesen Mann?

3

Ich hatte keinen Dienst an diesem Samstagmorgen Anfang November, und ich war nur deshalb zum Tatort eines Mordes gerufen worden, weil man *meine Visitenkarte* in der Tasche des Opfers gefunden hatte.

Da stand ich nun im abgedunkelten Wohnzimmer eines Zweifamilienhauses und blickte auf einen erbärmlichen kleinen Mistkerl mit Bierbauch namens Jose Alonzo hinunter. Mit nacktem Oberkörper hockte er zusammengesunken auf einer durchgesessenen Couch von unbestimmter Farbe, die Hände in Handschellen hinter dem Rücken. Er ließ den Kopf hängen, und Tränen rannen ihm übers Kinn.

Ich hatte kein Mitleid mit ihm.

»Ist er schon über seine Rechte belehrt worden?«, fragte ich Inspector Warren Jacobi, meinen früheren Partner, der mir jetzt unterstellt war. Jacobi war vor Kurzem einundfünfzig geworden und hatte in seinen fünfundzwanzig Dienstjahren mehr Mordopfer gesehen, als zehn Cops in ihrem ganzen Leben zu Gesicht bekommen dürften.

»Ja, das hab ich übernommen, Lieutenant. Bevor er gestanden hat.« Jacobis Fäuste zuckten an seiner Seite. Ein Ausdruck des Abscheus glitt über sein zerklüftetes Gesicht.

»Haben Sie Ihre Rechte verstanden?«, fragte ich Alonzo.

Er nickte und begann wieder zu schluchzen. »Ich hätt's nicht tun sollen, aber sie hat mich so *rasend* gemacht!«

Ein kleines Mädchen mit einer schmutzigen weißen Schleife im Haar und einer Windel, die ihr bis zu den speckigen Knien herabhing, klammerte sich an das Bein ihres Vaters. Sie heulte, dass es mir fast das Herz zerriss.

»Was hat Rosa denn getan, dass sie Sie so *rasend* gemacht hat?«, fragte ich Alonzo. »Das würde mich wirklich interessieren.«

Rosa Alonzo lag am Boden, das hübsche Gesicht zur Wand mit der abblätternden karamellbraunen Farbe gedreht, eine klaffende Wunde im Schädel von dem Bügeleisen, mit dem ihr Mann sie zuerst niedergeschlagen und anschließend getötet hatte.

Das Bügelbrett war über ihr zusammengebrochen wie ein totes Pferd, und in der Luft hing ein Geruch nach verbrannter Sprühstärke.

Als ich Rosa das letzte Mal gesehen hatte, hatte sie mir erzählt, sie könne ihren Mann nicht verlassen, weil er gedroht habe, er würde sie aufspüren und umbringen.

Ich wünschte mir so sehr, sie hätte das Kind geschnappt und sich davongemacht.

Inspector Richard Conklin, Jacobis Partner, das neueste und jüngste Mitglied meines Teams, ging in die Küche. Ich sah, wie Rich für einen alten orange gestreiften Kater, der auf dem roten Resopaltisch hockte, Katzenfutter in eine Schüssel schüttete. *Interessant.*

»Er wird vielleicht sehr lange allein hier sein«, warf mir Conklin über die Schulter zu.

»Rufen Sie das Tierheim an.«

»Die haben angeblich keine Zeit, Lieutenant.« Conklin drehte den Hahn auf und füllte eine Schüssel mit Wasser.

Alonzo meldete sich zu Wort: »Wissen Sie, was sie gesagt hat, Officer? Sie hat gesagt: ›Besorg dir ’nen Job.‹ Da bin ich einfach *ausgerastet*, verstehen Sie?«

Ich starrte ihn an, bis er sich von mir abwandte und seiner toten Frau zurief: »Das hab ich nicht gewollt, Rosa. *Bitte. Gib mir noch eine Chance!*«

Jacobi packte den Mann am Arm, zog ihn hoch und sagte: »Na klar, sie verzeiht dir, Mann. Komm, wir fahren ein Stück.«

Die Kleine fing gerade wieder an zu heulen, als Patty Whelk von der Fürsorge durch die offene Wohnungstür hereinkam.

»Hey, Lindsay«, begrüßte sie mich und umkurvte das Opfer. »Wer ist denn die kleine Prinzessin?«

»Anita Alonzo«, antwortete ich traurig. »Anita, darf ich vorstellen: das System.«

Patty und ich wechselten hilflose Blicke, während sie das Mädchen nahm und auf ihrer Hüfte absetzte. Dann ging Patty ins Schlafzimmer, um nach einer sauberen Windel zu suchen. Während Conklin in der Wohnung blieb, um auf die Rechtsmedizin zu warten, folgte ich Jacobi und Alonzo hinaus auf die Straße.

»Bis dann«, sagte ich zu Jacobi und stieg in meinen drei Jahre alten Explorer, der neben einer Batterie von Müllsäcken am Straßenrand parkte. Ich hatte gerade den Schlüssel umgedreht, als das Handy an meinem Gürtel klingelte. *Es ist Samstag. Lasst mich gefälligst in Frieden.*

Beim zweiten Läuten nahm ich den Anruf an.

Es war mein Boss, Anthony Tracchio. Ich registrierte eine ungewohnte Anspannung in seiner Stimme. Er musste fast schreien, um das Sirenengeheul im Hintergrund zu übertönen.

»Boxer«, sagte er, »es hat eine Schießerei auf einer der Fähren gegeben. Die *Del Norte*. Drei Tote und ein paar Verletzte. Ich brauche Sie hier. *Pronto.*«

4

Ich hatte ein verdammt ungutes Gefühl, als ich mir vorzustellen versuchte, was in aller Welt den Chief *an einem Samstag* aus seinem gemütlichen Heim in Oakland hervorgezerrt haben könnte. Das ungute Gefühl verstärkte sich schlagartig, als ich ein halbes Dutzend schwarz-weiße Einsatzwagen am Eingang zum Pier parken sah. Zwei weitere Streifenwagen standen auf dem Gehsteig zu beiden Seiten des Fährgebäudes.

Ein Streifenpolizist rief mir zu: »Hier entlang, Lieu!«, und wies mir den Weg über die südliche Zufahrt zu den Kais.

Ich fuhr vorbei an Streifenwagen, Ambulanzen und Löschfahrzeugen, parkte vor dem Terminal und stieg aus. Es war dunstig und um die sechzehn Grad kühl. Eine steife Brise von schätzungsweise zwanzig Knoten sorgte für heftigen Wellengang draußen in der Bucht und schaukelte die *Del Norte* an ihrer Anlegestelle tüchtig durch.

Der Polizeieinsatz sorgte für einige Aufregung, und rund tausend Menschen wuselten zwischen dem Fährgebäude und dem Farmer's Market umher, schossen Fotos und fragten die Cops, was passiert sei. Es war, als witterten sie das Pulver und das Blut in der Luft.

Ich schlüpfte unter dem Absperrband hindurch, mit dem der Kai gesichert war, nickte den Polizisten zu, die ich kannte, und blickte auf, als ich Tracchio meinen Namen rufen hörte.

Der Chief stand an der Bugpforte der *Del Norte*. Er trug einen Lederblazer und eine bequeme Freizeithose und hatte die spärlichen Haare wie üblich mit Gel quer über seine Glatze gekämmt. Er winkte mich an Bord. *Danke für die Einladung.*

Ich ging auf ihn zu, doch ich hatte kaum fünf Schritte über die Gangway getan, da musste ich zwei Sanitätern Platz machen, die mir mit einer rumpelnden Rolltrage entgegenkamen.

Mein Blick fiel auf das Opfer, eine kräftige afroamerikanische Frau, deren Gesicht fast ganz von einer Sauerstoffmaske verdeckt war. An ihrem Arm war ein Infusionsschlauch befestigt, und das Tuch, das ihren Rumpf fest umhüllte, war blutgetränkt.

Ich fühlte einen Stich in der Brust. Mein Herz wusste sofort Bescheid – eine volle Sekunde, bevor mein Verstand es registrierte.

Das Opfer war Claire Washburn!

Meine beste Freundin war auf der Fähre angeschossen worden!

Ich packte die Rolltrage und bremste sie, worauf der messingblonde Sanitäter am hinteren Ende mich anblaffte: »Aus dem Weg, Lady!«

»Ich bin *Polizistin!*«, erklärte ich ihm und schlug meine Jacke zurück, um ihm meine Dienstmarke zu zeigen.

»Und wenn Sie der liebe *Gott* sind, das ist mir egal!«, konterte der Blonde. »Wir müssen sie in die Notaufnahme bringen.«

Ich stand da mit offenem Mund, und der Herzschlag hämmerte in meinen Ohren.

»*Claire!*«, rief ich, und ging mit schnellen Schritten neben der Trage her, als sie die Gangway hinunter und auf den Asphalt holperte. »Claire, *ich bin's, Lindsay!* Kannst du mich hören?«

Keine Antwort.

»Wie ist ihr Zustand?«, fragte ich den Sanitäter.

»Begreifen Sie denn nicht? Wir müssen sie ins *Krankenhaus* schaffen!«

»*Antworten Sie mir, verdammt noch mal!*«

»Herrgott, ich weiß es doch auch nicht!«

Hilflos stand ich da, während die Sanitäter die Hecktüren des Rettungswagens aufrissen.

Mehr als zehn Minuten waren vergangen, seit ich Tracchios Anruf erhalten hatte. Die ganze Zeit hatte Claire auf dem

Deck der Fähre gelegen und Blut verloren, hatte mit einem Einschussloch in der Brust zu atmen versucht.

Ich fasste ihre Hand, und sofort füllten sich meine Augen mit Tränen.

Meine Freundin wandte mir das Gesicht zu, und ihre Lider flatterten, als sie die Augen zu öffnen versuchte.

»Linds«, hauchte sie. Ich schob ihre Maske zur Seite. »Wo ist Willie?«, fragte sie mich.

Da fiel es mir wieder ein – Willie, Claires jüngster Sohn, hatte einen Wochenendjob bei der Fährgesellschaft. Wahrscheinlich war Claire deswegen an Bord der *Del Norte* gewesen.

»Wir sind getrennt worden«, keuchte Claire. »Ich glaube, er hat den Amokläufer verfolgt.«

5

Claires Augen rollten nach oben weg; sie konnte mich nicht mehr hören. Die Beine der Trage knickten ein, und ich konnte nur hilflos zusehen, wie die Sanitäter sie in den Rettungswagen schoben.

Die Türen knallten zu, dann setzte das ohrenbetäubende Geheul der Sirene ein, und der Rettungswagen mit meiner liebsten Freundin auf dem Weg zum San Francisco General verschwand im Verkehrsgewühl.

Die Zeit arbeitete gegen uns.

Der Schütze war geflohen, und Willie hatte ihn verfolgt.

Tracchio legte mir die Hand auf die Schulter. »Wir haben schon die ersten Beschreibungen des Täters, Boxer...«

»Ich muss Claires Sohn finden«, sagte ich.

Ich riss mich von Tracchio los und lief in Richtung Farmer's Market. Während ich mich durch die zähfließende Menschenmenge schob, suchte ich die Gesichter ab. Es war, als ob man sich einen Weg durch eine Rinderherde bahnte.

Ich schaute in jeden verdammten Obst- und Gemüsestand, suchte zwischen den Ständen und durchstreifte die Budenstraßen auf der verzweifelten Suche nach Willie – doch es war Willie, der *mich* fand.

Er schob sich durch das Gedränge auf mich zu und rief meinen Namen. »Lindsay! Lindsay!«

Sein T-Shirt war vorn ganz nass von Blut. Er rang nach Luft, und seine Züge waren starr vor Panik.

»*Willie* – wo bist du verletzt?«

Er schüttelte den Kopf. »Das ist nicht mein Blut. Meine Mom wurde *angeschossen*!«

Ich zog ihn an mich, drückte ihn an die Brust und spürte, wie ein Teil meiner schrecklichen Angst von mir abfiel. Wenigstens war Willie unverletzt.

»Sie ist auf dem Weg ins Krankenhaus«, sagte ich, und ich hätte liebend gerne hinzugefügt: *Sie wird wieder gesund.* »Du hast den Schützen gesehen? Wie sieht er aus?«

»Es ist ein dünner weißer Mann«, erklärte Willie, während wir uns durch die Menschenmenge schoben. »Hat 'nen Bart und lange braune Haare. Aber er hat die ganze Zeit nach *unten* geschaut, Lindsay. *Ich hab seine Augen gar nicht gesehen.*«

»Wie alt ist er?«

»Na ja, vielleicht ein paar Jahre jünger als du.«

»Anfang dreißig?«

»In etwa. Und er ist größer als ich, vielleicht eins fünfundachtzig. Er trägt eine Cargohose und eine blaue Windjacke. Lindsay, ich hab gehört, wie er zu meiner Mom gesagt hat, *sie* hätte den Amoklauf verhindern müssen. Das wäre ihr Job gewesen. Was soll *das* denn heißen?«

Claire ist die Leiterin der Rechtsmedizin von San Francisco. Sie ist Ärztin, keine Polizistin.

»Denkst du, dass es eine persönliche Geschichte war? Dass er es speziell auf deine Mom abgesehen hatte? Dass er sie kannte?«

Willie schüttelte den Kopf. »Ich hab gerade geholfen, das Schiff festzumachen, als ich die Schreie hörte«, erzählte er. »Er hat zuerst auf ein paar andere Leute geschossen. Meine Mom war die Letzte. Er hat ihr eine Pistole direkt an den Kopf gehalten. Ich hab mir ein Eisenrohr geschnappt. Das wollte ich ihm über den Schädel ziehen, aber da hat er auf mich geschossen. Dann ist er über Bord gesprungen. Ich bin ihm nach – aber ich hab ihn verloren.«

Da begriff ich es erst richtig, was Willie *getan* hatte. Ich packte ihn an den Schultern, und ich wurde richtig laut. »Und was wäre gewesen, wenn du ihn eingeholt hättest? Hast du mal darüber nachgedacht, Willie? Dieser ›dünne weiße Mann‹ war *bewaffnet*. Er hätte dich *umgebracht*.«

Tränen schossen aus Willies Augen und liefen über sein liebes, junges Gesicht. Ich ließ seine Schultern los und schloss ihn in die Arme.

»Aber du warst sehr tapfer, Willie«, sagte ich. »Das war sehr tapfer von dir, dich einem Killer entgegenzustellen, um deine Mom zu schützen. Ich glaube, du hast ihr das Leben gerettet.«

6

Durch das offene Fenster des Streifenwagens drückte ich Willie einen Kuss auf die Wange. Dann fuhr Officer Pat Noonan Willie ins Krankenhaus, und ich ging an Bord der *Del Norte*, wo Tracchio noch immer im offenen Bugbereich des Sonnendecks stand.

Es war ein Bild des Grauens, das sich unauslöschlich in mein Gehirn einbrannte. Die Opfer lagen, wie sie gefallen waren, auf den vielleicht dreißig Quadratmetern des blutverschmierten Fiberglas-Decks, das von Fußabdrücken übersät war, dazwischen verstreute Kleidungsstücke. Eine rote Baseballkappe lag zertrampelt am Boden, inmitten von Pappbechern, Hotdog-Verpackungen und blutgetränkten Zeitungen.

Eine Woge der Verzweiflung drehte mir den Magen um. Der Killer konnte inzwischen weiß Gott wo sein, und jedes Mal, wenn ein Cop, ein Passagier oder ein Sanitäter übers Deck gegangen war, waren wichtige Spuren vernichtet worden.

Außerdem musste ich immerzu an Claire denken.

»Alles okay mit Ihnen?«, fragte Tracchio.

Ich nickte. Ich fürchtete, wenn ich jetzt anfinge zu weinen, könnte ich nicht mehr aufhören.

»Das ist Andrea Canello«, sagte Tracchio und deutete auf die Leiche einer Frau, die an der Reling lehnte, bekleidet mit einer hellbraunen Hose und einer weißen Bluse. »Laut Aussage des Burschen da drüben« – er zeigte auf einen Teenager mit Igelfrisur und einem Sonnenbrand auf der Nase –, »hat der Täter zuerst auf sie geschossen. Und dann auf ihren Sohn. Ein kleines Kind von vielleicht neun Jahren.«

»Wird der Junge durchkommen?«, fragte ich.

Tracchio zuckte mit den Achseln. »Er hat eine Menge Blut verloren.« Er deutete auf ein anderes Opfer, einen Weißen mit silbernem Haar, schätzungsweise in den Fünfzigern. Er lag halb unter einer Bank.

»Per Conrad. Maschinist. Hat auf der Fähre gearbeitet. Vermutlich hat er die Schüsse gehört und wollte helfen. Und der da«, fuhr er fort und wies auf einen Mann mit asiatischen Zügen, der in der Mitte des Decks flach auf dem Rücken lag, »ist Lester Ng, Versicherungsvertreter. Noch so einer, der ein Held hätte werden können. Die Zeugen sagen, es hat sich alles innerhalb von zwei oder drei Minuten abgespielt.«

Ich versuchte, mir die Szene zu vergegenwärtigen, ausgehend von dem, was ich von Willie erfahren hatte, und dem, was Tracchio mir jetzt erzählte – versuchte, die Spuren zu lesen, die Informationen zu einem sinnvollen Bild zusammenzusetzen.

Ich fragte mich, ob das Massaker geplant gewesen war, oder ob irgendetwas den Schützen provoziert hat – und falls Letzteres, was der Auslöser gewesen war.

»Einer der Passagiere will den Schützen vor dem Zwischenfall dort drüben sitzen gesehen haben«, sagte Tracchio. »Er sagt, der Mann sei allein gewesen und habe eine Zigarette geraucht. Eine Packung Turkish Specials wurde unter einem der Tische gefunden.«

Ich folgte Tracchio zum Heck, wo mehrere geschockte Passagiere auf einer gepolsterten Bank saßen, die in den inneren Bogen der Reling eingepasst war. Manche waren mit Blut bespritzt, manche hielten sich an den Händen. Ihre Mienen waren starr vor Schock.

Uniformierte Beamte waren noch immer damit beschäftigt, die Namen und Telefonnummern der Zeugen zu notieren und ihre Aussagen aufzunehmen. Sergeant Lexi Rose drehte sich zu uns um und sagte: »Chief, Lieutenant – Mr. Rooney hier hat gute Neuigkeiten für uns.«

Ein älterer Mann in einer knallroten Nylonjacke trat vor. Er trug eine Brille mit dickem Rahmen, und eine kleine Digitalkamera, ungefähr so groß wie ein Stück Seife, hing an einer schwarzen Schnur um seinen Hals. Seine Miene drückte grimmige Befriedigung aus.

»Ich hab ihn im Kasten«, sagte Rooney und hielt seine Kamera hoch. »Ich hab diesen Irren auf frischer Tat erwischt.«

7

Nur wenige Augenblicke, nachdem wir die Zeugen entlassen hatten, kam Charlie Clapper, der Leiter der Spurensicherung, mit seinem Team die Gangway herauf und ging an Bord. Charlie begrüßte den Chief, sagte »Hey, Lindsay«, und begann sich umzusehen.

Dann kramte er in den Taschen seiner Tweedjacke mit Fischgrätmuster, zog ein Paar Latexhandschuhe heraus und streifte sie über.

»Das ist ja eine schöne Bescherung«, meinte er.

»Wir wollen doch positiv denken«, erwiderte ich, konnte aber die Anspannung in meiner Stimme nicht verbergen.

»Sie kennen mich ja«, sagte er. »Ich bin ein hoffnungsloser Optimist.«

Ich blieb bei Tracchio stehen, als das Team ausschwärmte, um Nummerntäfelchen aufzustellen und alles zu fotografieren, die Leichen und das ganze blutbespritzte Deck.

Sie pulten ein Geschoss aus der Bordwand heraus und stellten einen Gegenstand sicher, der uns vielleicht zu dem Killer führen würde: eine halb leere Packung türkische Zigaretten, die unter einem Tisch im Heck gefunden worden war.

»Ich muss jetzt mal los, Lieutenant«, sagte Tracchio zu mir und warf einen Blick auf seine Rolex. »Ich habe einen Termin mit dem Bürgermeister.«

»Ich will diesen Fall übernehmen – persönlich«, sagte ich.

Er musterte mich streng. Ich hatte einen Alarmknopf bei ihm gedrückt, aber ich konnte einfach nicht anders.

Tracchio war ein anständiger Kerl, und im Grunde konnte ich ihn ganz gut leiden. Aber der Chief hatte sich auf der Verwaltungsschiene ganz nach oben gearbeitet. Er hatte nie im Leben auch nur einen einzigen Fall bearbeitet, und das beeinflusste seine Sicht der Dinge.

Er wollte, dass ich meine Arbeit vom Schreibtisch aus erledigte.

Und ich brachte meine besten Leistungen auf der Straße.

Das letzte Mal, als ich Tracchio gesagt hatte, dass ich am liebsten ganz praktische Ermittlungsarbeit machen würde, hatte er mir Undankbarkeit vorgeworfen und gesagt, ich müsse noch eine ganze Menge über Personalführung lernen. Ich sollte einfach meinen verdammten Job machen und froh sein, dass sie mich überhaupt zum Lieutenant befördert hatten.

Jetzt erinnerte er mich in aller Schärfe daran, dass einer meiner Partner auf der Straße getötet worden war, und dass erst vor wenigen Monaten Jacobi und ich in einer menschenleeren Gasse niedergeschossen worden waren. Er hatte recht. Wir wären beide fast gestorben.

Heute wusste ich, dass er mir meine Bitte nicht abschlagen konnte. Meine beste Freundin hatte eine Kugel in die Brust bekommen, und der Schütze lief noch frei herum.

»Ich werde mit Jacobi und Conklin arbeiten. Ein Dreier-Team, mit McNeil und Chi als Verstärkung. Den Rest der Truppe werde ich nach Bedarf hinzuziehen.«

Tracchio nickte widerwillig, aber ich hatte grünes Licht. Ich dankte ihm und rief Jacobi an. Dann wählte ich die Nummer des Krankenhauses und bekam eine freundliche Schwester an den Apparat, die mir sagte, dass Claire noch im OP sei.

Ich verließ den Tatort mit Jack Rooneys Kamera in der Hand. Im Präsidium wollte ich mir das Video anschauen, wollte die Schießerei mit eigenen Augen sehen.

Ich ging die Gangway hinunter und brummte halblaut »Mist!«, noch bevor ich den Kai erreichte. Reporter von drei verschiedenen hiesigen Fernsehsendern und von der *Chronicle* erwarteten mich. Ich kannte sie alle.

Kameras klickten und zoomten, Mikrofone wurden mir unter die Nase gehalten.

»War es ein Terroranschlag, Lieutenant?«

»Wer war der Schütze?«

»Wie viele Todesopfer hat es gegeben?«

»Verschont mich bitte, Leute. Das Verbrechen ist doch erst heute Morgen passiert«, sagte ich. Ich wünschte, die Reporter hätten sich Tracchio gegriffen oder irgendeinen der vier Dutzend anderen Cops, die innerhalb der Absperrung herumschwirrten und sich sicher alle über einen Auftritt in den Sechs-Uhr-Nachrichten gefreut hätten.

»Wir werden die Namen der Opfer bekannt geben, sobald die Angehörigen informiert sind. Und wir werden denjenigen finden, der für diese furchtbare Tat verantwortlich ist«, sagte ich mit Hoffnung und Überzeugung in der Stimme. »Er wird *nicht* davonkommen.«

8

Es war zwei Uhr nachmittags, als ich mich Al Sassoon vorstellte, Claires behandelndem Arzt, der mit ihrem Krankenblatt in der Hand an der Zentrale der Intensivstation stand. Sassoon war Mitte vierzig, dunkelhaarig, mit Lachfältchen, die von seinen Mundwinkeln ausstrahlten. Er wirkte glaubwürdig und selbstsicher, und ich vertraute ihm auf Anhieb.

»Untersuchen Sie den Amoklauf auf der Fähre?«, fragte er mich.

Ich nickte. »Ja, und außerdem ist Claire eine Freundin von mir.«

»Sie ist auch meine Freundin.« Er lächelte. »Also, Folgendes kann ich Ihnen sagen: Die Kugel hat eine Rippe durchschlagen und den linken Lungenflügel kollabieren lassen, aber sie hat das Herz und die großen Arterien verfehlt.

Die kaputte Rippe wird Claire einige Schmerzen bereiten, und sie wird eine Thoraxdrainage brauchen, bis der Lungenflügel sich wieder vollständig ausgedehnt hat. Aber sie ist gesund, und sie hat Glück gehabt. Und sie hat hier gute Leute, die auf sie Acht geben.«

Die Tränen, die ich den ganzen Tag über zurückgehalten hatte, drohten über die Ufer zu treten. Ich senkte den Blick und krächzte: »Ich würde gerne mit ihr sprechen. Der Mann, der auf Claire geschossen hat, hat drei Menschenleben auf dem Gewissen.«

»Sie wird bald aufwachen«, sagte Sassoon. Er tätschelte meine Schulter und hielt die Tür zu Claires Zimmer auf. Ich ging hinein.

Das Kopfteil von Claires Bett war hochgestellt, um ihr das Atmen zu erleichtern. Sie hatte eine Kanüle in der Nase, und aus einem Infusionsbeutel, der an einem Ständer hing, sickerte

Kochsalzlösung in eine Vene. Unter dem dünnen OP-Hemd war ihre Brust mit dicken Verbänden bedeckt. Ihre Augen waren geschlossen, die Lider aufgequollen. In all den Jahren, die ich Claire nun schon kannte, hatte ich sie noch nie krank gesehen. Ich hatte sie nie so *hilflos* gesehen.

Edmund, Claires Mann, sprang sofort von dem Sessel auf, in dem er gesessen hatte, als ich ins Zimmer trat.

Er sah fürchterlich aus. Angst und ungläubiges Entsetzen verzerrten seine Züge.

Ich stellte meine Einkaufstüte ab, ging auf ihn zu und drückte ihn lange.

»O Gott, Lindsay, das ist einfach zu viel«, murmelte er in meine Haare.

Ich sagte all die Dinge, die man so sagt, wenn Worte ganz einfach nicht ausreichen. »Sie wird bald wieder auf den Beinen sein, Eddie. Du weißt, dass ich recht habe.«

»Ich habe so meine Zweifel«, meinte Edmund, als wir uns schließlich voneinander lösten. »Selbst angenommen, dass alles gut verheilt – hast *du* etwa die Schüsse auf dich schon ganz verarbeitet?«

Ich konnte ihm keine Antwort geben. Tatsächlich kam es immer noch vor, dass ich mitten in der Nacht schweißgebadet aufwachte. Dann wusste ich, dass ich wieder einmal von dieser schlimmen Nacht in der Larkin Street geträumt hatte. Ich konnte den Einschlag der Kugeln noch spüren, und die Erinnerung an diese Hilflosigkeit, an das Gefühl, vielleicht sterben zu müssen, war noch immer lebendig.

»Und was ist mit Willie?«, fragte Edmund. »Seine ganze Welt ist heute Morgen auf den Kopf gestellt worden. Warte, ich helf dir.«

Edmund hielt die Einkaufstüte auf, sodass ich den großen silbernen Ballon mit der Aufschrift »Gute Besserung« herausziehen konnte. Ich band den Ballon an den Rahmen von Claires Bett, dann beugte ich mich über sie und berührte ihre Hand. »Hat sie irgendetwas gesagt?«, fragte ich.

»Sie hat für ein paar Sekunden die Augen aufgemacht. ›Wo ist Willie?‹, hat sie gefragt. ›Er ist zu Hause. In Sicherheit‹, hab ich ihr gesagt. ›Ich muss wieder in die Arbeit‹, hat sie noch gesagt, und dann war sie weg. Das war vor einer halben Stunde.«

Ich versuchte mich zu erinnern, wann ich Claire vor der Schießerei das letzte Mal gesehen hatte. Gestern. Wir hatten uns nach Dienstschluss auf dem Parkplatz gegenüber vom Präsidium zum Abschied zugewinkt. Nur eine beiläufige Handbewegung.

»Bis dann, mein Mädel.«

»Schönen Feierabend, Butterfly.«

So alltägliche Worte. Als ob das Leben eine Selbstverständlichkeit wäre. *Was, wenn Claire heute gestorben wäre? Was, wenn wir sie verloren hätten?*

9

Ich drückte Claires Hand, während Edmund zu seinem Sessel zurückging und mit der Fernbedienung den Fernsehapparat oben an der Wand einschaltete. Er stellte den Ton leise und fragte: »Du hast das schon gesehen, Lindsay?«

Ich blickte auf und sah den Warnhinweis: »Die folgenden Aufnahmen sind sehr drastisch und sollten von Kindern und Jugendlichen nur unter elterlicher Aufsicht gesehen werden.«

»Ich habe es gleich nach dem Amoklauf gesehen«, erklärte ich Edmund, »aber ich würde es gerne noch einmal sehen.«

Edmund nickte und sagte: »Ich auch.«

Und dann flimmerte Jack Rooneys Amateurfilm von dem Massaker auf der Fähre über den Bildschirm.

Zusammen sahen wir uns an, was Claire vor wenigen Stunden selbst durchlebt hatte. Rooneys Film war unscharf und verwackelt. Wir sahen zunächst drei Touristen, die grinsend in die Kamera winkten, mit einem Segelboot im Hintergrund. Es folgte eine Großaufnahme der Golden Gate Bridge.

Die Kamera machte einen Schwenk über das Sonnendeck der Fähre, vorbei an einer Schar von Kindern, die Hotdog-Brötchen an die Möwen verfütterten. Ein kleiner Junge, auf dem Kopf eine umgedrehte rote Baseballkappe, malte mit einem Filzmarker auf einem Tisch herum. Das war Tony Canello. An der Reling saß ein schlaksiger, bärtiger Mann, der gedankenverloren an seinem Arm herumzupfte.

Das Bild hielt an, und der bärtige Mann wurde mit einem Spot hervorgehoben.

»Das ist *er*«, sagte Edmund. »Ist er verrückt, Lindsay? Oder ist er ein kaltblütig planender Mörder, der nur den richtigen Moment abwartet?«

»Vielleicht beides«, antwortete ich, ohne den Blick vom Bildschirm zu wenden. Der ersten Sequenz folgte eine zweite: Eine ausgelassene Menschenmenge drängte sich an der Reling, während die Fähre in den Hafen einlief. Plötzlich schwenkte die Kamera nach links und erfasste das von Entsetzen verzerrte Gesicht einer Frau, die sich die Brust hielt und im nächsten Moment zusammenbrach.

Der kleine Junge, Tony Canello, drehte sich zur Kamera um. Sein Gesicht war von der Regie digital verpixelt worden, um es unkenntlich zu machen.

Ich zuckte zusammen, als der Junge getroffen zurückprallte und sich um die eigene Achse drehte.

Danach sprang das Auge der Kamera eine Weile wild hin und her. Es sah aus, als hätte jemand Rooney angerempelt. Dann stabilisierte das Bild sich wieder.

Ich schlug die Hand vor den Mund, und Edmund umklammerte die Armlehnen seines Sessels, als wir zusahen, wie Claire dem Schützen die Hand entgegenstreckte. Obwohl wir ihre Stimme nicht hören konnten, schien es klar, dass sie ihn aufforderte, ihr die Waffe zu geben.

»Wie unglaublich mutig«, sagte ich. »Mein Gott.«

»Eine Nummer *zu* mutig, wenn du mich fragst«, brummte Edmund und fuhr sich mit der Hand durch das Haar, das sich schon weiß färbte. »Claire und Willie, *alle beide* waren sie eine Nummer zu mutig.«

Der Schütze stand mit dem Rücken zur Kamera, als er abdrückte. Ich sah, wie die Hand mit dem Revolver zurückzuckte. Claire hielt sich die Brust und sank zu Boden.

Die Kamera schwenkte wieder auf die entsetzten Gesichter in der wogenden Menge. Dann sahen wir den Schützen. Er stand gebückt da, das Gesicht von der Kamera abgewandt. Er trat auf Claires Handgelenk und schrie ihr ins Gesicht.

»*Du krankes Dreckstück!*«, heulte Edmund auf.

Hinter mir stöhnte Claire in ihrem Bett.

Ich drehte mich zu ihr um, sah aber, dass sie immer noch schlief. Meine Augen schnellten zum Fernseher zurück, wo der Schütze sich nun umdrehte, sodass sein Gesicht zu sehen war.

Er hielt den Blick gesenkt, und der Bart verdeckte die untere Hälfte seines Gesichts. Er kam auf den Mann mit der Kamera zu, der jetzt doch die Nerven verlor und das Filmen einstellte.

»Danach hat er auf Willie geschossen«, sagte Edmund.

Und dann tauchte ich selbst auf dem Bildschirm auf, die Frisur zerzaust von meinem Sprint zum Farmer's Market, die Jacke mit Claires Blut verschmiert, das an Willies T-Shirt geklebt hatte, die Augen geweitet, Schock und Anspannung in den Zügen.

»Bitte rufen Sie uns an, wenn Sie irgendwelche Informationen haben, die uns zu diesem Mann führen könnten«, hörte ich mich sagen.

Dann wurde mein Gesicht durch ein Standbild mit dem des Killers ersetzt, während am unteren Bildrand langsam und in großen Lettern die Telefonnummer und die Webadresse des San Francisco Police Department durchliefen.

KENNEN SIE DIESEN MANN?

Edmund wandte sich zu mir um, sein Gesicht schmerzerfüllt. »Habt ihr schon irgendetwas in der Hand, Lindsay?«

»Wir haben Jack Rooneys Video«, sagte ich und zeigte auf den Fernseher. »Wir haben die Nonstop-Berichterstattung in den Medien, und wir haben um die zweihundert Zeugen. Wir werden ihn finden, Eddie, das schwör ich dir.«

Ich sagte nicht, was ich dachte: *Wenn dieser Kerl uns durch die Lappen geht, habe ich meinen Beruf verfehlt.*

Ich stand auf und griff nach meiner Einkaufstüte.

»Kannst du nicht noch ein paar Minuten bleiben?«, fragte Eddie. »Claire würde dich sicher gerne sehen.«

»Ich schaue später noch mal vorbei«, antwortete ich. »Jetzt muss ich erst mal noch einen anderen Besuch machen.«

10

Ich verließ Claires Zimmer im fünften Stock und nahm die Treppe hinunter zur Kinder-Intensivstation im zweiten. Dabei machte ich mich auf eine Zeugenvernehmung gefasst, die mir zweifellos fürchterlich an die Nieren gehen würde.

Ich dachte an den kleinen Tony Canello, der mit angesehen hatte, wie seine Mutter erschossen wurde, und einen Augenblick später selbst eine Kugel abbekommen hatte. Ich musste diesen Jungen fragen, ob er den Schützen irgendwann schon einmal gesehen hatte, ob der Mann irgendetwas gesagt hatte, bevor oder nachdem er die Pistole abgefeuert hatte, und ob ihm irgendein Grund einfiel, warum er auf ihn und seine Mutter geschossen haben könnte.

Ich nahm meine Einkaufstüte von der rechten in die linke Hand, als ich die letzte Treppe hinunterstieg. Mir war bewusst, dass die Art, wie ich diese Befragung anging, sich dem kleinen Jungen für den Rest seines Lebens einprägen würde.

Im Präsidium haben wir immer einen Vorrat an Teddybären als Geschenke für traumatisierte Kinder, aber diese kleinen Spielsachen schienen zu billig für ein Kind, das gerade Zeuge des brutalen Mordes an seiner eigenen Mutter geworden war. Bevor ich ins Krankenhaus gefahren war, hatte ich im Build-A-Bear-Workshop vorbeigeschaut, mir einen Bären eigens für Tony anfertigen und ihm ein Stoffherz in die Brust einnähen lassen, mit meinen besten Genesungswünschen für Tony. Anschließend war der Bär in ein Fußballtrikot gesteckt worden.

Ich öffnete die Tür zum zweiten Stock und betrat den in Pastellfarben gestrichenen Flur der Kinderstation. Fröhliche Wandmalereien von Regenbogen und Picknicks zierten die Wände.

Als ich die Intensivstation gefunden hatte, zeigte ich der

Schwester am Empfang, einer Frau in den Vierzigern mit angegrauten Haaren und großen braunen Augen, meine Dienstmarke. Ich erklärte ihr, dass ich mit einem Zeugen sprechen müsse und dass es nicht länger als ein paar Minuten dauern würde.

»Sprechen Sie von Tony Canello? Dem kleinen Jungen, der auf der Fähre angeschossen wurde?«

Ich sagte: »Ich habe ungefähr drei Fragen. Ich werde es ihm so leicht wie möglich machen.«

»Ah, es tut mir leid, Lieutenant«, sagte die Schwester und sah mir unverwandt in die Augen. »Es war eine sehr riskante Operation. Die Schussverletzung hat mehrere lebenswichtige Organe in Mitleidenschaft gezogen. Es tut mir leid, Ihnen das sagen zu müssen, aber wir haben ihn vor etwa zwanzig Minuten verloren.«

Ich sank kraftlos gegen den Tresen der Schwesternstation.

Die Schwester redete auf mich ein, fragte mich, ob sie mir etwas bringen oder jemanden holen sollte. Ich gab ihr die Tüte mit dem Teddy und bat sie, ihn dem nächsten Kind zu schenken, das in die Intensivstation eingeliefert wurde.

Irgendwie fand ich meinen Wagen auf dem Parkplatz und fuhr zurück zum Justizgebäude.

11

Das Justizgebäude ist ein grauer Granitwürfel, der einen kompletten Block in der Bryant Street einnimmt. Auf den zehn tristen und schäbigen Stockwerken sind der Superior Court, die Büros der Staatsanwaltschaft, die Southern Division des San Francisco Police Department sowie – im obersten Stock – ein Gefängnis untergebracht.

Das Rechtsmedizinische Institut befindet sich in einem Nachbargebäude, aber durch eine Hintertür im Erdgeschoss kann man auch direkt vom Justizgebäude dorthin gelangen. Ich stieß die Glastür am anderen Ende der Eingangshalle auf und bog in die überdachte Passage ein, die zur Leichenhalle führt.

Als ich die Tür des Sektionssaals öffnete, schlug mir eisige Luft entgegen. Ich marschierte einfach hinein, als ob der Laden mir gehörte – eine Angewohnheit, zu der mich meine beste Freundin Claire verleitet hat, die Leiterin der Rechtsmedizin.

Aber natürlich war es nicht Claire, die auf einer Leiter stand, um die verstorbene Frau auf dem Tisch von oben zu fotografieren. Der stellvertretende Institutsleiter, ein ungefähr eins siebzig großer Weißer in den Vierzigern mit graumelierten Haaren und schwarzer Hornbrille, nahm ihren Platz ein.

»Hallo, Dr. Germaniuk«, sagte ich, als ich in den Sektionssaal platzte.

»Passen Sie auf, wo Sie hintreten, Lieutenant.«

Humphrey Germaniuk hatte seit ungefähr sechs Stunden die Verantwortung für die Rechtsmedizin, und schon säumten seine Papiere in sauber aufgereihten Stapeln sämtliche Wände. Mit der Schuhspitze schob ich den Stoß, den ich gerade im Vorbeigehen gestreift hatte, ordentlich in die Reihe zurück.

Ich wusste, dass Germaniuk ein Perfektionist war, aber auch ein witziger und schlagfertiger Zeitgenosse und ein Ass im Zeugenstand. Im Grunde war er genauso qualifiziert, die

Rechtsmedizin zu leiten, wie Claire es war, und es gab viele Stimmen, die behaupteten, wenn sie den Posten eines Tages räumen sollte, wäre er *der* Kandidat für ihre Nachfolge.

»Wie kommen Sie mit Andrea Canello voran?«, fragte ich und trat auf den Seziertisch mit dem Leichnam zu. Dr. Germaniuks »Patientin« war nackt und lag auf dem Rücken; die Schusswunde befand sich mitten zwischen ihren Brüsten.

Ich beugte mich vor, um besser sehen zu können, doch Dr. Germaniuk trat zwischen mich und die tote Frau.

»Kein Zutritt, Lieutenant. Dies ist eine Cop-freie Zone«, witzelte er, doch ich konnte sehen, dass es ihm ernst war. »Ich hatte heute schon eine mutmaßliche Kindesmisshandlung, einen tödlichen Verkehrsunfall und eine Frau, der mit einem Bügeleisen der Schädel eingeschlagen wurde.

Die Opfer von der Fähre werden mich den ganzen Tag auf Trab halten, und ich fange gerade erst an. Wenn Sie irgendwelche Fragen haben, fragen Sie jetzt. Ansonsten können Sie mir einfach Ihre Handynummer auf den Schreibtisch legen. Ich rufe Sie dann an, wenn ich fertig bin.«

Damit wandte er mir den Rücken zu und begann, Andrea Canellos Schusswunde zu vermessen.

Ich trat zurück, und der Wutsausbruch, den ich mühsam unterdrückte, ließ das Blut in meinen Schläfen pochen. Ich konnte es mir nicht erlauben, Dr. Germaniuk vor den Kopf zu stoßen, und außerdem war er im Recht. Ohne Claire herrschte in dem ohnehin schon unterbesetzten Institut der Notstand. Germaniuk kannte mich kaum, und er musste nicht nur sein Institut und seinen Job schützen, sondern auch auf die Rechte seiner »Patienten« und den korrekten Ablauf der Ermittlungen achten.

Und er musste jedes einzelne Opfer von der Fähre eigenhändig obduzieren.

Würde ein zweiter Rechtsmediziner zu diesem Mehrfachmord hinzugezogen, könnte ein gewiefter Strafverteidiger die beiden Obduzenten gegeneinander ausspielen, könnte nach

Unstimmigkeiten suchen, die ihre Aussagen vor Gericht untergraben würden.

Immer vorausgesetzt, dass wir den Irren fanden, der diese Menschen getötet hatte.

Und vorausgesetzt, dass es uns gelang, ihn vor Gericht zu bringen.

Es war fast vier Uhr nachmittags. Wenn Andrea Canello Germaniuks erstes Fähren-Opfer war, dann würde der Fall ihn nicht nur den ganzen Tag, sondern auch noch die ganze Nacht auf Trab halten.

Trotzdem – ich hatte meine eigenen Probleme. Vier Menschen waren tot.

Je mehr Zeit verstrich, desto wahrscheinlicher wurde es, dass der Amokschütze von der Fähre davonkommen würde.

»Dr. Germaniuk?«

Er blickte von seiner Schemazeichnung auf und zog die Stirn kraus.

»Tut mir leid, wenn ich zu aufdringlich war, aber der Schütze hat vier Menschen auf dem Gewissen, und wir wissen immer noch nicht, wer er ist oder wo wir ihn finden können.«

»Sie meinen wohl ›drei‹?«, entgegnete Germaniuk. »Ich habe hier nur drei Opfer.«

»Der kleine Sohn dieser Frau, Tony Canello, ist vor einer halben Stunde im San Francisco General gestorben«, klärte ich ihn auf. »Er war neun. Das macht vier Tote, und Claire Washburn liegt mit einer Thoraxdrainage auf der Intensivstation.«

Eine Woge des Mitgefühls wischte die Verärgerung von Dr. Germaniuks Zügen. Seine Stimme klang längst nicht mehr so gereizt, als er erwiderte: »Sagen Sie mir, wie ich Ihnen helfen kann.«

12

Mit einer biegsamen Sonde untersuchte Dr. Germaniuk vorsichtig den Schusskanal, der sich durch Andrea Canellos Brust zog. »Sieht nach einem K-5 aus – mitten durchs Herz. Ich würde es nicht beschwören wollen, solange ich nicht die Bestätigung von den Schusswaffenexperten habe, aber für mich hat es den Anschein, als wäre sie mit einem .38er erschossen worden.«

Das hatte ich nach dem Anschauen des Videos auch schon vermutet, aber ich wollte ganz sicher sein. Jack Rooneys Kamera hatte in dem Moment von ihr weggeschwenkt, als Andrea Canello getroffen wurde. Wenn sie noch ein paar Sekunden gelebt hatte, und wenn sie ihren Mörder gekannt hatte, könnte sie seinen Namen gerufen haben.

»Könnte sie noch gelebt haben, nachdem sie getroffen wurde?«

»Keine Chance«, antwortete Germaniuk. »Mit der Kugel im Herzen war sie schon tot, bevor sie auf dem Deck auftraf.«

»Muss ein Kunstschütze sein«, meinte ich. »Sechs Schuss, fünf direkte Treffer. Mit einem *Revolver.*«

»Eine voll besetzte Fähre, überall Menschen. Da musste er ja mit jedem Schuss irgendwen treffen«, bemerkte Dr. Germaniuk nüchtern.

Wir blickten beide auf, als die Edelstahltüren in der rückwärtigen Wand des Sektionssaals aufgestoßen wurden und ein Assistent eine Bahre hereinrollte. »Doktor, wo soll das hier hin?«, rief er.

Der Körper auf der Bahre war mit einem Laken verhüllt und etwa einen Meter fünfundzwanzig groß. »*Das hier*« war ein Kind.

»Lassen Sie ihn einfach da stehen«, wies Germaniuk den Assistenten an. »Wir machen gleich mit ihm weiter.«

Zusammen mit Germaniuk ging ich zu der Bahre hinüber. Er schlug das Laken zurück.

Der bloße Anblick des toten Kindes war genug, um mir das Herz zu zerreißen. Tonys Haut war bläulich gefleckt, und ein frisch vernähter, dreißig Zentimeter langer Einschnitt zog sich quer über seine schmächtige Brust. Ich kämpfte gegen den Impuls an, meine Hand auf seine Wange zu legen, ihm übers Haar zu streichen, irgendetwas zu tun, um dieses Kind zu trösten, das einfach nur das Pech gehabt hatte, in der Schusslinie eines Irren zu stehen.

»Es tut mir so leid, Tony.«

»Hier ist meine Karte«, sagte Germaniuk. Er fischte sie aus der Brusttasche seines Laborkittels und drückte sie mir in die Hand. »Rufen Sie mich auf dem Handy an, wenn Sie mich brauchen. Und wenn Sie Claire sehen … sagen Sie, ich komme sie im Krankenhaus besuchen, sobald ich kann. Sagen Sie ihr, dass wir alle uns für sie ins Zeug legen – und wir werden ihr keine Schande machen.«

13

Meine Leute hatten ihre Stühle zusammengerückt und sich im Kreis um mich geschart. Sie warfen Fragen in die Runde und testeten Theorien über den Amoklauf auf der *Del Norte*, als mein Handy klingelte. Ich erkannte Edmunds Nummer und nahm den Anruf an.

Edmunds Stimme war heiser und drohte zu versagen, als er sagte: »Claire ist gerade vom Röntgen gekommen. Sie hat innere Blutungen.«

»Eddie, ich verstehe nicht ganz. Was ist passiert?«

»Die Kugel hat ihre Leber verletzt … Sie müssen sie operieren – noch einmal.«

Ich hatte mich von Dr. Sassoons Lächeln einlullen lassen, als er gesagt hatte, Claire sei so gut wie aus dem Schneider. Jetzt war mir ganz schlecht vor Angst.

Als ich im Wartezimmer der Intensivstation ankam, fand ich es halb voll mit Claires Familie und Freunden. Außer Edmund und Willie erkannte ich auch Reggie Washburn, Claires und Edmunds 21-jährigen Sohn, der gerade von der University of Miami hergeflogen war.

Ich umarmte sie alle und setzte mich zu Cindy Thomas und Yuki Castellano, Claires und meinen besten Freundinnen. Wir vier bildeten zusammen den »Club der Ermittlerinnen«, wie wir ihn halb im Scherz nannten. Wir kuschelten uns aneinander und warteten in diesem tristen Krankenhauszimmer auf Neuigkeiten.

Während der langen Stunden angespannten Wartens überspielten wir unsere Angst, indem wir uns gegenseitig mit coolen Geschichten von Claire überboten. Wir schütteten labbrigen Kaffee in uns hinein und aßen Schokoriegel aus dem Automaten, und in den frühen Morgenstunden bat Edmund uns, für Claire zu beten.

Wir fassten uns alle an den Händen, während Edmund Gott bat, Claire doch bitte zu verschonen. Ich weiß, dass wir alle hofften, wenn wir nur in ihrer Nähe blieben und wirklich daran glaubten, würde sie nicht sterben.

In diesen zermürbenden Stunden musste ich immer wieder daran denken, wie ich selbst angeschossen worden war – und wie Claire und Cindy damals für mich da gewesen waren.

Und ich dachte daran, wie oft ich schon in Zimmern wie diesem gesessen und gewartet hatte. Als meine Mutter an Krebs erkrankt war. Als ein Mann, den ich geliebt hatte, im Dienst angeschossen worden war. Als Yukis Mom einen Schlaganfall erlitten hatte.

Sie waren alle gestorben.

»Wo ist dieser schießwütige Dreckskerl jetzt?«, fragte Cindy. »Raucht er vielleicht gemütlich seine Verdauungszigarette? Schläft er in einem schönen weichen Bett, oder plant er schon den nächsten Amoklauf?«

»Der schläft nicht in einem Bett«, meinte Yuki. »Ich wette zehn zu eins, dass der Typ in einem Pappkarton pennt.«

Gegen fünf Uhr morgens kam ein müder Dr. Sassoon ins Zimmer, um uns die Neuigkeit mitzuteilen.

»Claire geht es gut«, sagte er. »Wir haben den Schaden an ihrer Leber behoben, und ihr Blutdruck normalisiert sich allmählich wieder. Ihre Vitalfunktionen sind gut.«

Jubel brach aus, und wir fingen alle spontan an zu klatschen. Edmund umarmte seine Söhne; alle hatten Tränen in den Augen. Der Arzt lächelte, und ich musste zugeben – er war ein Held.

Ich fuhr rasch nach Hause, um mit Martha, meiner Border-Collie-Hündin, im Morgengrauen eine Runde um den Potrero Hill zu laufen.

Dann rief ich Jacobi an, als die Sonne sich gerade über das Dach meines Wagens erhob. Ich traf ihn und Conklin um acht bei den Aufzügen im Präsidium.

Es war Sonntag.

Sie hatten Kaffee und Donuts mitgebracht. Ich hätte sie küssen können.

»Also, dann wollen wir mal«, sagte ich.

14

Conklin, Jacobi und ich hatten es uns gerade in meinem Büro bequem gemacht, einem Glaskasten in der Ecke des Bereitschaftsraums, als Inspector Paul Chi und sein Kollege Cappy McNeil das schäbige, sechs mal neun Meter große Büro betraten, in dem die zwölf Mitarbeiter des Morddezernats untergebracht sind.

Cappy bringt locker seine hundertzehn Kilo auf die Waage, und der klapprige Stuhl knarrte, als er sich darauf niederließ. Chi dagegen ist rank und schlank. Er parkte seinen kleinen Hintern auf meinem Computertisch, neben Jacobi, der gerade wieder mal einen seiner Hustenanfälle hatte.

Jetzt waren alle Sitzplätze belegt, und Conklin blieb nur der Stehplatz hinter meinem Stuhl. Er lehnte sich mit dem Rücken an das Fenster mit dem atemberaubenden Blick auf die Freeway-Auffahrt und schlug lässig ein Bein über das andere.

Ich hatte das Gefühl, dass mein Büro aus allen Nähten platzte.

Ich spürte Conklins Körperwärme, und der Gedanke an seinen perfekt geformten Eins-fünfundachtzig-Body lenkte mich ganz schön ab. Mit seinen dunkelblonden Haaren, die ihm über die braunen Augen fallen, und seiner jugendlichen Erscheinung – er ist neunundzwanzig – erinnert er mich immer ein bisschen an eine Mischung aus einem Kennedy-Cousin und einem US-Marine.

Chi hatte die Sonntagsausgabe der *Chronicle* mitgebracht und legte sie vor mich auf den Schreibtisch.

Das Foto des Schützen, ein verschwommenes Standbild aus Jack Rooneys niedrig auflösendem Film, prangte auf der Titelseite, und darunter stand in großen Lettern: KENNEN SIE DIESEN MANN?

Wir beugten uns alle vor, um dieses bärtige Gesicht noch einmal in Augenschein zu nehmen.

Der Täter hatte dunkles Haar, das ihm bis zum Kinn reichte, und sein Bart verdeckte alles zwischen Oberlippe und Adamsapfel.

»Jesus«, sagte Cappy. Wir sahen ihn alle an.

»Was ist? Ich meine doch nur, er sieht aus wie Jesus.«

»Vom Labor werden wir an einem Sonntagmorgen keine Resultate bekommen«, sagte ich, »aber wir haben das hier.« Ich zog das Foto der in braunes Papier gehüllten Packung Turkish Specials aus meinem Eingangskorb. »Und wir haben all das.« Ich legte die Hand auf den fünf Zentimeter hohen Stapel mit Zeugenaussagen und Telefonnotizen sowie den E-Mails, die unsere Teamassistentin Brenda ausgedruckt hatte.

»Wir können das Zeug unter uns aufteilen«, schlug Jacobi vor.

Es folgte eine lange Diskussion, bis Chi schließlich energisch einwarf: »*Hey* – was ist mit den Zigaretten? Ich meine, eine Marke wie Turkish Specials wird doch sicher nur in kleinen Tante-Emma-Läden verkauft. Und eine von diesen Tante Emmas wird sich vielleicht an unseren Schützen erinnern.«

»Okay«, sagte ich. »Dann geht der Sache mal nach.«

Jacobi und Conklin nahmen zwei Drittel der Zeugenaussagen mit an ihre Schreibtische im Bereitschaftsraum und hängten sich ans Telefon, während Chi und McNeil noch ein paar Anrufe erledigten und dann aufbrachen.

Ich blieb allein in meinem Büro zurück und sah mir die Angaben über die Opfer durch, die Brenda zusammengestellt hatte – alles unbescholtene Bürger, jeder Einzelne von ihnen.

Gab es eine Verbindung zwischen dem Killer und einem der Menschen, die er erschossen hatte?

Ich begann die Telefonnummern auf den Zeugenaussagen zu wählen, aber bei den ersten paar Anrufen war nichts dabei, was mich vom Stuhl gerissen hätte. Dann erreichte ich einen Feuerwehrmann, der nur drei Meter von Andrea Canello entfernt gestanden hatte, als der Schütze das Feuer eröffnet hatte.

»Sie hat gerade ihr Kind angebrüllt, als der Typ sie abgeknallt hat«, sagte der Zeuge. »Ich wollte ihr schon sagen, sie soll sich beruhigen. Im nächsten Moment – tja, da war sie tot.«

»Was hat sie gesagt? Erinnern Sie sich?«

»›Du treibst mich noch in den Wahnsinn, Freundchen.‹ So was in der Art. Schreckliche Vorstellung, dass ... Ist der Junge durchgekommen?«

»Bedauerlicherweise nicht, nein.«

Ich machte mir noch weitere Notizen, versuchte die Splitter zu Bruchstücken zusammenzusetzen, die Bruchstücke zu einem Ganzen. Dann kippte ich den letzten Schluck von meinem Kaffee runter und rief die nächste Person auf meiner Liste an.

Der Mann hieß Quintana, und er hatte gestern am späten Nachmittag angerufen, um zu sagen, dass er möglicherweise vor fünfzehn Jahren mit dem Schützen befreundet gewesen war.

Jetzt sagte Quintana zu mir: »Jedenfalls sieht's ganz so aus, als ob es derselbe Typ ist. *Wenn* er es ist, dann waren wir beide in den späten Achtzigern im Napa State Hospital.«

Ich presste den Hörer fest ans Ohr. Ich wollte keine Silbe verpassen.

»Sie wissen, was ich meine, ja?«, fragte Quintana. »Wir haben beide in der Klapsmühle gesessen.«

15

Ich kritzelte einen Stern neben Quintanas Telefonnummer.

»Wie heißt denn Ihr Freund?«, fragte ich ihn, aber Quintana antwortete plötzlich ausweichend.

»Das will ich lieber nicht sagen, falls sich rausstellt, dass er es doch nicht ist«, sagte er. »Ich habe ein Foto. Sie können vorbeikommen und es sich anschauen, wenn Sie gleich kommen. Ich habe nämlich noch einiges zu erledigen heute.«

»Gehen Sie nur ja nicht aus dem Haus! Wir sind schon unterwegs.«

Ich ging hinaus in den Bereitschaftsraum und rief: »Wir haben eine Spur! Ich habe eine Adresse in der San Carlos Street.«

Conklin erwiderte: »Ich würde gerne noch weiter am Telefon bleiben. Es sind neue Videos von der Schießerei an unsere Website gemailt worden.«

Jacobi stand auf, zog seine Jacke an und sagte: »Ich fahre, Boxer.«

Ich kenne Jacobi seit zehn Jahren, und davon war ich drei Jahre sein Partner, bevor ich zum Lieutenant befördert wurde. In der Zeit, als wir beide ein Team waren, hatte sich eine tiefe Freundschaft zwischen uns entwickelt und eine beinahe telepathische Verbindung. Aber ich glaube nicht, dass einem von uns beiden wirklich bewusst war, wie nahe wir uns standen, bis zu jener Nacht, als wir von zwei zugekoksten Teenagern niedergeschossen wurden. Wir waren dem Tod gerade noch einmal von der Schippe gesprungen, und das hatte uns zusammengeschweißt.

Jetzt fuhren wir zusammen zu einem schäbigen Block am Rand des Tenderloin District.

Wir suchten die Adresse, die Ike Quintana mir genannt hatte. Es war ein zweigeschossiges Gebäude mit einer kleinen

Ladenkirche im Erdgeschoss und zwei Wohnungen im ersten Stock.

Ich klingelte an der Eingangstür. Als ich den Summer hörte, zog ich an dem Türgriff aus mattem Metall, und Jacobi und ich betraten ein düsteres Treppenhaus. Wir stiegen die knarrenden Stufen hinauf und gelangten in einen mit Teppich ausgelegten, schimmelig riechenden Flur.

An beiden Enden befand sich je eine Tür.

Ich klopfte energisch an die von Nummer 2R, und nach einiger Zeit wurde sie quietschend geöffnet.

Ike Quintana war weiß, Mitte dreißig, mit schwarzen Haaren, die wirr vom Kopf abstanden. Und er war merkwürdig in Schichten gekleidet: Aus dem V-Ausschnitt seines Baumwollhemds lugte ein Unterhemd hervor, über dem Hemd trug er eine zugeknöpfte ärmellose Weste, und darüber eine offene Strickjacke, die ihm bis zu den Hüften herabhing.

Dazu trug er eine blau gestreifte Pyjamahose und braune Filzpantoffeln. Er ließ uns ein charmantes, zahnlückiges Lächeln sehen, schüttelte Jacobi und mir die Hand und bat uns herein.

Jacobi ging voraus, und ich folgte den beiden Männern in einen Tunnel aus wackligen Zeitungsstapeln und Mülltüten voller Limoflaschen, die sich im Flur vom Boden bis zur Decke stapelten. Im Wohnzimmer standen Pappkartons herum, randvoll mit Münzen, leeren Waschmittelpackungen und Kugelschreibern.

»Sie sind wohl auf alles vorbereitet«, brummte Jacobi.

»Sie haben's erfasst«, erwiderte Quintana.

Als wir in die Küche kamen, sah ich überall Töpfe und Pfannen herumstehen, und der Küchentisch war ein Archiv von Zeitungsausschnitten, über die eine Tischdecke gebreitet war. Darauf lagen wieder Zeitungsausschnitte, dann wieder eine Tischdecke, und so weiter… Eine archäologische Grabungsstätte, rund dreißig Zentimeter tief.

»Ich war schon immer ein großer Giants-Fan«, bemerkte

Quintana verlegen. Er bot uns Kaffee an, doch Jacobi und ich lehnten dankend ab.

Quintana zündete dennoch eine Flamme auf dem Gasherd an und setzte einen Kessel Wasser auf.

»Sie wollten uns ein Bild zeigen?«, fragte ich.

Quintana hob eine alte Lattenkiste vom Boden auf und stellte sie auf den gepolsterten Tisch. Er begann in einem Berg von Fotos, Speisekarten und diversen anderen Erinnerungsstücken zu kramen. Seine Hände flogen nur so über die Papiere.

»Hier«, sagte er und fischte ein verblasstes Foto im Format 13x19 heraus. »Ich glaube, das wurde so um achtundachtzig rum aufgenommen.«

Fünf Teenager – zwei Mädchen und drei Jungen – saßen in einer Art Gemeinschaftsraum und sahen fern.

»Das bin ich«, sagte Quintana und zeigte auf eine jüngere Version von sich selbst, die sich in einem orangefarbenen Sessel fläzte. Schon damals hatte er seine Kleider in Schichten übereinander angezogen.

»Und sehen Sie den Typ, der da am Fenster sitzt?«

Ich betrachtete das Foto genauer. Der Junge war dünn, hatte lange Haare und einen Bartansatz. Sein Gesicht war im Profil aufgenommen. Es hätte der Schütze sein können. Es hätte auch irgendjemand anders sein können.

»Sehen Sie, wie er an den Haaren an seinem Arm zupft?«, fragte Quintana.

Ich nickte.

»Deswegen habe ich gedacht, er könnte es sein. Das hat er immer stundenlang gemacht. Ich hab den Typ total gemocht. Hab ihn *Fred-a-lito-lindo* genannt. Wegen dem Lied, das er immer gesungen hat.«

»Wie heißt er richtig?«, fragte ich.

»Er war sehr depressiv«, sagte Quintana. »Deswegen ist er nach Napa gekommen. Hat sich einweisen lassen, wissen Sie? Da war dieser Unfall. Seine kleine Schwester ist gestorben. Irgendwas mit einem Segelboot, glaube ich.«

Quintana schaltete den Herd aus und ging weg. Mir schoss der Gedanke durch den Kopf: *Welchem Wunder haben wir es zu verdanken, dass dieses Haus noch nicht abgebrannt ist?*

»Mr. Quintana, zwingen Sie uns nicht, die Frage noch einmal zu stellen, okay?«, knurrte Jacobi. »Wie heißt der Mann?«

Quintana kam mit seiner angestoßenen Kaffeetasse in der Hand zum Tisch zurück. Mit seinem Hamsterer-Outfit strahlte er das Selbstbewusstsein eines Mannes aus, dem es an nichts mangelt.

»Sein Name ist Fred. Alfred Brinkley. Aber ich kann nicht glauben, dass er diese ganzen Leute getötet haben soll«, sagte Quintana. »Fred ist der netteste Kerl, den man sich vorstellen kann.«

16

Ich rief Conklin vom Wagen aus an, während ich mit Jacobi zurück zur Bryant Street fuhr, und gab ihm Brinkleys Namen durch, damit er ihn in die NCIC-Datenbank zur Kontrolle eingeben konnte.

Chi und McNeil warteten schon vor *MacBain's Beers O' the World Pub* auf uns, einer schummrigen Kneipe, eingezwängt zwischen zwei Kautionsbüros gegenüber dem Justizgebäude.

Jacobi und ich gingen mit den beiden hinein. Wir bestellten Foster's vom Fass, und ich bat Chi und McNeil um einen Lagebericht.

»Wir haben einen Kerl im Tabakladen an der Polk Ecke Vallejo vernommen«, legte Chi los. »Der alte Knacker, dem der Laden gehört, sagt: ›Ja, ich verkaufe Turkish Specials. So zwei Schachteln im Monat, an einen Stammkunden.‹ Er holt die Stange aus dem Regal, um sie uns zu zeigen – es fehlen genau zwei Schachteln.«

Conklin kam herein, setzte sich zu uns und bestellte ein Dos Equis und einen Angus-Burger, leicht angebraten.

Er sah aus, als wollte er etwas loswerden.

»Eine Stange Zigaretten – so was findet mein Partner aufregend«, meinte Cappy.

»Findest dich wohl besonders witzig, was?«, gab Chi zurück.

»Kommt zur Sache, Leute«, brummte Jacobi.

Das Bier kam, und Jacobi, Conklin und ich stießen auf Don MacBain an, den Inhaber des Lokals, einen eigenwilligen Ex-Captain des SFPD, dessen gerahmtes Porträt über der Bar hing.

Chi fuhr fort: »Also, der Alte sagt, dass dieser Stammkunde ein Grieche ist, ungefähr achtzig Jahre alt – aber dann meint er: ›Warten Sie mal. Kann ich das Bild noch mal sehen?‹«

Cappy nahm den Faden auf. »Ich halte ihm also das Foto des Schützen unter die Nase, und er sagt: ›*Der* Typ? Den hab ich immer morgens gesehen, wenn er sich seine Zeitung gekauft hat. Ist *das* der Kerl, der auf der Fähre rumgeballert hat?‹«

Jacobi rief die Bedienung noch einmal her und sagte: »Syd, ich krieg auch einen Burger, medium, bitte, und dazu Pommes.«

Chi redete einfach weiter. »Also, der Alte vom Tabakladen sagt, den Namen unseres Verdächtigen kennt er nicht, aber er glaubt, dass er vis-à-vis gewohnt hat, Nummer 1513 Vallejo.«

»Also, wir gleich hin und …«

»Bitte, spannt mich doch nicht so auf die Folter«, sagte Jacobi. Er hatte die Ellbogen auf den Tisch gestützt und rieb sich mit den Handballen die Augen, während er auf die Pointe der Geschichte wartete.

»Und wir haben einen Namen«, schloss Cappy. »Der Hausverwalter von 1513 hat den Mann auf dem Foto eindeutig identifiziert. Er sagt, der Verdächtige ist vor ungefähr zwei Monaten vor die Tür gesetzt worden, gleich nachdem er seinen Job verloren hat.«

»Tusch, bitte«, sagte Chi. »Der Name des Todesschützen ist Alfred Brinkley.«

Es war bitter, die Enttäuschung in den Gesichtern von McNeil und Chi zu sehen, aber ich musste es ihnen sagen.

»Danke, Paul. Seinen Namen kennen wir schon. Habt ihr rausgefunden, wo er gearbeitet hat?«

»Klar, Lieu. In dieser Buchhandlung – äh –, Sam's Book Emporium in der Mason Street.«

Ich wandte mich an Conklin. »Rich, Sie grinsen ja wie ein Honigkuchenpferd. Was haben Sie?«

Conklin hatte seinen Stuhl nach hinten gekippt und das Wortgeplänkel mit sichtlichem Amüsement verfolgt. Jetzt stellte er den Stuhl gerade und beugte sich über den Tisch. »Brinkley ist nicht vorbestraft. Aber er hat zwei Jahre im Presidio gedient. 1994 aus gesundheitlichen Gründen entlassen.«

»Er ist zur Army gegangen, nachdem er in der Klapse war?«, fragte Jacobi.

»Er war noch ein Teenager, als er in Napa State war«, erklärte Conklin. »Seine Krankenakten sind unter Verschluss. Und außerdem dürften die Werber der Army da nicht so wählerisch gewesen sein.«

Das verschwommene Bild des Todesschützen wurde immer schärfer. So erschreckend es war – jetzt hatte ich die Antwort auf die Frage, die mir seit der Schießerei im Hinterkopf herumgespukt hatte.

Brinkley war deshalb ein so sicherer Schütze, weil er eine militärische Ausbildung hatte.

17

Um neun Uhr am nächsten Morgen parkten Jacobi, Conklin und ich unsere zivilen Einsatzwagen an der Mason Street nahe der Ecke North Point. Wir waren zwei Blocks von Fisherman's Wharf entfernt, einer Touristengegend mit großen Hotels, Restaurants, Fahrradverleihen, Souvenirläden und fliegenden Händlern, die ihre Stände am Straßenrand aufschlugen.

Ich war ganz aufgedreht, als wir in die kühle Weite der riesigen Buchhandlung eintauchten. Jacobi zeigte der erstbesten Verkäuferin seine Dienstmarke und fragte sie, ob sie Alfred Brinkley kenne.

Die Verkäuferin rief den Abteilungsleiter, der mit uns zum Aufzug ging. Wir fuhren mit ihm ins Untergeschoss, wo er uns den Lagerverwalter vorstellte, einen dunkelhäutigen Mann von Mitte dreißig namens Edison Jones, der ein zerschlissenes Duran-Duran-T-Shirt und einen Nasenstecker trug.

Wir verteilten uns im Lagerraum – Betonwände mit verstellbaren Regalen davor, Wellblechtüren, die zur Ladezone führten, und überall Typen, die Rollwagen voller Bücher schoben.

»Fred und ich waren Kumpels«, sagte Jones. »Nicht, dass wir nach Feierabend zusammen was unternommen hätten oder so, doch er war ein helles Bürschchen, und ich mochte ihn. Aber dann wurde er immer komischer.« Jones stellte den Fernseher leise, der auf einem Metalltisch inmitten von Rechnungen und Büromaterial stand.

»Inwiefern ›komisch‹?«, fragte Conklin.

»Er hat manchmal Bemerkungen fallen lassen wie: ›Hast du gehört, was Wolf Blitzer gerade zu mir gesagt hat?‹ Als ob der Moderator im Fernsehen mit ihm persönlich reden würde, verstehen Sie? Und er war oft zappelig und hat vor sich hin gesummt und gesungen. Die Geschäftsführung wurde langsam argwöhnisch.« Jones strich sich leicht mit der Hand über das T-Shirt. »Und als er dann ein paarmal nicht zur Arbeit erschien, haben sie das gleich zum Anlass genommen, ihn zu feuern. – Ich habe seine Bücher aufgehoben.« Jones ging zu einem Regal, wuchtete einen Karton herunter und stellte ihn auf den Tisch.

Ich schlug die Klappen zurück und erblickte Werke von Jung, Nietzsche und Wilhelm Reich – alles schwere Kost. Und da war auch eine zerfledderte Taschenbuchausgabe von Julian Jaynes' *Der Ursprung des Bewusstseins durch den Zusammenbruch der bikameralen Psyche.*

Ich nahm das Taschenbuch aus dem Karton.

»Das war sein Lieblingsbuch«, erklärte Edison. »Wundert mich, dass er es nie abgeholt hat.«

»Worum geht es da?«

»Laut Fred vertritt dieser Jaynes die Theorie, dass bis vor rund dreitausend Jahren die beiden Hälften des menschlichen Gehirns noch nicht miteinander verbunden waren«, sagte Jones. »Es gab also keine direkte Kommunikation zwischen linker und rechter Hälfte.«

»Und das bedeutet?«, fragte Jacobi.

»Jaynes sagt, damals hätten die Menschen geglaubt, ihre Gedanken kämen von irgendwo außerhalb ihres Körpers – dass es sich dabei in Wirklichkeit um Befehle der Götter handelte.«

»Und Brinkley hat also … die Stimmen der Fernsehgötter gehört?«, fragte Jacobi.

»Ich glaube, er hat die ganze Zeit Stimmen gehört. Und sie haben ihm vorgeschrieben, was er zu tun hatte.«

Bei Jones' Worten durchfuhr es mich eiskalt bis in die Fingerspitzen. Über achtundvierzig Stunden waren seit dem Massaker auf der Fähre vergangen. Während wir von einer Sackgasse in die nächste stolperten, lief Brinkley da draußen immer noch frei herum. Ließ sich von Stimmen Befehle erteilen. Mit einer Waffe in der Tasche.

»Haben Sie eine Ahnung, wo Brinkley sich im Moment aufhält?«, fragte ich.

»Ich habe ihn vor ungefähr einem Monat vor einer Bar herumstehen sehen«, antwortete Jones. »Er sah ziemlich abgerissen aus. Sein Bart war total struppig. Ich habe noch einen Witz gemacht von wegen ›Zurück zur Natur‹, und da hat er plötzlich diesen irren Ausdruck gekriegt. Er wollte mir nicht in die Augen schauen.«

»Wo war das?«

»Vor der Double Shot Bar an der Geary. Fred trinkt nicht, deshalb nehme ich an, dass er vielleicht in dem Hotel über der Bar gewohnt hat.«

Ich kannte die Adresse. Das Hotel Barbary war eines von einigen Dutzend »Touristenhotels« im Tenderloin District, die Zimmer stundenweise an Prostituierte, Junkies und arme Schlucker vermieteten. Es war nur eine Stufe über der Gosse, und zwar eine sehr niedrige Stufe.

Wenn Fred Brinkley vor einem Monat im Hotel Barbary gewohnt hatte, dann war er vielleicht immer noch dort.

18

Der Mann von der Wettervorhersage hatte gemeint, es würde Regen geben, aber die Sonne stand hoch und milchig weiß am Himmel. Wenn Fred Brinkley die Hand davorhielt, *konnte er glatt hindurchsehen.*

Er floh in das Dunkel des Untergrunds, trabte die Stufen zur BART-Station am Civic Center hinunter, wo er immer eingestiegen war, als er noch seinen Job gehabt hatte.

Brinkley senkte den Blick, setzte sorgfältig einen Fuß vor den anderen, als er über den vertrauten weißen Fliesenboden mit den Einfassungen aus schwarzem Granit ging. Zügig durchquerte er das Zwischengeschoss, ohne auf all die Firmensklaven zu achten, die ihre Fahrkarten und Blumen und Wasserflaschen für die Fahrt im Pendlerzug kauften. Er wollte keine Gedanken aus ihren Hamsterrad-Gehirnen auffangen, wollte nicht die neugierigen Blicke aus ihren zusammengekniffenen Augen sehen.

Er nahm die Rolltreppe hinunter zu den Tunnels, doch er musste feststellen, dass es ihn nicht ruhiger machte; im Gegenteil, je tiefer er kam, desto erregter und wütender wurde er.

Die Stimmen redeten wieder auf ihn ein, beschimpften ihn.

Brinkley zog den Kopf ein und starrte auf den Boden, und er sang in Gedanken vor sich hin: *Ay, ay, ay, ay, BART-a-lito lindo*, um die Stimmen auszulöschen, um sie zum Schweigen zu bringen.

Kaum war er mit der Rolltreppe im dritten Untergeschoss angekommen, da bemerkte er seinen Fehler. Der Bahnsteig war brechend voll mit Hohlköpfen, die von der Arbeit nach Hause fuhren.

Sie waren wie Gewitterwolken, mit ihren dunklen Jacken, ihren Augen, die sich in ihn bohrten, sie trieben ihn in die Enge, versperrten ihm den Weg.

Die Bilder, die er auf der Wand aus Fernsehern im Schaufenster des Elektrogeschäfts gesehen hatte, strömten auf Fred ein: *die Bilder, die ihn zeigten, wie er die Leute auf der Fähre erschoss.*

Er hatte das getan!

Brinkley schob sich durch die Menge, murmelnd und halblaut singend, bis er an der Bahnsteigkante stand, genau in der Mitte eines Quadrats, mit den Zehen über dem Abgrund.

Er wollte schreien: *Ich musste es tun! Passt bloß auf! Ihr könntet die Nächsten sein.*

Er starrte auf die Gleise hinunter, reglos, ohne irgendjemanden anzusehen, und hielt die Hände in den Taschen, die Finger der Rechten um Bucky geschlossen.

Sie wissen es, brüllten die Stimmen im Chor. *Sie können glatt durch dich hindurchsehen, Fred.*

Hinter ihm rief eine schrille Stimme: »*Hey!*« Brinkley drehte sich um und sah eine Frau mit kantigem Kiefer und winzigen schwarzen Augen, die mit dem Finger auf ihn zeigte.

»Das ist der Typ! Der von der Fähre. *Er war dort!* Das ist der Fähren-Killer. Jemand soll die Polizei rufen!«

Jetzt ging alles durcheinander. Alle wussten, was er Schlimmes getan hatte.

Du Stück Scheiße. Du Loser.

Ay, ay, ay, ayyyyyyy.

Fred zog Bucky aus der Tasche und schwenkte ihn über den Köpfen der Menge. Die Menschen um ihn herum kreischten und wichen zurück.

Im Tunnel donnerte es.

Silberblaue Waggons schossen wie Raketen in den Bahnhof, und das Getöse löschte alle anderen Geräusche und Gedanken aus.

Der Zug hielt, Klumpen von Menschen quollen hervor wie Ratten, andere strömten hinein, warfen Fred hin und her wie eine Flutwelle, stießen ihn gegen einen Pfeiler.

So fest, dass ihm die Luft wegblieb.

Er befreite sich, watete gegen die Strömung und erreichte die Rolltreppe. Mit langen, federnden Schritten eilte er hinauf, vorbei an den Ratten-Menschen auf der Rolltreppe, und fand den Weg hinaus auf die Straße, an die Luft.

Die Stimme in seinem Kopf schrie: *Lauf! Sieh zu, dass du hier wegkommst!*

19

Die Digitaluhr an meiner Mikrowelle zeigte 19:08. Ich war körperlich am Ende und psychisch ausgelaugt, nachdem wir den ganzen Tag lang den Tenderloin District durchkämmt hatten, nur um am Ende mit einer Liste all der Adressen dazustehen, wo Alfred Brinkley *nicht* wohnte.

Und ich war nicht nur frustriert. Ich hatte Angst. Fred Brinkley lief immer noch frei herum.

Ich stellte tiefgefrorene Käsemakkaroni in die Mikrowelle und drückte fünfmal auf den Minutenknopf.

Während mein Essen sich drehte, ging ich den Tag in Gedanken noch einmal durch. Ich durchforstete mein Gedächtnis nach irgendeinem Punkt, den wir übersehen haben könnten, als wir sechs Dutzend billige Absteigen abgeklappert und nutzlose Gespräche mit Rezeptionisten und Mietern geführt hatten.

Martha rieb sich an meinem Bein, und ich kraulte sie hinter den Ohren und schüttete Hundefutter in ihre Schüssel. Sie senkte den Kopf und wedelte mit ihrem buschigen Schwanz.

»Bist ein braves Mädel«, sagte ich. »Wenn ich dich nicht hätte.«

Ich hatte mir gerade ein Bier aufgemacht, als es an meiner Tür klingelte.

Was war denn das?

Ich humpelte zum Fenster, um nachzusehen, wer da so dreist war, einfach bei mir zu klingeln – aber ich kannte den Mann nicht, der unten auf dem Gehsteig stand und zu mir hinaufstarrte.

Er war glatt rasiert und stand halb im Schatten – und er schwenkte einen Umschlag.

»Was wollen Sie?«

»Ich habe etwas für Sie, Lieutenant. Es ist dringend. Ich muss es Ihnen persönlich übergeben.«

Wer war er? Ein Zusteller vom Gericht? Ein Informant? Hinter mir piepste die Mikrowelle, um mich darauf aufmerksam zu machen, dass mein Abendessen fertig war.

»Werfen Sie's in den Briefkasten!«, rief ich nach unten.

»Das könnte ich tun«, erwiderte der Besucher. »Aber Sie haben im Fernsehen gefragt: ›Kennen Sie diesen Mann?‹ Erinnern Sie sich?«

»*Kennen Sie ihn denn?*«, rief ich.

»Ich *bin* der Mann. *Ich* habe es getan.«

20

Einen Augenblick lang war ich vollkommen perplex.

Der Amokschütze von der Fähre stand vor meiner Tür?

Dann riss ich mich zusammen.

»*Ich komme sofort!*«, rief ich hinunter.

Ich schnappte das Holster mit meiner Waffe, das über dem Stuhl hing, und schnallte mir die Handschellen an den Gürtel. Während ich im ersten Stock um die Ecke bog, rief ich Jacobi mit dem Handy an, obwohl mir absolut klar war, dass ich nicht warten konnte, bis er da war.

Vielleicht würde ich ins offene Messer laufen, aber wenn der Mann da unten wirklich Alfred Brinkley war, konnte ich es nicht riskieren, ihn entkommen zu lassen.

Ich hatte meine Glock in der Hand, als ich die Haustür ein paar Zentimeter weit aufzog und sie als Deckung benutzte.

»*Lassen Sie Ihre Hände da, wo ich sie sehen kann!*«, rief ich.

Der Mann machte einen sprunghaften Eindruck. Er schien zu zögern, trat ein Stück zurück in Richtung Straße und kam dann wieder auf meine Haustür zu. Seine Augen zuckten wild hin und her, und ich konnte hören, dass er halblaut vor sich hin sang.

Mein Gott, er war wahnsinnig – und er war gefährlich. Wo war seine Waffe?

»Hände hoch. Bleiben Sie, wo Sie sind!«, rief ich noch einmal.

Der Mann hielt inne, hob die Hände und schwenkte seinen Umschlag wie eine weiße Fahne.

Ich musterte sein Gesicht eingehend und versuchte das, was ich sah, mit meiner Erinnerung an das Gesicht des Schützen in Deckung zu bringen. Dieser Kerl hatte sich rasiert, allerdings ziemlich schlampig. Kleine Büschel von Barthaaren hoben sich dunkel von seiner blassen Haut ab.

Alles andere schien übereinzustimmen. Er war groß und hager, und die Kleider, die er trug, waren die gleichen wie die, die der Schütze vor rund sechzig Stunden angehabt hatte, oder sahen ihnen zumindest sehr ähnlich.

War dieser Mann Alfred Brinkley? Hatte ein brutaler Killer einfach so an meiner Tür geklingelt, um sich zu stellen? Oder war das hier ein anderer Irrer, der sich nur wichtig machen wollte?

Ich trat hinaus in den Mondschatten des Gehsteigs und hielt dabei die Glock mit beiden Händen. Ich zielte auf die Brust des Mannes, dessen Geruch nach altem Schweiß mir in die Nase stieg.

»Ich *bin* es«, sagte er und starrte auf seine Schuhspitzen. »Sie haben gesagt, dass Sie nach mir suchen. Ich habe Sie im Fernsehen gesehen. Im Videogeschäft.«

»Hinlegen!«, blaffte ich ihn an. »Gesicht nach unten, die Finger hinter dem Kopf verschränkt – so, dass ich sie sehen kann.«

Er schwankte hin und her. »*Los, hinlegen – aber schnell!*«, rief ich, und er ließ sich auf den Gehsteig sinken, legte die Hände in den Nacken.

Ich setzte dem Verdächtigen die Mündung meiner Glock an den Hinterkopf, während ich ihn nach Waffen absuchte. Dabei sah ich immer wieder die Bilder von Rooneys Video vor meinem inneren Auge flackern.

Ich zog einen Revolver aus seiner Jackentasche, steckte ihn mir hinten in den Hosenbund und suchte nach weiteren Waffen. Doch da waren keine.

Ich schob meine Glock ins Holster und riss mir die Handschellen vom Gürtel.

»Wie heißen Sie?«, fragte ich, während ich seine spindeldürren Arme nach hinten zog, ihm die Handschellen um die Handgelenke legte und sie zuschnappen ließ. Dann hob ich den Umschlag vom Gehsteig auf und steckte ihn in die Hosentasche.

»Fred Brinkley«, sagte er. Seine Stimme zitterte. »Sie kennen mich. Sie haben gesagt, ich soll mich stellen, erinnern Sie sich? ›Wir werden denjenigen finden, der für diese furchtbare Tat verantwortlich ist.‹ Ich habe alles aufgeschrieben.«

Wieder liefen in meinem Kopf die Bilder von Rooneys Video ab. Ich sah diesen Mann fünf Menschen niederschießen. *Ich sah ihn auf Claire schießen.*

Mit zitternder Hand zog ich die Brieftasche aus seiner Gesäßtasche, klappte sie auf und fand im schwachen Schein der Straßenbeleuchtung seinen Führerschein.

Es *war* Alfred Brinkley.

Ich hatte ihn.

Ich belehrte Brinkley über seine Rechte, doch er verzichtete darauf und wiederholte noch einmal: »Ich habe es getan. Ich bin der Fährenkiller.«

»Wie haben Sie mich gefunden?«, fragte ich.

»Ihre Adresse ist im Internet. In der Bibliothek«, erklärte Brinkley. »Sperren Sie mich ein, okay? Ich könnte es noch einmal tun.«

In diesem Moment kam Jacobis Wagen mit quietschenden Reifen vor dem Haus zum Stehen. Mit der Waffe in der Hand sprang er hinaus.

»Konntest du nicht auf mich warten, Boxer?«

»Mr. Brinkley leistet keinen Widerstand, Jacobi. Es ist alles unter Kontrolle.«

Doch als ich Jacobi vor mir stehen sah und wusste, dass die Gefahr vorüber war, überkamen mich Wellen der Erleichterung, und ich hätte am liebsten gelacht und geheult und »*Yippie*« geschrien, alles zur gleichen Zeit.

»Saubere Arbeit«, hörte ich Jacobi sagen. Ich spürte seine Hand auf meiner Schulter. Ich rang nach Luft, versuchte mich zu beruhigen, während Jacobi und ich Brinkley vom Boden aufhalfen.

Als wir ihn auf den Rücksitz von Jacobis Wagen schoben, wandte Brinkley sich zu mir um.

»Danke, Lieutenant«, sagte er. Seine irren Augen zuckten immer noch hin und her. Dann verzog er das Gesicht und brach in Tränen aus. »Ich wusste, dass Sie mir helfen würden.«

21

Unsere Nerven waren gespannt wie Stahlseile, als Jacobi mir in mein Büro folgte. Während Brinkley erkennungsdienstlich erfasst wurde, saßen wir über meinen Schreibtisch gebeugt, tranken Kaffee und berieten, was als Nächstes zu tun war.

Brinkley hatte gestanden, der Amokschütze von der Fähre zu sein, und er hatte einen Anwalt abgelehnt. Aber die schriftliche Aussage, die er mir abgeliefert hatte, war eine wirre Anhäufung von irgendwelchem Unsinn über weißes Licht, Rattenmenschen und einen Revolver namens »Bucky«.

Wir brauchten ein offizielles Geständnis von Brinkley, und wir mussten nachweisen, dass Alfred Brinkley, auch wenn er psychisch gestört sein mochte, *in diesem Moment* bei klarem Verstand war.

Nachdem ich mit Tracchio telefoniert hatte, rief ich Cindy an – nicht nur meine gute Freundin, sondern auch die Star-Polizeireporterin der *Chronicle* –, um ihr zu verklickern, dass wir Brinkley gefasst hatten. Anschließend schlich ich nervös im Bereitschaftsraum auf und ab und beobachtete, wie die Uhrzeiger über das Zifferblatt krochen, während wir auf Tracchio warteten.

Kurz nach neun war der Erkennungsdienst mit Brinkley fertig. Sie hatten ihm Fingerabdrücke abgenommen, Fotos gemacht und ihn in einen Gefängnis-Overall gesteckt, um seine Kleidung auf Blutspritzer und Schmauchspuren testen zu können.

Ich bat Brinkley, sich von einer medizinischen Assistentin Blut abnehmen zu lassen, und ich sagte ihm auch, warum: »Ich will sichergehen, dass sie nicht unter Alkohol- oder Drogeneinfluss standen, als Sie Ihr Geständnis ablegten.«

»Ich bin clean«, erwiderte Brinkley und krempelte den Ärmel hoch.

Jetzt wartete Brinkley im Vernehmungsraum 2 auf uns – dem Kabuff, in dem die Videokamera an der Decke wenigstens die meiste Zeit funktionierte.

Jacobi und ich traten zu Brinkley in den grau gekachelten Raum, zogen die Stühle unter dem zerkratzten Metalltisch heraus und nahmen gegenüber von dem Killer Platz.

Es überlief mich immer wieder eiskalt, wenn ich in sein bleiches, ungepflegtes Gesicht blickte.

Und mich an seine Worte erinnerte: »*Ich bin es – ich habe es getan.*«

22

Brinkley war nervös und zappelig. Seine Knie schlugen von unten gegen die Tischplatte, und er kreuzte die mit Handschellen gefesselten Handgelenke, um an den Haaren an seinem Unterarm zupfen zu können.

»Mr. Brinkley, ist Ihnen bekannt, dass Sie das Recht haben, zu schweigen?«, fragte ich ihn. Er nickte, während ich ihn noch einmal über seine Rechte belehrte. Und er antwortete mit »Ja«, als ich ihn fragte: »Haben Sie Ihre Rechte verstanden?«

Ich legte ihm eine Verzichtserklärung vor, die er unterschrieb. Im Beobachtungsraum hinter der Glasscheibe scharrte ein Stuhlbein über den Boden, und ich hörte das leise Surren der Kamera an der Decke. Die Vernehmung war eröffnet.

»Wissen Sie, welchen Wochentag wir heute haben?«

»Heute ist Montag«, antwortete er.

»Wo wohnen Sie?«

»In U-Bahn-Stationen. Und Computerläden. Manchmal in der Bibliothek.«

»Sie wissen, wo Sie sich im Moment befinden?«

»Im Justizgebäude, Nr. 850 Bryant Street.«

»Sehr gut, Mr. Brinkley. Also, können Sie mir denn auch sagen, ob Sie am Samstag, also vorgestern, mit der Fähre *Del Norte* gefahren sind?«

»Ja, das ist richtig. War ein richtig schöner Tag. Ich habe das Ticket gefunden, als ich über den Farmer's Market gegangen bin«, fügte er hinzu. »Ich glaube nicht, dass es ein Verbrechen war, dieses Ticket zu benutzen, oder?«, fragte er.

»Haben Sie es jemandem abgenommen?«

»Nein, ich hab's am Boden gefunden.«

»Na, dann wollen wir es mal gut sein lassen«, sagte Jacobi zu Brinkley.

Brinkley wirkte jetzt ruhiger, und er sah viel jünger aus, als er war. Es fuchste mich mehr und mehr, dass er so kindlich wirkte, je geradezu harmlos. Als ob er selbst eine Art Opfer wäre.

Ich musste daran denken, welchen Eindruck er wohl auf die Geschworenen machen würde. *Würden sie ihn sympathisch finden?*

»Nicht schuldig« aufgrund erwiesener Liebenswürdigkeit plus völliger Durchgeknalltheit?

»Auf der Rückfahrt, Mr. Brinkley …«, begann ich.

»Sie können Fred zu mir sagen.«

»Okay, Fred. Als die *Del Norte* in San Francisco anlegte, haben Sie da eine Waffe gezogen und auf einige der Passagiere geschossen?«

»Ich musste es tun«, antwortete er. Seine Stimme klang jetzt gepresst, drohte fast zu versagen. »Die Mutter war … Hören Sie, *ich habe etwas Schlimmes getan.* Ich weiß es, und ich will bestraft werden.«

»Haben Sie auf diese Leute geschossen?«, beharrte ich.

»Ja, ich war es! Ich habe diese Mutter und ihren Sohn erschossen. Und diese zwei Männer. Und die andere Frau, die mich so angeschaut hat, als könnte sie alles sehen, was in meinem Kopf vorgeht. Es tut mir wirklich leid. Ich war wirklich gut drauf, und dann ist plötzlich alles schiefgelaufen.«

»Aber Sie hatten diese Tat geplant, nicht wahr?«, fragte ich mit ruhiger Stimme. Ich schenkte Brinkley sogar ein aufmunterndes Lächeln. »Ist es nicht richtig, dass Sie eine geladene Waffe bei sich hatten?«

»Ich habe Bucky immer dabei«, antwortete Brinkley. »Aber ich wollte diese Leute nicht verletzen. Ich *kannte* sie ja gar nicht. Ich dachte nicht mal, dass sie überhaupt *echt* sind, bis ich das Video im Fernsehen gesehen habe.«

»Tatsächlich? Und warum haben Sie dann auf sie geschossen?«, fragte Jacobi.

Brinkley starrte über meinen Kopf hinweg auf die Scheibe des venezianischen Spiegels. »Die Stimmen haben es mir befohlen.«

War das die Wahrheit? Oder spielte Brinkley nur den Wahnsinnigen, weil er auf Unzurechnungsfähigkeit plädieren wollte?

Jacobi fragte ihn, was das für Stimmen seien, von denen er sprach, doch Brinkley antwortete nicht mehr. Er ließ das Kinn auf die Brust sinken und murmelte: »Ich will, dass Sie mich einsperren. Werden Sie das tun? Ich brauche wirklich ein bisschen Schlaf.«

»Ich bin ziemlich sicher, dass wir im neunten Stock eine leere Zelle für Sie auftreiben können«, sagte ich.

Ich klopfte an die Tür, und Sergeant Steve Hall trat in den Vernehmungsraum. Er baute sich hinter dem Verdächtigen auf.

»Mr. Brinkley«, sagte ich, während wir uns alle erhoben, »Ihnen wird Mord in vier Fällen zur Last gelegt, dazu ein versuchter Mord sowie vierzehn geringfügigere Vergehen. Sie sollten sich wirklich einen guten Anwalt besorgen.«

»Danke«, erwiderte Brinkley und sah mir zum ersten Mal in die Augen. »Sie sind ein anständiger Mensch. Ich weiß sehr zu schätzen, was Sie getan haben.«

23

Am nächsten Morgen lag auf meiner Türschwelle die Zeitung mit der fetten Schlagzeile FÄHRENKILLER IM TROCKENDOCK, gefolgt von Cindys Artikel.

Als ich am Justizgebäude ankam, wurde ich von einem Pulk Journalisten in Empfang genommen.

»Wie fühlen Sie sich, Lieutenant?«

»Fantastisch«, antwortete ich grinsend. »Besser geht's gar nicht.«

Ich beantwortete Fragen, lobte mein Team und lächelte für ein paar Fotos, bevor ich das Gebäude betrat und mit dem Aufzug in den zweiten Stock fuhr.

Als ich die Schranke zum Bereitschaftsraum des Morddezernats aufstieß, schlug Brenda einen kleinen Gong, der an ihrem Platz steht, und sprang dann auf, um mich zu umarmen. Schon von Weitem entdeckte ich die Blumen auf meinem Schreibtisch.

Ich trommelte die ganze Truppe zusammen und dankte allen für ihren Einsatz. Und als Inspector Lemke fragte, ob man bei mir Unterricht in Mörderbeschwörung nehmen könne, war das Gelächter groß.

»Das mit dem Nasezucken krieg ich ja schon ganz gut hin«, sagte er, »aber passieren tut nichts.«

»Du musst mit der Nase zucken, die Arme verschränken und *gleichzeitig* zwinkern!«, rief Rodriguez.

Ich schenkte mir in unserer kleinen Küche gerade einen Kaffee ein, um mich zu stärken, ehe ich den riesigen Aktenberg auf meinem Schreibtisch attackierte, als Brenda den Kopf zur Tür hereinsteckte und sagte: »Der Chief auf Leitung eins!«

Ich ging in mein Büro und räumte zuerst einmal den dicken Blumenstrauß beiseite, der auf meinem Schreibtisch stand. Dabei warf ich einen Blick auf die kleine Karte, die zwischen den Rosen steckte, und sah viele kleine »X« und »O« – Küsse und Umarmungen von Joe, meinem Traummann.

Ich lächelte immer noch, als ich den blinkenden Knopf an meinem Telefon drückte. Der Chief bat mich mit honigsüßer Stimme nach oben in sein Büro.

»Ich hole nur rasch mein Team«, sagte ich, doch er entgegnete: »Nein, kommen Sie bitte allein.«

Ich sagte Brenda Bescheid, dass ich in ein paar Minuten wieder da wäre, und nahm die Treppe hinauf zu Tracchios walnussgetäfeltem Büro im vierten Stock.

Der Chief stand auf, als ich eintrat, und streckte mir seine massige Hand über den Schreibtisch entgegen. Ich ergriff sie, und er sagte: »Boxer, heute ist ein guter Tag für das Department. Ich möchte Ihnen noch einmal danken, dass Sie diesen gefährlichen Spinner unschädlich gemacht haben.«

»Danke, Chief«, sagte ich. »Und danke auch für Ihre Unterstützung.« Ich machte schon Anstalten, wieder zu gehen, da bemerkte ich den verlegenen Ausdruck, der sich auf die Züge des Chiefs stahl, ein Ausdruck, der mir neu war.

Er bedeutete mir, Platz zu nehmen, und setzte sich ebenfalls. Nachdem er ein paarmal auf dem Teppichschoner aus Acryl vor- und zurückgerollt war, verschränkte er die Hände vor dem Bauch.

»Lindsay, ich bin zu einer Entscheidung gelangt, gegen die ich mich lange mit Händen und Füßen gewehrt habe.«

Würde er mir mehr Personal geben?

Ein größeres Überstunden-Budget?

»Ich habe aufmerksam beobachtet, wie Sie diesen Fall angegangen sind, und ich bin beeindruckt von der Hartnäckigkeit und Entschlossenheit, die Sie bei der Ermittlung an den Tag gelegt habe.«

»Danke ...«

»Und deshalb muss ich nun eingestehen, dass Sie recht hatten und ich im Irrtum war.«

Recht – womit?

Mein Verstand eilte seinen Worten voraus, versuchte eine halbe Sekunde Vorsprung herauszuholen – und scheiterte.

»Sie sagen mir«, fuhr Tracchio fort, »dass Sie auf die Straße gehören, dass man Sie nicht an einen Schreibtisch ketten darf. Und jetzt habe ich es kapiert. Jetzt endlich ist es auch mir klar. Um es einfach auszudrücken: Verwaltungsarbeit ist eine Vergeudung Ihres Talents.«

Ich starrte den Chief an, als er eine Dienstmarke vor mich auf den Schreibtisch legte.

»Herzlichen Glückwunsch, Boxer, zu Ihrer wohlverdienten *Degradierung* zum Sergeant.«

24

Mir schwirrte der Kopf, so fassungslos war ich.

Ich hörte Tracchios Stimme, aber es war, als wäre sein Schreibtisch rückwärts durch die Wand katapultiert worden, und er spräche von der anderen Straßenseite aus zu mir.

»Sie werden mir fachlich unterstellt sein. Natürlich bleibt es bei Ihrer derzeitigen Gehaltsstufe…«

Innerlich schrie ich auf: *Degradierung? Sie degradieren mich? Ausgerechnet heute?*

Ich griff nach der Schreibtischkante, musste mich irgendwo festhalten. Tracchios Miene verriet mir, dass ihn meine Reaktion ebenso sprachlos machte wie mich seine Ankündigung.

»Was ist denn, Boxer? Ist das nicht genau das, was Sie wollten? Seit Monaten liegen Sie mir in den Ohren…«

»Nein – ich meine, *ja.* Ich *habe* Ihnen in den Ohren gelegen. Aber ich habe nicht damit gerechnet…«

»Ich bitte Sie, Boxer. Was wollen Sie denn eigentlich? Ich habe den ganzen Abend damit zugebracht, die Sache mit sämtlichen betroffenen Stellen zu klären, weil Sie *gesagt* haben, dass Sie genau das wollen.«

Ich machte den Mund auf und wieder zu. »Geben Sie mir ein bisschen Zeit, es zu begreifen, okay, Tony?«, stammelte ich.

»Ich geb's auf«, stöhnte Tracchio. Er schnappte sich seinen Hefter und knallte ihn auf den Tisch. »Ich verstehe Sie nicht. Ich werde Sie nie verstehen. Ich geb's auf, Boxer.«

Ich kann mich nicht erinnern, wie ich das Büro des Chiefs verlassen habe, aber ich erinnere mich noch gut an den langen Weg zur Treppe, an das gequälte Lächeln auf meinen Lippen, als ich die Glückwünsche der Kollegen entgegennahm, an deren Schreibtischen ich vorbeikam.

Meine Gedanken drehten sich im Kreis.

Was zum Teufel hatte ich mir bloß dabei gedacht?

Und was wollte ich eigentlich?

Ich fand schließlich das Treppenhaus und musste mich auf das Geländer stützen, als ich die Stufen zum Büro des Morddezernats hinunterstieg. Da kam mir plötzlich Jacobi entgegen.

»*Warren*, du *glaubst* nicht, was mir gerade passiert ist.«

»Komm, wir verschwinden hier«, entgegnete er.

Wir gingen die Treppe hinunter ins Erdgeschoss und hinaus auf die Bryant, wo wir den Weg zum Flower Mart einschlugen.

»Tracchio hat mich gestern Abend angerufen«, sagte Jacobi im Gehen. Ich sah ihn von der Seite an. Jacobi und ich hatten noch nie irgendwelche Geheimnisse voreinander gehabt, aber als ich seine gequälte Miene sah, gab es mir einen Stich.

»Er hat mir den Job angeboten, Lindsay. Deinen Job. Aber ich habe ihm gesagt, dass ich es nie machen würde, wenn es für dich nicht okay wäre.«

Das Grollen unter meinen Füßen kam sicherlich von der Caltrain-Bahn, die gerade in den Bahnhof einfuhr, aber mir kam es vor wie ein Erdbeben.

Ich wusste, was ich hätte erwidern sollen: *Herzlichen Glückwunsch. Großartige Wahl. Du wirst das ganz toll machen, Jacobi.*

Aber ich brachte die Worte nicht über die Lippen.

»Ich brauche ein bisschen Zeit zum Nachdenken, Jacobi. Ich nehme mir einen Tag frei«, sprudelte ich hervor.

»Sicher, Lindsay. Niemand wird irgendetwas unternehmen, solange du nicht …«

»Vielleicht *zwei* Tage.«

»Lindsay, bleib! Wir müssen reden!«

Aber ich war schon weg.

Achtlos überquerte ich die Straße. Ich holte meinen Wagen vom Parkplatz, fuhr die Bryant hinunter zur 6th Street und weiter auf die 280 in Richtung Süden, nach Potrero Hill.

Ich riss mein Handy vom Gürtel und drückte im Fahren die Autodial-Taste für Joes Handy. Ich hörte den Rufton, während ich das Gaspedal meines Explorers durchdrückte und auf die Überholspur wechselte.

In Washington war es ein Uhr mittags.

Geh ran, Joe!

Der Anruf ging auf die Mailbox, also hinterließ ich ihm eine Nachricht. »*Ruf mich zurück. Bitte.*«

Dann rief ich im San Francisco General an.

25

Ich hatte gehofft, Claires Stimme zu hören, doch Edmund nahm den Anruf entgegen.

Er hörte sich an, als hätte er wieder die ganze Nacht auf einem Stuhl an ihrem Bett verbracht.

»Wie geht es ihr?«, fragte ich mit einem dicken Kloß im Hals.

»Sie musste noch mal zum Kernspin«, antwortete er.

»Sag Claire, dass wir den Täter haben. Er hat gestanden, und wir haben ihn hinter Schloss und Riegel.«

Ich versprach Edmund, dass ich später noch bei Claire vorbeischauen würde, und probierte es dann wieder bei Joe. Diesmal bekam ich den Anrufbeantworter in seinem Büro, und so versuchte ich es bei ihm zu Hause.

Wieder der AB.

Ich bremste an der Ampel an der 18th Street und trommelte ungeduldig auf dem Lenkrad herum. Sobald die Ampel auf Grün sprang, trat ich aufs Gas.

Eine alte Erinnerung kam hoch – der Tag meiner Beförderung zum Lieutenant, kurz nachdem wir den »Honeymoon-Mörder« geschnappt hatten, einen Psychopathen, der sich todsicher einen Platz unter den Top Ten der abartigsten Kriminellen aller Zeiten verdient hatte. Damals hatte ich meine Beförderung mehr oder weniger als eine politische Entscheidung betrachtet. Nie zuvor hatte eine Frau diesen Job gehabt. Ich war vorgetreten und hatte mir das goldene Dienstabzeichen ans Revers heften lassen, ohne zu wissen, ob die Macht und die Verantwortung, die der Job mit sich brachte, das waren, was ich wollte.

Und jetzt wusste ich es offenbar immer noch nicht.

Ich *hatte* darum gebeten, wieder an die Front versetzt zu werden, und deshalb war es nicht weiter verwunderlich, dass

Tracchio meine Reaktion nicht verstand. *Verdammt.* Ich verstand sie ja selbst nicht.

Aber manchmal begreift man etwas erst, wenn es zu spät ist.

Eine fachliche Unterordnung unter Tracchio war das Allerletzte.

Ich würde im Dienstgrad heruntergestuft werden.

Könnte ich es aushalten, Befehle von Jacobi zu bekommen?

»Ich habe ihm gesagt, ich würde es nur machen, wenn du einverstanden wärst«, hatte er gesagt.

Ich musste mit Joe reden.

Ich fischte das Handy wieder vom Beifahrersitz und drückte die Wiederwahltaste. Der Klang von Joes Stimme auf seiner Bandansage beschwor so viele Erinnerungen herauf: die märchenhaften Ausflüge, die wir zusammen unternommen hatten; der leidenschaftliche Sex; die kleinen Dinge, die ich an Joe so bewunderte – und jeder Moment war kostbar, weil ich nie wusste, wann ich ihn wiedersehen würde.

Was hätte ich nicht darum gegeben, an diesem Abend in seinen Armen zu sein, mich von seiner Liebe umfangen zu lassen, und dabei zu spüren, dass er mich so sah, wie ich wirklich war. Seine Berührung konnte alle unguten Gefühle vertreiben …

Ich brach den Anruf ab, ohne eine Nachricht zu hinterlassen, und wählte noch einmal Joes andere beiden Nummern – mit dem gleichen Resultat.

Ich lenkte den Wagen in eine Parklücke, zog die Handbremse und saß stumpfsinnig da, starrte ins Leere und wünschte nur, ich könnte bei Joe sein.

Und dann kam mir eine geniale Idee.

Hey – das kann ich doch.

26

Ich hob mich auffallend von all den anderen Passagieren in der Flughafenlounge ab: alles Männer in grauen Anzügen und roten oder blauen Krawatten – und dazwischen ich. Ich trug einen neuen butterfarbenen Kaschmirpulli mit V-Ausschnitt, eine enge Jeans und eine taillenbetonte Tweedjacke. Mein Haar schimmerte wie ein Glorienschein. Einige Männer beäugten mich verstohlen, was meinem Ego guttat.

Während ich darauf wartete, an Bord gehen zu können, hakte ich die Liste in meinem Kopf ab: Marthas Hundesitterin war im Einsatz; meine Waffe und meine Dienstmarke hatte ich in der Kommodenschublade eingeschlossen, mein Handy im Auto liegenlassen. Das mit dem Handy war eigentlich ein Versehen gewesen, aber ich brauchte kein Diplom in Psychologie, um zu wissen, dass ich mir mit dem ganzen Ballast kurzerhand auch den Job vom Hals geschafft hatte.

Ich reiste mit leichtem Gepäck, aber das Wichtigste hatte ich dabei: meinen Lippenstift und mein Ticket für einen Hin- und Rückflug zum Reagan National Airport, das Joe mir zusammen mit seinen Schlüsseln und einem Zettel in die Hand gedrückt hatte. Auf dem Zettel stand: »*Das ist Dein ›Komm-zu-Joe‹-Gutschein, und er gilt unbegrenzt. Tausend Küsse, Joe.*«

Als ich den Flieger bestieg, kam ich mir ein bisschen verantwortungslos vor. Und das nicht nur, weil ich vor einem ungelösten Konflikt davonlief – da war noch etwas anderes, das meine Nerven flattern ließ.

Joe hatte mich schon öfter »überfallen«, aber ich war noch nie ohne Vorwarnung bei ihm zu Hause aufgekreuzt.

Das Glas Champagner vor dem Start beruhigte mich ein wenig, und sobald wir in der Luft waren, stellte ich meine Sitzlehne zurück und schlief ein. Ich wachte erst wieder auf, als die Stimme des Piloten ankündigte, dass wir uns im Anflug auf DC befanden.

Nachdem wir gelandet waren, nannte ich dem Taxifahrer Joes Adresse im Nordwesten von Washington.

Eine halbe Stunde später kurvte das Taxi um die Pflanzenkübel und Springbrunnen vor der exklusiven, L-förmig angelegten Kennedy-Warren-Wohnanlage. Und nur Minuten später stand ich auf dem Teppich im obersten Flur des historischen Flügels und klingelte an der Tür von Joes Wohnung.

So, da bin ich.

Er machte nicht auf, und so klingelte ich noch einmal. Dann steckte ich den ersten Schlüssel in das untere Schloss, öffnete mit dem zweiten den Riegel und stieß die Tür auf.

»Joe?«, rief ich, als ich in die dunkle Diele trat. Ich rief noch einmal, als ich zur Küche kam.

Wo steckt er bloß?

Warum habe ich ihn unter keiner seiner Nummern erreicht?

Die Küche ging in einen großen, attraktiven Ess- und Wohnbereich über. Das Parkett glänzte im Licht, das durch die Fenster am anderen Ende hereinströmte, und dahinter erblickte ich eine Terrasse.

Ich sah üppig gepolsterte Möbel aus dunklem Holz, alles blitzsauber und tipptopp in Schuss.

Dann sah ich noch einmal hin, und das Herz blieb mir stehen.

Eine Frau hatte es sich auf dem Sofa bequem gemacht. Sie saß mit dem Gesicht zum Fenster und las eine Zeitschrift. In ihren Ohren steckten die weißen Kabel eines iPod.

Ich war so geschockt, dass ich mich kaum rühren konnte.

Und ich brachte kein Wort heraus.

27

Mein Puls schoss in die Höhe, als ich die Frau auf dem Sofa näher ins Auge fasste und das Sandwich und die Teetasse neben ihr auf dem Couchtisch bemerkte.

Ich registrierte das schwarze, ärmellose Top und die Jogginghose, das dichte Haar mit den blonden Strähnen, das am Hinterkopf zu einem Knoten gebunden war, ihre nackten Füße.

Alles Blut schien aus meinen Adern gewichen zu sein, und ich spürte nur noch das Kribbeln in meinen Fingerspitzen. *Hatte Joe ein Doppelleben geführt, während ich in San Francisco gehockt und auf seine Anrufe und Besuche gewartet hatte?*

Mein Gesicht glühte vor Wut, aber auch vor Scham. Ich wusste nicht, ob ich schreien oder weglaufen sollte.

Wie konnte Joe mich so hintergangen haben?

Die Frau musste mein Spiegelbild im Glas gesehen haben. Sie ließ ihre Zeitschrift fallen, schlug die Hände vors Gesicht und kreischte.

Ich schrie auch. »*Wer zum Teufel sind Sie?*«

»Und wer sind *Sie*?«, schrie sie zurück. Ihre Haare lösten sich aus dem Knoten, als sie sich die iPod-Ohrhörer herausriss.

»Ich bin Joes Freundin«, entgegnete ich. Ich kam mir nackt und schutzlos vor, und ich wünschte, ich hätte eine Dienstmarke gehabt, um sie ihr unter die Nase halten zu können. Irgendeine Marke.

O Joe, was hast du getan?

»Ich bin Milda«, sagte die Frau. Sie sprang vom Sofa auf und ging voran in die Küche. »Ich arbeite hier. Ich bin Mr. Molinaris Putzhilfe.«

Ich lachte – aber nicht, weil ich es so lustig fand. Es war eine Schockreaktion.

Mit ungehaltener Geste zog sie einen Scheck aus der Hosentasche und hielt ihn mir hin.

Doch ich nahm sie kaum wahr. Bilder der vergangenen Tage schossen mir durch den Kopf.

Und jetzt raubte mir die Anwesenheit dieser jungen Frau auch noch den letzten Rest an Kontrolle über meine Gefühle.

»Ich war früher fertig, und da dachte ich mir, ich setze mich noch ein paar Minuten ins Wohnzimmer«, erklärte sie, während sie das Geschirr spülte, das sie benutzt hatte. »Bitte, sagen Sie ihm nichts, okay?«

Ich nickte wie betäubt. »Nein. Natürlich nicht.«

»Also, ich bin dann mal weg«, sagte sie und stellte das Wasser ab. »Ich muss meinen Sohn abholen und will nicht zu spät kommen, also gehe ich jetzt, okay?«

Ich nickte.

Durch einen Flur gelangte ich zum Bad und stieß die Tür auf. Ich öffnete die Hausapotheke und suchte zwischen den Schachteln und Fläschchen nach Nagellack, Tampons oder Make-up.

Doch ich fand nichts, und so ging ich weiter ins Schlafzimmer, einen großen, mit Teppichboden ausgelegten Raum mit einem Fenster zum Innenhof. Ich riss die Tür von Joes Kleiderschrank auf, suchte den Boden nach Damenschuhen ab, schob die Hand zwischen die Kleider an der Stange: keine Röcke, keine Blusen. *Was tat ich hier eigentlich?*

Ich kannte Joe doch, oder etwa nicht?

Ich drehte mich zum Bett um und wollte gerade die Decke zurückschlagen, um die Laken zu inspizieren, als mein Blick auf das Foto auf dem Nachttisch fiel. Es zeigte Joe und mich vor einem halben Jahr in Sausalito. Er hatte den Arm um mich gelegt, und der Wind wehte mir die Haare ins Gesicht. Wir sahen beide verliebt aus.

Ich presste die Hände auf die Augen.

Ich schämte mich so. Und dann brach es nur so aus mir

heraus. Da stand ich in Joes Schlafzimmer und weinte mir die Augen aus dem Kopf.

Schließlich ging ich und flog zurück nach Kalifornien.

Zweiter Teil

Das Mädchen mit den braunen Augen

28

Madison Tyler hüpfte auf einem Bein über den Gehsteig, ohne die Fugen zu berühren, rannte dann zurück zu ihrem Kindermädchen und nahm ihre Hand. »Hast du überhaupt *zugehört*, Paola?«, fragte Madison, als sie weiter in Richtung Alta Plaza Park gingen.

Paola Ricci drückte Madisons kleine Hand.

Manchmal ging die entzückende frühreife Art des fünfjährigen Mädchens fast über ihren Verstand.

»Natürlich hab ich zugehört, Schatz.«

»Also, wie ich schon sagte«, fuhr das Mädchen in seiner drolligen altklugen Art fort, »wenn ich die *Bagatelle* von Beethoven spiele, bilden die ersten Noten eine aufsteigende Tonfolge, und sie sehen aus wie eine blaue Leiter …«

Sie trällerte die Noten.

»Und dann im nächsten Teil, wenn ich C-D-C spiele, sind die Noten rosa-grün-rosa!«

»Du *stellst* dir also *vor*, dass diese Noten Farben haben?«

»Nein, Paola«, verbesserte das Mädchen sie. »Die Noten *sind* die Farben. Siehst du denn keine Farben, wenn du singst?«

»Nee. Ich bin wohl ein Dummi«, sagte Paola. »Eine Super-Dummi-Nanny.«

»Ich weiß nicht, was eine Super-Dummi-Nanny *ist*«, erwiderte Madison, und ein strahlendes Lächeln ließ ihre großen braunen Augen funkeln. »Aber es klingt sehr komisch.«

Sie lachten beide ausgelassen. Madison schlang die Arme um Paolas Taille und vergrub ihr Gesicht im Mantel der jungen Frau, als sie an der exklusiven Waldorfschule vorbeikamen, nur anderthalb Blocks von dem Haus entfernt, in dem Madison mit ihren Eltern wohnte.

»Heute ist Samstag«, flüsterte Madison Paola zu. »Samstags muss ich die Schule nicht mal *anschauen*!«

Jetzt war es nur noch ein Block bis zum Park, und als Madison die Steinmauer erblickte, die ihn umschloss, wurde sie ganz aufgeregt und wechselte das Thema.

»Mommy sagt, ich darf einen roten Lakeland-Terrier haben, wenn ich ein bisschen größer bin«, vertraute sie Paola an, als sie die Divisadero überquerten. »Ich werde ihn Wolfgang nennen.«

»Was für ein ernsthafter Name für einen kleinen Hund«, meinte Paola, während sie sich darauf konzentrierte, sicher auf die andere Straßenseite zu wechseln. Den schwarzen Minivan, der mit laufendem Motor vor der Parkmauer stand, beachtete sie kaum. In Pacific Heights waren teure schwarze Minivans ungefähr so verbreitet wie Krähen.

Paola schwang Madisons Arm, und das Kind sprang auf den Bordstein, um dann plötzlich innezuhalten, als ein Mann aus dem Van stieg und schnell auf sie zukam.

»Paola, wer ist das?«, fragte Madison ihr Kindermädchen.

»*Was gibt's denn?*«, rief Paola dem Mann zu, der aus dem Van gestiegen war.

»Zu Hause ist etwas passiert. Ihr müsst beide sofort mitkommen. Madison, deine Mama ist die Treppe runtergefallen.«

Madison sprang hinter dem Rücken ihres Kindermädchens hervor und rief: »Mein Daddy hat gesagt, ich darf nie zu einem Fremden ins Auto steigen! Und Sie sind ganz schön fremd, wissen Sie das?«

Der Mann hob das Kind auf wie eine Tüte Vogelfutter. »*Hilfe! Lassen Sie mich runter!*«, schrie Madison, doch er warf sie einfach auf den Rücksitz des Vans.

»Los, rein mit dir«, sagte der Mann zu Paola. Er richtete eine Pistole auf ihre Brust.

»Entweder du steigst jetzt ein, oder du siehst die Kleine nie wieder.«

29

Rich Conklin und ich waren gerade in den Bereitschaftsraum zurückgekehrt, nachdem wir den ganzen Morgen in einem brutalen Fall ermittelt hatten, als Jacobi uns in sein Büro winkte.

Wir gingen über den grauen Linoleumfußboden auf den Glaskasten zu und traten ein. Conklin hockte sich auf die Kante des Computertischs, wo Jacobi sonst immer gesessen hatte. Ich nahm auf dem Besucherstuhl neben Jacobis Schreibtisch Platz und sah zu, wie er es sich in meinem ehemaligen Sessel bequem machte.

Ich hatte immer noch Mühe, mich mit den jüngsten Veränderungen abzufinden. Kritisch beäugte ich das Chaos, das Jacobi in knapp zwei Wochen hier verbreitet hatte: Zeitungsstapel auf dem Boden und auf dem Fensterbrett; Essensgerüche, die aus dem Abfalleimer aufstiegen.

»Du bist ein Schwein, Jacobi«, sagte ich. »Und das meine ich ganz wörtlich.«

Jacobi lachte – etwas, was er in den letzten Tagen öfter getan hatte als in den zwei Jahren zuvor –, und trotz des Schlags gegen mein Ego war ich froh, dass er nicht länger mit hängender Zunge die steilen Straßen hinaufhetzen musste. Er war ein großartiger Polizist, beschlagen in der Kunst, das Unmögliche möglich zu machen, und ich arbeitete daran, ihn wieder genauso zu mögen wie vorher.

Jacobi hustete ein paarmal und sagte: »Wir haben eine Entführung.«

»Und *wir* sollen den Fall übernehmen?«, fragte Conklin.

»Das Dezernat Schwerverbrechen ist seit ein paar Stunden dran, aber eine Zeugin hat sich gemeldet, und jetzt sieht es so aus, als könnten wir es mit einem Mord zu tun haben«, erklärte Jacobi. »Wir werden uns mit Lieutenant Macklin abstimmen.«

Ein summendes Geräusch ertönte, als Jacobi den Computer hochfuhr – etwas, wovon er vor seiner Beförderung stets die Finger gelassen hatte. Er fischte eine CD aus dem Haufen Müll auf seinem Schreibtisch und schob sie unbeholfen in das CD/DVD-Laufwerk des Rechners.

»Ein kleines Mädchen, fünf Jahre alt«, sagte er. »War heute Morgen um neun mit seinem Kindermädchen auf dem Weg in den Park, als die beiden entführt wurden. Das Kindermädchen ist Paola Ricci aus Cremona in Italien; sie hat ein Arbeitsvisum für die Staaten. Das Kind ist Madison Tyler.«

»Von den *Chronicle*-Tylers?«, fragte ich.

»Genau. Henry Tyler ist der Vater des kleinen Mädchens.«

»Sagtest du, dass es eine Zeugin der Entführung gibt?«

»Stimmt, Boxer. Eine Frau, die vor der Arbeit mit ihrem Schnauzer Gassi ging, sah, wie in der Scott Street vor dem Alta Plaza Park eine Gestalt in einem grauen Mantel aus einem schwarzen Minivan stieg.«

»Was soll das heißen, eine ›Gestalt‹?«, wollte Conklin wissen.

»Sie konnte nur sagen, dass es sich um eine Person in einem grauen Mantel handelte. Sie weiß nicht, ob es ein Mann oder eine Frau war, weil besagte Person von ihr abgewandt war und sie nur eine Sekunde lang hingeschaut hat. Die Marke des Wagens konnte sie ebenso wenig identifizieren. Sie sagt, es ging alles zu schnell.«

»Und was macht den Fall zu einem möglichen Mord?«, fragte ich.

»Die Zeugin sagt, kurz nachdem der Wagen in die Divisadero eingebogen sei, habe sie einen Knall gehört. Dann sah sie, wie Blut von innen an die Heckscheibe des Vans spritzte.«

30

Jacobi machte ein paar Mausklicks und drehte den Laptop so, dass Conklin und ich das Video sehen konnten, das auf dem Monitor lief.

»Das ist Madison Tyler«, sagte er.

Die Kamera war auf ein kleines blondes Mädchen gerichtet, das hinter einem Vorhang auftauchte und eine Bühne betrat. Sie trug ein schlichtes marineblaues Samtkleid mit Spitzenkragen, dazu Socken und auf Hochglanz polierte Schnallenschuhe.

Sie war so ziemlich das hübscheste kleine Mädchen, das ich je gesehen hatte, doch ihre intelligenten Augen verrieten, dass sie weit mehr war als nur eine Vorschul-Schönheitskönigin.

Applaus erfüllte Jacobis Büro, als das kleine Mädchen auf einen Klavierhocker kletterte, der vor einem Steinway-Konzertflügel stand.

Der Beifall verebbte, und sie begann ein klassisches Musikstück zu spielen. Ich wusste nicht, was es war, aber es war kompliziert, und das Kind schien keine Fehler zu machen.

Sie beendete ihren Vortrag mit einem spektakulären Lauf, bei der sie die Ärmchen ganz lang machen musste, um die obersten Tasten zu erreichen. Laute Bravorufe und stürmischer Applaus mischten sich in die letzten Klänge.

Madison drehte sich zum Publikum um und sagte: »Ich werde noch viel besser spielen können, wenn meine Arme länger sind.«

Freundliches Lachen plätscherte aus den Lautsprechern, und dann kam ein Junge von etwa neun Jahren aus der Kulisse und überreichte dem Mädchen einen Blumenstrauß.

»Haben die Eltern einen Anruf bekommen?«, fragte ich, während ich mich von dem Video mit Madison Tylers Auftritt losriss.

»Es ist noch früh, aber die Antwort ist nein. Sie haben von niemandem gehört«, antwortete Jacobi. »Kein Wort von den Entführern. Keine Lösegeldforderungen – bis jetzt.«

31

Cindy Thomas arbeitete zu Hause in dem Büro, das sie sich in dem kleineren der zwei Schlafzimmer ihrer neuen Wohnung eingerichtet hatte. CNN lieferte die Hintergrundgeräusche, während sie tippte, ganz vertieft in ihren Artikel über den bevorstehenden Prozess gegen Alfred Brinkley. Als das Telefon klingelte, wollte sie zuerst gar nicht rangehen.

Dann fiel ihr Blick auf die Anruferkennung – und sie riss den Hörer von der Gabel.

»*Mr. Tyler?*«, meldete sie sich.

Henry Tylers Stimme klang seltsam dumpf; Cindy hätte sie fast nicht wiedererkannt. Sie war versucht zu glauben, dass er sich einen Scherz erlaubte, aber das war eigentlich nicht seine Art.

Cindy lauschte angestrengt, hielt erschrocken die Luft an und stammelte: »*Nein… o nein…*« Sie hatte Mühe, dem Mann zu folgen; er weinte und verlor immer wieder den Faden, sodass er Cindy fragen musste, was er gerade gesagt hatte.

»Sie trug einen blauen Mantel«, half Cindy ihm auf die Sprünge.

»Richtig. Einen dunkelblauen Mantel, einen roten Pulli, blaue Hose und rote Schuhe.«

»In einer Stunde haben Sie den Text«, sagte Cindy. »Und bis dahin werden Sie auch von diesen Mistkerlen gehört haben und wissen, wie viel Sie zahlen müssen, um Maddy wiederzubekommen. Sie *werden* sie wiederbekommen.«

Cindy verabschiedete sich vom Mitherausgeber der *Chronicle* und legte den Hörer auf. Dann saß sie einen Moment lang reglos da, die Finger um die Armlehnen ihres Stuhls gekrampft. Ihr war schlecht und schwindlig vor Angst. Sie hatte schon genug Artikel über Kindesentführungen geschrieben, um zu wissen, dass die Chancen, das Mädchen lebend zu finden, um rund die Hälfte sanken, wenn sie heute nicht gefunden würde. Und noch einmal um die Hälfte, wenn man sie morgen auch nicht fände.

Sie dachte an ihre letzte Begegnung mit Madison zurück. Es war im Frühsommer gewesen, als das kleine Mädchen mit ihrem Vater in die Redaktion gekommen war.

Vielleicht zwanzig Minuten lang hatte Madison sich auf dem Stuhl gegenüber von Cindys Schreibtisch hin und her gedreht, auf einem Stenoblock herumgekritzelt und so getan, als sei sie eine Reporterin, die Cindy über ihre Arbeit befragte.

»Warum heißt es eigentlich ›*Deadline*‹? Kriegen Sie auch manchmal Angst, wenn Sie über Gangster berichten? Was ist die doofste Geschichte, die Sie je geschrieben haben?«

Maddy war ein entzückendes Kind, witzig und natürlich, und Cindy war richtig traurig gewesen, als Tylers Sekretärin zurückgekommen war und gesagt hatte: »Komm, Madison, Miss Thomas hat zu tun.«

Cindy hatte dem Kind spontan einen Kuss auf die Wange gedrückt und gesagt: »Du bist so süß wie *zehn* Zuckerschnecken, weißt du das?«

Und Madison hatte ihr die Arme um den Hals geschlungen und den Kuss erwidert.

»Bis bald, du Starreporterin!«, hatte Cindy ihr nachgerufen, und Madison Tyler war herumgewirbelt und hatte gegrinst.

»Das werde ich bestimmt mal!«, hatte sie erwidert.

Jetzt starrte Cindy den leeren Computerbildschirm an, und tausend quälende Fragen bestürmten sie. Madison wurde von Menschen, die sie nicht liebten, gefangen gehalten. Lag sie vielleicht in diesem Moment gefesselt im Kofferraum eines Autos? War sie sexuell missbraucht worden? War sie vielleicht schon tot?

Cindy öffnete ein neues Dokument in ihrem Computer, und nach ein paar Fehlstarts spürte sie, wie die Geschichte sich unter ihren Fingern abzuspulen begann. *»Die 5-jährige Tochter des Mitherausgebers der* Chronicle, *Henry Tyler, wurde heute*

Morgen entführt, nur wenige Blocks vom Haus der Familie entfernt…«

Sie konnte immer noch Henry Tylers Stimme hören, erstickt von Kummer: »Schreiben Sie den Artikel, Cindy. Und beten Sie zu Gott, dass wir Madison wiederhaben, bevor wir ihn bringen.«

32

Yuki Castellano saß in der dritten Reihe der Zuschauergalerie im Verhandlungssaal 22 des Superior Court und wartete darauf, dass der Gerichtsdiener die Fallnummer aufrief. Sie war erst seit ungefähr einem Monat bei der Staatsanwaltschaft, nachdem sie einige Jahre als Strafverteidigerin in einer Top-Anwaltskanzlei gearbeitet hatte.

Doch schon jetzt fand sie die Arbeit als Anklagevertreterin spannender, packender und irgendwie echter als die Verteidigung irgendwelcher Wirtschaftskrimineller bei Zivilprozessen.

Es war genau das, was sie wollte.

Ihre ehemaligen Kollegen würden nicht glauben, wie viel Spaß ihr dieses neue Leben »auf der dunklen Seite« machte.

Der Zweck der heutigen Anhörung war die Ansetzung eines Prozesstermins für Alfred Brinkley. Im Büro hatten sie eine stellvertretende Staatsanwältin, deren Job es war, an rein formellen Routineterminen wie diesem teilzunehmen und den Hauptkalender zu führen.

Aber Yuki wollte auch nicht eine einzige Sekunde dieses Falls delegieren.

Leonard Parisi, der leitende Bezirksstaatsanwalt, hatte sie für diesen Prozess, der ihr sehr viel bedeutete, als zweite bevollmächtigte Staatsanwältin ausgewählt. Alfed Brinkley hatte vier Menschen ermordet. Und es war pures Glück, dass er nicht auch Claire Washburn, eine von Yukis besten Freundinnen, getötet hatte.

Yukis Blick wanderte über die Sitzreihen, streifte die Junkies und die Kindesmissbraucher, ihre Mütter und Freundinnen, die Pflichtverteidiger, die ins Gespräch mit ihren Mandanten vertieft waren.

Schließlich hefteten sich ihre Augen auf die Pflichtverteidigerin Barbara Blanco, die gerade dem Amokschützen von der Fähre etwas zuflüsterte. Blanco war eine clevere Frau, und mit Alfred Brinkley hatte sie – wie Yuki selbst – einen echten Knaller gezogen.

Blanco hatte für Brinkley auf »nicht schuldig« plädiert, als dieser dem Haftrichter vorgeführt worden war, und sie würde todsicher versuchen, sein Geständnis noch vor Prozessbeginn aus den Akten entfernen zu lassen. Sie würde sich darauf berufen, dass Brinkley während der Tat vollkommen neben der Spur gewesen war und seither permanent unter Medikamenten stand. Und sie würde daran arbeiten, ihn aus dem Strafvollzug herauszubekommen und ihn stattdessen der Psychiatrie zu übergeben.

Bitte, sie konnte es gerne versuchen.

Der Gerichtsdiener rief die Fallnummer auf, und Yukis Puls begann zu rasen, als sie ihren Laptop zuklappte und auf den Richtertisch zuging.

Alfred Brinkley trottete brav hinter seiner Anwältin her. Er sah ganz adrett aus und wirkte viel weniger aufgeregt als bei der Anklageerhebung – und das war auch gut so.

Yuki öffnete die hölzerne Schranke zwischen der Zuschauergalerie und dem eigentlichen Gerichtssaal und nahm neben Blanco und Brinkley vor dem Richtertisch Aufstellung. Sie hob den Blick und sah in die schieferblauen Augen von Richter Norman Moore.

Moore musterte die Angetretenen flüchtig und senkte den Blick wieder auf seinen Terminplan.

»Nun denn. Was halten Sie davon, wenn wir diese Sache recht bald ansetzen, sagen wir am Montag, dem 17. November?«

»Das wäre im Sinne der Staatsanwaltschaft, Euer Ehren«, erwiderte Yuki.

Aber Blanco hatte andere Vorstellungen. »Euer Ehren, Mr. Brinkley hat eine lange Vorgeschichte psychischer Erkrankung. Er sollte gemäß Paragraph 1368 auf seine Prozessfähigkeit hin untersucht werden.«

Moore ließ die Hände auf den Tisch sinken, seufzte und sagte: »In Ordnung, Ms. Blanco. Dr. Charlene Everedt ist aus dem Urlaub zurück, und sie sagte mir heute Morgen, dass sie ein wenig Zeit hat. Sie wird das psychologische Gutachten für Mr. Brinkley übernehmen.«

Er sah Yuki an. »Ms. Castellano, nicht wahr?«

»Ja, Euer Ehren. Das ist reine Verzögerungstaktik«, sagte sie in ihrem üblichen Stakkato-Stil. »Die Vertreterin der Verteidigung will ihren Mandanten aus dem Blickfeld der Öffentlichkeit bringen, damit der Medienrummel sich legt. Ms. Blanco weiß sehr wohl, dass Mr. Brinkley durchaus in der Lage ist, einen Prozess durchzustehen. Er hat vier Menschen erschossen. Er hat sich selbst gestellt. Er hat seine Tat aus freien Stücken gestanden.

Die Staatsanwaltschaft wünscht einen zügigen Prozess, und den hat sie auch verdient ...«

»Mir ist schon klar, was die Staatsanwaltschaft will, Ms. Castellano«, erwiderte der Richter und konterte ihr verbales Maschinengewehrfeuer mit seiner geduldig-behäbigen Sprechweise. »Aber Dr. Everedt wird den Fall umgehend bearbeiten. Das dürfte nicht länger als ein paar Tage dauern. Ich denke, so lange wird die Staatsanwaltschaft noch warten können, meinen Sie nicht?«

»Ja, Sir«, antwortete Yuki. Und während der Richter sich mit den Worten »Nächster Fall« an seinen Gerichtsdiener wandte, schritt Yuki durch den Vorraum auf die Doppeltür zu und verließ den Verhandlungssaal.

Sie wandte sich nach rechts und ging über den ausgetretenen Marmorboden des Flurs zu ihrem Büro. Dabei hoffte sie nur, dass die vom Gericht bestellte Psychologin erkennen würde, was sie und Lindsay bereits wussten.

Alfred Brinkley mochte verrückt sein, aber er war nicht unzurechnungsfähig.

Er war ein Killer, der vorsätzlich vier Menschen getötet hatte. Und wenn alles gut ginge, würde die Anklagevertretung schon bald die Gelegenheit bekommen, es zu beweisen.

33

Ich warf Conklin die Schlüssel des Einsatzwagens zu und stieg auf der Beifahrerseite ein.

Rich pfiff nervös durch die Zähne, als wir auf die Bryant hinaussteuerten und ein paar Blocks weit auf der 6th Street Richtung Norden fuhren, um dann die Market Street zu überqueren und den Weg nach Pacific Heights einzuschlagen.

»Wenn es irgendetwas gibt, was einen davon abbringen könnte, sich Kinder zuzulegen, dann so was«, sagte er.

»Und davon abgesehen?«

»Hätte ich am liebsten einen ganzen Stall voll.«

Wir spekulierten über die Entführung – ob es tatsächlich einen Mord gegeben hatte und ob das Kindermädchen mit den Kidnappern unter einer Decke stecken könnte.

»Sie kannte sich aus«, sagte ich. »Sie muss über alles Bescheid gewusst haben, was im Haushalt passierte. Wie viel Geld sie haben, die Gewohnheiten und die täglichen Wege sämtlicher Familienmitglieder. Wenn Madison ihr vertraut hat, dürfte die Entführung ein Kinderspiel gewesen sein.«

»Und warum dann das Kindermädchen beseitigen?«, warf Conklin ein.

»Nun ja, vielleicht konnten sie sie einfach nicht mehr gebrauchen.«

»Eine weniger, mit der sie das Lösegeld teilen müssen. Trotzdem – sie so einfach vor den Augen des kleinen Mädchens zu erschießen ...«

»*War* es das Kindermädchen?«, fragte ich. »Oder haben sie das Kind erschossen?«

Wir verfielen in Schweigen, als wir in die Washington einbogen, eine der attraktivsten Lagen im Nobelviertel Pacific Heights.

Das Haus der Tylers stand in der Mitte der von Bäumen gesäumten Straße, eine stattliche viktorianische Villa, blassgelb, mit Verzierungen unter der Dachtraufe und Blumenkästen mit üppig wuchernden Pflanzen. Es war ein Traumhaus.

Conklin parkte am Bordstein, und wir gelangten über einen Gartenweg aus sechs Natursteinplatten zur Haustür.

Ich hob den Messing-Türklopfer und ließ ihn auf die Schlagplatte an der alten Eichentür fallen. Dabei war mir bewusst, dass uns in diesem prächtigen Haus zwei Menschen erwarteten, die vor Angst und Kummer nicht mehr ein noch aus wussten.

34

Henry Tyler öffnete uns die Tür. Er schien mein Gesicht zu erkennen und erbleichte. Ich hielt meine Dienstmarke hoch.

»Ich bin Sergeant Boxer, und das ist Inspector Conklin …«

»Ich weiß, wer Sie sind«, erwiderte er. »Sie sind eine Freundin von Cindy Thomas. Vom *Morddezernat.*«

»Das ist richtig, Mr. Tyler, aber bitte … Wir haben keine Neuigkeiten von Ihrer Tochter.«

»Es waren heute schon ein paar Kollegen von Ihnen hier«, sagte er, während er uns über einen mit Teppich ausgelegten Flur in einen Salon führte, der ganz im Stil des 19. Jahrhunderts eingerichtet war – antike Möbel, Perserteppiche und Gemälde von Menschen und Hunden aus einer anderen Epoche. Ein Piano stand schräg vor den Fenstern, die eine unbezahlbare Aussicht auf die San Francisco Bay boten.

Tyler bat uns, Platz zu nehmen, und setzte sich uns gegenüber auf ein samtbezogenes Sofa mit geschwungener Rückenlehne.

»Wir sind hier, weil eine Zeugin der Entführung einen Schuss gehört hat«, sagte ich.

»Einen *Schuss*?«

»Wir haben keinen Grund zu der Annahme, dass Madison verletzt wurde, Mr. Tyler, aber wir müssen mehr über Ihre Tochter und Paola Ricci wissen.«

Elizabeth Tyler betrat den Raum, gehüllt in beigefarbene Seide und feine Wolle, die Augen verquollen und rot vom Weinen. Sie setzte sich zu ihrem Mann und ergriff seine Hand.

»Sergeant Boxer hat mir gerade gesagt, dass die Frau, die Madisons Entführung beobachtet hat, einen *Schuss* gehört hat!«

»O *Gott*, nein!«, rief Elizabeth Tyler und sank an die Schulter ihres Mannes.

Ich erläuterte die Situation noch einmal und gab mir größte Mühe, Madisons Eltern zu beruhigen. Wir wüssten lediglich, dass eine Schusswaffe abgefeuert worden sei, sagte ich. Das Blut an der Heckscheibe erwähnte ich wohlweislich nicht.

Nachdem Mrs. Tyler sich wieder gefasst hatte, fragte Conklin, ob ihnen irgendjemand aufgefallen sei, der sich in der Nachbarschaft herumgetrieben habe und nicht hierherzugehören schien.

»Hier im Viertel hält einer für die anderen die Augen offen«, sagte Elizabeth. »Wir sind ungenierte Schnüffler. Wenn irgendjemand von uns irgendetwas Verdächtiges beobachtet hätte, dann hätten wir die Polizei gerufen.«

Wir fragten die Tylers nach ihren Aktivitäten in den vergangenen Tagen und nach ihren Gewohnheiten – wann sie das Haus verließen, wann sie abends zu Bett gingen.

»Erzählen Sie mir von Ihrer Tochter«, forderte ich sie auf. »Und lassen Sie nichts aus.«

Mrs. Tyler lebte ein klein wenig auf. »Sie ist ein sehr fröhliches kleines Mädchen. Sie liebt Hunde. Und sie ist ein Musikgenie.«

»Ich habe ein Video gesehen. Da hat sie Klavier gespielt«, sagte ich.

»Wussten Sie, dass sie Synästhetikerin ist?«, fragte Elizabeth Tyler mich.

Ich schüttelte den Kopf. »Was ist das denn?«

»Wenn sie Musik hört oder spielt, erscheinen die Töne ihr als Farben. Es ist eine fantastische Gabe …«

»Es ist eine neurologische Abweichung«, warf Henry Tyler ungeduldig ein. »Es hat nichts mit ihrer Entführung zu tun. Hier muss es doch um Geld gehen. Was sollte es sonst sein?«

»Was können Sie uns über Paola sagen?«, fragte ich.

»Sie spricht hervorragend Englisch«, antwortete Tyler. »Sie ist erst seit zwei Monaten bei uns. Wann war es noch mal, Schätzchen?«

»Im September. Gleich nachdem Mala nach Sri Lanka zurückgegangen ist. Paola hatte beste Referenzen«, fügte Mrs. Tyler hinzu. »Und Maddy hat sie gleich ins Herz geschlossen.«

»Kennen Sie irgendwelche von Paolas Freunden?«

»Nein«, antwortete Mrs. Tyler. »Sie darf niemanden mit nach Hause bringen. Donnerstags und sonntagnachmittags hat sie frei, und was sie an diesen Tagen gemacht hat, wissen wir nicht – es tut mir leid.«

»Sie hat ständig mit ihrem Handy telefoniert«, sagte Tyler. »Das hat Madison mir verraten. Sie muss also Freunde haben. Worauf wollen Sie hinaus, Sergeant? Denken Sie, dass *sie* dahintersteckt?«

»Halten Sie das für möglich?«

»Sicher«, antwortete Tyler. »Sie hat gesehen, wie wir leben. Vielleicht wollte sie etwas davon für sich selbst haben. Oder vielleicht hat irgendein Typ, mit dem sie zusammen war, sie dazu angestiftet.«

»Im Augenblick können wir nichts ausschließen«, sagte ich.

»Was immer dazu nötig ist, und wer immer es gewesen sein mag«, sagte Henry Tyler, während seine Frau an seiner Seite in Tränen ausbrach, »bitte, bringen Sie uns unsere kleine Tochter wieder!«

35

Paola Riccis Zimmer im Haus der Tylers war kompakt und feminin. Ein Poster von einer italienischen Fußballmannschaft prangte an der Wand gegenüber von ihrem Bett, und über dem Kopfteil hing ein handgeschnitztes Kruzifix.

Drei Türen gingen von dem kleinen Zimmer ab. Eine führte auf den Flur, die zweite in ein Bad, und durch die dritte gelangte man direkt in Madisons Zimmer.

Paolas Bett war mit einer blauen Chenille-Tagesdecke bezogen, und ihre Kleider waren ordentlich im Schrank aufgehängt – geschmackvolle Trägerkleider, schlichte Röcke und Blusen, dazu ein Regal mit Pullovern in neutralen Farben. Am Boden waren einige Paar Schuhe mit flachen Sohlen aufgereiht, und am Knauf der Schranktür hing eine schwarze Ledertasche.

Ich öffnete Paolas Handtasche und durchsuchte ihre Brieftasche.

Laut ihrem Führerschein war Paola neunzehn Jahre alt.

»Sie ist eins fünfundsiebzig groß, hat braunes Haar und blaue Augen, und sie raucht auch gerne mal ein bisschen Gras.«

Ich schwenkte ein Tütchen mit drei Joints, das ich in einer Seitentasche gefunden hatte. »Aber hier ist kein Handy, Rich. Sie muss es mitgenommen haben.«

Ich zog eine der Schubladen von Paolas Kommode auf, während Conklin die Toilettensachen durchstöberte.

Paola besaß einfache weiße Baumwollunterwäsche für den Alltag, aber für die freien Tage hatte sie auch Seidendessous in schillernden Farben.

»Ein kleines bisschen verrucht«, sagte ich, »und ein kleines bisschen brav.«

Ich ging ins Bad und öffnete die Hausapotheke. Diverse Cremes und Mittelchen gegen Pickel und Spliss – und dazu eine offene Schachtel Hormonpflaster zur Empfängnisverhütung.

Mit wem ging sie ins Bett?

Mit einem Freund? Oder mit Henry Tyler?

Es wäre nicht das erste Mal gewesen, dass ein Kindermädchen etwas mit dem Herrn des Hauses hatte. *War hier irgendetwas nicht ganz sauber? Eine Affäre, die im Streit geendet hatte?*

»Hier ist was, Lieutenant«, rief Conklin. »*Sarge,* wollte ich sagen.« Ich ging zurück ins Schlafzimmer.

»Wenn dir Boxer nicht über die Lippen geht«, sagte ich, »dann versuch's doch mal mit Lindsay.«

»Okay«, meinte er, und ein Grinsen erhellte sein attraktives Gesicht. »Lindsay. Paola führt ein Tagebuch.«

36

Während Conklin hinausging, um Madisons Zimmer zu durchsuchen, blätterte ich im Tagebuch des Kindermädchens.

Paola hatte eine schöne Schreibschrift, und ihr Stil war überschwänglich, durchsetzt von Emoticons und Symbolen. Schon eine flüchtige Durchsicht des Tagebuchs verriet mir, dass Paola Amerika liebte.

Sie schwärmte von den Cafés und Geschäften in der Fillmore Street und schrieb, sie könne es kaum erwarten, dass das Wetter sich besserte, damit sie mit ihren Freunden draußen sitzen könnte, wie sie es von zu Hause gewohnt war.

Wenn sie ihre Freunde erwähnte, benutzte Paola nur die Initialen, was mich vermuten ließ, dass sie an ihren freien Abenden mit »ME« und »LK« Hasch rauchte.

Ich suchte nach Erwähnungen von Henry Tyler und stellte fest, dass Paola ihn immer nur »Mr. B.« nannte; doch der Name fiel nur selten.

Dafür schmückte sie die Initiale einer Person aus, die sie »G« nannte.

Paola berichtete von vielsagenden Blicken und zufälligen Begegnungen mit »G«, aber ich hatte ganz klar den Eindruck, dass sie eher davon träumte, mit G Sex zu haben, als dass sie es tatsächlich tat.

Die Person, die in Paolas Tagebuch am häufigsten erwähnt wurde, war Maddy. Dadurch wurde mir erst klar, wie sehr Paola das Kind liebte. Sie hatte sogar ein paar von Madisons Zeichnungen und Gedichten in ihr Tagebuch eingeklebt.

Von irgendwelchen Plänen, Verabredungen oder Rachegefühlen las ich nichts.

Ich klappte Paolas kleines rotes Buch zu und kam zu dem Schluss, dass es einfach nur die Aufzeichnungen eines unschuldigen Mädchens waren, das weit weg von zu Hause war.

Oder vielleicht hatte sie uns dieses Tagebuch absichtlich finden lassen, um uns das weiszumachen.

Henry Tyler ging mit Conklin und mir bis vor die Tür. Er fasste mich am Arm.

»Ich weiß es zu schätzen, dass Sie die Sache vor meiner Frau heruntergespielt haben, aber mir ist klar, weshalb Sie hier sind. Möglicherweise ist meiner Tochter schon etwas zugestoßen. Bitte halten Sie mich immer auf dem Laufenden. Und ich bestehe darauf, dass Sie mir die Wahrheit sagen.«

Ich gab dem verzweifelten Mann meine Handynummer und versprach, mich mehrmals am Tag bei ihm zu melden. Die Kriminaltechniker brachten Abhörvorrichtungen an den Telefonen der Tylers an, und Ermittler vom Dezernat Schwerverbrechen befragten die Anwohner in der Washington Street, als ich mit Conklin aufbrach.

Wir fuhren zum Alta Plaza Park, einem historischen Kleinod, dessen terrassenförmige Anlage atemberaubende Aussichten bot.

Unter die Kindermädchen mit ihren Schützlingen und die Hundebesitzer hatten sich schon Polizisten gemischt, die Befragungen durchführten.

Conklin und ich schlossen uns den Kollegen an, und gemeinsam unterhielten wir uns mit sämtlichen Kindermädchen und Kindern, die Madison kannten, darunter auch eine Nanny mit den Initialen ME – die Freundin, die Paola in ihrem Tagebuch erwähnt hatte.

Madeline Ellis brach in Tränen aus, als sie uns von ihrer Angst um Paola und Maddy erzählte.

»Es ist, als ob alles, was ich weiß, auf den Kopf gestellt worden wäre«, schluchzte sie. »Es heißt doch immer, hier wäre man sicher!«

Madeline schaukelte den Kinderwagen, in dem ein Baby lag, und sagte mit erstickter Stimme: »Sie ist ein nettes Mädchen. Und sie ist noch sehr jung für ihr Alter.«

Von ihr erfuhren wir, dass der »G« aus Paolas Tagebuch

George war – Nachname unbekannt –, ein Kellner im Rhapsody Café. Er hatte mit Paola geflirtet, und sie mit ihm, aber Madeline war sich sicher, dass Paola und George nie ein Date gehabt hatten.

Wir trafen George Henley beim Bedienen auf der Terrasse des Rhapsody Café in der Fillmore Street an und vernahmen ihn. Wir setzten ihm zu, versuchten, ihm Angst zu machen, aber mein Instinkt sagte mir, dass er nicht in eine Entführung oder einen Mord verwickelt war.

Er war ein ganz normaler junger Mann, der auf die Abendschule ging und auf einen Abschluss in Bildender Kunst hinarbeitete.

George wischte sich die Hände an seiner Schürze ab, nahm mir Paolas Führerschein aus der Hand und betrachtete ihr Foto.

»Oh, klar. Die habe ich hier schon mit ihren Freundinnen gesehen«, sagte er. »Aber ich habe bis zu diesem Moment nicht gewusst, wie sie heißt.«

37

Die Sonne verschwand schon hinter den Dächern von Pacific Heights, als wir die Wohnung eines Hilfsarbeiters namens Willy Evans verließen, der über der Garage eines Nachbarn der Tylers wohnte. Evans war ein Widerling mit unglaublich dreckigen Fingernägeln und zwei Dutzend Terrarien voller Schlangen und Echsen, doch so schmierig er auch sein mochte, Willy Evans hatte ein stichhaltiges Alibi für die Zeit von Madisons und Paolas Entführung.

Conklin und ich knöpften unsere Mäntel zu und schlossen uns den Kollegen an, die in der Nachbarschaft von Tür zu Tür gingen und den Hausbesitzern, die von der Arbeit zurückkamen, Fotos von Paola und Madison zeigten.

Wir jagten vielen unschuldigen Mitbürgern einen gewaltigen Schrecken ein, doch es sprang nicht eine einzige heiße Spur dabei heraus.

Zurück im Präsidium, verarbeiteten wir unsere Notizen und Ideen zu einem Bericht. Wir hielten fest, welche Befragungen wir durchgeführt hatten, und auch, dass die Devines, die direkt neben den Tylers wohnten, vor, während und nach der Entführung im Urlaub gewesen und nicht vernommen worden waren. Und dass Paola Riccis Freunde sie offenbar für eine Heilige hielten.

Eine tiefe Traurigkeit lastete auf mir.

Die einzige Zeugin der Entführung hatte Jacobi gesagt, sie habe um neun Uhr an jenem Morgen einen Knall gehört und Blut von innen an die Heckscheibe des Vans spritzen sehen.

War es Paolas Blut gewesen?

Oder hatte das Kind sich gewehrt und war mit einer Kugel zum Schweigen gebracht worden?

Ich sagte Conklin gute Nacht und fuhr ins Krankenhaus.

Claire schlief, als ich in ihr Zimmer trat.

Sie schlug die Augen auf, sagte »Hi, Süße« – und schlief wieder ein. Ich saß eine Weile an ihrem Bett, lehnte mich in dem Kunstledersessel zurück und fiel sogar für ein paar Minuten in einen unruhigen Schlaf, ehe ich meine Freundin auf die Wange küsste und mich von ihr verabschiedete.

Ich parkte meinen Explorer ein paar Häuser unterhalb von meiner Wohnung am Hang und fischte meine Schlüssel aus der Tasche. Meine Gedanken kreisten noch immer um Madison Tyler, als ich die Straße hinaufging.

Ich musste ein paarmal blinzeln, um mich zu vergewissern, dass ich keine Halluzinationen hatte.

Joe wartete vor meiner Haustür auf mich. Er saß auf den Stufen, hatte eine Leine ums Handgelenk geschlungen und den Arm um Martha gelegt.

Als er aufstand, ging ich auf ihn zu und fiel ihm um den Hals. Eng umschlungen wiegten wir uns im Mondschatten.

Es war so ein gutes Gefühl, in seinen Armen zu sein.

38

Soweit ich wusste, hatte Joe nie von meinem missglückten Trip nach Washington erfahren, und jetzt schien nicht der richtige Zeitpunkt, es ihm zu erzählen.

»Hast du Martha gefüttert?«, fragte ich, während ich ihn fester an mich drückte, ihm die Arme um den Hals schlang und mich nach seinen Lippen reckte.

»Gassi gegangen sind wir auch schon«, murmelte er. »Und ich habe Brathähnchen und Gemüse für die Zweibeiner gekauft. Wein ist im Kühlschrank.«

»Irgendwann komme ich noch mal in meine Wohnung zurück und schieße dich aus Versehen über den Haufen.«

»Das würdest du doch nicht tun, oder, Blondie?«

Ich trat einen Schritt zurück und sah lächelnd zu ihm auf. »Nein, das würde ich nie tun, Joe.«

»Du bist doch mein Mädchen.«

Dann küsste er mich noch einmal, dass es mir fast die Schuhe auszog, und ich wurde zu Wachs in seinen Armen. Als wir die Treppe zu meiner Wohnung hinaufstiegen, wuselte Martha bellend um uns herum, als wären wir ihre Schafherde. Wir mussten so sehr lachen, dass wir ganz außer Puste waren, als wir im obersten Stock ankamen.

Und wie es so unsere Gewohnheit war, musste das Essen noch ein wenig warten.

Joe zog mich aus und dann sich, drehte die Dusche auf, bis die Temperatur genau richtig war, und als wir dann beide in der Kabine standen, legte er meine Hände an die Wand und wusch mich ganz sanft und gründlich, bis er mich so weit hatte, dass ich schreien wollte. Dann hüllte er mich in ein Badetuch und führte mich zu meinem Bett. Er legte mich hin und schaltete die kleine Lampe auf dem Nachttisch ein, die mit dem weichen rosa Licht. Er packte mich aus, als wäre es unser erstes Mal, als finge er gerade erst an, meinen Körper zu entdecken.

Das gab mir Zeit, seine breite Brust zu bewundern, das Muster der kleinen Löckchen, das meinen Blick unweigerlich nach unten zog – und als ich die Hand nach ihm ausstreckte, war er bereit.

»Entspann dich einfach nur«, flüsterte er mir ins Ohr.

Das war das Geniale daran, dass ich immer so lange auf Joe verzichten musste: So hatten wir neben der Vertrautheit, die mir Sicherheit gab, immer auch dieses Element des Neuen, Unbekannten.

Ich sank auf die Kissen zurück, die Handflächen nach oben gedreht, und Joe trieb mich zur Raserei, bedeckte mich mit Küssen, ließ seine Finger neckisch über meine empfindlichen Stellen gleiten und presste seinen harten Körper an meinen.

Ich schmolz dahin – doch so sehr ich mich nach ihm verzehrte, irgendetwas nagte an mir und ließ mir keine Ruhe. Ich kämpfte gegen meine Gefühle für Joe an, und ich wusste nicht, warum.

Und dann war die Antwort da: *Ich will das nicht.*

39

Ich kam mir *verrückt* vor – ich wollte Joe, und gleichzeitig wollte ich ihn nicht.

Zuerst versuchte ich mir einzureden, dass die Sorge um Madison und Paola mir keine Ruhe ließ, aber ich konnte mir nichts vormachen: Ich schämte mich, weil ich vor knapp zwei Wochen einfach so in Joes Wohnung aufgekreuzt war. Ich hatte es getan, weil ich ihn so sehr gebraucht hatte, aber ich hatte das Gefühl, eine Grenze überschritten zu haben.

Jetzt lag er neben mir, seine Hand auf meinem Bauch.

»Was hast du, Lindsay?«

Ich schüttelte den Kopf – *Nein, es ist nichts* –, aber Joe drehte mein Gesicht zu sich um und zwang mich, in seine tiefblauen Augen zu sehen.

»Ich hatte einen fürchterlichen Tag«, sagte ich.

»Sicher«, erwiderte er. »Das ist nichts Neues. Deine Stimmung allerdings schon.«

Ich spürte, wie mir die Tränen in die Augen schossen, und es war mir peinlich. Ich wollte vor Joe nicht verletzlich erscheinen. Nicht in diesem Moment.

»Nun lass es schon raus, Blondie«, forderte er mich auf.

Ich drehte mich zu ihm um, legte den Arm über seine Brust und schob den Kopf in seine Halsbeuge. »Ich halte das nicht mehr aus, Joe.«

»Ich weiß; ich weiß, wie du dich fühlst. Ich will ja hierherziehen, aber es ist nicht der richtige Zeitpunkt.«

Ich begann ruhiger zu atmen, als er von der aktuellen Kriegssituation zu sprechen begann, von den Wahlen im nächsten Jahr, den Bombenanschlägen in größeren Städten und der Sorge um die innere Sicherheit.

Irgendwann hörte ich nicht mehr zu. Ich stand auf und zog mir einen Bademantel über.

»Kommst du wieder?«, fragte Joe.

»Genau, das ist es«, sagte ich. »Das frage ich mich bei dir *immer.*«

Joe wollte protestieren, aber ich sagte: »Lass mich ausreden.«

Ich setzte mich auf die Bettkante und fuhr fort: »Das ist ja alles ganz wunderbar mit uns, aber was ganz und gar nicht wunderbar ist, das ist, dass ich mich nicht auf dich verlassen kann, Joe. Ich bin zu alt für eine Lotterie-Beziehung.«

»Linds…«

»Du weißt, dass ich recht habe. Ich weiß nie, wann ich dich wiedersehen werde oder ob ich dich erreiche, wenn ich dich anrufe. Dann bist du mal wieder hier, und dann bist du wieder weg, und ich bleibe zurück und vermisse dich.

Wir haben keine Zeit, uns zusammen zu entspannen, einfach normal zu sein, unser Leben zusammen zu leben. Wir haben immer wieder darüber geredet, dass du hierherziehst, aber wir wissen beide, dass das unmöglich ist.«

»Lindsay, ich schwöre …«

»Ich kann nicht warten, bis die nächste Regierung im Amt oder der Krieg zu Ende ist. Verstehst du das?«

Er hatte sich aufgesetzt und die Beine über die Bettkante geschwungen, und in seinem Gesicht sah ich so viel Liebe, dass ich mich abwenden musste.

»Ich liebe dich, Lindsay. Bitte, lass uns nicht streiten. Ich muss morgen früh gehen.«

»Du musst *jetzt* gehen, Joe«, hörte ich mich sagen. »Es bringt mich um, das sagen zu müssen, aber ich will nicht noch mehr gut gemeinte Versprechungen hören. Ziehen wir einen Schlussstrich, ja? Wir hatten eine wunderbare Zeit. Bitte. Wenn du mich liebst, dann lass mich gehen.«

Nach Joes Abschiedskuss lag ich noch lange auf meinem Bett und starrte an die Decke, während meine Tränen in das Kopfkissen sickerten. Ich fragte mich, was um alles in der Welt ich getan hatte.

40

Es war Samstagabend, kurz vor Mitternacht. Cindy lag schlafend in ihrem Bett in ihrer neuen Wohnung im Blakely Arms – allein –, als sie von einer Frau geweckt wurde, die sich irgendwo über ihr auf Spanisch die Lunge aus dem Leib schrie.

Eine Tür knallte, schnelle Schritte waren zu hören, ein Scharnier quietschte, und eine weitere Tür fiel ins Schloss, diesmal näher an Cindys Wohnung.

War das die Treppenhaustür?

Sie hörte wieder Geschrei, diesmal unten auf der Straße. Männerstimmen, die zu ihrem Fenster im dritten Stock heraufdrangen, und dann Geräusche wie von einem Handgemenge.

Cindy ertappte sich bei Überlegungen, die sie in ihrem alten Wohnblock nie angestellt hatte.

War sie hier sicher?

War das tolle Schnäppchen, das sie gemacht zu haben glaubte, vielleicht doch ein Fehlkauf gewesen?

Sie schlug die Bettdecke zurück, verließ das Schlafzimmer und ging durch ihr neues, luftiges Wohnzimmer und die Diele zur Tür, um durch den Spion zu spähen. Aber da war niemand. Bevor sie zu ihrem Schreibtisch ging, drehte sie den Knauf des Türriegels ein paarmal hin und her – links, rechts, links, rechts.

Sie fuhr sich mit der Hand durchs Haar und band es hoch. *Herrje. Ihre Hände zitterten.*

Vielleicht war es nicht nur das Nachtleben hier im Haus. Vielleicht war es der Artikel über die Kindesentführung, an dem sie schrieb, der sie Gespenster sehen ließ. Nach Henry Tylers Anruf hatte sie im Internet gesurft und einiges in Erfahrung gebracht über die Tausende von Kindern, die jedes Jahr in den Vereinigten Staaten gekidnappt wurden.

Die meisten dieser Kinder wurden von Familienmitgliedern entführt, und die meisten wurden gefunden und konnten zu ihren Eltern zurückkehren. Aber jedes Jahr wurden ein paar hundert Kinder von ihren Kidnappern erwürgt, erstochen oder lebendig begraben.

Und die meisten dieser Kinder wurden in den ersten Stunden nach ihrer Entführung ermordet.

Statistisch gesehen war es weitaus wahrscheinlicher, dass Madison von einem Erpresser und nicht von einem perversen Kinderschänder und -mörder verschleppt worden war. Das einzige Problem bei diesem Szenario war, dass es eine entscheidende, zutiefst beunruhigende Frage unbeantwortet ließ.

Warum war noch niemand mit einer Lösegeldforderung an die Tylers herangetreten?

Cindy war auf halbem Weg zurück in ihr Schlafzimmer, als es an ihrer Tür klingelte. Sie erstarrte, und ihr Herz machte einen Satz. *Sie kannte keine Menschenseele in diesem Haus!*

Wer konnte also um diese Zeit an ihrer Tür klingeln?

Es läutete wieder, hartnäckig.

Cindy raffte ihren Bademantel zusammen, ging zur Tür und lugte erneut durch den Spion. Sie konnte nicht glauben, wer ihr da von der anderen Seite entgegenstarrte.

Es war Lindsay.

Und sie sah fürchterlich aus.

41

Ich wollte mich schon umdrehen und wieder gehen, als Cindy mir in ihrem rosa Pyjama die Tür öffnete, die Locken mit einem Gummi zu einem Knoten hochgebunden. Sie starrte mich an, als wäre ich gerade von den Toten auferstanden.

»Alles okay bei dir?«, fragte ich.

»*Bei mir*? Mir geht's gut, Lindsay. Ich wohne hier, falls du das vergessen hast. Aber was ist denn mit *dir* passiert?«

»Ich hätte ja angerufen«, sagte ich, während ich meine Freundin umarmte und den Moment zu nutzen versuchte, um mich ein bisschen zusammenzureißen. Aber Cindy war meine geschockte Miene offensichtlich nicht entgangen. Und im Übrigen sah sie selbst auch nicht allzu gut aus. »Aber ich habe selbst nicht gewusst, dass ich komme, bis ich vor deiner Tür stand.«

»Na, komm schon rein und pflanz dich auf deinen Hintern«, forderte sie mich auf. Während ich zur Couch ging, starrte sie mich besorgt an.

An den Wänden stapelten sich Pappkartons, und Bahnen von Luftpolsterfolie flatterten mir um die Füße.

»Was ist passiert, Lindsay? Um Yuki zu zitieren: ›Du siehst aus, als hättest du in einer Mülltonne übernachtet.‹«

Ich brachte ein müdes Lachen zustande. »Ungefähr so fühle ich mich auch.«

»Was kann ich dir anbieten? Tee? Oder vielleicht was Stärkeres?«

»Tee wäre super.«

Ich ließ mich auf die Sofakissen sinken, und ein paar Minuten später kam Cindy aus der Küche zurück, zog sich einen Hocker heran und drückte mir einen Becher Tee in die Hand. »Dann erzähl mal«, sagte sie.

Cindy ist wirklich ein wandelndes Paradox: pinkfarbene Rüschen und blonde Löckchen, geht nie ohne Lippenstift und passende Schuhe aus dem Haus – aber hinter dieser Girlie-Fassade verbirgt sich eine Bulldogge, die sich in dein Bein verbeißt und nicht locker lässt, bis du ihr sagst, was sie hören will.

Ich kam mir plötzlich vor wie eine Idiotin. Allein der Anblick meiner Freundin hatte mich schon aufgemuntert, und ich hatte gar nicht mehr das Bedürfnis, mich zu öffnen und über Joe zu reden.

»Ich wollte mal deine Wohnung sehen.«

»Das kannst du deiner Oma erzählen.«

»Du bist ja gnadenlos …«

»Ist wohl eine Berufskrankheit.«

»Und stolz bist du auch noch drauf.«

»Ab-so-lut.«

»Du Miststück!« Ich musste einfach lachen.

»Schieß schon los. Nur raus damit«, forderte sie mich auf. »Keine Hemmungen, ja?«

»Wieso Hemmungen? Ich hab dich doch gerade ›Miststück‹ genannt.«

»Okay, gut. Was liegt an, Linds?«

Ich bedeckte mein Gesicht mit einem Sofakissen, flüchtete mich in die Dunkelheit und hatte das Gefühl, in einen tiefen Abgrund zu stürzen. Ich seufzte. »Ich habe mit Joe Schluss gemacht.«

Cindy riss mir das Kissen vom Gesicht.

»Das ist doch ein Witz, oder?«

»Sei nett zu mir, Cindy, ja? Sonst kotz ich dir noch auf den Teppich.«

»Okay, okay, aber warum machst du so was? Joe ist intelligent, er sieht blendend aus, er liebt dich, und du liebst ihn. Was ist bloß in dich gefahren?«

Ich zog die Beine an und schlang die Arme fest um die Knie. Cindy setzte sich neben mich auf die Couch und legte einen Arm um mich.

Ich hatte das Gefühl, mich an einem dürren Bäumchen festzuklammern, während eine Flutwelle über mich hinwegging. Ich hatte so viel geweint in letzter Zeit, und ich dachte, ich müsse den Verstand verlieren.

»Lass dir Zeit, Liebes. Ich bin bei dir. Der Abend ist noch jung. Mehr oder weniger.«

Und so gab ich endlich nach. Ich platzte heraus mit der Geschichte meines todpeinlichen Trips nach Washington, und ich schilderte, wie sehr mir die extremen Stimmungsumschwünge in meiner Beziehung mit Joe zugesetzt hatten. »Es tut wirklich verdammt weh, Cindy. Aber ich habe das Richtige getan.«

»Es ist nicht bloß, weil du in deinen Gefühlen verletzt warst, als er nicht zu Hause war und du dieses Mädchen bei ihm angetroffen hast?«

»Nein. Wo denkst du hin?«

»O Gott, Linds, ich wollte dich nicht zum Weinen bringen. Leg dich einfach hin und mach die Augen zu.«

Cindy schob mich sanft auf die Seite und steckte mir ein Kissen unter den Kopf. Gleich darauf senkte sich eine Decke auf mich herab. Das Licht ging aus, und ich spürte, wie Cindy die Decke zurechtzupfte.

»Es ist nicht vorbei, Linds. Glaub mir. Es ist nicht vorbei.«

»Auch du liegst dann und wann mal schief«, murmelte ich.

»Wollen wir wetten?« Cindy küsste mich auf die Wange. Und dann sackte ich weg und fiel in einen wirren Traum. Erst die Sonne, die durch Cindys vorhanglose Fenster hereinschien, weckte mich aus einem todesähnlichen Schlaf.

Ich setzte mich mühsam auf, schwang die Beine von der Couch und fand einen Zettel von Cindy auf dem Couchtisch. Sie sei nur rasch Kaffee und Brötchen holen, schrieb sie.

Und dann war ich mit einem Schlag hellwach.

Jacobi und Macklin hatten für heute Morgen acht Uhr eine Besprechung angesetzt. Sämtliche Cops, die an der Tyler-

Ricci-Ermittlung beteiligt waren, würden dort sein – *nur ich nicht.*

Ich kritzelte Cindy eine Nachricht auf einen Zettel, schlüpfte in meine Schuhe und stürzte zur Tür hinaus.

42

Jacobi verdrehte die Augen, als ich mich an ihm vorbeischob und auf einem Stuhl in der hintersten Ecke des Bereitschaftsraums Platz nahm. Lieutenant Macklin fasste den bisherigen Verlauf der Besprechung zusammen, nicht ohne mich zuvor mit einem strengen Blick zu bedenken. Da noch keinerlei Hinweise auf den Verbleib von Madison Tyler und Paola Ricci vorlagen, erhielten wir den Auftrag, registrierte Sexualstraftäter zu vernehmen.

»Patrick Calvin«, las ich von unserer Liste ab, als Conklin und ich in den Einsatzwagen stiegen. »Vorbestrafter Sextäter, hat erst vor Kurzem eine Gefängnisstrafe wegen sexuellen Missbrauchs seiner eigenen Tochter abgesessen. Sie war sechs, als es passierte.«

Conklin ließ den Wagen an. »Das ist einfach unbegreiflich, wozu solche Schweine fähig sind. Und weißt du was – ich *will* es gar nicht begreifen.«

Calvin wohnte in einem U-förmigen Apartmentblock mit einundzwanzig Wohnungen an der Ecke Palm und Euclid, am Rand des Jordan Park – ungefähr zweieinhalb Kilometer von der Straße entfernt, wo Madison Tyler gelebt und gespielt hatte. Am Straßenrand parkte ein blauer Toyota Corolla, der auf Calvin zugelassen war.

Ich roch gebratenen Speck, als wir den offenen Vorhof überquerten, die Außentreppe hinaufstiegen und an Calvins in aggressivem Rot gestrichene Wohnungstür klopften.

Die Tür ging auf, und ein junger Weißer mit zerzausten Haaren stand vor uns. Er war höchstens eins sechzig groß und trug einen karierten Pyjama, dazu weiße Socken.

Er sah aus wie fünfzehn, und ich hätte ihn um ein Haar gefragt: »Ist dein Vater zu Hause?« Aber der ungesunde graue Teint und die Gefängnis-Tattoos auf seinen Fingerknöcheln verrieten, dass Pat Calvin unser Strafvollzugssystem aus eigener Erfahrung kannte.

»Patrick Calvin?«, sagte ich und zeigte ihm meine Dienstmarke.

»Was wollen Sie?«

»Ich bin Sergeant Boxer, und das ist Inspector Conklin«, sagte ich. »Wir haben ein paar Fragen an Sie. Was dagegen, wenn wir reinkommen?«

»Ja, da hab ich was dagegen. Was *wollen* Sie?«

Conklin hat eine lockere, ungezwungene Art, um die ich ihn offen beneide. Ich hatte erlebt, wie er psychopathische Mörder mit ausgesuchter Freundlichkeit befragt hatte – ein Musterbeispiel von einem »guten Cop«. Und er hatte sich ja auch um diesen armen Kater am Tatort des Alonzo-Mordes gekümmert.

»Tut uns leid, Mr. Calvin«, sagte Conklin jetzt. »Ich weiß, es ist Sonntagmorgen und noch ziemlich früh, aber ein Kind wird vermisst, und wir haben nicht allzu viel Zeit.«

»Was hat das mit mir zu tun?«

»Sie sollten sich daran gewöhnen, Mr. Calvin«, warf ich ein. »Sie sind nur auf Bewährung draußen…«

»Sie wollen meine Wohnung durchsuchen, ist es das?«, rief Calvin. »Verdammt, das hier ist 'n freies Land, oder? Sie haben keinen Durchsuchungsbefehl«, spie er mir ins Gesicht. »Nix haben Sie, gar nix!«

»Für einen Unschuldigen regen Sie sich aber mächtig auf«, meinte Conklin. »Da kommt man schon ins Grübeln, wissen Sie.«

Ich hielt mich im Hintergrund, während Conklin erklärte, dass wir auch Calvins Bewährungshelfer anrufen könnten, der kein Problem damit haben würde, uns in die Wohnung zu lassen. »Oder wir könnten uns einen Durchsuchungsbeschluss besorgen«, fuhr Conklin fort. »Und ein paar Streifenwagen mit quietschenden Reifen vor dem Haus vorfahren lassen, damit auch alle Ihre Nachbarn mitkriegen, was Sie für einer sind.«

»Also … was dagegen, wenn wir reinkommen?«, fragte ich.

Calvin gab meinen finsteren Blick mit gleicher Münze zurück. »Ich habe nichts zu verbergen«, sagte er.

Und dann trat er zur Seite.

43

Calvins Wohnung war spartanisch eingerichtet, im frühen IKEA-Stil: leichte Möbel aus hellem Holz. Über dem Fernseher war ein Regal voller Puppen – große und kleine, Babypuppen und Puppen in schicken Kleidern.

»Die hab ich für meine Tochter gekauft«, knurrte Calvin und ließ sich in einen Sessel plumpsen. »*Falls* sie mich irgendwann mal besuchen darf.«

»Wie alt ist sie jetzt – sechzehn?«, fragte Conklin.

»Schnauze«, gab Calvin zurück. »Okay? Halten Sie bloß die Klappe.«

»Passen Sie auf, was Sie sagen«, erwiderte Conklin und verschwand in Calvins Schlafzimmer. Ich nahm auf dem Sofa Platz und zückte mein Notizbuch.

Das Bild eines jungen Mädchens – inzwischen ein Teenager – drängte sich mir auf, eines Mädchens, das das furchtbare Pech gehabt hatte, dieses Dreckstück zum Vater zu haben. Ich musste den Gedanken verdrängen, ehe ich Calvin fragte, ob er Madison Tyler je gesehen habe.

»Ich hab sie gestern Abend im Fernsehen gesehen. Ist ein süßes Ding. *Lecker*, hätt ich fast gesagt. Aber kennen tu ich sie nicht.«

»Na schön«, stieß ich mit zusammengebissenen Zähnen hervor. Ich hatte plötzlich große Angst um Madison. »Wo waren Sie gestern Morgen um neun Uhr?«

»Ich hab ferngesehen. Ich versuche mir immer die neuesten Zeichentrickserien anzuschauen, um mich mit kleinen Mädchen auf deren Niveau unterhalten zu können, wenn Sie wissen, was ich meine.«

Mit eins achtundsiebzig war ich einen ganzen Kopf größer als Calvin, und fitter war ich auch. Gewaltfantasien brodelten in meinem Kopf, genau wie vor einigen Wochen, als ich Alfred

Brinkley festgenommen hatte. Das alles ging mir zu nahe, viel zu nahe …

»Kann irgendjemand Ihr Alibi bestätigen?«

»Klar. Fragen Sie Mr. Happy«, erwiderte Pat Calvin. Er legte die Hand auf den Schlitz seiner Pyjamahose, befingerte sein Geschlechtsteil. »Er wird Ihnen alles sagen, was Sie wissen wollen.«

Da brannte mir die Sicherung durch. Ich packte den Mann am Kragen und zerrte an dem Baumwollstoff, bis er sich eng um Calvins Hals zusammenzog. Er ruderte mit den Armen, als ich ihn aus dem Sessel hob und mit Wucht gegen die Wand stieß.

Die Puppen purzelten aus dem Regal.

Ich wollte Calvin gerade noch einmal an die Wand knallen, als Conklin aus dem Schlafzimmer kam. Mein Partner tat so, als hätte er den irren Ausdruck in meinem Gesicht nicht bemerkt, und lehnte sich lässig an den Türrahmen.

Es alarmierte mich, wie dicht ich davorstand, die Kontrolle zu verlieren. Was ich jetzt gar nicht brauchen konnte, war eine Beschwerde wegen brutaler Übergriffe im Dienst. Ich ließ von Calvin ab.

»Nette Fotosammlung, die Sie da haben, Mr. Calvin«, sagte Conklin beiläufig. »Bilder von kleinen Kindern beim Spielen im Alta Plaza Park.«

Ich starrte Conklin an. Madison und Paola waren auf der Straße direkt vor dem Eingang dieses Parks gekidnappt worden.

»Haben Sie meine Kamera gesehen?«, erwiderte Calvin trotzig. »Sieben Millionen Megapixel und 12-fach-Zoom. Ich habe diese Fotos aus einem Block Entfernung geschossen. Ich kenne die *Regeln*. Und ich habe gegen *keine* davon verstoßen.«

»Sergeant«, wandte Conklin sich an mich, »auf einem dieser Fotos ist ein kleines Mädchen zu sehen. Könnte sich um Madison Tyler handeln.«

Ich rief Jacobi an, um ihm zu sagen, dass Patrick Calvin Fotos besaß, die wir uns einmal näher anschauen sollten.

»Wir brauchen zwei Streifenpolizisten, die auf Calvin aufpassen, während ich reinfahre und mir einen Haftbefehl ausstellen lasse«, sagte ich.

»Kein Problem, Boxer. Ich schicke einen Wagen. Aber ich lasse Chi den Haftbefehl besorgen und Calvin einkassieren.«

»Das können wir selber machen, Jacobi«, protestierte ich.

»Ihr *könntet*«, entgegnete Jacobi. »Aber wir hatten gerade einen Anruf von Transbay Security. Sie haben ein Kind aufgegriffen, auf das die Beschreibung von Madison Tyler passt.«

»Sie wurde gesehen?«

»Sie ist in diesem Moment dort.«

44

Der Transbay-Terminal an der Ecke 1st und Mission ist ein offener Betonschuppen mit einem rostigen Eisendach. Die altersschwachen Neonröhren an der Decke werfen flackernde Schatten auf die verlorenen Seelen ohne festen Wohnsitz, die an diesem bedrückenden Ort kampieren, um die spärlichen sanitären Einrichtungen benutzen zu können.

Selbst am Tag ist der Terminal ein unheimlicher Ort. Ich verspürte den dringenden Wunsch, Madison Tyler zu finden und sie so schnell wie möglich da rauszuholen.

Conklin und ich trabten die Stufen zum Untergeschoss des Terminals hinunter, einer dunklen, schäbigen Halle mit einer Reihe von Fahrkartenschaltern und einem Security-Bereich.

Zwei schwarze Frauen in marineblauen Hosen und Blusen mit der Aufschrift *Privater Sicherheitsdienst* auf der Brusttasche saßen am Schalter.

Wir zeigten unsere Dienstmarken vor und wurden eingelassen.

Das Büro des Sicherheitsdienstes war auf zwei Seiten verglast; der Anstrich der beiden anderen Wände war schmutzig beige. Zwei Schreibtische, ein paar bunt zusammengewürfelte Aktenschränke und zwei Getränkeautomaten bildeten die Einrichtung. Es gab drei codegesicherte Ausgänge.

Und da, auf einem Stuhl neben dem Tisch des Stationsvorstehers, saß ein kleines Mädchen mit seidigen goldblonden Haaren, die ihr über den Kragen fielen.

Ihr blauer Mantel war nicht zugeknöpft. Sie trug einen roten Pulli und eine blaue Hose. *Und glänzende rote Schuhe.*

Mein Herz vollführte einen kleinen Tanz. Wir hatten sie gefunden.

Gott sei Dank – Madison war in Sicherheit!

Der Stationsvorsteher, ein kräftiger Mann in den Vierzigern mit grauen Haaren und ebensolchem Schnauzbart, stand auf, um sich vorzustellen.

»Ich bin Fred Zimmer«, sagte er und gab uns die Hand. »Und diese junge Dame haben wir vor fünfzehn Minuten aufgegriffen. Sie ist mutterseelenallein hier herumspaziert, nicht wahr, Schätzchen? Ich konnte sie nicht dazu bringen, mit mir zu reden.«

Ich legte die Hände auf die Knie und sah dem kleinen Mädchen ins Gesicht. Sie hatte geweint und wollte mir nicht in die Augen sehen.

Ihr Gesicht war dreckverschmiert, und ihre Nase lief. Ihre Unterlippe war geschwollen, und sie hatte einen Kratzer auf der linken Wange. Ich warf Rich einen Blick zu. Die Sorge über das, was Madison angetan worden war, verdrängte meine Erleichterung darüber, dass wir sie lebend gefunden hatten.

Sie wirkte so *traumatisiert*, dass es mir schwerfiel, ihr Gesicht mit der Erinnerung an den kleinen Bühnenstar in Einklang zu bringen, dessen Klavierspiel ich auf dem Video hatte bewundern können.

Conklin beugte sich zu dem kleinen Mädchen herab.

»Ich heiße Rich«, sagte er und lächelte. »Heißt du Maddy?«

Das Kind sah Conklin an, machte den Mund auf und sagte »Mah-dy«.

Ich dachte: *Dieses Kind hat Todesängste ausgestanden.*

Ich nahm ihre kleinen Hände in meine. Sie fühlten sich kalt an, und das Mädchen starrte glatt durch mich hindurch.

»Rufen Sie einen Notarztwagen«, sagte ich leise, bemüht, sie nicht noch mehr zu ängstigen. »Mit diesem Kind stimmt etwas nicht.«

45

Conklin und ich liefen ruhelos vor dem Eingang der Unfallstation auf und ab, als plötzlich die Tylers auf uns zustürzten und uns umarmten, als gehörten wir zur Familie.

Ich war ganz euphorisch. *Ein* Kapitel dieser fürchterlichen Geschichte war abgeschlossen. Und ich hoffte, dass Madison wieder zu sich kommen würde, wenn sie erst einmal ihre Eltern wiedergesehen hatte. Denn ich hatte ein paar Fragen an sie – zuallererst diese: »Kannst du mir denn auch sagen, wie die Leute ausgesehen haben, die euch entführt haben?«

»Sie hat geschlafen, als wir zuletzt nach ihr geschaut haben«, erklärte ich den Tylers. »Dr. Collins war vorhin hier und sagte, er sei in ... warten Sie ... in etwa zehn Minuten wieder da.«

»Ich muss Sie das fragen«, sagte Elizabeth Tyler leise. »Haben diese Leute Maddy etwas angetan?«

»Sie sieht aus, als hätte sie Schlimmes durchgemacht«, antwortete ich. »Die Ärzte haben aber noch keine invasiven Untersuchungen durchgeführt, weil sie erst Ihre Einwilligung abwarten wollten.«

Elizabeth Tyler schlug die Hand vor den Mund und versuchte, gegen die Tränen anzukämpfen.

»Sie müssen wissen, dass sie so gut wie nichts gesagt hat.«

»Das sieht Maddy nicht ähnlich.«

»Vielleicht hat man ihr eingeschärft, nichts zu sagen, weil sie ihr sonst wehtun würden ...«

»O *Gott.* Diese Ungeheuer!«

»Warum sollten sie Maddy entführen und sie dann wieder freilassen, ohne Lösegeld zu verlangen?«, fragte Mr. Tyler, als wir die Station betraten.

Ich ließ die Frage unbeantwortet, weil ich nicht aussprechen wollte, was ich dachte: *Pädophile stellen keine Lösegeldforde-*

rungen. Ich trat zur Seite, um den Tylers den Vortritt zu lassen, als wir zu Maddys Bett in der Notaufnahme kamen, das mit einem Vorhang abgeteilt war. Ich dachte daran, wie überglücklich Madison sein würde, ihre Eltern wiederzusehen.

Henry Tyler drückte meinen Arm und flüsterte »Danke!«, als er durch den Vorhang trat. Ich hörte Elizabeth Tyler den Namen ihrer Tochter rufen – und dann einen gequälten Aufschrei.

Ich sprang zur Seite, als sie an mir vorbeistürmte. Henry Tyler kam gleich drauf heraus und baute sich drohend vor mir auf.

»Wissen Sie, was Sie getan haben?«, stieß er mit zornrotem Gesicht hervor. »Das Mädchen da drin ist nicht Madison. Verstehen Sie? Das ist nicht Madison. *Das ist nicht unser Kind!*«

46

Ich bat die Tylers mehrmals aufrichtig um Entschuldigung, während sie mir auf dem Krankenhausparkplatz eine Szene machten. Und als schließlich ihr Wagen an mir vorbeischoss und Gummispuren auf dem Asphalt zurückließ, stand ich da wie ein begossener Pudel. Das Handy an meiner Hüfte klingelte, und nach einer Weile nahm ich den Anruf an.

Es war Jacobi. »Eine Frau hat gerade angerufen und ihre Tochter als vermisst gemeldet. Das Kind ist fünf und hat lange blonde Haare.«

Die Anruferin hieß Sylvia Brodsky, und sie war vollkommen hysterisch. Sie hatte ihre Tochter Alicia beim Einkaufen aus den Augen verloren. Alicia musste sich irgendwie selbstständig gemacht haben, hatte Mrs. Brodsky der Telefonistin der Notrufzentrale erklärt und hinzugefügt, dass ihre Tochter Autistin sei.

Alicia Brodsky konnte kaum ein Wort sprechen.

Nicht lange nach Jacobis Anruf traf Sylvia Brodsky im Krankenhaus ein, um ihre Tochter abzuholen, aber diesmal waren Conklin und ich nicht dabei.

Wir saßen wieder in unserem Crown Vic und hielten eine Manöverkritik ab. Ich übernahm die Verantwortung für unser überstürztes Vorgehen und sagte: »Ich hätte mich unmissverständlicher ausdrücken sollen, als ich den Tylers sagte, wir hätten *vielleicht* ihre Tochter gefunden, seien uns aber nicht *sicher*. Aber ich *habe* ihnen gesagt, sie müssten ihr Kind selbst noch eindeutig identifizieren, oder nicht, Rich? Du hast es doch gehört.«

»Sie haben nicht mehr zugehört, nachdem du gesagt hattest: ›Wir haben möglicherweise Ihre Tochter gefunden.‹ Mensch, es hat doch alles gepasst, Lindsay. Sie sagte, ihr Name sei Maddy.«

»Na ja – so was Ähnliches.«

»Die roten Schuhe«, beharrte er. »Wie viele blonde fünfjährige Mädchen haben blaue Mäntel und rote Lackschuhe?«

»Mindestens zwei«, seufzte ich.

Zurück im Präsidium vernahmen wir Calvin zwei Stunden lang, quetschten ihn so lange aus, bis ihm das Grinsen verging. Wir sahen uns die Fotos an, die noch in seiner Kamera waren, und wir nahmen uns die vor, die Conklin in seinem Schlafzimmer gefunden hatte.

Es waren keine Fotos von Madison Tyler darunter, aber bis zum Schluss gaben wir die Hoffnung nicht auf, dass Calvin zufällig den Moment der Entführung festgehalten haben könnte. Dass er vielleicht den schwarzen Van vor die Linse bekommen hatte.

Aber der Memory-Stick in seiner Kamera zeigte, dass er gestern gar keine Fotos am Alta Plaza Park gemacht hatte.

Ich fand Patrick Calvin zum Kotzen, aber das Gesetz stuft Erregung von Ekelgefühlen nicht als strafwürdiges Vergehen ein.

Also schmissen wir ihn raus. Setzten ihn auf freien Fuß.

Zusammen mit Conklin vernahm ich noch drei weitere registrierte Sexualtäter – drei gewöhnlich aussehende Weiße, denen man ihre perversen Neigungen nie angesehen hätte.

Drei Männer mit wasserdichten Alibis.

Gegen sieben machte ich endlich Schluss für diesen Tag. Meine emotionalen Reserven waren komplett aufgebraucht.

Ich betrat meine Wohnung, schlang die Arme um Marthas Hals und versprach ihr, dass ich mit ihr laufen würde, nachdem ich mir unter der Dusche die schmutzigen Bilder aus dem Hirn gespült hatte.

Auf der Anrichte in der Küche lag ein Zettel von Marthas Hundesitterin. Ich ging zum Kühlschrank, machte mir ein Bier auf und nahm einen langen Zug aus der Flasche, bevor ich die Nachricht las.

Hi, Lindsay. Hab dein Auto nicht gesehen, also bin ich mit Martha eine Runde gegangen! ☹ Ich hab dir doch erzählt, dass meine Eltern mir über Weihnachten ihr Haus in Hermosa Beach überlassen. Ich finde, ich sollte Martha mitnehmen. Das würde ihr echt guttun, Lindsay!!!

Sag mir einfach Bescheid.

K.

Mir war ganz schlecht, wenn ich daran dachte, dass ich meinen Hund allein gelassen hatte, ohne die Hundesitterin anzurufen. Und ich wusste, dass Karen recht hatte. Zurzeit tat ich Martha einfach nicht gut. Mein neuer Dienstplan sah Doppelschichten und Wochenenddienste vor. Seit der Schießerei auf der Fähre hatte ich nicht mehr richtig frei gehabt.

Ich beugte mich zu Martha herab, um sie zu küssen, hob ihre seidigen Ohren hoch und sah ihr in die großen braunen Augen.

»Na, hast du Lust, am Strand rumzurennen, Boo?«

Ich nahm den Hörer ab und wählte Karens Nummer.

»Prima«, sagte sie. »Ich hol sie gleich morgen früh ab.«

47

Es war Montagmorgen, eine halbe Stunde nach Tagesanbruch.

Conklin und ich waren auf der Baustelle unterhalb von Fort Point, der riesigen Backsteinfestung, die während des Bürgerkriegs an der Spitze der San-Francisco-Halbinsel errichtet worden war und die nun im Schatten der Golden Gate Bridge stand.

Eine feuchte Brise peitschte draußen auf der Bucht Schaumkronen auf und machte aus den zehn Grad Außentemperatur gefühlte zwei Grad.

Ich fröstelte – vielleicht war es der Windchill-Faktor, vielleicht auch der Gedanke an das, was wir hier vorfinden würden.

Ich zog den Reißverschluss meiner gefütterten Jacke hoch und vergrub die Hände in den Taschen. Der schneidende Wind trieb mir die Tränen in die Augen.

Ein Schweißer, der an der Brückensanierung arbeitete, kam mit ein paar Bechern Kaffee aus dem sogenannten Müllauto auf uns zu, einem Imbisswagen außerhalb des Maschendrahtzauns, der die Baustelle vom öffentlich zugänglichen Bereich abschloss.

Der Schweißer hieß Wayne Murray, und er erzählte Conklin und mir, wie er heute früh zur Arbeit gekommen war und auf den Felsen unterhalb des Forts einen merkwürdigen Gegenstand entdeckt hatte.

»Zuerst dachte ich, es ist ein Seehund«, sagte er düster. »Als ich dann näher ranging, hab ich einen Arm im Wasser treiben sehen. Ich hab noch nie im Leben eine Leiche gesehen.«

Autotüren knallten, Männer kamen schwatzend und lachend durch das Tor im Zaun – Bauarbeiter, Sanitäter und ein paar Cops von der Nationalpark-Polizei.

Ich bat sie, den Fundort abzusperren.

Dann richtete ich den Blick auf das unförmige dunkle Etwas auf den Felsen unterhalb der Ufermauer. Eine Hand und ein Fuß schimmerten weiß im schaumgefleckten Wasser, das in den Ozean hinausströmte.

»Sie wurde nicht hier ins Wasser geworfen«, meinte Conklin. »Die Gefahr, gesehen zu werden, wäre zu groß.«

Ich spähte mit zusammengekniffenen Augen hinauf zu dem Beamten der Bridge Security, der mit seinem halbautomatischen AR-15-Gewehr auf der Brücke patrouillierte.

»Mmh. Je nach Uhrzeit und Gezeiten könnte sie von einem der Piers geworfen worden sein. Die Täter haben wohl angenommen, sie würde aufs offene Meer hinausgetrieben werden.«

»Da kommt Dr. Germaniuk«, sagte Conklin.

Der Rechtsmediziner war ganz aufgekratzt heute Morgen. Seine weißen Haare waren noch feucht und frisch gekämmt, er hatte die Wathose bis zur Brust hochgezogen, und seine Nase leuchtete rosig unter dem Steg der Brille.

Zusammen mit einem seiner Assistenten ging er voran, und wir schlossen uns ihnen an. Unbeholfen balancierten wir über die schroffen Felsen, die in einem Winkel von etwa fünfundvierzig Grad rund fünf Meter tief zum Wasser hin abfielen.

»Vorsicht – bleiben Sie zurück!«, warnte uns Dr. Germaniuk, als wir uns der Leiche nähern wollten. »Ich will nicht, dass jemand ausrutscht und irgendwas berührt.«

Aus sicherer Entfernung sahen wir zu, wie er die Felsen hinunterkletterte, an die Leiche herantrat und den Koffer mit seiner Ausrüstung absetzte. Mit der Taschenlampe in der Hand machte er sich an die vorläufige Analyse der Auffindesituation.

Im Strahl der Lampe konnte ich die Leiche ziemlich genau erkennen. Das Gesicht des Opfers war dunkel und angeschwollen.

»Beginnende Hautablösung«, rief Dr. Germaniuk zu mir herauf. »Sie liegt schon ein paar Tage im Wasser. Lange genug, um als Wasserleiche zu gelten.«

»Hat sie eine Schussverletzung am Kopf?«

»Kann ich nicht sagen. Sieht aus, als wäre sie an die Felsen geschleudert worden. Ich werde sie von Kopf bis Fuß röntgen, wenn wir sie erst auf dem Tisch haben.«

Er fotografierte die Leiche zwei Mal von jeder Seite. Der Blitz seiner Kamera klackte alle ein, zwei Sekunden.

Mir fiel gleich die Kleidung des Mädchens auf: der dunkle Mantel, der Rollkragenpulli, dazu die kurzen Haare – der charakteristische Pilzkopf, den ich auf ihrem Führerscheinfoto gesehen hatte, als ich vor zwei Tagen ihre Brieftasche durchsucht hatte.

»Wir wissen beide, dass das Paola Ricci ist«, sagte Conklin, den Blick starr auf die Leiche gerichtet.

Ich nickte. Wenn wir nur nicht gestern schon einmal schiefgelegen hätten, als wir durch unsere voreiligen Schlussfolgerungen den Tylers das Herz gebrochen hatten.

»Sicher«, antwortete ich. »Aber glauben werde ich es erst, wenn wir sie zweifelsfrei identifiziert haben.«

48

Claire saß aufrecht in ihrem Bett, als ich ihr Krankenhauszimmer betrat. Sie streckte die Arme aus, und ich drückte sie so lange, bis sie sagte: »Nicht so heftig, Süße. Ich hab schließlich ein Loch in der Brust.«

Ich ließ sie los, küsste sie noch auf beide Wangen und setzte mich zu ihr.

»Was sagt denn der Arzt?«

»Er sagt, dass ich ein großes, kräftiges Mädchen bin …« Und dann fing Claire an zu husten. Sie hielt sich eine Hand vor den Mund, winkte mit der anderen ab und brachte schließlich heraus: »Es tut nur weh, wenn ich huste.«

»Du bist ein großes, kräftiges Mädchen, und … was noch?«, bohrte ich.

»Und ich bin bald wieder okay. Am Mittwoch darf ich diese heiligen Hallen verlassen. Und dann muss ich zu Hause noch eine Weile das Bett hüten. Danach dürfte ich wieder einwandfrei funktionieren.«

»Gott sei Dank.«

»Ich danke Gott schon die ganze Zeit, seit dieses Arschloch auf mich geschossen hat, wann immer das war. Man verliert jedes Zeitgefühl, wenn man nicht ins Büro muss.«

»Es ist vor zwei Wochen passiert, Butterfly. Zwei Wochen und zwei Tage.«

Claire schob mir eine Schachtel Pralinen hin, und ich nahm mir die erstbeste.

»Hast du im Kofferraum von deinem Auto geschlafen?«, fragte sie. »Oder hast du Joe gegen einen achtzehnjährigen Liebhaber eingetauscht?«

Ich schenkte uns beiden Wasser ein, steckte einen Strohhalm in Claires Glas, reichte es ihr. »Ich habe ihn nicht eingetauscht. Ich habe ihn einfach nur vor die Tür gesetzt.«

Claires Augenbrauen schossen in die Höhe. »Das hast du nicht.«

Ich erklärte ihr, was passiert war, und es tat verdammt weh, darüber zu sprechen. Claire beobachtete mich argwöhnisch, aber mit Sympathie. Sie stellte ein paar Zwischenfragen, ließ mich aber ansonsten ungehindert reden.

Ich trank einen Schluck Wasser. Dann räusperte ich mich und erzählte Claire von meiner neuen Stellung als Sergeant.

Ihre Augen weiteten sich vor Entsetzen. Zum zweiten Mal. »Du hast dich auf die Straße versetzen lassen *und* Joe in die Wüste geschickt? Und das gleichzeitig? Ich mach mir Sorgen um dich, Lindsay. Kriegst du genug Schlaf? Nimmst du Vitamine? Ernährst du dich richtig?«

Nein, nein und nein.

Ich lehnte mich in den Sessel zurück, als eine Schwester ein Tablett mit Claires Medikamenten und ihrem Abendessen hereinbrachte.

»Bitte sehr, Dr. Washburn. Wohl bekomm's.«

Claire schluckte die Pillen und schob das Tablett zur Seite, sobald die Schwester gegangen war. »Wieder die übliche Pampe«, meinte sie.

Hatte ich heute überhaupt schon was gegessen? Wohl eher nicht. Ich beschlagnahmte Claires Abendessen, lud mir totgekochte Erbsen und Hackbraten auf die Gabel und stopfte alles in mich hinein. Ich war schon beim Eis, als ich Claire erzählte, dass wir Paola Riccis Leiche identifiziert hatten.

»Die Kidnapper haben das Kindermädchen erschossen, keine Minute, nachdem sie Paola und das Kind in ihre Gewalt gebracht hatten. Sie hatten es sehr eilig, sie loszuwerden. Aber das ist alles, was ich habe, Butterfly. Wir wissen nicht, wer es getan hat oder warum, und auch nicht, wohin sie Madison gebracht haben.«

»Warum haben diese Schweine nicht die Eltern angerufen?«

»Das ist die große Preisfrage. Es ist schon viel zu viel Zeit ohne eine Lösegeldforderung verstrichen. Ich glaube nicht, dass sie es auf das Geld der Tylers abgesehen haben.«

»Verdammt.«

»Genau.« Ich warf den Plastiklöffel auf das Tablett, lehnte mich wieder in meinem Sessel zurück und starrte ins Leere.

»Lindsay?«

»Ich habe mir überlegt, dass sie Paola wohl erschossen haben, weil sie eine Zeugin von Madisons Entführung war.«

»Klingt logisch.«

»Aber wenn Madison mit angesehen hat, wie Paola ermordet wurde… dann werden sie das Kind auch nicht lebend davonkommen lassen.«

Dritter Teil

Die Abrechnung

49

Cindy Thomas verließ ihre Wohnung im Blakely Arms, überquerte an der Ecke die Straße und machte sich auf den Weg zu ihrem Büro.

Zwei Stockwerke über Cindys Apartment, in einer Wohnung, die zur Hofseite hin lag, hatte ein Mann namens Garry Tenning einen schlechten Morgen. Tenning packte die Ecken des Schreibtischs in seinem Arbeitszimmer und versuchte seine Wut hinunterzuschlucken. Unten im Innenhof, fünf Stockwerke tiefer, bellte ohne Unterlass ein Hund, und jedes schrille Kläffen bohrte sich wie ein Spieß in Tennings Trommelfelle.

Er kannte den Hund.

Es war Barnaby, ein Rat Terrier, und er gehörte Margery Glynn, einer primitiven, aschblonden alleinerziehenden Mutter eines grässlichen kleinen Balgs namens Oliver. Alle drei wohnten im Erdgeschoss und breiteten sich im Hof aus, als ob er ihnen allein gehörte.

Erneut drückte sich Tenning das Ohropax tiefer in die Ohren, und immer noch konnte er Barnabys schrilles *Waff-waff-waff* durch die Wachspfropfen hindurch hören.

Tenning rieb sich mit der flachen Hand über die Brust seines T-Shirts. Jetzt setzte das Kribbeln in seinen Lippen und Fingerspitzen ein, und sein Herz flatterte.

Verdammt noch mal.

Ein bisschen Ruhe – war das vielleicht zu viel verlangt?

Über den Computerbildschirm vor ihm marschierten ordentliche Reihen von Buchstaben und Zahlen – das sechste Kapitel seines Buchs *Die Abrechnung: Ein statistisches Kompendium des 20. Jahrhunderts.*

Das Buch war mehr als eine fixe Idee oder ein Steckenpferd. *Die Abrechnung* war sein Daseinszweck und sein Vermächtnis. Er hielt sogar die Absagebriefe der Verlage in Ehren, die sein

Buchprojekt abgelehnt hatten, und verzeichnete sie gewissenhaft in einer Kladde, während er die Originale in einem Ordner in seinem Tresor verwahrte.

Er würde triumphieren, wenn *Die Abrechnung* schließlich erschiene, wenn es zum Standard-Nachschlagewerk für Forscher auf der ganzen Welt würde – und für viele künftige Generationen.

Das würde ihm niemand wegnehmen können.

Während Tenning seine ganze Willenskraft darauf richtete, Barnaby zum Schweigen zu bringen, glitt sein Blick über die Zahlenkolonnen – die tödlichen Blitzeinschläge seit 1900, die Schneehöhen in Vermont in Zoll, die beglaubigten Sichtungen von Kühen, die von Tornados in die Luft gerissen worden waren –, als ein Müllwagen mit Poltern und Getöse die Straße heraufkam.

Er glaubte, sein verdammter Schädel müsse platzen.

Und er war wirklich nicht verrückt.

Er hatte eine vollkommen rationale Antwort auf diesen ungeheuren Angriff auf seine Sinne. Er hielt sich mit beiden Händen die Ohren zu, doch das Gequietsche und Gekreische, das Dröhnen und Wummern, drang immer noch durch – *und es hatte Oliver geweckt!*

Das gottverdammte Baby.

Wie oft war er schon von diesem Baby gestört worden?

Wie oft hatte dieser Scheißköter ihn schon aus dem Konzept gebracht?

Der Druck in Tennings Brust und Kopf stieg an. Wenn er nicht bald etwas *unternahm*, würde er explodieren.

Garry Tenning hatte die Schnauze voll.

50

Rasch, wenn auch mit zitternden Fingern, band Tenning seine ausgetretenen Adidas-Turnschuhe, trat hinaus in den Flur, schloss die Wohnungstür hinter sich ab und steckte seinen großen Schlüsselbund in die Tasche.

Er nahm die Feuertreppe hinunter ins Untergeschoss – den Aufzug benutzte er nie.

Unten ging er an der Waschküche und am Heizungskeller vorbei, wo der alte Heizkessel leise in seine Rohre hineinbrummelte und der verhasste neue Brenner mit unverbrauchtem Enthusiasmus vor sich hin dröhnte.

An der Hohlblockwand lehnte ein etwa fünfundvierzig Zentimeter langes Eisenrohr mit einem verrosteten Kugelgelenk an einem Ende. Tenning hob es hoch, ließ das Kugelgelenk in die hohle Hand klatschen.

Er wandte sich nach rechts, ging die Rampe hinunter, auf das blinkende EXIT-Schild zu, während Mordgedanken in seinem Kopf zündeten wie eine Kette von Feuerwerkskörpern.

Der Riegel des Notausgangs gab unter dem Druck seines Unterarms nach. Eine Minute lang stand er da in der Sonne und orientierte sich. Dann bog er um die Ecke des Backsteinbaus und trat in den Innenhof, der nach dem Umbau mit Pflastersteinen ausgelegt und mit Blumenkübeln geschmückt worden war.

Barnaby fing an zu kläffen, als er Tenning kommen sah. Er zerrte an der Leine, die sein Halsband mit dem Maschendrahtzaun verband.

Neben ihm stand der Kinderwagen. Oliver Glynn lag dort im Halbschatten, zappelte und heulte.

Ein Hoffnungsblitz durchzuckte Tenning.

Zwei Fliegen mit einer Klappe.

Das Rohr mit dem Ventilstück fest gepackt, schob er sich

an der Hauswand entlang auf die Stelle zu, wo die zwei widerlichen kleinen Kreaturen kreischten und lärmten.

In diesem Moment kam Margery Glynn aus ihrer Wohnung, das mattblonde Haar hochgebunden und mit einem Bleistift festgesteckt. Sie beugte sich tief herab, wobei sie eine Menge milchweiße Haut an ihren Oberschenkeln sehen ließ, und hob Oliver aus seinem Wagen.

Tenning beobachtete sie unbemerkt.

Das Baby war sofort still, aber Barnaby änderte nur seine Tonlage, jedes aufgeregte Kläffen ein *Stich – Stich – Stich* in Tennings Ohren.

Mrs. Margery machte »*Schsch!*«, schob eine Hand unter den Hintern des Babys, drückte sein nasses Gesicht an ihren schlaffen Busen und trug ihn in die Wohnung.

Tenning ging auf Barnaby zu, der mitten im Jaulen verstummte und sich die Lefzen leckte – vielleicht hoffte er auf ein paar Streicheleinheiten oder einen Spaziergang im Park. Und dann schaltete er wieder seine Alarmanlage ein – *kläff, kläff, kläff*.

Tenning hob seinen improvisierten Schlagstock und ließ ihn mit aller Kraft niedersausen. Barnaby jaulte auf und versuchte kraftlos nach Tennings Arm zu schnappen, als das Rohr sich in den wolkenlosen Himmel hob und dann ein zweites Mal herabfuhr.

Der Köter rührte sich nicht mehr.

Während Tenning den Kadaver in eine Mülltüte steckte, dachte er nur: *Ruhe in Frieden, du Bastard.*

51

Drei Tage waren vergangen, seit Madison Tyler in der Scott Street, nur ein paar Schritte vom Alta Plaza Park entfernt, entführt und ihr Kindermädchen ermordet worden war.

An diesem Morgen waren wir alle im Bereitschaftsraum versammelt: Conklin, vier Detectives von der Nachtschicht der Mordkommission, die Überstunden machten, dazu Macklin, ein halbes Dutzend Cops vom Dezernat Schwerverbrechen und ich.

Macklin blickte sich in dem kleinen Raum um und sagte: »Ich werde mich kurz fassen, damit wir uns gleich an die Arbeit machen können. Wir haben nichts in der Hand – nichts als die Fähigkeiten, die in diesem Raum versammelt sind. Also lassen Sie uns weitermachen wie bisher: mit guter, solider Polizeiarbeit. Und für diejenigen unter Ihnen, die beten – legen Sie ein gutes Wort ein, dann geschieht vielleicht ein Wunder.«

Er verteilte die Einsatzbefehle und forderte die Truppe auf, Fragen zu stellen, doch es kamen keine. Stuhlbeine scharrten, als alle sich erhoben. Ich sah mir die neuen Listen von Sextätern durch, die ich mit Conklin vernehmen sollte.

Ich stand von meinem Schreibtisch auf und ging über den abgetretenen Linoleumboden zu Jacobis Tür.

»Hereinspaziert, Boxer.«

»Jacobi, an der Entführung waren zwei Täter beteiligt. Einer, der die beiden in den Wagen zwang, und dann der Fahrer. Ziemlich merkwürdig, findest du nicht – ein Pädophiler, der mit einem Partner arbeitet?«

»Noch irgendwelche Ideen, Boxer? Ich bin offen für alles.«

»Ich will noch mal ganz von vorn anfangen. Mit der Zeugin. Ich will mit ihr reden.«

»Ich kann nicht glauben, dass du es nach all den Jahren für

nötig hältst, eine Vernehmung von mir zu überprüfen«, grollte Jacobi. »Augenblick – ich habe ihre Aussage hier.«

Ich seufzte, als Jacobi seinen Kaffee, seinen Egg McMuffin und seine Zeitung zur Seite räumte und einen Stapel Aktenmappen vom Tisch nahm. Er sah sie durch, fand die gesuchte und schlug sie auf.

»Gilda Gray. Hier ist ihre Telefonnummer.«

»Danke, Lieu«, sagte ich und griff nach der Mappe. Es durchzuckte mich, als hätte ich mir einen peinlichen Versprecher geleistet. Ich hatte Jacobi noch nie »Lieu« genannt. Ich hoffte, er hätte es überhört, aber ich wurde enttäuscht. Jacobi strahlte mich an.

Ich warf ihm im Gehen ein Lächeln zu und setzte mich wieder an meinen Schreibtisch, der Stirn an Stirn mit dem von Conklin stand. Ich wählte Gilda Grays Nummer und bekam sie gleich dran.

»Ich kann jetzt nicht kommen«, protestierte sie. »Ich habe um halb zehn eine Kundenpräsentation.«

»Ein Kind wird vermisst, Ms. Gray.«

»Also gut, aber ich kann Ihnen alles, was ich weiß, in zehn Sekunden am Telefon sagen. Ich habe unseren Hund auf der Divisadero ausgeführt. Ich bin ihm nachgelaufen und habe gerade die Zeitung für ihn ausgelegt, als das kleine Mädchen und ihr Kindermädchen die Straße überquerten.«

»Und was ist dann passiert?«

»Ich war auf Schotzies Geschäft konzentriert. Ich habe nach *unten* geschaut und darauf geachtet, dass die Zeitung richtig liegt, verstehen Sie? Ich dachte, ich hätte ein Kind schreien gehört – aber als ich aufschaute, sah ich nur eine Gestalt in einem grauen Mantel die Schiebetür eines schwarzen Minivans öffnen. Und ich sah den Rücken vom Mantel des Kindermädchens, als sie einstieg.«

»Eine Gestalt in einem grauen Mantel. Verstanden. Haben Sie den Fahrer des Wagens gesehen?«

»Nein. Ich habe die Zeitung in den Abfalleimer geworfen,

und ich hörte, wie der Van um die Ecke bog. Und dann, aber das habe ich ja schon einmal gesagt, hörte ich einen lauten Knall und sah etwas, das wie Blut aussah, an die Heckscheibe spritzen. Es war schrecklich ...«

»Irgendetwas, was Sie mir über den Mann in dem grauen Mantel sagen können?«

»Ich bin mir ziemlich sicher, dass er weiß war.«

»Groß oder klein? Besondere Merkmale?«

»Ich habe nicht darauf geachtet. Es tut mir leid.«

Ich fragte Ms. Gray, ob sie vorbeikommen und sich ein paar Verbrecherfotos anschauen könne, und sie entgegnete: »Haben Sie etwa Fotos von den Hinterköpfen der Verbrecher?«

»Na, trotzdem vielen Dank«, sagte ich und legte auf.

Ich sah in Conklins hellbraune Augen. Und verlor mich ein paar Sekunden lang darin.

»Also, sind wir immer noch auf Perversen-Patrouille?«

»Sind wir, Rich. Nimm deinen Kaffee mit.«

52

Kenneth Klassen wusch gerade seinen silbernen Jaguar, als wir am Hang vor seinem Haus in der Vallejo parkten.

Er war weiß, achtundvierzig Jahre, eins achtundsiebzig – ein durchschnittlich bis gut aussehender Pornoregisseur, der seinem Erscheinungsbild allerdings kräftig nachgeholfen hatte: gut gemachte Haarverlängerungen, teure Nasenkorrektur, aquamarinfarbene Kontaktlinsen, Veneers auf den Zähnen – das volle Programm.

Laut seinem Eintrag im Strafregister war Klassen verdeckten Ermittlern ins Netz gegangen, als er in einem Chatroom ein Date mit einem zwölfjährigen Mädchen vereinbart hatte – das sich hinterher als vierzigjähriger Cop entpuppt hatte.

Klassen hatte mit der Staatsanwaltschaft einen Deal ausgehandelt. Er hatte einen Kinderporno-Produzenten verpfiffen und war dafür mit einer langen Bewährungsstrafe und einer deftigen Geldstrafe davongekommen. Er drehte allerdings immer noch Pornos für Erwachsene, was völlig legal war, selbst in einer gehobenen Wohnlage wie Pacific Heights.

Klassen strahlte übers ganze Gesicht, als er Conklin und mich aus dem Crown Vic steigen und auf sich zukommen sah.

»Na, wen haben wir denn da?«, sagte er. Er drehte den Schlauch ab und blickte von Conklin zu mir und zurück. Ein taxierender Blick.

Dann gefror sein Lächeln, als er uns als Polizisten erkannte.

»Kenneth Klassen«, sagte ich und zeigte ihm meine Marke, »ich bin Sergeant Boxer. Und das ist Inspector Conklin. Wir haben ein paar Fragen an Sie. Hätten Sie was dagegen, wenn wir reinkommen?«

»Sie können kommen, wo und wann Sie wollen, Sergeant«,

erwiderte Klassen mit schmierigem Grinsen, hielt die Schlauchpistole auf Hüfthöhe und zielte damit auf mich.

»Schnauze, Arschloch«, sagte Conklin, ohne die Stimme zu heben.

»Kleiner Witz, Officer«, entgegnete Klassen. »War nicht so gemeint. Na, kommen Sie schon rein.«

Wir stiegen hinter Klassen die Stufen zu der eichenen Haustür hinauf und folgten ihm durch eine schicke Eingangshalle und einen modern eingerichteten Salon in einen Wintergarten, der sich an die Küche anschloss. Überall standen Farne, Gardenien und Kakteen in großen Töpfen herum.

Klassen bot uns Sessel aus Korbgeflecht an, die an Ketten von den Dachbalken herabhingen. Ein Chinese von undefinierbarem Alter erschien in der Tür, legte die linke Hand über das rechte Handgelenk und wartete.

»Kann Mr. Wu Ihnen irgendetwas bringen, Sergeant? Inspector?«, fragte Klassen.

»Nein, danke«, erwiderte ich.

»Also, was verschafft mir die Ehre Ihres Besuchs an diesem ansonsten so prächtigen Morgen?«

Ich setzte mich vorsichtig auf die Kante eines der unbequemen Korbstühle und zückte mein Notizbuch, während Conklin im Wintergarten umherging und hier und da eine erotische Skulptur in die Hand nahm oder eine Topfpflanze um ein paar Zentimeter verschob.

»Fühlen Sie sich wie zu Hause!«, rief Klassen Conklin zu.

»Wo waren Sie am Samstagmorgen?«, fragte ich.

»Am Samstag«, wiederholte er. Er lehnte sich zurück, strich sich übers Haar und setzte eine Miene auf, als ob er sich an einen besonders angenehmen Traum erinnerte.

»Da habe ich *Moonlight Mambo* gedreht«, sagte er. »Und zwar hier im Haus. Ich mache gerade eine Serie von Zwanzig-Minuten-Filmen. ›*Bedroom Shorts*‹ nenne ich sie.« Er grinste.

»Wie schön für Sie. Ich hätte gerne die Namen und Telefonnummern sämtlicher Personen, die Ihr Alibi bestätigen können.«

»Bin ich etwa irgendeiner Straftat verdächtig, Sergeant?«

»Sagen wir einfach, Sie sind für uns ›interessant‹.«

Klassen grinste mich anzüglich an, als hätte ich ihm ein Kompliment gemacht. »Sie haben eine wunderbare Haut. Sie geben keinen Cent für Make-up aus, habe ich recht?«

»Mr. Klassen, vergeuden Sie nicht meine kostbare Zeit. Die Namen und Telefonnummern, wenn ich bitten darf.«

»Kein Problem. Ich drucke Ihnen eine Liste aus.«

»Gut. Haben Sie dieses Kind schon einmal gesehen?«, fragte ich und zeigte ihm das Foto von Madison Tyler, das ich seit drei Tagen in der Jackentasche mit mir herumtrug.

Es widerte mich an, wie Klassen Madisons hübsches Gesicht mit seinen Blicken verschlang.

»Das ist die Kleine von dem Zeitungstyp, nicht wahr? Ich hab sie im Fernsehen gesehen. Wissen Sie was«, fuhr Klassen fort und grinste so breit, dass er mich mit seinen funkelnden Beißerchen fast blendete. »Ich kann die Sache für uns alle sehr viel einfacher machen, ja? Kommen Sie mit.«

53

Der Aufzug in Klassens Speisekammer war ein Kasten aus massivem Kiefernholz, ungefähr doppelt so breit wie ein gewöhnlicher Sarg. Conklin, Klassen und ich betraten die Kabine. Als ich zur Stockwerksanzeige aufblickte, konnte ich nur die Zahlen 1 und 4 sehen – dazwischen gab es keinen Halt.

Im obersten Stock öffnete sich die Aufzugtür, und wir betraten einen hellen, zwölf mal fünfzehn Meter großen Raum mit diversen Möbeln und Lampen. An den Wänden stapelten sich Kulissen und zusammengerollte Teppiche, und in einer Ecke war ein Hightech-Computerarbeitsplatz untergebracht.

Es gab keine verborgenen Winkel in dem Raum, aber ich sah mich dennoch sofort nach Anzeichen für die Anwesenheit eines Kindes um.

»Heutzutage läuft das alles digital«, erklärte Klassen. Er setzte sich breitbeinig auf einen Hocker vor einem Flachbildschirm. »Drehen, Downloaden, Schneiden – alles passiert in einem Raum.«

Er drückte auf einen Knopf, schob die Maus hin und her und klickte ein Icon mit der Aufschrift *Moonlight Mambo* an.

»Das ist der Rohschnitt, den ich am Samstag gedreht habe«, erklärte Klassen. »Mein Alibi, komplett mit Datum – nicht, dass ich eins brauchte. Ich habe um sieben mit dem Drehen begonnen, und wir haben den ganzen Tag durchgearbeitet.«

Latin-Klänge drangen aus den Lautsprechern des Computers, und dann tauchten die ersten Bilder auf dem Monitor auf. Eine junge schwarzhaarige Frau mit ein paar spärlichen schwarzen Fetzen am Leib zündete an einem der inzwischen abgebauten Schlafzimmer-Sets Kerzen an.

Die Kamera machte einen Schwenk durch das Zimmer

und hielt am Bett an – wo Klassen an sich herumspielte und die junge Frau, die unterdessen einen verführerischen Striptease hinlegte, mit abgedroschenen »Oh-Baby«-Sprüchen anmachte.

»Ach du Scheiße«, murmelte ich.

Conklin trat zwischen mich und den Computerbildschirm.

»Ich nehme eine Kopie davon mit«, sagte er.

»Aber gerne.« Klassen fischte eine CD aus dem Schlitten, steckte sie in eine rote Plastikhülle und gab sie Conklin.

»Haben Sie irgendwelche Bilder oder Filme von Kindern auf diesem Computer?«

»Um Gottes willen, nein. Kinderpornos sind absolut nicht mein Ding«, entgegnete Klassen mit gespielter Empörung. »Abgesehen davon, dass es gegen meinen Deal verstoßen würde, stehe ich ganz einfach nicht drauf.«

»Na, dann ist ja alles wunderbar«, sagte Conklin schmeichlerisch. »Also, jetzt würde ich gerne mal Ihre Computerdateien durchsehen, während Sergeant Boxer einen Rundgang durch Ihr Haus macht.«

»Sie haben's wirklich schön hier, Mr. Klassen«, sagte ich. »Gefällt mir, was Sie aus dem Haus gemacht haben.«

»Was ist, wenn ich nicht einverstanden bin?«

»Dann nehmen wir Sie zum Verhör mit aufs Revier und besorgen uns einen Durchsuchungsbeschluss«, klärte Conklin ihn auf. »Und dann beschlagnahmen wir Ihren Computer und durchsuchen Ihr Haus mit Hunden.«

»Die Treppe ist da drüben.«

Ich ließ Conklin und Klassen am Computer zurück und arbeitete mich langsam nach unten vor. Ich schaute in jedes Zimmer, öffnete Türen, sah in Schränken nach, spähte und lauschte und hoffte dabei von ganzem Herzen, irgendwo ein kleines Mädchen zu finden.

Mr. Wu bezog gerade das Bett in einem Schlafzimmer im ersten Stock. Ich zeigte ihm meine Marke und ein Foto von Madison Tyler.

»Haben Sie dieses kleine Mädchen schon einmal gesehen?«, fragte ich ihn.

Er schüttelte energisch den Kopf. »Keine Kinder hier. Mr. Klassen nicht mögen Kinder. Keine Kinder hier.«

Zehn Minuten später stand ich auf den Stufen vor der Haustür und sog die kalte, reine Luft tief in meine Lungen. Conklin kam heraus und zog die schwere Eichentür hinter sich zu.

»Na, das hat vielleicht Spaß gemacht«, sagte ich.

»Sein Alibi dürfte standhalten«, sagte Conklin, während er eine Liste mit Namen und Telefonnummern zusammenfaltete und in sein Notizbuch steckte.

»Ja, das ist mir auch klar. Rich, denkst du, der Typ steht auf Kinder?«

»Ich schätze, der fährt auf alles ab, was sich bewegt.«

Klassen stand in seiner Einfahrt, als Conklin und ich in unseren Einsatzwagen stiegen. Er hob die Hand, ließ uns noch einmal sein strahlendes Cheese-Lächeln sehen und rief: »*Bye-bye!*«

Leise vor sich hin pfeifend polierte er die silberne Flanke seines Jaguars, während wir in unserem bescheidenen Ford davonfuhren.

54

Conklin und ich saßen einander im Bereitschaftsraum gegenüber. Neben meinem Telefon lag ein Stapel unbearbeiteter Hinweise aus der Bevölkerung. Madison Tyler war an allen möglichen Orten gesichtet worden – von Ghirardelli Square bis Osaka in Japan.

Germaniuks Autopsiebericht über Paola Ricci lag aufgeschlagen vor mir. Todesursache: Kopfschuss. Todesart: Mord.

Der Doktor hatte ein Post-it auf seinen Bericht geklebt. Ich las meinem Partner die Nachricht laut vor.

Sergeant Boxer,

die Kleider haben wir ins Labor geschickt. Ich habe einen Abstrich für ein Rape-Kit gemacht, damit ich sagen kann, dass ich es versucht habe, aber rechnen Sie nicht mit irgendwelchen Ergebnissen – dazu hat sie zu lange im Wasser gelegen. Die Kopfverletzung ist ein glatter Durchschuss. Projektil wurde nicht gefunden.

Gruß, H. Germaniuk

»Ein totes Mädchen – und wir stecken in einer Sackgasse«, sagte Conklin und fuhr sich mit der Hand durch die Haare. »Die Kidnapper schrecken nicht vor Mord zurück. Und mehr wissen wir nicht.«

»Also, was haben wir übersehen? Wir haben eine nicht sehr brauchbare Aussage einer Zeugin, die uns vage Beschreibungen der Täter und des Wagens geliefert hat. Wir haben kein Kennzeichen, keine Spuren vom Tatort – keine Zigarettenkippen, keinen Kaugummi, keine Geschosshülsen, keine Schuhspuren. *Und keine verdammte Lösegeldforderung.*«

Conklin lehnte sich auf seinem Stuhl zurück und sagte zur Zimmerdecke: »Die Täter treten auf wie brutale Schlägertypen, nicht wie Triebtäter. Erschießen Paola kurz nachdem sie sie entführt haben. Was soll man davon halten?«

»Sieht aus, als wäre der Typ mit der Knarre nervös gewesen. Vielleicht mit Crack zugedröhnt. So, als hätte jemand ein paar Gangmitglieder für den Job engagiert. Oder Paola war für sie einfach nur Ballast, also haben sie sie aus dem Weg geräumt. Oder sie hat sich gewehrt, und sie sind in Panik geraten. Aber du hast schon recht, Rich«, sagte ich. »Hundertprozentig.«

Sein Stuhl knarrte, als er ihn wieder gerade stellte.

»Wir müssen diese ganze Ermittlung auf den Kopf stellen. Uns darauf konzentrieren, den Mord an Paola Ricci aufzuklären«, fuhr ich fort und klopfte mit der flachen Hand auf den Autopsiebericht. »Sie ist tot, aber sie könnte uns immer noch zu Madison führen.«

Conklin rief gerade im italienischen Konsulat an, als Brenda ihren Stuhl zu mir umdrehte. Sie legte eine Hand über die Sprechmuschel ihres Telefons.

»Lindsay, Anruf für Sie auf Leitung vier. Er will seinen Namen nicht nennen. Klingt ... irgendwie unheimlich. Ich lasse den Anruf zurückverfolgen.«

Ich nickte, und mein Herzschlag schaltete einen Gang hoch, als ich die Taste an der Telefonkonsole drückte.

»Hier spricht Sergeant Boxer.«

»Ich werde das nur ein einziges Mal sagen«, meldete sich die digital veränderte Stimme. Es hörte sich an wie ein Frosch, der durch eine Luftpolsterfolie spricht. Ich gab Conklin ein Zeichen, dass er an meinem Apparat mithören solle.

»Wer ist da?«, fragte ich.

»Das spielt keine Rolle«, sagte die Stimme. »Madison Tyler ist wohlauf.«

»Woher wissen Sie das?«

»Sag mal was, Maddy.«

Und dann hörte ich eine andere Stimme, hauchig und gebrochen, eine Kinderstimme. »Mommy? Mommy?«

»Madison?«, rief ich in den Hörer.

Die Froschstimme war wieder da.

»Sagen Sie den Eltern, dass sie einen großen Fehler gemacht haben, als sie die Polizei eingeschaltet haben. Blasen Sie die Jagd ab«, sagte der Anrufer, »sonst werden wir Madison wehtun. Sehr weh. Wenn Sie sich raushalten, wird ihr nichts geschehen, aber so oder so werden die Tylers ihre Tochter nie wiedersehen.«

Und dann war die Leitung tot.

»Hallo? *Hallo?*«

Ich drückte hektisch auf die Gabel, bis ich das Freizeichen hörte, und knallte dann den Hörer hin.

»Brenda, rufen Sie die Telefonzentrale an!«

»Was war *das* denn?«, rief Conklin. »*›Sie haben einen großen Fehler gemacht, als sie die Polizei eingeschaltet haben‹*? Lindsay, hat das kleine Mädchen sich wie Madison angehört?«

»Herrgott, ich konnte es nicht erkennen. *Ich weiß es nicht.*«

»Was zum Teufel …«, fluchte Conklin und pfefferte ein Telefonbuch an die Wand.

Mir war schwindlig, fast körperlich übel.

War Madison wirklich wohlauf?

Was sollte das heißen, dass die Eltern nicht die Polizei hätten einschalten sollen? Hatte es etwa eine Lösegeldforderung oder einen Anruf gegeben, von dem wir nichts wussten?

Alle Augen im Bereitschaftsraum waren auf mich gerichtet, und Jacobi stand so dicht hinter mir, dass ich regelrecht seinen Atem im Nacken spürte. Da kam der Rückruf aus der Telefonzentrale mit dem Ergebnis der Rückverfolgung.

Der Anrufer hatte ein No-Name-Handy benutzt, und der Standort konnte nicht ermittelt werden.

»Die Stimme war verzerrt«, sagte ich zu Jacobi. »Ich schicke das Band in die Kriminaltechnik.«

»Bevor du das tust, spiel es erst mal den Eltern vor. Vielleicht können sie die Stimme des Kindes ja eindeutig identifizieren.«

»Könnte immer noch irgendein kranker Spinner sein, der sich einen Scherz erlaubt hat«, meinte Conklin, als Jacobi gegangen war.

»Das hoffe ich sogar. Denn wir werden die ›Jagd‹ nicht ›abblasen‹. Wir denken gar nicht daran.«

Ich konnte nicht sagen, was ich wirklich dachte.

Dass wir gerade Madison Tylers letzte Worte gehört hatten.

55

Brenda Fregosi arbeitete seit ein paar Jahren als Teamassistentin der Mordkommission, und mit ihren fünfundzwanzig Jahren hatte sie schon einen ausgeprägten Mutterinstinkt.

Sie schnalzte mitfühlend mit der Zunge, als ich mit Henry Tyler telefonierte, und als ich auflegte, reichte sie mir einen Notizzettel.

Ich entzifferte ihre spitze Handschrift: »*Claire möchte, dass Sie heute Abend um sechs zu ihr ins Krankenhaus kommen.*«

Es war kurz vor sechs.

»Wie hat sie sich angehört?«, fragte ich.

»Gut, würde ich sagen.«

»Und sonst hat sie nichts gesagt?«

»Also, wörtlich sagte sie: ›Brenda, bitte sagen Sie Lindsay, dass sie um sechs ins Krankenhaus kommen soll. Vielen Dank.‹«

Ich hatte Claire *gestern* erst gesehen. *Was war da los?*

Auf der Fahrt zum San Francisco General schwirrten mir tausend schreckliche, deprimierende Gedanken durch den Kopf. Claire hatte mir einmal etwas über die Chemie des Gehirns erzählt – es lief darauf hinaus, dass man sich, wenn es einem gut geht, überhaupt nicht vorstellen kann, dass es einem je wieder schlecht gehen könnte. Und wenn es einem schlecht geht, kann man sich unmöglich vorstellen, dass irgendwann noch mal eine Zeit kommen wird, wo nicht alles den Bach runtergeht.

Während ich Pfefferminzbonbons lutschte, rief die Stimme eines kleinen Mädchens in meinem Kopf immer wieder »Mommy!«. Und was meine Stimmung zusätzlich drückte, war meine reflexartige Abneigung gegen Krankenhäuser, die ich nicht mehr loswerde, seit meine Mutter vor fünfzehn Jahren in einem gestorben ist.

Ich stellte den Wagen auf dem Krankenhausparkplatz ab und musste daran denken, wie gut es getan hatte, mit Joe reden zu können, wenn ich so am Boden war wie jetzt – nach drei Tagen, in denen ich von einer Sackgasse in die nächste gestolpert war.

Als ich den Aufzug betrat, wandten meine Gedanken sich wieder Claire zu. Ich starrte mein Spiegelbild in den Stahltüren an – eine erschöpfte, ausgebrannte Frau. Während der Fahrt nach oben unternahm ich einen halbherzigen Versuch, meinen Pony zurechtzuzupfen, und als die Türen sich öffneten, tauchte ich ein in den schrecklichen Geruch und das kalte weiße Licht der Post-OP-Station.

Ich war nicht die erste Besucherin in Claires Zimmer. Yuki und Cindy hatten schon ihre Stühle an ihr Bett gerückt, und Claire hatte sich aufgesetzt. Sie trug ein geblümtes Nachthemd, und um ihre Lippen spielte ein Mona-Lisa-Lächeln.

Der ganze Club der Ermittlerinnen war versammelt – aber wozu?

»Hallo zusammen«, sagte ich und ging ums Bett herum, um Küsschen zu verteilen. »Du siehst fantastisch aus«, versicherte ich Claire. Meine Erleichterung darüber, dass es nicht um irgendeine lebensbedrohliche Krise ging, machte mich beinahe übermütig. »Was ist denn der Anlass dieser Versammlung?«

»Sie wollte es uns nicht verraten, bevor du da bist«, sagte Yuki.

»Okay, okay!«, rief Claire. »Ich habe euch etwas mitzuteilen.«

»Du bist *schwanger*«, sagte Cindy.

Claire lachte schallend, und wir starrten alle Cindy an.

»Du spinnst, junges Fräulein von der Presse«, sagte ich. Ein Baby war das Letzte, was Claire mit ihren dreiundvierzig Jahren und zwei fast erwachsenen Söhnen gebrauchen konnte.

»Gib uns einen Tipp«, platzte Yuki heraus. »Nenn uns wenigstens eine Kategorie.«

»Ihr seid unmöglich!«, rief Claire, immer noch lachend. »Mir einfach so meine schöne Überraschung zu versauen.«

Cindy, Yuki und ich drehten uns gleichzeitig zu ihr um.

»Ich hatte ein paar Bluttests«, fuhr Claire fort. »Und wie üblich hat Miss Cindy den Nagel auf den Kopf getroffen.«

»Ha!«, rief Cindy.

»Wenn ich nicht sowieso im Krankenhaus gelegen hätte«, meinte Claire, »dann hätte ich wahrscheinlich gar nicht gemerkt, dass ich schwanger bin, bis die Wehen eingesetzt hätten.«

Jetzt plapperten wir alle durcheinander: »Was hast du gesagt?« – »Du willst uns wohl auf den Arm nehmen?« – »Im wievielten Monat bist du denn?«

»Das Sonogramm zeigt, dass mein Kleines gesund und munter ist«, sagte Claire, selig lächelnd wie ein Buddha. »*Mein Wunderkind!*«

56

Ich musste mich bald von der Feier losreißen, da ich ohnehin schon spät dran war für den Termin mit Tracchio im Präsidium. Als ich sein Büro betrat, bat der Chief die Tylers gerade, auf den Ledersesseln Platz zu nehmen, während Jacobi, Conklin und Macklin Stühle heranrückten und sich im Halbkreis um Tracchios großen Schreibtisch gruppierten.

Die Tylers sahen aus, als ob sie die letzten vierundachtzig Stunden im Stehen geschlafen hätten: grau im Gesicht, mit hängenden Schultern. Ich wusste, dass sie von quälender Ungewissheit geplagt wurden und mit einer Mischung aus Hoffen und Bangen darauf warteten, die Tonbandaufzeichnung zu hören.

Ein Kassettenrekorder wurde auf Tracchios Schreibtisch aufgebaut. Ich beugte mich vor und drückte die Abspieltaste, worauf eine Furcht einflößende, böse Stimme im Wechsel mit meiner eigenen das Zimmer füllte.

Die Stimme eines kleinen Mädchens rief: »*Mommy? Mommy?*«

Ich drückte die Stopptaste des Rekorders. Elizabeth Tyler streckte die Hand nach dem Gerät aus, wandte sich aber dann plötzlich ab, fasste den Arm ihres Mannes und vergrub das Gesicht schluchzend in seinem Mantel.

»Ist das Madisons Stimme?«, fragte Tracchio.

Beide Eltern nickten.

»Der Rest des Bands wird für Sie noch schwieriger zu ertragen sein«, warnte Jacobi. »Aber wir sind dennoch optimistisch. Wir wissen jetzt, dass Ihre Tochter am Leben war, als dieser Anruf einging.«

Ich drückte wieder die Starttaste und beobachtete die Mienen der Tylers, als sie den Kidnapper sagen hörten, dass Madison wohlauf sei, ihre Eltern sie aber nie wiedersehen würden.

»Mr. und Mrs. Tyler, können Sie sich irgendwie erklären, warum der Kidnapper sagt, Sie hätten ›einen großen Fehler gemacht, als Sie die Polizei einschalteten‹?«, fragte ich.

»Ich habe nicht die geringste Ahnung«, entgegnete Henry Tyler scharf. »Warum sollten die Entführer sich auch bedroht fühlen? Sie haben doch bis jetzt *nichts* erreicht. Sie haben noch nicht einmal einen *Verdächtigen*. Wo bleibt das FBI? Warum ist es noch nicht in die Suche nach Madison eingeschaltet worden?«

»Wir *arbeiten* mit dem FBI zusammen«, warf Macklin ein. »Wir nutzen seine Quellen und Datenbanken, aber das FBI wird sich nicht aktiv in diesen Fall einschalten, solange wir keinen Hinweis darauf haben, dass Madison in einen anderen Bundesstaat verschleppt wurde.«

»Dann sagen Sie ihnen, dass es so ist!«

»Mr. Tyler«, schaltete Jacobi sich ein, »unsere Frage an Sie lautet: Haben die Kidnapper mit Ihnen Kontakt aufgenommen und Sie davor gewarnt, die Polizei einzuschalten? Hat sich irgendetwas dergleichen abgespielt?«

»Nein, nichts«, antwortete Elizabeth Tyler. »Henry? Hast du im Büro von ihnen gehört?«

»Kein Wort. Ich schwöre es.«

Ich dachte an Paola Ricci, als ich die Tylers ansah. »Sie sagten uns, Paola Ricci sei Ihnen sehr empfohlen worden«, sagte ich. »Wer hat sie Ihnen empfohlen?«

Elizabeth Tyler beugte sich vor. »Paola ist direkt von ihrer Agentur zu uns geschickt worden.«

»Was ist das für eine Agentur?«, fragte Macklin. Sein mahlender Unterkiefer verriet den Druck, unter dem er stand.

»Es ist eine Stellenvermittlung«, antwortete Elizabeth Tyler. »Sie unterziehen junge Frauen aus dem Ausland einem Auswahlverfahren, betreuen sie und bilden sie aus. Sie besorgen ihnen Arbeitspapiere und vermitteln ihnen Jobs. Paola hatte hervorragende Referenzen, sowohl von der Agentur als auch aus Italien. Sie war eine tüchtige junge Frau. Wir haben sie sehr gemocht.«

»Die Agentur wird von den Arbeitgebern bezahlt?«, fragte Jacobi.

»Ja. Ich glaube, wir haben ihnen achtzehntausend Dollar gezahlt.«

Bei der Erwähnung dieser Summe verspürte ich ein Prickeln entlang der Oberarme und ein Gefühl in der Magengrube, als ob ich fiele.

»Wie heißt diese Agentur?«, fragte ich.

»Westbury. Nein, Westwood-Agentur«, antwortete Henry Tyler. »Werden Sie mit ihnen reden?«

»Ja, und bitte sprechen Sie mit niemandem über diesen Anruf«, warnte Jacobi die Tylers. »Fahren Sie einfach nur nach Hause, bleiben Sie in der Nähe Ihres Telefons. Und überlassen Sie die Westwood-Agentur getrost uns.«

»Sie werden mit ihnen Kontakt aufnehmen?«, fragte Henry Tyler noch einmal.

»Wir werden ihnen die Tür einrennen.«

57

Cindy telefonierte mit Yuki, während sie die Spülmaschine einräumte.

»Er ist einfach so witzig«, schwärmte Cindy von Whit Ewing, dem gut aussehenden Reporter der *Chicago Tribune*, den sie vor rund einem Monat beim Prozess gegen das Municipal Hospital kennengelernt hatte.

»Der Typ mit der Brille, nicht wahr? Der durch den Notausgang aus dem Gerichtssaal gestürmt ist und den Alarm ausgelöst hat?« Yuki musste lachen, als sie sich an die Szene erinnerte.

»Genau. Und weißt du was … er kann sich auch selbst auf den Arm nehmen. Whit sagt, er ist der streberhafte jüngere Bruder von Clark Kent.« Cindy lachte. »Er hat mir angedroht, dass er in die Stadt geflogen kommt, um mich zum Essen auszuführen. Er versucht sogar, es so zu drehen, dass er als Berichterstatter beim Brinkley-Prozess eingesetzt wird.«

»Also, jetzt mal ganz langsam zum Mitschreiben«, sagte Yuki. »Hast du etwa ernsthaft vor, denselben Fehler zu machen wie Lindsay? Hör mal zu, Whit wohnt in Chicago. Wieso willst du unbedingt eine Fernbeziehung anfangen, wo du doch weißt, dass so was von vornherein zum Scheitern verurteilt ist?«

»Na, ich denk mir eben … es ist schon eine ganze Weile her, dass ich zuletzt – na ja, ein bisschen Spaß hatte.«

»Bei mir auch«, seufzte Yuki. »Ich kann mich nicht nur nicht erinnern, *wann* es war, ich weiß auch nicht mehr, mit *wem*!«

Cindy gluckste amüsiert. Dann bat Yuki sie, einen Moment zu warten, weil sie einen anderen Anruf annehmen musste. Als sie sich wieder meldete, sagte sie: »Du, Cindy, Red Dog verlangt nach mir. Ich muss losdüsen.«

»Na dann, lass dich nicht aufhalten«, antwortete Cindy. »Wir sehen uns im Gericht.«

Cindy legte auf, schaltete die Spülmaschine ein und nahm die Tüte aus dem Mülleimer. Sie verknotete sie, ging damit hinaus auf den Flur und drückte den Aufzugknopf. Als der Lift rumpelnd zum Stillstand kam, vergewisserte Cindy sich zuerst, dass die Kabine leer war, ehe sie einstieg.

Sie dachte an Whit Ewing, an Lindsay und Joe, und daran, dass solche Fernbeziehungen immer etwas von einer Achterbahn hatten.

Eine Weile macht es Spaß, aber dann wird einem schlecht davon.

Und hier war nun ein weiterer Grund, sich einen Freund zu suchen, der in der Stadt wohnte – es war ihr schlicht und einfach nicht geheuer, allein in diesem Haus zu wohnen. Sie drückte auf »B« für Basement, und der neu verkleidete alte Lift ruckelte langsam abwärts. Eine Minute später trat Cindy hinaus in das feuchte Kellergeschoss des Gebäudes.

Als sie zu den Mülltonnen ging, hörte sie plötzlich eine Frau weinen – ihr Schluchzen hallte von den kahlen Wänden wider – und dann fing auch noch ein Baby an zu schreien!

Was war da los?

Cindy bog um eine Ecke und erblickte eine blonde Frau, ungefähr in ihrem Alter, die einen Säugling über der Schulter trug.

Zu ihren Füßen lag eine schwarze Mülltüte.

»Was ist denn passiert?«, fragte Cindy.

»Mein *Hund*«, rief die verzweifelte Frau. »Schauen Sie!«

Sie bückte sich und hielt die Tüte auf, sodass Cindy den kleinen schwarz-weißen Hund sehen konnte. Sein Fell war blutgetränkt.

»Ich habe ihn nur ein paar Minuten draußen allein gelassen«, erklärte die Frau, »nur bis ich Oliver in die Wohnung getragen hatte. *O Gott, nein!* Ich hatte schon die Polizei angerufen, um zu melden, dass jemand ihn gestohlen hat, aber *sehen* Sie doch. Das hat jemand getan, der hier wohnt. *Jemand, der hier wohnt, hat Barnaby totgeschlagen!*«

58

Es war Mittwochmorgen, halb neun, vier Tage nach Madison Tylers Entführung. Conklin und ich parkten an einer Straßenbaustelle in der Nähe der Ecke Waverly und Clay. Der Dampf aus unseren Kaffeebechern kondensierte auf den Scheiben, während wir zusahen, wie der Verkehr sich um die in zweiter Reihe parkenden Lieferwagen schlängelte und die Fußgängerscharen sich in die engen, düsteren Straßen von Chinatown ergossen.

Ich hatte ein bestimmtes Gebäude im Auge, ein dreigeschossiges Haus aus rotem Backstein in der Mitte von Waverly Place. Im Erdgeschoss war Wong's Chinesische Apotheke untergebracht, die beiden oberen Stockwerke waren an die Westwood-Agentur vermietet.

Mein Bauchgefühl sagte mir, dass wir einen Teil der Antworten in diesem Haus finden würden – eine Verbindung zwischen Paola Ricci und der Entführung… *irgendetwas.*

Fünf Minuten nach halb neun wurde die Tür des Backsteinhauses geöffnet, eine Frau trat heraus und stellte den Müll am Straßenrand ab.

»Also, dann wollen wir mal«, sagte Conklin.

Wir überquerten die Straße und fingen die Frau ab, bevor sie wieder im Haus verschwinden konnte. Wir zeigten ihr unsere Dienstmarken.

Die Frau war weiß, schlank, Mitte dreißig, mit glattem, dunklem, schulterlangem Haar und einem hübschen Gesicht, dessen Effekt durch die Sorgenfalten auf ihrer Stirn etwas verdorben wurde.

»Ich habe mich schon gefragt, wann wir von der Polizei hören würden«, sagte sie, eine Hand auf dem Türknauf. »Die Inhaber sind zurzeit auf Reisen. Können Sie am Freitag wiederkommen?«

»Sicher«, erwiderte Conklin, »aber jetzt hätten wir erst mal ein paar Fragen an *Sie*, wenn es Ihnen nichts ausmacht.«

Brenda, unsere Teamassistentin, schwärmt total für Conklin und sagt, dass er die Mädels anzieht wie ein Magnet – und sie hat recht. Er muss sich gar nicht anstrengen; er ist ganz einfach ein Charmeur mit jeder Menge natürlichem Sex-Appeal.

Ich sah, wie die dunkelhaarige Frau zögerte, Conklin musterte und schließlich die Tür weit aufstieß.

»Ich bin Mary Jordan«, sagte sie. »Sekretärin, Buchhalterin, Herbergsmutter und alles, was man sich sonst noch so vorstellen kann. Kommen Sie rein…«

Ich grinste Conklin von der Seite an, als wir Ms. Jordan ins Haus folgten und sie uns durch einen Flur in ihr Büro führte. Es war ein kleiner Raum, und ihr Schreibtisch war schräg zur Tür aufgestellt. Davor standen zwei einfache Holzstühle, und an der Wand hinter dem Schreibtisch hing ein gerahmtes Foto, das Jordan mit einem Dutzend junger Frauen zeigte – vermutlich alles Kindermädchen.

Mir fiel auf, wie nervös Jordan war. Sie kaute auf ihrer Unterlippe herum, stand auf, räumte einen Stapel Ringordner auf einen Aktenschrank, setzte sich wieder, zupfte an ihrem Uhrarmband herum und spielte mit einem Bleistift. Es machte mich regelrecht seekrank, ihr zuzuschauen.

»Wie denken Sie über die Entführung von Paola und Madison Tyler?«, fragte ich.

»Ich kann es absolut nicht begreifen«, antwortete Jordan kopfschüttelnd, und dann legte sie plötzlich los wie ein Wasserfall.

Ms. Jordan erzählte uns, dass sie die einzige Vollzeitangestellte der Agentur sei. Es gab noch zwei Privatlehrerinnen, die je nach Bedarf eingesetzt wurden. Bis auf den Mitinhaber, einen fünfzigjährigen Weißen, arbeiteten keine Männer in der Agentur, und es gab in der Firma keine Minivans, weder schwarze noch andere.

Die Inhaber der Westwood-Agentur waren Paul und Laura

Renfrew, ein Ehepaar, wie Ms. Jordan uns erklärte. Zurzeit besuchte Paul gerade potenzielle Kunden nördlich von San Francisco, während Laura in Europa unterwegs war, um neue Kandidatinnen anzuwerben. Sie hatten die Stadt schon vor der Entführung verlassen.

»Die Renfrews sind nette Leute«, versicherte Ms. Jordan uns.

»Und wie lange kennen Sie sie schon?«

»Ich habe angefangen, kurz bevor die Renfrews von Boston hierhergezogen sind, das war vor etwa acht Monaten. Die Firma schreibt noch keine schwarzen Zahlen«, fuhr sie fort. »Jetzt, da Paola tot ist und Madison Tyler … verschwunden … Das ist keine besonders gute Publicity, nicht wahr?«

Mary Jordans Augen füllten sich mit Tränen. Sie zog ein pinkfarbenes Papiertaschentuch aus einer Box auf ihrem Schreibtisch und trocknete sich das Gesicht.

»Ms. Jordan«, sagte ich und beugte mich über den Tisch, »irgendetwas bedrückt Sie doch. Was ist es?«

»Nein, wirklich, es geht mir gut.«

»Ach, erzählen Sie mir doch nichts.«

»Es ist nur, weil ich Paola wirklich *gemocht* habe. Und ich bin es gewesen, die sie an die Tylers vermittelt hat. Das war *ich*. Wenn ich das nicht getan hätte, wäre Paola jetzt noch am Leben!«

59

»Die Renfrews haben hier unten eine Wohnung«, erklärte Ms. Jordan, als sie uns durch das Verwaltungsgeschoss führte. Sie deutete auf eine grün gestrichene Tür am Ende eines Flurs, die mit einem Vorhängeschloss gesichert war.

»Wozu das Schloss?«, fragte ich.

»Sie schließen nur ab, wenn sie beide nicht da sind«, antwortete Ms. Jordan. »Das ist auch gut so – auf diese Weise muss ich mir keine Sorgen machen, dass die Mädchen in Sachen herumschnüffeln, die sie nichts angehen.«

Über uns waren polternde Schritte zu hören.

»Der Gemeinschaftsraum ist da drüben«, sagte Ms. Jordan, als wir die Tour fortsetzten. »Zu Ihrer Rechten sehen Sie das Besprechungszimmer, und der Schlafsaal ist dort oben«, fügte sie hinzu und blickte zu einer Holztreppe hinauf.

»Die Mädchen wohnen hier, bis wir sie an eine Familie vermitteln. Ich habe da oben auch mein Zimmer.«

»Wie viele Mädchen sind im Moment hier?«, fragte ich.

»Vier. Wenn Laura von ihrer Tour zurück ist, bekommen wir wahrscheinlich noch vier dazu.«

Den Rest des Vormittags verbrachten Conklin und ich damit, die jungen Frauen zu befragen, die eine nach der anderen nach unten ins Besprechungszimmer kamen. Sie waren zwischen achtzehn und zweiundzwanzig Jahre alt, kamen alle aus Europa und sprachen gutes bis exzellentes Englisch.

Keine hatte irgendeine Idee oder einen Verdacht, und keine äußerte sich irgendwie negativ über die Renfrews oder über Paola Ricci.

»Als Paola noch hier war, hat sie jeden Abend auf den Knien gebetet«, betonte ein Mädchen namens Luisa. »Sie war noch Jungfrau!«

Dann saßen wir wieder in Ms. Jordans Büro. Die Assistentin der Renfrews hob nur hilflos die Hände, als wir sie fragten, ob sie irgendeine Ahnung habe, wer Paola und Madison gekidnappt haben könnte. Als das Telefon klingelte und sie den Hörer abhob, fragte Conklin mich: »Soll ich das Vorhängeschloss knacken?«

»Bist du scharf auf eine neue Karriere bei der Putzkolonne?«

»Könnte sich lohnen.«

»Träum nur weiter«, erwiderte ich. »Selbst wenn wir einen berechtigten Verdacht hätten – Madison Tyler ist nicht da drin. Das hätte die Herbergsmutter längst rausgerückt.«

Wir hatten uns schon verabschiedet und gingen die Vortreppe hinunter, als wir Mary Jordan hinter uns rufen hörten. Sie holte uns ein und fasste Conklin am Arm.

»Ich habe mit mir gerungen. Es könnte nur ein Gerücht sein oder schlicht und einfach gelogen, und ich will niemandem Ärger bereiten«, sagte sie.

»Darüber dürfen Sie sich keine Gedanken machen, Mary«, erwiderte Conklin. »Was immer Sie zu wissen glauben, Sie müssen uns alles sagen.«

»Ich hatte gerade bei den Renfrews angefangen«, sagte Ms. Jordan. Ihr Blick zuckte zur Haustür und dann zurück zu Conklin.

»Eines von den Mädchen hat mir etwas erzählt – unter dem Siegel der Verschwiegenheit. Sie sagte mir, ein von der Agentur vermitteltes Kindermädchen hätte ihre Arbeitgeber von einem Tag auf den anderen verlassen. Und ich rede hier nicht von schlechten Manieren – die Renfrews hatten ihren Pass. Ohne den konnte sie keinen neuen Job bekommen.«

»Wurde das Mädchen bei der Polizei als vermisst gemeldet?«

»Ich glaube, ja. Ich weiß nur das, was mir erzählt wurde. Und mir wurde erzählt, dass Helga Schmidt verschwunden und nie wieder aufgetaucht sei.«

60

Bei der Mieterversammlung war die Stimmung schon extrem aufgeheizt, als Cindy dort eintraf. Vielleicht zweihundert Menschen drängten sich in der Eingangshalle. Die Vorsitzende des Mieterbeirats, Fern Galperin, eine zierliche, hübsche Frau mit Nickelbrille, deren Kopf über der Menge kaum zu sehen war, mühte sich, den Tumult zu beruhigen.

»*Einer nach dem anderen!*«, rief Ms. Galperin. »Margery? Bitte fahren Sie fort mit dem, was Sie sagen wollten.«

Cindy erblickte Margery Glynn, die Frau, die sie am Tag zuvor bei den Mülltonnen getroffen hatte. Sie saß auf einem Zweiersofa, eingezwängt zwischen drei anderen Mietern.

»Die Polizei hat mir ein *Formular* geschickt, das ich ausfüllen soll«, entrüstete sich Margery. »Sie werden nichts unternehmen wegen Barnaby, und Barnaby gehörte zu meiner Familie. Jetzt, wo er nicht mehr da ist, habe ich noch mehr Angst um meine Sicherheit. Soll ich mir einen neuen Hund zulegen? Oder besser gleich eine *Schusswaffe*?«

»Ich bin genauso krank vor Angst und Wut wie Sie«, erwiderte Galperin und drückte ihren eigenen kleinen Hund an ihre Brust. »Aber Sie denken doch hoffentlich nicht ernsthaft daran, sich eine Waffe zuzulegen! Sonst noch jemand?«

Cindy stellte ihre Computertasche ab und flüsterte einer auffallend attraktiven brünetten Frau, die an dem Tisch mit den Erfrischungen stand, zu: »Worum geht's denn?«

»Haben Sie das mit Barnaby mitbekommen?«

»Ja, leider. Ich war unten bei den Mülltonnen, als Margery ihn gefunden hat.«

»Scheußlich, was? Barnaby war ja schon eine Nervensäge, aber dass jemand hingeht und ihn einfach totschlägt, das ist doch nur noch krank. Ich meine, wo sind wir denn hier … in *New York*?«

»Können Sie mich mal über die Vorgeschichte aufklären? Ich bin neu hier.«

»Klar. Also, Barnaby war nicht der Erste. Mrs. Neelys Pudel wurde tot im Treppenhaus gefunden, und die arme Frau gab sich *selbst* die Schuld, weil sie vergessen hatte, ihre Tür abzuschließen.«

»Ich vermute mal, es gibt jemanden hier im Haus, der was gegen Hunde hat.«

»Ja, offenbar«, meinte die brünette Frau. »Aber das ist noch nicht alles. Mr. Franks, der hat im ersten Stock gewohnt – ein total netter Kerl übrigens –, also, der hat vor einem Monat mitten in der Nacht einen Umzugswagen kommen lassen. Er hat Fern einen Packen Drohbriefe dagelassen, die ihm in den letzten Monaten unter der Tür durchgeschoben wurden.«

»Was waren das für Drohungen?«

»*Morddrohungen.* Können Sie sich das vorstellen?«

»Wieso hat er nicht die Polizei gerufen?«

»Das hat er, denke ich. Aber die Briefe waren anonym. Die Cops haben ein paar Fragen gestellt und dann die ganze Sache fallen lassen. Echt typisch.«

»Und ich nehme an, Mr. Frank hatte einen Hund.«

»Nein, er hatte eine *Stereoanlage*. Übrigens, ich bin Debbie Green.« Die Frau lächelte übers ganze Gesicht. »Nummer 2F.« Sie schüttelte Cindy die Hand.

»Und ich bin Cindy Thomas. 3B.«

»Freut mich, Sie kennenzulernen, Cindy. Willkommen bei *A Nightmare at the Blakely Arms.*«

Cindy lächelte unsicher. »Haben Sie denn keine Angst?«

»Schon.« Debbie seufzte. »Aber meine Wohnung ist einfach super … Ich hab seit Kurzem einen Freund, und ich glaube, ich hab ihn dazu überredet, bei mir einzuziehen.«

»Sie Glückliche.« Cindy wandte ihre Aufmerksamkeit wieder der Versammlung zu, wo die Vorsitzende gerade einem älteren Mann mit gebeugtem Rücken das Wort erteilte.

»Mr. Horn.«

»Danke. Was mir am meisten Sorgen macht, ist die feige Art von diesem Kerl«, sagte der Mann. »Die Zettel, die unter den Türen durchgeschoben werden. Die getöteten Haustiere. Ich glaube, Margery hat da einen wichtigen Punkt angesprochen. Wenn die Polizei uns nicht helfen kann, müssen wir eine Mieterpatrouille bilden …«

Ein Stimmengewirr wurde laut, und Ms. Galperin rief: »Bitte zuerst die Hand heben und dann reden, ja? Tom, haben Sie etwas zu sagen?«

Ganz hinten im Saal erhob sich ein schmächtiger Mann in den Dreißigern mit schütterem Haar.

»Eine Mieterpatrouille wäre mir absolut nicht geheuer«, sagte er. »Wer immer es ist, der das Blakely Arms terrorisiert, könnte sich selbst zu der Patrouille melden – und dann müsste er nicht mehr im Verborgenen operieren. Er könnte sich im ganzen Haus frei bewegen, ohne etwas befürchten zu müssen. Wenn das keine erschreckende Vorstellung ist …

In diesem Haus wohnen rund 385 Menschen, und mehr als die Hälfte ist heute Abend hier versammelt. Die Wahrscheinlichkeit, dass unser hauseigener Terrorist sich *in diesem Moment* in diesem Raum befindet, liegt bei über fünfzig Prozent.«

61

Yuki hatte Leonard Parisi noch nie so *richtig* wütend erlebt. »Red Dog«, wie er wegen seiner roten Haare genannt wurde, war ein großer Mann, über neunzig Kilo schwer, und eigentlich war er für seine freundliche und umgängliche Art bekannt. Aber in diesem Moment verschossen seine dunklen Augen grimmige Blitze, und er hämmerte mit der Faust auf den Konferenztisch, dass die Teller mit den Resten des chinesischen Essens hüpften.

Die fünf neuen stellvertretenden Staatsanwälte starrten ihn erschrocken an, mit Ausnahme von David Hale, der so unklug gewesen war, den Brinkley-Prozess als »Spaziergang« zu bezeichnen.

»*Es gibt in unserem Beruf keine ›Spaziergänge‹!*«, donnerte er. »*Der Prozess gegen O. J. Simpson hätte auch ein ›Spaziergang‹ werden sollen!*«

»Robert Durst«, warf Yuki ein.

»*Genau!*«, rief Parisi und blickte triumphierend in die Runde. »Durst hatte *gestanden*, seinen Nachbarn getötet, in ein Dutzend Teile zerlegt und im Meer versenkt zu haben – und trotzdem wurde er von einem Geschworenengericht ›nicht schuldig‹ gesprochen.

Und das ist die Herausforderung, vor der wir bei Brinkley stehen, David. Wir haben ein aufgezeichnetes Geständnis und mehr Zeugen, als wir zählen können. Das Verbrechen selbst wurde gefilmt. Und trotzdem ist es kein Spaziergang.«

»Aber Leonard«, wandte Hale ein, »diese Aufnahmen des Verbrechens zeigen den Mörder *auf frischer Tat*. Das ist als Beweis zulässig und unstrittig.«

Parisi grinste. »Sie lassen einfach nicht locker, David, wie? Sehr löblich. – Sie sind doch alle mit dem Fall Rodney King vertraut, oder?« Parisi lockerte seine Krawatte. »Rodney King, ein auf Bewährung entlassener Schwarzer, weigerte sich, seinen Wagen zu verlassen, als er wegen Geschwindigkeitsüberschreitung angehalten wurde. Er wurde aus dem Auto gezerrt und von vier weißen Polizisten sechsundfünfzigmal geschlagen – eine brutale, blutige Attacke, komplett auf Video festgehalten. Es kam zum Prozess. Die Polizisten wurden *freigesprochen*, und das war der Beginn der Rassenunruhen in L. A. 1992.

Das Video machte den Prozess also nicht zu einem Spaziergang. Und der Grund ist vielleicht folgender: Wenn Sie das Rodney-King-Video zum ersten Mal sehen, sind Sie entsetzt. Beim zweiten Mal sind Sie empört. Aber wenn Sie es dann zum *zwanzigsten Mal* sehen, ist ihr Gehirn mit jedem kleinsten Detail der Szene vertraut. Sie werden sie nicht so schnell vergessen, gewiss, aber die Schockwirkung ist verflogen.

Jeder Amerikaner, der einen Fernseher besitzt, hat Jack Rooneys Video von Alfred Brinkleys Amoklauf immer wieder gesehen. Es hat inzwischen seine Schockwirkung völlig eingebüßt. Verstehen Sie?

Nichtsdestoweniger ist das Video sehr wohl ein Beweis. Wir *sollten* diesen Prozess gewinnen. Und wir werden alles in unserer Macht Stehende tun, um für Alfred Brinkley die Todesstrafe zu erwirken.

Aber mit Barbara Blanco haben wir eine intelligente und hartnäckige Verteidigerin gegen uns«, fuhr Parisi fort, während er sich auf seinem Stuhl zurücklehnte. »Und sie übernimmt diesen miesen Pflichtverteidiger-Job nicht des Geldes wegen. Sie glaubt an ihren Mandanten, und das werden die Geschworenen spüren.

Wir müssen auf alles vorbereitet sein. Und damit will ich meine heutige Lektion beschließen.«

Respektvolles Schweigen legte sich über den Besprechungsraum. Len Parisi war hier unbestritten der Boss.

»Yuki, haben wir noch irgendetwas anzusprechen vergessen?«

»Ich glaube, wir haben alles abgedeckt.«

»Haben Sie ein gutes Gefühl?«

»Ein fantastisches, Len. Ich bin bereit. Ich kann es kaum erwarten.«

»Sicher. Sie sind achtundzwanzig. Aber ich brauche meinen Schönheitsschlaf. Wir sehen uns morgen früh hier um halb acht. Alle anderen bitte ich noch um ein wenig Aufmerksamkeit. Morgen Abend halten wir dann eine Manöverkritik ab.«

Yuki wünschte ihren Kollegen eine gute Nacht und verließ den Raum. Sie platzte vor Tatendrang und schätzte sich glücklich, morgen früh an Leonard Parisis Seite die Staatsanwaltschaft vertreten zu dürfen.

Und trotz Parisis warnender Worte war Yuki voller Zuversicht. Brinkley war nicht O. J. oder Robert Durst. Er war kein Superstar, kein Medienliebling. Noch vor wenigen Wochen hatte er auf der Straße geschlafen, mit einer geladenen Schusswaffe in der Tasche. *Er hatte vier wildfremde Menschen erschossen.*

Undenkbar, dass ein Geschworenengericht diesen Irren wieder auf die Straßen von San Francisco entlassen würde. *Oder?*

Vierter Teil

Das Volk gegen Alfred Brinkley

62

Yuki legte ihre Aktenmappe neben die von Leonard auf den Tisch vor dem Eingang zu Department 21. Sie passierten den Metalldetektor, traten durch die erste Doppeltür in den kleinen Vorraum und dann durch die zweite Tür in den Verhandlungssaal selbst.

Ein vernehmliches Raunen ging durch die Zuschauerreihen, als Red Dog mit seinen eins neunzig im marineblauen Nadelstreifenanzug in die Arena einmarschierte, begleitet von der fünfundvierzig Kilo leichten Yuki, die es mit hohen Absätzen gerade einmal auf eins sechzig brachte. Sie schritten zusammen den Mittelgang entlang, und Leonard zog schwungvoll die Schranke auf, die den Zuschauerraum vom vorderen Teil des Gerichtssaals trennte, um Yuki den Vortritt zu lassen. Er folgte ihr zum Tisch der Anklage und begann sofort seine Unterlagen auszubreiten.

Unter Yukis gespannte Erwartung mischte sich auch eine gehörige Portion Lampenfieber. Sie konnte nichts mehr tun, die Vorbereitung war abgeschlossen, und das Warten war ihr eine Qual. Sie strich ihr Revers glatt, ordnete ihre Papiere, sah auf die Uhr. Die Verhandlung sollte in exakt fünf Minuten beginnen, und der Platz der Verteidigung war *leer.*

Da breitete sich erneut Unruhe im Zuschauerraum aus. Yuki blickte auf, und ihr blieb fast das Herz stehen. Sie stieß Leonard an, und er drehte sich um.

Alfred Brinkley kam den Mittelgang herauf. Sein Bart war verschwunden, die langen Haare waren einem ordentlichen Kurzhaarschnitt gewichen, er trug einen blauen Polyesteranzug mit Krawatte – und er sah ungefähr so gefährlich aus wie eine Schüssel Milchreis.

Aber es war nicht Brinkley, bei dessen Anblick ihr Magen sich verkrampfte und ihr der Mund offen stehen blieb.

Barbara Blanco war nicht an Brinkleys Seite. An ihrer Stelle erblickte sie einen Mann von Anfang vierzig, vorzeitig ergraut, in einem anthrazitfarbenen Brioni-Anzug mit gelb bedruckter Armani-Krawatte. Sie kannte Brinkleys neuen Anwalt.

Jeder im Saal kannte ihn.

»O Scheiße«, stieß Parisi hervor. »Mickey Sherman. Sie kennen ihn doch, nicht wahr, Yuki?«

»Allerdings. Wir haben erst vor ein paar Monaten zusammen eine Freundin von mir verteidigt.«

»Ja, ich erinnere mich. Die Polizistin vom Morddezernat, die wegen widerrechtlicher Tötung angeklagt war.« Parisi nahm seine Brille ab, putzte sie mit seinem Taschentuch und fügte hinzu: »Was habe ich gestern gesagt?«

»›Seien Sie auf alles vorbereitet.‹«

»Manchmal hasse ich es, wenn ich recht behalte. Was können Sie mir erzählen, abgesehen von der Tatsache, dass Sherman ein geradezu erotisches Verhältnis zu Kameras zu haben scheint?«

»Er ist der Typ für die dicken Bretter«, antwortete Yuki. »Die Feinarbeit überlässt er lieber anderen. Da fällt schon mal was durch die Ritzen.«

Yuki fiel ein, dass sie gelesen hatte, Mickey habe seinen Job als stellvertretender Rechtsbeistand der Stadt San Francisco aufgegeben und eine kleine Privatkanzlei eröffnet. Er würde Brinkley unentgeltlich verteidigen, aber das Medieninteresse an dem Fall würde daraus ein ideales Sprungbrett für Sherman und Partner machen – *falls er gewänne.*

»Nun ja, er hat keinen großen Mitarbeiterstab mehr«, sagte Parisi. »Wir müssen diese Ritzen finden und sie mit einem Brecheisen aufstemmen. Aber ich sehe jetzt schon sein erstes großes Problem.«

»Ich auch.« Yuki nickte. »Alfred Brinkley sieht nicht aus wie ein Verrückter. Aber Len, das weiß Mickey Sherman genauso gut wie wir.«

63

Yuki stand auf, als Richter Norman Moore seinen Platz einnahm, mit dem Sternenbanner auf der einen und der Flagge des Staates Kalifornien auf der anderen Seite, vor sich eine Thermosflasche mit Kaffee und einen Laptop.

Die zweihundert Menschen im Gerichtssaal setzten sich wieder hin; die Verhandlung war eröffnet.

Richter Moore galt als fair, allerdings mit der Neigung, die Anwälte ein wenig zu weit vorpreschen zu lassen, ehe er mit seinem Hammer auf den Tisch schlug.

Moore nahm sich zunächst fünfzehn Minuten Zeit, um die Geschworenen zu belehren. Dann richtete er seine bebrillten blauen Augen auf Leonard Parisi. »Ist die Staatsanwaltschaft bereit?«

»Jawohl, Euer Ehren.«

Leonard Parisi stand auf, knöpfte sein Sakko zu, trat auf die Geschworenenbank zu und begrüßte die Jury. Red Dog war ein wahrer Hüne, mit breiten Hüften und massigen Schultern. Sein rotes Haar war kraus, seine Haut pockennarbig und rau.

Parisi war keine Schönheit, aber wenn er sprach, hatte er die Bühnenpräsenz eines großen Charakterdarstellers vom Typ Rod Steiger oder Gene Hackman.

Man konnte einfach den Blick nicht von ihm wenden.

»Meine Damen und Herren, als Sie für diesen Prozess ausgewählt wurden, gaben Sie alle an, dass Sie das ›Rooney-Video‹ von der Tragödie auf der *Del Norte* gesehen hätten. Sie sagten, Sie sähen sich in der Lage, unvoreingenommen über Schuld oder Unschuld des Angeklagten zu urteilen. Und Sie versprachen, Mr. Brinkley auf der Grundlage dessen zu beurteilen, was Ihnen *in diesem Gerichtssaal* bewiesen wird.

Deswegen will ich Ihnen noch einmal schildern, wie es war

an diesem 1. November an Bord der *Del Norte*, damit Sie die Ereignisse frisch vor Ihrem geistigen Auge haben.

Es war ein wirklich schöner Tag für einen Ausflug mit der Fähre«, begann Parisi. »Um die fünfzehn Grad und leicht bewölkt. Viele der Touristen trugen Shorts, denn San Francisco liegt ja schließlich in Kalifornien, nicht wahr?«

Gelächter war die Reaktion – Leonard Parisi hatte mit seinem Eröffnungsplädoyer den richtigen Ton getroffen.

»Es war ein wunderschöner Tag, der zum Albtraum wurde, weil auch der Angeklagte, Alfred Brinkley, an Bord dieser Fähre war.

Mr. Brinkley war pleite, doch er hatte auf dem Farmer's Market ein Ticket gefunden und beschlossen, mit der Fähre zu fahren. Er hatte eine geladene Schusswaffe in der Tasche, einen sechsschüssigen Revolver.

An diesem Tag nahm Mr. Brinkley die Fähre nach Larkspur, ohne dass es zu irgendwelchen Zwischenfällen kam, doch auf der Rückfahrt, als die Fähre in San Francisco anlegte, beobachtete der Angeklagte einen Wortwechsel zwischen Andrea Canello und ihrem kleinen Sohn, einem reizenden neunjährigen Burschen namens Tony.

Aus Gründen, die nur er selbst kennt, zog Mr. Brinkley seinen Revolver und schoss die dreißigjährige Mutter in die Brust.

Sekunden später war sie tot, gestorben vor den Augen ihres kleinen Sohnes«, fuhr Parisi fort. »Dann richtete Mrs. Canellos Sohn seine großen, schreckgeweiteten Augen auf den Mann, der gerade seine Mutter erschossen hatte – und was tat Alfred Brinkley?

Er erschoss Tony Canello, einen kleinen Jungen, der mit nichts als *einer Tüte Erdbeereis* bewaffnet war. Tony ging in die vierte Klasse, freute sich schon auf Thanksgiving und auf das Mountainbike, das er sich zu Weihnachten gewünscht hatte, und aufs Erwachsenwerden.

Das alles hat Mr. Brinkley Tony Canello weggenommen. Er starb noch am gleichen Tag im Krankenhaus.«

Die schmerzerfüllten Gesichter der Geschworenen zeigten, dass Parisi sie schon gepackt hatte. Eine von ihnen, eine junge Frau mit knallig magentafarbenen Haaren, biss sich auf die Lippen, während die Tränen ihr über die Wangen strömten.

Leonard legte eine respektvolle Pause ein und ließ die Geschworene weinen.

64

In diesem Moment wandte Richter Moore sich an die sechs Männer und sechs Frauen auf der Geschworenenbank. »Brauchen Sie eine Pause? Nein? Okay, dann fahren Sie bitte fort, Mr. Parisi.«

»Danke, Euer Ehren«, erwiderte Parisi. Als er einen flüchtigen Blick in Richtung Verteidigertisch warf, sah er, dass Mickey Sherman ihm den Rücken zukehrte und seinem Mandanten etwas zuflüsterte – eine herablassende Geste, die demonstrieren sollte, dass Parisis Eröffnung die Verteidigung nicht im Geringsten aus der Ruhe gebracht hatte.

Sehr clever. Parisi wusste, dass er selbst es nicht anders gemacht hätte.

»Ich sagte Ihnen, dass die *Del Norte* gerade in San Francisco anlegte, als Mr. Brinkley Andrea und Tony Canello erschoss. Das Anlegemanöver machte eine Menge Lärm, und es übertönte die zwei Revolverschüsse.

Aber ein paar Leute begriffen trotzdem, was da passiert war.

Mr. Per Conrad arbeitete an jenem Tag als Maschinist auf der *Del Norte*. Er war ein Familienvater, mit einer Frau und vier prächtigen Kindern, und er hatte noch zwei Jahre bis zur Rente. Er sah Alfred Brinkley mit der Waffe in der Hand, und er sah die blutenden Körper von Andrea und Tony Canello auf dem Deck liegen.

Mr. Conrad stürzte sich auf Mr. Brinkley, um ihn zu entwaffnen, doch Brinkley zielte und schoss Mr. Conrad zwischen die Augen.

Mr. Lester Ng war ein Versicherungsmakler aus Larkspur, der in San Francisco einen geschäftlichen Termin hatte. Auch er war Familienvater, ein ehemaliger Pilot der U.S. Air Force. Und auch er versuchte Mr. Brinkley die Waffe zu entreißen.

Er bekam eine Kugel in den Kopf. Mr. Brinkleys Revolver war das Letzte, was Mr. Ng in seinem Leben sah.

Beide Männer handelten selbstlos. Sie waren Helden. Und deshalb mussten sie sterben.

Aber Mr. Brinkley war noch immer nicht fertig.«

Parisi ging zur Geschworenenbank, legte die Hände auf das Geländer und sah jedem der Geschworenen in die Augen, während er sprach.

»Mr. Brinkley stand neben einer Frau, die in dieser Stadt großes Ansehen genießt. Dr. Claire Washburn, die Leiterin des Rechtsmedizinischen Instituts von San Francisco. Dr. Washburn hatte furchtbare Angst, aber sie besaß die Geistesgegenwart, zu Mr. Brinkley zu sagen: ›Okay, Junge ... gib mir die Kanone.‹

Doch was Mr. Brinkley ihr stattdessen gab, war eine *Kugel* in die *Brust*. Und als Dr. Washburns Sohn Willie ihr zu Hilfe eilte, schoss Mr. Brinkley auch auf ihn.

Zum Glück stieß das Schiff in diesem Augenblick gegen den Kai, und so verfehlte Mr. Brinkleys sechster und letzter Schuss sein Ziel. Und weil dieser Schuss danebenging, überlebten zwei tapfere Menschen, Claire und Willie Washburn, und Dr. Washburn wird in diesem Prozess als Zeugin aussagen.«

Parisi hielt inne und ließ den Horror des Amoklaufs auf die Geschworenen einwirken, ehe er weitersprach.

»Es steht zweifelsfrei fest, dass alles, was ich Ihnen soeben geschildert habe, tatsächlich passiert ist.

Es steht ebenso zweifelsfrei fest, dass Alfred Brinkley ohne Rücksicht auf Geschlecht, Alter, ethnischen Hintergrund oder irgendwelche Vernunftgründe vier Menschen erschossen hat, die er nicht kannte, und zwei weitere zu töten versuchte.

Mr. Jack Rooney, der auch als Zeuge in diesem Prozess auftreten wird, hat den Amoklauf auf Video festgehalten, und wir werden Ihnen dieses Video zeigen. Und Mr. Brinkley hat diese brutalen Bluttaten gestanden, und auch sein aufgezeichnetes Geständnis werden wir Ihnen zeigen.

In diesem Prozess gibt es keine DNS-Beweise. Keine Analyse von Blutspritzern oder partiellen Handtellerabdrücken oder sonstigen forensischen Spuren, wie sie Abend für Abend in den Fernsehkrimis vorkommen. Denn das hier ist kein ›Whodunit‹.

Wir wissen, wer es getan hat. Er sitzt da drüben.«

Parisi deutete auf den Mann im blauen Anzug. Brinkley hatte den Kopf eingezogen und starrte mit stumpfem Blick vor sich hin. Der Mann wirkte so mit Medikamenten vollgepumpt, dass Parisi sich fragte, wie viel von seinem Plädoyer Brinkley überhaupt gehört oder verstanden hatte.

»Die Verteidigung wird versuchen, Sie davon zu überzeugen, dass Mr. Brinkley unter einer Psychose leidet und daher für seine Taten nicht verantwortlich ist«, sagte Parisi, während er zum Pult zurückging. »Die medizinischen Gutachter der Verteidigung werden vielleicht die Chuzpe haben, sich hier hinzustellen und zu behaupten, der Angeklagte gehöre ›behandelt‹ und nicht bestraft.

Kein Problem. Wir haben hervorragende Ärzte, die sich um die Gefangenen in den Todeszellen kümmern.

Dass jemand handelt wie ein Wahnsinniger, heißt nicht, dass er nicht dem Gesetz unterliegt. Und es heißt auch nicht, dass er nicht versteht, dass es falsch ist, Menschen zu töten.

Meine Damen und Herren, Alfred Brinkley hat einen geladenen Revolver auf die Fähre mitgenommen. Er hat absichtlich und mit tödlicher Zielgenauigkeit auf seine Opfer geschossen. Er hat vier von ihnen ermordet. Und dann ist er vom Schauplatz seines Verbrechens geflohen.

Weil Alfred Brinkley wusste, dass das, was er getan hatte, falsch war.

Die Staatsanwaltschaft wird Ihnen beweisen, dass Mr. Brinkley zurechnungsfähig war, als er vier Morde und zwei versuchte

Morde beging. Und wir werden Sie bitten, ihn in allen Fällen für ›schuldig‹ zu befinden.

Wir danken Ihnen für Ihre Aufmerksamkeit. Es tut mir leid, dass ich manche von Ihnen zum Weinen gebracht habe, aber diese Morde sind eine Tragödie.«

65

Yuki sah zu, wie Mickey Sherman vom Tisch der Verteidigung aufstand und selbstbewusst am Richtertisch vorbei zum Pult schritt.

Sherman stellte sich den Geschworenen vor. Mit seinem hemdsärmeligen Auftreten und seinem lässigen Charme gelang es ihm, sie schon vom ersten Satz an für sich einzunehmen.

»Leute, alles, was der Staatsanwalt Ihnen erzählt hat, ist *wahr*«, begann er. Es war ein gewagtes Eingeständnis, fand Yuki. Es war überhaupt das erste Mal, dass sie so etwas aus dem Mund eines Verteidigers gehört hatte.

»Sie alle wissen, was am 1. November auf der *Del Norte* passiert ist«, sagte Sherman. »Mr. Brinkley hat tatsächlich eine geladene Waffe auf die Fähre mitgenommen. Er hat auf diese Menschen geschossen, ohne Rücksicht auf die Folgen für sie – oder für sich selbst.

Er war von zweihundertfünfzig Menschen umgeben, von denen einige Zeugen der Schießerei wurden. Mr. Brinkley hat seinen Revolver nicht weggeworfen, nachdem er von der *Del Norte* geflüchtet war. Er hat nicht versucht, sich dieses *Beweisstück* vom Hals zu schaffen.

Das ist nicht das, was man ein perfektes Verbrechen nennen würde. Nur ein Geisteskranker würde so etwas tun, würde sich in dieser Weise verhalten.

Was passiert ist, ist also kein Geheimnis.

Aber *warum* es passiert ist – darum geht es in diesem Prozess.

Mr. Brinkley war sich nicht im Klaren über seine Handlungen, weil er, als er diese Menschen erschoss, *nicht zurechnungsfähig* war.

Da die Frage der Zurechnungsfähigkeit die Basis Ihres Urteils über Mr. Brinkley und sein Handeln sein wird, ist dies ein guter Zeitpunkt, um den Begriff zu definieren«, sagte Sherman.

»Die Frage, um die sich alles dreht, ist diese: War Mr. Brinkley sich im Klaren über die Unrechtmäßigkeit seines Handelns, als er die Verbrechen beging? Wenn ihm nicht klar war, dass diese Handlungen unrecht waren, weil er zum Zeitpunkt der Tat an einer psychischen Störung oder einem geistigen Defekt litt, dann war er *nicht zurechnungsfähig.*«

Mickey Sherman hielt inne und ordnete seine Papiere auf dem Pult. Als er weitersprach, tat er es in einem Ton, den Yuki bewunderte und fürchtete. Es war ein Ton, der dem Ohr schmeichelte, ein persönlicher Ton – als vertraue er darauf, dass er für die Geschworenen keine Show abziehen müsste, weil seine Argumentation nicht nur glaubwürdig war, sondern schlicht und einfach wahr.

»Bei Mr. Brinkley wurde eine schizoaffektive Störung diagnostiziert«, erklärte Sherman den Geschworenen. »Er leidet an einer Krankheit, wie Krebs oder Diabetes, die ihn schwer beeinträchtigt und deren Ursachen in seinen Genen liegen, aber auch in traumatischen Erlebnissen in seiner Kindheit.

Er hat nicht um diese Krankheit gebeten, aber er hat sie nun einmal.

Es hätte Ihnen oder mir passieren können oder jedem anderen in diesem Saal. Und welche Krankheit könnte schlimmer sein als eine, bei der Ihr *eigenes Gehirn* sich gegen Sie wendet und Sie zwingt, Gedanken zu denken und Handlungen zu begehen, die Ihrem Charakter und Ihrer Natur völlig widersprechen?

Ich will an dieser Stelle betonen, dass wir tiefstes Mitgefühl mit allen Opfern dieser Tragödie haben. Wenn es eine Möglichkeit gäbe, die Uhr zurückzudrehen, wenn Fred Brinkley eine Zauberpille schlucken oder sich eine Injektion setzen könnte, die ihn am 1. November von seiner Krankheit heilen und diese Menschen wieder zum Leben erwecken würde, er würde es tun, ohne eine Sekunde zu zögern.

Wenn Mr. Brinkley gewusst hätte, dass er psychisch krank ist, hätte er sich in Behandlung begeben. Aber er wusste nicht, warum es ihm so ging, wie es ihm ging.

Mr. Brinkleys Leben gibt dem Ausdruck ›die Hölle auf Erden‹ erst seine wahre Bedeutung.«

66

Mickey Sherman war jetzt so richtig in Fahrt, und er fühlte sich gut. Kein Wunder – er wusste, wovon er redete, und er glaubte an seinen Mandanten. Brinkley, dieser arme Trottel, hatte fünfzehn Jahre lang seine stetig fortschreitende Krankheit zu ignorieren versucht, und jetzt wachte er endlich auf und sah die Welt, wie sie wirklich war.

Und was er da sah, war ziemlich deprimierend. Bis obenhin mit Psychopharmaka vollgepumpt, stand er vor Gericht und musste fürchten, in der Todeszelle zu enden.

Es war von vorn bis hinten eine einzige verdammte Tragödie.

»Mr. Brinkley hörte Stimmen«, sagte Mickey Sherman, während er vor der Geschworenenbank auf und ab ging. »Und ich rede hier nicht von der ›kleinen Stimme‹, die jeder von uns in seinem eigenen Kopf hört, dem inneren Monolog, der uns hilft, Probleme zu lösen, eine Rede zu schreiben oder unsere Autoschlüssel zu finden.

Die Stimmen in Mr. Brinkleys Kopf kommandierten ihn herum, sie waren aufdringlich, unüberhörbar und *grausam*.

Diese Stimmen verhöhnten ihn unerbittlich, beschimpften ihn – und sie stachelten ihn zum *Töten* auf. Wenn er fernsah, glaubte er, dass die Schauspieler und die Nachrichtensprecher ihn direkt ansprächen, dass sie ihn wegen seiner Verbrechen anklagten, und *auch*, dass sie ihm vorschrieben, was er zu tun hatte.

Und nachdem er sich jahrelang dagegen gewehrt hatte, gab Fred Brinkley schließlich nach und gehorchte diesen Dämonen.

Meine Damen und Herren, zu dem Zeitpunkt, als die Schüsse fielen, hatte Fred Brinkley jeden Bezug zur Wirklichkeit verloren.

Er wusste nicht, dass die Menschen, die er auf der Fähre erschoss, Wesen aus Fleisch und Blut waren. Für ihn waren sie ein Teil der quälenden Wahnvorstellungen in seinem eigenen Kopf.

Hinterher sah Mr. Brinkley den Bericht des Fernsehens über seinen Amoklauf auf der Fähre, und weil die Bilder im Fernsehen waren, wurde ihm bewusst, was er getan hatte. Er war so überwältigt von Gewissensbissen, Schuldgefühlen und Selbsthass, dass er sich sofort freiwillig der Polizei stellte.

Er verzichtete auf seine sämtlichen Rechte und legte ein Geständnis ab, weil im Anschluss an die Tat der gesunde Teil seines Gehirns es ihm ermöglichte, das Entsetzliche seiner Tat zu begreifen.

Das sollte Ihnen einen Bild vom Charakter dieses Mannes vermitteln.

Die Staatsanwaltschaft möchte Sie glauben machen, dass die schwierigste Entscheidung, die Sie in diesem Prozess zu treffen haben, die Wahl Ihrer Sprecherin oder Ihres Sprechers ist.

Aber Sie haben noch nicht die ganze Geschichte gehört.

Zeugen, die Mr. Brinkley kennen, und ausgebildete Psychiater, die ihn untersucht haben, werden das Bild von Mr. Brinkleys Charakter bestätigen und zu seiner früheren und heutigen Geistesverfasung aussagen.

Wenn Sie unsere Plädoyers und die Aussagen unserer Zeugen gehört haben, werden Sie, dessen bin ich mir sicher, Fred Brinkley für ›nicht schuldig‹ befinden, und zwar wegen Unzurechnungsfähigkeit aufgrund geistiger Störungen oder Defekte.

Denn die Wahrheit ist, dass Fred Brinkley ein guter Mensch ist, der nur das Pech hat, unter einer schrecklichen, persönlichkeitsverändernden Krankheit zu leiden.«

67

Um halb sieben an diesem Abend saßen Yuki und Leonard Parisi in dem geräumigen, gewölbeartigen Speisesaal des LuLu, eines populären Restaurants, das ganz in der Nähe des Justizgebäudes in einem umgebauten Lagerhaus eingerichtet worden war.

Yuki fühlte sich großartig – sie war Teil eines Spitzenteams. Des *siegreichen* Spitzenteams. Sie machte sich über ihr Grillhähnchen her, während Len sich seine pikante Meeresfrüchte-Pizza schmecken ließ, und beim Essen ließen sie den Tag Revue passieren, diskutierten über mögliche Hürden und planten, wie sie diese Hürden am nächsten Tag meistern würden, wenn sie das Plädoyer der Staatsanwaltschaft im Prozess gegen Alfred Brinkley vortrugen.

Leonard schenkte Yuki und sich aus einer teuren Flasche Merlot nach und brummte: »Grrrr – aus dem Weg, hier kommt das Team Red Dog!«

Yuki lachte, nahm noch einen Schluck von ihrem Wein und verstaute ihre Papiere in einer großen Ledertasche, während ihre Teller abgeräumt wurden. Noch nie hatte ihr die Arbeit für die Staatsanwaltschaft so viel Spaß gemacht.

Der große gemauerte Ofen in der anderen Ecke des Saals erfüllte die Luft mit dem Aroma von brennendem Hickoryholz, und während das Restaurant und die Bar sich nach und nach füllten, hallten die Wände und die hohe Decke wider von den Gesprächen und dem Gelächter der Gäste.

»Kaffee?«, fragte Len Yuki.

»Klar«, antwortete sie. »Und ich bin so begeistert, dass ich mir jetzt auch noch die Profiteroles gönnen werde.«

»Ich schließe mich an«, meinte Leonard und hob die Hand, um die Bedienung auf sich aufmerksam zu machen. Und dann, mitten in der Bewegung, erschlafften schlagartig seine Gesichtsmuskeln. Er fasste sich an die Brust und versuchte aufzustehen, sank gegen die Stuhllehne und kippte mit dem Stuhl hinterrücks um.

Hinter sich hörte Yuki ein Tablett fallen. Geschirr zerbrach, und jemand schrie.

Dann wurde ihr klar, dass der Schrei von *ihr* gekommen war.

Sie sprang auf und kniete neben dem kräftigen Mann nieder, der sich stöhnend hin und her wälzte.

»Leonard! Len, wo tut es weh?«

Er murmelte etwas, doch in dem aufgeregten Stimmengewirr um sie herum konnte sie ihn nicht verstehen.

»Können Sie die Arme heben, Len?«

»Meine *Brust*«, ächzte er. »Rufen Sie meine Frau an.«

»Ich kann ihn ins Krankenhaus fahren«, sagte ein Mann über Yukis Schulter. »Mein Wagen steht direkt vor dem Lokal.«

»Danke, aber das dauert zu lange.«

»Aber bis zum Krankenhaus sind es doch nur *zehn Minuten ...*«

»Bitte – ich sagte, nein danke. Wir rufen einen Rettungswagen, dann kommt das Krankenhaus zu *ihm*.«

Yuki zog ihren Rucksack heran, leerte ihn auf dem Boden aus und fand ihr Handy. Sie wehrte den hilfsbereiten Typen hinter sich ab, während sie sich den Verkehrsstau vorstellte, die drei Stunden Wartezeit in der Notaufnahme – denn genau so würde es kommen, wenn sie Len nicht mit dem Rettungswagen ins Krankenhaus brachten.

Das war der Fehler, den sie bei ihrem Dad gemacht hatten.

Yuki hielt Lens Hand fest gepackt, während sie gebannt dem Klingelton lauschte. »*Komm schon, geh ran!*«, zischte sie, und als die Notrufzentrale sich meldete, sprach sie laut und deutlich und mit Nachdruck.

»Dies ist ein Notfall. Schicken Sie einen Rettungswagen zum Restaurant LuLu in der Folsom Nr. 816. Mein Bekannter hat einen Herzinfarkt.«

68

Conklin und ich saßen im Bereitschaftsraum und bearbeiteten telefonische Hinweise im Fall Ricci-Tyler, als Jacobi aus seinem Büro geschossen kam und sagte: »Ihr zwei seht aus, als könntet ihr ein bisschen frische Luft vertragen.«

Fünfzehn Minuten später, kurz vor neunzehn Uhr, parkten wir vor einem Wohnblock nahe der Ecke 3rd Street und Townsend. Drei Streifenwagen, zwei Löschzüge und der Van der Rechtsmedizin waren schon vor uns eingetroffen.

»Das ist ja komisch – ich kenne das Haus«, sagte ich zu Conklin. »Meine Freundin Cindy wohnt hier.«

Ich versuchte Cindy zu erreichen, doch auf ihrem Handy bekam ich nur das Besetztzeichen. Und in ihrer Wohnung war sie auch nicht.

Vergeblich suchte ich nach Cindys Gesicht unter den Mietern, die in kleinen Grüppchen auf der Straße standen und die Fragen der uniformierten Beamten beantworteten. Ich blickte zur Backsteinfassade des Blakely Arms empor und sah die hellen Vorhänge im offenen Fenster einer Wohnung im fünften Stock flattern. Cindy wohnte im dritten. Meine Erleichterung war jedoch nur von kurzer Dauer. *Irgendjemand* war in Cindys Haus eines unnatürlichen Todes gestorben.

Der Pförtner, ein Mann in mittleren Jahren mit fliehender Stirn und wirren grauen Haaren, die unter seinem Stirnband hervorlugten, ging vor dem Eingang auf und ab. Er sagte uns, sein Name sei Joseph »Pinky« Boyd und er arbeite seit drei Jahren im Blakely Arms.

»Miss Portia Fox in 5K«, erklärte er. »Sie hat das Gas gerochen und vor einer halben Stunde unten am Empfang angerufen. Genau«, fügte er mit einem Blick auf seine Uhr hinzu.

»Und Sie haben die Feuerwehr angerufen?«

»Stimmt. Die waren in circa fünf Minuten hier.«

»Wo ist die Frau, die angerufen hat? Miss Fox?«

»Sie ist wahrscheinlich hier draußen. Wir haben den ganzen fünften Stock geräumt. Ich habe sie gesehen … Mrs. Wolkowski. Furchtbare Sache, wenn man so eine Leiche in echt sieht … Und auch noch jemand, den man gekannt hat.«

»Fällt Ihnen irgendjemand ein, der einen Grund gehabt hätte, Mrs. Wolkowski etwas anzutun?«, fragte Conklin den Pförtner.

»Nee. Sie war schon ein bisschen komisch. Hat sich öfter beschwert, weil sie falsche Post im Briefkasten hatte oder wegen der Schrammen auf den Fliesen, so 'n Kram eben. Aber ansonsten war sie 'ne völlig harmlose alte Dame.«

»Mr. Boyd, waren Sie den ganzen Tag hier?«

»Seit acht Uhr heute früh.«

»Haben Sie Überwachungskameras?«, fragte ich.

»Die Mieter haben Bildtelefone, damit sie sehen können, wer an der Tür klingelt, aber das war's auch schon.«

»Was ist im Untergeschoss?«

»Waschküche, Mülltonnen, eine Toilette und eine Tür zum Hof.«

»Eine verschlossene Tür?«, fragte Conklin. »Ist sie alarmgesichert?«

»War sie mal«, antwortete Boyd. »Aber nach der Renovierung haben sie den Hof für alle zugänglich gemacht, und die Mieter haben Schlüssel bekommen.«

»Gut. Der Zugang durch das Untergeschoss ist also nicht wirklich gesichert«, stellte ich fest. »Haben Sie heute im Haus irgendwelche verdächtigen Dinge oder Personen bemerkt?«

Boyds Lachen hatte einen hysterischen Unterton. »Ob ich verdächtige Personen bemerkt habe? In diesem Haus? Das ist seit einem Monat der erste Tag, wo ich noch *keinen* gesehen hab!«

69

Der uniformierte Beamte, der an der Tür von Wohnung 5J Wache hielt, war neu bei der Truppe – Officer Matt Hartnett, ein langer Kerl, sah ein bisschen aus wie Jimmy Smits. Schweißperlen glitzerten auf seiner Oberlippe, und die Wangen unter seinen dunklen Augen waren bleich.

»Das Opfer ist Mrs. Irene Wolkowski«, sagte Hartnett und hielt mir das Protokoll hin. »Zuletzt lebend gesehen heute Vormittag um elf in der Waschküche. Der Ehemann ist noch nicht von der Arbeit zurück, und wir konnten ihn bisher nicht erreichen. Mein Partner und ein weiteres Team befragen die Bewohner unten auf der Straße.«

Ich nickte und trug meinen Namen und den Conklins in das Protokoll ein. Wir schlüpften unter dem Absperrband durch, das quer über die Türöffnung gespannt war, und betraten die Wohnung, in der schon die Spurensicherung zugange war, ebenso wie der amtierende Rechtsmediziner, der gerade das Opfer fotografierte.

Es roch nach Gas.

Auf beiden Seiten waren die Fenster aufgerissen, um die Wohnung zu lüften, was den Effekt hatte, dass es einem hier drin kälter vorkam als unten auf der Straße.

Die Tote lag mitten im Zimmer auf dem Rücken, Arme und Beine ausgestreckt, eine Haltung, die sie besonders wehrlos erscheinen ließ, gegen die Attacke des Mörders wie auch gegen die Fremden, die jetzt in ihrer Wohnung herumschnüffelten und sie befingerten. Sie schien Anfang sechzig zu sein.

Blut rann aus einer Wunde an ihrem Hinterkopf. Ich sah, dass der blassgraue Teppich schon damit getränkt war und die Lache ein Bein eines Klaviers umflossen hatte.

Und das Klavier war vollkommen demoliert!

Was von der Tastatur noch übrig war, war blutverschmiert

und zerschlagen. Die Tasten waren herausgerissen und zerbrochen, viele lagen am Boden herum. Es sah aus, als hätte jemand wiederholt mit einem Hammer auf das Instrument eingeschlagen.

Dr. Germaniuk hatte Scheinwerfer aufgestellt, um die Wohnung bis in den letzten Winkel auszuleuchten. Sie war gemütlich eingerichtet, die Möbel allerdings schienen neu – mir fiel auf, dass an einem Sofabein noch ein Fetzen Plastikfolie von der Verpackung hing.

Germaniuk begrüßte mich, schob mit dem Handrücken seine Brille hoch und legte die Kamera weg.

»Wie sieht es aus?«, fragte ich ihn.

»Sehr interessant«, meinte er. »Bis auf das Klavier und die Tatsache, dass sämtliche Gasflammen am Herd aufgedreht sind, scheint nichts berührt.«

Der Tatort gab ein geordnetes Bild ab, was fast immer bedeutete, dass das Verbrechen geplant und der Täter von hoher Intelligenz war.

»Das Opfer weist Verletzungen am Schädel auf, sowohl vorn als auch hinten«, sagte Germaniuk. »Sieht aus, als wären zwei verschieden Tatwerkzeuge benutzt worden – eins davon war das Klavier.

Ich werde Ihnen mehr sagen können, wenn ich Mrs. Wolkowski auf dem Tisch habe, aber so viel kann ich Ihnen jetzt schon verraten: Die Totenstarre hat noch nicht eingesetzt – sie fühlt sich warm an, und die Totenflecken beginnen sich gerade erst auszubilden. Diese Dame ist erst rund zwei Stunden tot, wahrscheinlich nicht mal so lange. Wir haben den Mörder nur knapp verpasst.«

70

Ich hörte Cindys Stimme an der Wohnungstür und riss mich lange genug vom Tatort los, um sie im Flur zu umarmen.

»Ich bin okay, ich bin okay«, murmelte sie. »Ich habe gerade deine Nachrichten abgehört.«

»Hast du das Opfer gekannt?«

»Ich glaube nicht. Nicht vom Namen her jedenfalls. Kann ich sie sehen?«

Der Tatort war tabu, und das wusste sie, aber das war ein Kampf, den ich schon früher mit Cindy ausgefochten und verloren hatte. Jetzt hatte sie wieder diesen Blick drauf. Hartnäckig. Unbeugsam. Verschlagen.

»Geh nicht zu nah ran und fass nichts an.«

»Weiß schon, keine Sorge.«

»Wenn irgendjemand Einwände erhebt, musst du gehen. Und du musst mir dein Wort geben, dass du nichts über die Todesursache schreiben wirst.«

»Mein Wort«, gab sie rotzfrech zurück.

Ich deutete auf eine leere Zimmerecke, und Cindy zog sich dorthin zurück. Beim Anblick der toten Frau auf dem Fußboden wurde sie blass, doch bei dem Massenauflauf in Wohnung 5J fiel ihre Anwesenheit nicht weiter auf, und niemand stellte sie zur Rede.

»Ist das Cindy?«, fragte Conklin und deutete mit dem Kinn in ihre Richtung.

»Ja. Sie ist vertrauenswürdig.«

»Wenn du das sagst.«

Ich stellte Cindy Rich vor, während Irene Wolkowskis Leiche in Planen gehüllt und in einem Leichensack verschlossen wurde. Wir tauschten unsere Theorien über das Verbrechen aus, während der kalte Wind durch die Wohnung fegte.

»Also«, sagte ich zu Conklin, »nehmen wir an, unser Mörder

ist jemand, den sie kennt. Er klingelt an der Tür. Sagt: ›Hallo, Irene, lass dich nicht stören. Klingt wirklich hübsch, was du da spielst.‹«

»Okay. Oder vielleicht war es ihr Mann«, meinte Conklin. »Kommt früh nach Hause, tötet sie und macht sich aus dem Staub. Oder es war ein Freund. Oder ein Liebhaber. Oder ein Fremder.«

»Ein Fremder?«, echote Cindy. »Kann ich mir nicht vorstellen. Ich würde keinen Fremden in meine Wohnung lassen – Sie vielleicht?«

»Okay, leuchtet mir ein«, gab Conklin zu. »Aber jedenfalls sitzt sie am Klavier. Wegen der lauten Musik hört sie nicht, wie die Tür geöffnet wird, und dieser schöne, dicke Teppich verschluckt das Geräusch der Schritte.«

»Genau«, pflichtete ich ihm bei.

»Ist das ihre Handtasche?«, fragte Cindy.

Auf einem Polsterstuhl lag eine glänzende schwarze Damenhandtasche. Ich öffnete sie, nahm die Geldbörse heraus und zeigte Conklin das Bündel Zwanzigdollarscheine und die komplette Kreditkarten-Kollektion.

»Das war's dann wohl mit der Raubmord-Theorie«, sagte ich.

»Ich war dabei, als einer dieser Hunde gefunden wurde«, warf Cindy ein und schilderte kurz die Ereignisse.

Rich schüttelte den Kopf, und eine Haarsträhne fiel ihm vor die Augen. »Die Spur eines psychopathischen Killers, der sich von Mal zu Mal steigert, bis … *zu dem hier*? Dann hätte er aber einen gewaltigen Sprung gemacht. Also, wir haben einerseits die Schläge auf den Kopf und das zertrümmerte Klavier. Aber warum dreht er dann auch noch das Gas auf?«

»Entweder wollte er dafür sorgen, dass sie gefunden wird«, mutmaßte ich, »oder er wollte sichergehen, dass sie tot ist.« Ich sah Cindy an. »Kein Wort darüber in der *Chronicle*.«

71

Yuki musste immerzu an Lens Gesicht denken, seinen schmerzverzerrten Ausdruck, als der Herzinfarkt ihn umzubringen drohte. Sie hatte sich am Abend zuvor im Krankenhaus von ihm verabschiedet; sein Zustand war stabil, aber er war außer Gefecht gesetzt. Anschließend hatte sie David Hale zu Hause angerufen und ihm auf den Anrufbeantworter gesprochen. »Len ist etwas zugestoßen. Komm morgen früh um sechs ins Büro – und stell dich darauf ein, vor Gericht aufzutreten.«

Jetzt saß Yuki gegenüber von David in dem schäbigen, kiefernholzgetäfelten Besprechungszimmer, vor sich ihre Unterlagen und einen Becher Instant-Kaffee, und brachte ihren Kollegen auf den neuesten Stand.

»Warum beantragen wir keine Vertagung?«, fragte er sie. David sah heute einigermaßen präsentabel aus – hellbraunes Sakko mit Fischgrätmuster, blaue Hose und gestreifte Krawatte. Einen Haarschnitt hätte er nötig gehabt, aber das war jetzt nicht mehr zu ändern. Von allen Leuten, die ihr so kurzfristig zur Verfügung standen, konnte sie von Hale die beste Arbeit erwarten.

»Aus drei Gründen«, antwortete Yuki und klopfte mit einem Plastiklöffel auf den Tisch.

»Erstens: Leonard will Jack Rooney nicht als Zeugen verlieren. Rooneys Gesundheit ist nicht die beste. Zum Zeitpunkt des Amoklaufs machte er gerade Urlaub. Es besteht die Gefahr, dass er uns nicht zur Verfügung steht, wenn wir ihn brauchen, und das könnte bedeuten, dass das Video nicht zugelassen wird.«

»Okay.«

»Zweitens: Len will nicht riskieren, Richter Moore zu verlieren.«

»Ja, das verstehe ich auch.«

»Len sagt, er wird rechtzeitig zum Schlussplädoyer wieder dabei sein.«

»Das hat er gesagt?«

»Hat er – als sie ihn für die OP vorbereitet haben. Er war bei klarem Verstand und wild entschlossen.«

»Was hat sein Arzt gesagt?«

»Sein Arzt hat wörtlich gesagt: ›Es ist relativ wahrscheinlich, dass die Schäden an Leonards Herz reversibel sind.‹«

»Mussten sie ihm den Brustkorb aufschneiden?«

»Ja. Ich habe mich bei Lens Frau erkundigt – er hat die OP gut überstanden.«

»Und da will er allen Ernstes in einer guten Woche das Schlussplädoyer halten?«

»Wahrscheinlich nicht. Er wird auch keine Tarantella tanzen«, erwiderte Yuki. »Und das bringt mich zu Nummer drei. Len sagte, dass ich genauso gut vorbereitet bin wie er, dass er Vertrauen in uns hat. Und wir werden ihn nicht enttäuschen.«

David Hale starrte sie mit offenem Mund an, bis er schließlich herausbrachte: »Yuki, ich hab keinerlei Prozesserfahrung.«

»Aber ich. Mehrere Jahre.«

»Du hast Erfahrung in Zivilprozessen, nicht in Strafsachen.«

»Sei *still*, David. Ich war Prozessanwältin. Das zählt. Also werden wir für Red Dog unser Bestes geben. Wir werden die nächsten drei Stunden damit verbringen, das, was wir beide schon wissen, noch einmal durchzugehen.

Wir haben glaubwürdige Augenzeugen, wir haben das Rooney-Video, und wir haben Geschworene, die über die Unzurechnungsfähigkeitsthese der Verteidigung nur den Kopf schütteln werden.

Wie Len schon bei der Vorbereitungssitzung sagte: Je willkürlicher die Tat, je weniger Motive für die Morde erkennbar sind, desto mehr Angst werden die Geschworenen davor haben, dass Brinkley nur für fünfundvierzig Minuten in die Klapse kommt und dann auf freien Fuß gesetzt wird …«

Yuki brach ab, als sie das breite Grinsen bemerkte, das sich auf David Hales Gesicht ausbreitete.

»Was denkst du, David? Nein, ich nehme das zurück. Bitte, sag es nicht.« Yuki musste sich mühsam das Lachen verkneifen.

»Eine todsichere Sache«, sagte ihr neuer Partner. »Ein Spaziergang.«

72

Yuki stand im Gerichtssaal und kam sich so unbedarft vor, als wäre es ihr allererster Prozess. Sie klammerte sich am Pult fest und dachte: Das Ding sieht nicht größer als ein Notenständer aus, wenn Len dahinter steht. Und sie selbst konnte gerade so über den Rand hinauslugen, wie eine Grundschülerin.

Die Geschworenen sahen sie erwartungsvoll an.

Würde sie diese Menschen tatsächlich davon überzeugen können, dass Alfred Brinkley ein Mörder war, der die Todesstrafe verdient hatte?

Yuki rief ihren ersten Zeugen auf, Officer Bobby Cohen, einen alten Hasen mit fünfzehn Polizeidienstjahren auf dem Buckel. Seine nüchterne, sachliche Art würde eine solide Basis für die Beweisführung der Anklage bilden.

Sie ließ sich von ihm schildern, was er gesehen hatte, als er auf der *Del Norte* eingetroffen war, und was er dort getan hatte. Als sie mit der Einvernahme des Zeugen fertig war, hatte Mickey Sherman nur eine einzige Frage an Officer Cohen.

»Waren Sie Zeuge des Vorfalls auf der Fähre?«

»Nein, das war ich nicht.«

»Danke. Das wäre alles.«

Yuki hakte Cohen im Geiste ab. Er hatte die Schießerei zwar nicht mit eigenen Augen gesehen, aber er hatte den Geschworenen die Szene vor Augen geführt, hatte dafür gesorgt, dass das Bild des Blutbads sich in ihren Köpfen festgesetzt hatte – ein Bild, auf dem sie nun aufbauen würde.

Sie rief Bernard Stringer auf, den Feuerwehrmann, der mit angesehen hatte, wie Brinkley Andrea und Tony Canello erschoss. Stringer stapfte zum Zeugenstand und wurde vereidigt, ehe er Platz nahm. Er war Ende zwanzig, mit der offenen, ehrlichen und naiv-zuversichtlichen Ausstrahlung eines Baseball-Idols.

»Mr. Stringer«, fragte Yuki, »was machen Sie beruflich?«

»Ich bin Feuerwehrmann im 14. Revier an der Ecke 26th und Geary.«

»Und warum waren Sie am 1. November an Bord der *Del Norte*?«

»Ich bin ein Wochenend-Dad«, antwortete er lächelnd. »Meine Kinder sind ganz wild auf die Fähre.«

»Und ist an dem besagten Tag irgendetwas Außergewöhnliches passiert?«

»Ja. Ich habe die Schießerei auf dem Sonnendeck beobachtet.«

»Ist der Schütze heute hier im Saal?«, fragte Yuki.

»Ja.«

»Können Sie ihn uns zeigen?«

»Er sitzt da drüben. Der Mann in dem blauen Anzug.«

»Darf ich den Gerichtsschreiber bitten festzuhalten, dass Mr. Stringer auf den Angeklagten Alfred Brinkley gezeigt hat. Mr. Stringer, wie weit standen Sie von Andrea Canello und ihrem Sohn Anthony entfernt, als Mr. Brinkley auf die beiden schoss?«

»Ungefähr so weit wie Sie jetzt von mir. Anderthalb bis zwei Meter.«

»Können Sie uns schildern, was Sie sahen?«

Stringer legte die Stirn in Falten, als er sich den Tag der schrecklichen Bluttat ins Gedächtnis rief. »Mrs. Canello hat den Jungen zurechtgewiesen. Ich fand, dass sie ziemlich grob zu ihm war.

Verstehen Sie mich nicht falsch. Sie ist nicht ausfallend geworden. Aber der Junge wirkte eingeschüchtert, und ich habe schon überlegt, ob ich mich einmischen soll. Aber ich kam nicht dazu, irgendetwas zu sagen, weil der Angeklagte sie einfach niedergeschossen hat. Dann hat er den kleinen Jungen erschossen. Und dann ging an Bord alles drunter und drüber.«

»Hat Mr. Brinkley irgendetwas zu einem der Opfer gesagt, bevor er seine Waffe abfeuerte?«

»Nein. Er hat sie einfach der Reihe nach abgeknallt. *Peng, peng*. Eiskalt.«

Yuki ließ Bernard Stringers Worte eine Weile im Saal nachhallen, ehe sie sagte: »Nur um Missverständnissen vorzubeugen – als Sie gerade sagten ›eiskalt‹, da sprachen Sie nicht von den Temperaturen, oder?«

»Nein, sondern von der Art, wie er diese Leute umgebracht hat. Sein Gesicht war wie Eis.«

»Danke, Mr. Stringer. Ihr Zeuge«, wandte Yuki sich an den Verteidiger.

73

Yuki beobachtete, wie Mickey Sherman die Hände in die Hosentaschen steckte, und sie sah, wie das Licht, das von den eichengetäfelten Wänden reflektiert wurde, sein Gesicht in einen warmen goldenen Glanz tauchte. Sein Lächeln war gar nicht einmal so falsch, aber der lässige Gang, die Sprache des Mannes auf der Straße, die ganze unaufdringliche Art war auch eine raffinierte Tarnung, hinter der Mickey sein Talent für blitzartige Überraschungsangriffe verbarg.

Yuki hatte Sherman schon öfter aus nächster Nähe erlebt, und sie hatte gelernt, seine verräterische Geste zu erkennen. Sherman legte immer den rechten Zeigefinger an die Oberlippe, kurz bevor er einem Zeugen an die Kehle sprang.

»Mr. Stringer, haben Mrs. Canello oder Anthony Canello irgendetwas getan, was meinen Mandanten hätte provozieren können?«

»Nein. Soweit ich das mitbekommen habe, haben sie ihn überhaupt nicht bemerkt.«

»Und Sie sagen, mein Mandant habe ruhig ausgesehen, als er auf sie schoss?«

»Also, *an sich* hat er schon einen ziemlich wilden Eindruck gemacht, aber als er abgedrückt hat, da war sein Gesichtsausdruck so, wie ich schon sagte – kalt. Leer. Und seine Hand hat nicht gezittert.«

»Wenn Sie ihn sich heute anschauen – sieht Mr. Brinkley so aus wie damals auf der *Del Norte*?«

»Eher nicht.«

»Inwiefern sieht er anders aus?«

Stringer seufzte und senkte den Blick auf seine Hände, bevor er antwortete. »Er sah abgerissen aus. Ich meine, er hatte lange Haare und einen ungepflegten Bart. Seine Kleider waren verdreckt, und er hat irgendwie streng gerochen.«

»Er sah also *abgerissen* aus. Sein Gesichtsausdruck war leer, und er *stank zum Himmel.* Und Sie sahen, wie er zwei Menschen erschoss, die ihn *nicht provoziert* hatten. *Sie wussten nicht einmal, dass er da war.*«

»Das stimmt.«

Finger an die Oberlippe.

»Was Sie uns also sagen wollen, ist, dass Fred Brinkley wie ein Verrückter aussah und handelte.«

Yuki sprang auf. »*Einspruch, Euer Ehren.* Suggestivfrage.«

»Einspruch stattgegeben.«

Shermans dezenter Charme übernahm wieder das Ruder.

»Mr. Stringer, hat Mr. Brinkley auf Sie wie ein geistig normaler Mensch gewirkt?«

»Nein. Er wirkte vollkommen wahnsinnig.«

»Ich danke Ihnen, Mr. Stringer«, sagte Sherman.

Yuki versuchte, sich eine Frage für das Kreuzverhör auszudenken, mit der sie die Begriffe »Verrückter« und »wahnsinnig« vergessen machen könnte, aber was aus ihrem Mund kam, war nur: »Die Staatsanwaltschaft ruft Mr. Jack Rooney auf.«

74

Auf seinen dreibeinigen Gehstock gestützt, humpelte Jack Rooney den Mittelgang hinauf. Er verlagerte sein Gewicht auf das linke Bein, schwang die rechte Hüfte im Halbkreis und wiederholte dieses mühselige, aber irgendwie faszinierend anzuschauende Manöver immer wieder, bis er den Zeugenstand erreicht hatte.

Dort wurde er vom Gerichtsdiener in Empfang genommen, der den alten Mann unterm Ellbogen fasste und ihm auf den Stuhl half. Wenigstens ein Zeuge, der gegen Mickeys Masche immun sein dürfte, dachte Yuki.

Oder?

»Danke, dass Sie den weiten Weg auf sich genommen haben, Mr. Rooney«, sagte Yuki, als der alte Herr endlich saß. Rooney trug eine rote Strickjacke über einem weißen Hemd mit roter Fliege. Eine Brille mit dicken, viereckigen Gläsern saß auf einer knubbeligen Nase, und sein weißes Haar war so fein säuberlich gescheitelt und angeklatscht wie bei einem kleinen Jungen am ersten Schultag.

»Ist mir ein Vergnügen.« Rooney strahlte.

»Mr. Rooney, waren Sie am 1. November an Bord der Fähre *Del Norte*?«

»Jawohl, junge Frau. Ich war dort mit meiner Frau Betty und unseren Freunden Leslie und Joe Waters. Wir kommen alle aus der Nähe von Albany, wissen Sie. Das war unser erster Besuch in San Francisco.«

»Und ist während dieser Fahrt mit der Fähre irgendetwas Ungewöhnliches passiert?«

»Na, das kann man wohl sagen. Dieser Kerl da drüben hat einen Haufen Leute umgebracht«, sagte er und zeigte auf Brinkley. »Ich hatte solche Angst, dass ich mir fast in die Hosen gemacht hätte.«

Yuki gestattete sich ein Lächeln, während auf der Zuschauergalerie amüsiertes Gelächter zu hören war. »Würde der Gerichtsschreiber bitte festhalten, dass der Zeuge den Angeklagten Alfred Brinkley identifiziert hat. Mr. Rooney, haben Sie eine Videoaufnahme der Schießerei gemacht?«

»Na ja, ich sollte eigentlich den ganzen Fährausflug filmen – die Golden Gate Bridge und Alcatraz und so weiter –, aber am Ende ist es dann ein Film von dem Amoklauf geworden. Nette kleine Kamera, die mir mein Enkel da geschenkt hat«, sagte er und hielt zur Demonstration Daumen und Zeigefinger ungefähr acht Zentimeter auseinander. »Sie ist nur so groß wie ein Schokoriegel, aber sie macht Fotos *und* filmt! Ich mache bloß die Aufnahmen, und mein Sohn spielt sie dann für mich auf den Computer. Ach ja, und ich habe den Film an einen Fernsehsender verkauft, und damit war dann so ziemlich der ganze San-Francisco-Urlaub finanziert.«

»Euer Ehren?«, kam Mickey Shermans müde Stimme vom Tisch der Verteidigung.

Richter Moore beugte sich vor und sagte: »Mr. Rooney, bitte beantworten Sie die Fragen nur mit ›Ja‹ oder ›Nein‹, es sei denn, Sie werden um eine ausführlichere Erklärung gebeten, ja?«

»Natürlich, Euer Ehren. Tut mir leid. Ich habe so was noch nie gemacht.«

»Ist schon in Ordnung.«

Yuki verschränkte die Finger vor sich auf dem Pult und fragte: »Sie haben mir eine Kopie des Videos gegeben, nicht wahr, Sir?«

»Jawoll, das stimmt.«

»Euer Ehren, ich bitte um Erlaubnis, eine Kopie dieses Videos zu zeigen und es als Beweisstück eintragen zu lassen.«

»Bitte sehr, Ms. Castellano.«

David Hale schob eine CD in einen Computer, und alle Augen im Saal richteten sich auf die beiden großen Fernsehbildschirme an der vorderen Wand. Der Amateurfilm begann.

Der erste der beiden Ausschnitte zeigte einen unbeschwerten Nachmittag auf der San Francisco Bay: der lange Schwenk über die Sehenswürdigkeiten, bis dann die Kamera auf dem grinsenden Jack Rooney und seiner Frau verharrte – und zufällig im Hintergrund ein unscharfes Bild von Alfred Brinkley einfing, der hinter den Rooneys saß, auf das Wasser hinausstarrte und an den Härchen auf seinem Arm zupfte.

Der zweite Ausschnitt war ein Dokument des blutigen Grauens.

Yuki beobachtete die Mienen der Geschworenen, als der kleine Gerichtssaal von den Schüssen und den Entsetzensschreien widerhallte.

Die Bilder auf den beiden Monitoren ruckten zur Seite, und die Kamera fing den Schrecken im Gesicht des Jungen ein, in dem Augenblick, als die Kugel ihn traf. Man sah, wie sein kleiner Körper rücklings gegen die Reling geschleudert wurde, ehe er über der Leiche seiner Mutter zusammenbrach.

Yuki hatte den Film schon oft gesehen, und noch immer war jeder Schuss für sie wie ein Schlag in die Magengrube.

Red Dog hatte falsch gelegen. Die Geschworenen sahen alles andere als gelangweilt aus, als das Blutbad sich vor ihren Augen abspielte. Denn das hier war etwas ganz anderes, als das Rooney-Video zu Hause auf der Wohnzimmercouch zu sehen.

Diesmal saß der Mörder nur wenige Meter von ihnen entfernt.

Manche der Geschworenen hielten sich die Hand vor den Mund oder wendeten den Blick ab, und jeder Einzelne schielte im Lauf der Vorführung bestürzt in Alfred Brinkleys Richtung.

Brinkley erwiderte die Blicke nicht. Es saß regungslos auf seinem Stuhl und sah sich selbst dabei zu, wie er all diese unschuldigen Menschen niedermähte.

»Ich habe keine Fragen«, sagte Mickey Sherman. Er drehte sich zu Alfred Brinkley um und flüsterte ihm etwas ins Ohr, während der Richter sagte: »Danke, Mr. Rooney. Sie können den Zeugenstand wieder verlassen.«

Yuki wartete, bis Rooney sich bis zu seinem Platz zurückgeschleppt hatte, ehe sie sagte: »Die Staatsanwaltschaft ruft Dr. Claire Washburn auf.«

75

Claire hatte das Gefühl, dass alle Augen im Saal ihr folgten, als sie nach vorn zum Zeugenstand ging. Gestern um diese Zeit hatte sie noch im Bett gelegen, und sie hoffte bei Gott, dass sie in zwei Stunden wieder dort sein würde.

Dann sah sie Yuki, dieses süße kleine Ding mit ihren gerade mal achtundzwanzig Jahren, sah die ganze Leidenschaft in ihrem Blick – und die Angst, die sie sich auf keinen Fall anmerken lassen wollte. Und so lächelte Claire ihr zu, als sie sich durch die Schranke schob und auf den Zeugenstand zuging.

Claire legte die Hand auf die Bibel, und der Gerichtsdiener ging die »Schwören-Sie«-Fragen mit ihr durch, während sie die Falten ihres Kleides richtete, das ihr lose um die Hüften schlackerte. Sieben Kilo hatte sie in knapp drei Wochen verloren. *Die Revolver-Diät*, dachte sie, als sie sich auf dem Stuhl niederließ.

»Danke, dass Sie heute gekommen sind, Dr. Washburn. Sie sind erst vor zwei Tagen aus dem Krankenhaus entlassen worden?«

»Ja, das stimmt.«

»Und können Sie den Geschworenen sagen, warum Sie im Krankenhaus waren?«

»Ich wurde in die Brust geschossen.«

»Ist die Person, die auf Sie geschossen hat, heute hier im Saal?«

»Ja. Da drüben sitzt das miese Dreckstück.«

Sherman machte sich nicht einmal die Mühe, sich von seinem Platz zu erheben, sondern sagte nur: »Einspruch, Euer Ehren. Ich kann es nicht genau begründen, aber ich bin mir ziemlich sicher, dass die Zeugin nicht das Recht hat, meinen Mandanten ein ›mieses Dreckstück‹ zu nennen.«

»Da dürfte er wohl recht haben, Dr. Washburn.«

»Es tut mir leid, Euer Ehren. Das sind nur die Schmerzen, die da aus mir sprechen.« Sie sah auf Brinkley herab. »Es tut mir furchtbar leid«, sagte sie. »Ich hätte Sie nicht ein mieses Dreckstück nennen dürfen.«

Das Gekicher, das sich in den Zuschauerreihen ausbreitete, schwappte schon bis auf die Geschworenenbank über, als der Richter seinen Hammer niedersausen ließ und sagte: »Alle mal herhören – und ich meine *alle*!« Er fixierte Claire über den Brillenrand hinweg. »Es reicht jetzt. Wir sind hier nicht beim Comedy-Kanal. Beim nächsten öffentlichen Heiterkeitsausbruch werde ich den Saal räumen lassen. Ms. Castellano, bitte halten Sie Ihre Zeugen im Zaum. Das ist Teil Ihres Jobs.«

»Es tut mir leid, Euer Ehren. Ich habe verstanden.« Yuki räusperte sich. »Dr. Washburn, welcher Art waren Ihre Verletzungen?«

»Ich hatte ein Loch in der Brust, verursacht von einem Geschoss vom Kaliber .38, das meinen linken Lungenflügel kollabieren ließ und mich fast das Leben gekostet hätte.«

»Das muss sehr beängstigend und schmerzhaft gewesen sein.«

»Ja. Mehr, als ich sagen kann.«

»Die Geschworenen haben die Filmaufnahmen von der Schießerei gesehen«, fuhr Yuki fort. Claire las das Mitgefühl in ihren Augen. »Können Sie wiedergeben, was Sie zu dem Angeklagten sagten, bevor er auf Sie schoss?«

»Ich sagte: ›Okay, Junge, das reicht. Gib mir die Kanone.‹«

»Und was geschah dann?«

»Er sagte irgendetwas davon, dass das alles *meine* Schuld sei, dass ich ihn hätte aufhalten sollen. Das Nächste, woran ich mich erinnere, ist, dass die Sanitäter mich von der Fähre trugen.«

»Sie haben versucht, ihn daran zu hindern, noch mehr Menschen zu erschießen.«

»Ja.«

»Sie sahen, dass andere ebenfalls versuchten, ihn aufzuhalten.«

»Ja. Aber er zielte und schoss uns der Reihe nach ab. Er pustete Mr. Ng das Gehirn weg, dass es auf das Deck spritzte.«

»Danke, Dr. Washburn. Ihr Zeuge«, sagte Yuki.

76

Mickey Sherman kannte Claire Washburn seit vielen Jahren. Er mochte sie sehr und war froh, dass sie den entsetzlichen Zwischenfall auf der *Del Norte* überlebt hatte. Aber sie war eine gefährliche Bedrohung für seinen Mandanten.

»Dr. Washburn, was machen Sie beruflich?«

»Ich bin Leiterin der Rechtsmedizin von San Francisco.«

»Sie sind also im Gegensatz zum Coroner von der Ausbildung her Ärztin, nicht wahr?«

»Ja.«

»Haben Sie im Rahmen Ihrer Ausbildung auch Praktika in einem Lehrkrankenhaus gemacht?«

»Das habe ich.«

»Und Sie haben auch ein Praktikum in der Psychiatrie absolviert?«

»Ja.«

»Haben Sie dabei je einen Patienten mit leerem Blick durch die psychiatrische Abteilung irren sehen?«

»Einspruch, Euer Ehren. Die Frage ist nicht relevant«, sagte Yuki.

»Abgelehnt. Die Zeugin darf die Frage beantworten.«

»Ich kann mich wirklich an keinen meiner Patienten aus der Psychiatrie erinnern, Mr. Sherman. Alle Patienten, mit denen ich *heute* zu tun habe, haben einen leeren Blick.«

»Na schön«, meinte Sherman lächelnd. Mit den Händen in den Hosentaschen ging er eine Weile vor der Geschworenenbank auf und ab.

Dann wandte er sich wieder zu Claire um und fragte: »Nun, Dr. Washburn, Sie hatten doch Gelegenheit, Mr. Brinkley zu beobachten, nicht wahr?«

»›Beobachten‹ ist wohl ein bisschen viel gesagt.«

»Ja oder nein, Dr. Washburn?«

»Ja, ich habe ihn auf der Fähre ›beobachtet‹, und ich sehe ihn in diesem Moment.«

»Wir wollen uns nur über das unterhalten, was auf der Fähre passiert ist. Sie haben gerade zu Protokoll gegeben, dass mein Mandat etwas gesagt habe wie: ›Das hier ist Ihre Schuld.‹ Und ›Sie hätten mich aufhalten müssen‹.«

»Das ist richtig.«

»*War* der Amoklauf Ihre Schuld?«

»Nein.«

»Was kann Fred Brinkley Ihrer Meinung nach damit gemeint haben?«

»Ich habe keine Ahnung.«

»Schien Ihnen Mr. Brinkley zu diesem Zeitpunkt im Vollbesitz seiner geistigen Kräfte zu sein? Hatten Sie den Eindruck, dass er zwischen Recht und Unrecht unterscheiden konnte?«

»Das kann ich wirklich nicht sagen. Ich bin keine Psychiaterin.«

»Nun, hat er absichtlich versucht, sie zu töten?«

»Ich würde sagen, ja.«

»Kannte er Sie?«

»Nein, ganz bestimmt nicht.«

»Haben Sie Mr. Brinkley provoziert, bevor er auf Sie schoss?«

»Ganz im Gegenteil.«

»Sie würden also sagen, dass die Schüsse im Grunde ein willkürlicher, vollkommen grundloser Akt waren?«

»Ich nehme es an.«

»Sie nehmen es an? Sie sind ihm nie zuvor begegnet, und er sagte Dinge zu Ihnen, die schlicht keinen Sinn ergaben. Sie *sahen*, wie er vier Menschen erschoss, bevor er die Waffe auf Sie richtete, nicht wahr? Gibt es nicht ein einfaches Wort für jemanden, der in solcher Weise handelt? Lautet dieses Wort nicht ›geistesgestört‹?«

»*Einspruch, Euer Ehren – Suggestivfrage! Es handelt sich hier um ein rechtliches Problem, über das die Geschworenen zu entscheiden haben.*«

»Stattgegeben.«

Yuki sank auf ihren Stuhl zurück. Mickey sah, wie ihr Blick von den Geschworenen zur Zeugin und dann wieder zu ihm zuckte. *Gut. Er hatte sie nervös gemacht.*

»Hat Mr. Brinkley auf Sie einen geistig normalen Eindruck gemacht, Dr. Washburn?«

»Nein.«

»Danke. Ich habe keine weiteren Fragen.«

»Ms. Castellano, haben Sie noch Fragen an die Zeugin?«, wandte der Richter sich an Yuki.

»Ja, Euer Ehren.«

Yuki erhob sich und ging auf ihre Zeugin zu. Mickey registrierte die gefurchte Stirn, die verschränkten Finger. Er wusste, dass Yuki gerne mit den Händen redete und sich wahrscheinlich bewusst zu beherrschen suchte.

»Dr. Washburn«, sagte sie, »wissen Sie, was Alfred Brinkley dachte, als er auf Sie schoss?«

»*Nein.* Das weiß ich ganz bestimmt *nicht*«, erwiderte Claire mit Nachdruck.

»Ist es Ihrer Meinung nach nicht wahrscheinlich, dass Mr. Brinkley, als er auf Sie schoss, sich der Unrechtmäßigkeit seines Handelns bewusst war – *dass er also wusste, dass er etwas Unrechtes tat?*«

»Ja.«

»Ich danke Ihnen, Dr. Washburn. Ich habe keine weiteren Fragen an diese Zeugin, Euer Ehren.«

Während der Richter Claire Washburn entließ, flüsterte Mickey Sherman seinem Mandanten etwas zu, wobei er die Hand an den Mund hielt, als sei das, was er da sagte, höchst vertraulich.

»Das ist ziemlich gut gelaufen, finden Sie nicht, Fred?«

Brinkley nickte mechanisch wie ein Wackeldackel – vollgepumpt mit Medikamenten, der arme Kerl. Zugleich hörte Mickey, wie Yuki Castellano sagte: »Bitte rufen Sie Sergeant Lindsay Boxer in den Zeugenstand.«

77

Ich hatte eine unruhige Nacht auf Cindys Couch hinter mir. Mehrmals war ich aufgewacht und durch die Flure des Blakely Arms patrouilliert. Ich hatte die Notausgänge überprüft, die Treppenhäuser, das Dach und das Kellergeschoss, ohne irgendwelche verdächtigen Gestalten zu sehen – nur eine einsame ältere Frau, die um zwei Uhr nachts ihre Wäsche wusch. Als die Sonne aufging, machte ich einen kurzen Boxenstopp in meiner Wohnung, um mich umzuziehen, und jetzt saß ich vor dem Eingang des Gerichtssaals und spürte, wie mein Puls einen Tick schneller ging, als der Gerichtsdiener meinen Namen rief.

Ich betrat den Saal durch die Doppeltür und den Vorraum und ging über die abgenutzten Eichendielen zum Zeugenstand, wo ich vereidigt wurde.

Yuki begrüßte mich förmlich und ließ mich fürs Protokoll meinen Namen und meinen Beruf nennen.

Dann fragte sie: »Erkennen Sie den Mann, der die Morde auf der Fähre gestanden hat?«

Ich bejahte und deutete auf den herausgeputzten Haufen Scheiße, der neben Mickey Sherman saß.

Tatsächlich sah Alfred Brinkley völlig anders aus, als ich ihn vom letzten Mal in Erinnerung hatte. Sein Gesicht wirkte fülliger, die Augen, die so nervös hin und her gezuckt hatten, waren unbewegt. Rasiert und mit neuer Frisur, wirkte er sechs Jahre jünger als an dem Tag, als er sich zu den Morden auf der *Del Norte* bekannt hatte.

Es war beängstigend, wie harmlos er jetzt aussah – ein richtiger Durchschnittstyp, der nette Freddy von nebenan.

Yuki vollführte eine Pirouette auf ihren Pfennigabsätzen, sah mich an und fragte: »Waren Sie überrascht, als der Angeklagte an Ihrer Tür klingelte?«

»Ich war zuerst vollkommen perplex, aber als er zu meinem Fenster heraufrief und mich aufforderte, zu ihm nach unten zu kommen, war ich vorbereitet.«

»Und was haben Sie getan?«

»Ich entwaffnete ihn, legte ihm Handschellen an und rief dann Verstärkung. Zusammen mit Lieutenant Jacobi brachte ich ihn aufs Polizeirevier, wo Mr. Brinkley unter Anklage gestellt und vernommen wurde.«

»Hatten Sie Mr. Brinkley über seine Rechte belehrt?«

»Ja, schon vor der Haustür und dann noch einmal auf dem Revier.«

»Hatten Sie den Eindruck, dass er verstand, was Sie sagten?«

»Ja. Ich überprüfte seinen Geisteszustand, indem ich ihn fragte, wie er heiße, wo er sei und was er getan habe. Er verzichtete schriftlich auf seine Rechte und sagte mir erneut, dass er diese Leute an Bord der *Del Norte* getötet habe.«

»Wirkte er auf Sie geistig normal, Sergeant?«

»Ja. Er war erregt, er war ungepflegt, aber Lieutenant Jacobi und ich stellten fest, dass er bei klarem Verstand war und in der Lage, seine Situation einzuschätzen. Und das nenne ich geistig normal.«

»Danke, Sergeant Boxer«, sagte Yuki. »Ihre Zeugin.«

Die Augen der Geschworenen schwenkten zu dem adretten Mann, der neben Alfred Brinkley saß. Mickey Sherman stand auf, knöpfte den mittleren Knopf seines eleganten anthrazitfarbenen Sakkos zu und schenkte mir ein strahlendes Lächeln.

»Hi, Lindsay«, sagte er.

78

Vor ein paar Monaten hatte ich mich in Mickeys Hände begeben, als ich der Polizeibrutalität und der widerrechtlichen Tötung beschuldigt wurde. Ich hatte mich bei meinen Aussagen vor Gericht auf seinen Rat verlassen, sogar bei der Wahl meines Outfits für den Zeugenstand und der Art, wie ich meine Antworten formulierte. Und er hatte mich nicht enttäuscht.

Wenn Mickey nicht gewesen wäre, wüsste ich nicht, was ich jetzt machen würde, aber jedenfalls würde ich nicht mehr bei der Polizei arbeiten – das war mir in diesem Moment bewusst.

Ich empfand eine Woge der Sympathie für diesen Mann, der sich damals so für mich eingesetzt hatte, aber innerlich baute ich einen Schutzschild auf gegen seinen gefährlichen Charme und konzentrierte mich auf die Bilder, die ich nicht mehr vergessen konnte – die Bilder von Alfred Brinkleys Opfern. Ich dachte an den kleinen Jungen, der im Krankenhaus gestorben war. An Claire, wie sie meine Hand umklammert hielt, als sie glaubte, sterben zu müssen, und mich nach ihrem Sohn fragte.

Und Shermans Mandant war an alldem schuld.

»Sergeant Boxer«, sagte Sherman, »es kommt selten vor, dass ein Mörder einen Polizeibeamten zu Hause aufsucht, um sich zu stellen, nicht wahr?«

»Ich würde sagen, ja.«

»Und Fred Brinkley wollte sich ausdrücklich Ihnen persönlich stellen, ist es nicht so?«

»Das sagte er mir.«

»Kannten Sie Mr. Brinkley?«

»Nein, ich kannte ihn nicht.«

»Und warum hat Mr. Brinkley Sie dann gebeten, ihn festzunehmen?«

»Er sagte mir, er habe mich im Fernsehen gesehen, als ich die Bevölkerung um Informationen über den Fährenmörder bat. Er sagte, er habe das so verstanden, dass er zu mir nach Hause kommen sollte.«

»Wie hat er herausgefunden, wo Sie wohnen?«

»Er sagte, er sei in die Bibliothek gegangen und habe einen Computer benutzt. Er habe meine Adresse über das Internet herausgefunden.«

»Sie haben ausgesagt, Sie hätten Mr. Brinkley entwaffnet. Sie haben ihm den Revolver weggenommen, nicht wahr?«

»Ja.«

»Dieselbe Waffe, mit der er auf diese Menschen geschossen hatte?«

»Ja.«

»Und er hatte ein schriftliches Geständnis in der Tasche, als er bei Ihnen vor der Tür stand, nicht wahr?«

»Ja.«

»Also, damit das ganz klar ist«, sagte Mickey, »mein Mandant hörte Ihren Aufruf an die Bevölkerung im Fernsehen und interpretierte ihn als einen Appell an ihn persönlich. Er googelte Ihren Namen in der Bibliothek und klingelte bei Ihnen an der Tür, *als ob Sie bei ihm eine Pizza bestellt hätten*. Und er hatte immer noch die Schusswaffe dabei, mit der er vier Menschen getötet hatte.«

»Einspruch, Euer Ehren. Suggestivfrage«, warf Yuki ein.

»Ich lasse die Frage zu, aber kommen Sie zur Sache, Mr. Sherman.«

»Ja, Euer Ehren.« Mickey ging auf mich zu und fixierte mich mit einem eindringlichen »Du-kannst-mir-doch-vertrauen«-Blick aus seinen braunen Augen.

»Worauf ich hinauswill, Sergeant, ist Folgendes: Würden Sie nicht auch sagen, wenn ein Mörder die Mordwaffe bei sich behält und sie einer Beamtin des Morddezernats nach Hause bringt, dann ist das nicht bloß ungewöhnlich, sondern *verrückt*?«

»Es ist ungewöhnlich, das gestehe ich Ihnen gerne zu.«

»Sergeant, haben Sie Mr. Brinkley gefragt, warum er diese Menschen erschossen hat?«

»Ja.«

»Und was hat er geantwortet?«

Ich hätte mich am liebsten in ein Loch verkrochen und mich geweigert, Mickey Shermans Frage zu beantworten, aber natürlich war das keine Alternative. »Er sagte, er habe es getan, weil Stimmen es ihm befohlen hätten.«

»Stimmen in seinem Kopf?«

»So habe ich seine Aussage interpretiert.«

Mickey lächelte mich an, als wollte er sagen: *O ja, heute ist ein sehr guter Tag für die Verteidigung.* »Das wäre alles von meiner Seite. Vielen Dank, Lindsay.«

79

Yuki saß im MacBain's gegenüber von mir an einem Tisch in der Nähe der Tür. Sie wirkte mehr als nur besorgt.

Sie sah aus, als ob sie sich schreckliche Vorwürfe machte.

»Ich hätte ins Kreuzverhör gehen sollen«, sagte sie zu mir, nachdem wir bestellt hatten. Das Lokal war proppenvoll mit Anwälten und ihren Mandanten, Polizisten und Justizangestellten aller Art. Yuki musste die Stimme heben, um sich in dem Lärm verständlich zu machen. »Ich hätte dich fragen sollen, was du *gedacht* hast, als Brinkley dir von den Stimmen erzählte.«

»Wen interessiert es, was ich gedacht habe? Das ist doch nicht weiter wichtig.«

»Oh, das ist sehr wohl wichtig.« Yuki fuhr sich mit den Fingern durchs Haar. »Sergeant Boxer, was haben Sie gedacht, als Mr. Brinkley Ihnen erzählte, dass er Stimmen hörte, die ihn zum Töten aufforderten?«

Ich zuckte mit den Achseln.

»Komm schon, Lindsay. Du hättest gesagt, dass er schon jetzt seine Verteidigung aufgrund von Unzurechnungsfähigkeit inszenierte.«

»Yuki, du kannst nicht alles hundertprozentig absichern. Du machst einen erstklassigen Job. Ehrlich, du kannst mir glauben.«

Yuki schnaubte verächtlich. »Mickey verdreht erfolgreich alles Negative ins Positive. ›Mein Mandant hat grundlos Menschen ermordet? Das bedeutet, dass er verrückt ist, nicht wahr?‹«

»Das ist alles, was er hat. Hör zu, Brinkley wirkte vernünftig, und das habe ich auch gesagt. Die Geschworenen werden Brinkley nicht einfach so glauben, wenn er behauptet, Stimmen zu hören.«

»Tja.« Yuki knüllte ihre Papierserviette zusammen. »Ich frage mich, was die beste Freundin von Staatsanwältin Marcia Clark wohl zu ihr gesagt hat, kurz bevor die Geschworenen O. J. Simpson für ›nicht schuldig‹ befanden. ›Keine Sorge, Marcia. Niemand wird sich an diesem Handschuh stören.‹«

Ich lehnte mich zurück, als Syd unsere Burger mit Bergen von Pommes brachte. »Übrigens«, sagte ich, »ich habe Mickey auf der Treppe vor dem Gericht gesehen, umringt von Reportern. Komisch, im Sommer haben wir ihn noch bewundert, weil er die Presse so um den Fingern wickeln konnte. Jetzt denke ich nur noch: *Du Medienhure!*«

Yuki lachte nicht.

»Yuki«, sagte ich und umschloss ihr Handgelenk mit den Fingern, »ich sag dir, wie du im Gericht rüberkommst: Du wirkst clever, du machst den Eindruck, dass du deinen Fall voll im Griff hast, und vor allem: du klingst *überzeugend*.«

»Okay, okay«, erwiderte sie. »Genug gejammert. Danke für deine Aussage. Danke für deine Unterstützung.«

»Tu mir einen Gefallen, Mädel.«

»Hmmm?«

»Führ deinem Körper ein paar Kalorien zu und hab ein bisschen Vertrauen in dich selbst.«

Yuki hob ihren Hamburger zum Mund und legte ihn wieder auf den Teller, ohne abgebissen zu haben. »Weißt du, was mit mir los ist, Linds? Ich habe einen Fehler gemacht. In einem Prozess wie diesem macht man keine Fehler. *Nicht mal einen einzigen*. Und zum ersten Mal kann ich mir ernsthaft vorstellen, möglicherweise zu verlieren.«

80

»Macklin hat gerade angerufen«, begrüßte mich Jacobi, als ich nach der Mittagspause in den Bereitschaftsraum zurückkam. Während ich ihm mit Conklin in sein Büro folgte, fuhr er fort: »Vor drei Stunden wurde in Los Angeles ein Kind auf der Straße entführt. Ein kleiner Junge. Soll so eine Art Mathegenie sein.«

Ich setzte mich gar nicht erst hin.

Stattdessen bombardierte ich Jacobi mit Fragen: Waren die Entführer mit einem schwarzen Van gekommen? Waren am Tatort irgendwelche Spuren gesichert worden? Gab es ein Kennzeichen, eine Beschreibung – irgendetwas? Waren die Eltern des Kindes überprüft worden? Hatten sie von dem Entführer gehört? Kurz, gab es Parallelen zur Entführung von Madison Tyler?

»Nicht so stürmisch, Boxer, ja?«, bremste mich Jacobi, während er den Rest seines Cheeseburgers in den Abfalleimer feuerte. »Du kriegst von mir alles, was ich habe, jedes kleinste Detail.«

»Aber zackig, wenn ich bitten darf«, erwiderte ich lachend. Dann setzte ich mich doch hin, stützte die Ellbogen auf den Schreibtisch und spitzte die Ohren.

»Die Eltern waren im Haus, während der Junge hinten im Garten spielte«, informierte Jacobi uns. »Die Mutter hörte auf der Straße Reifen quietschen. Sie telefonierte gerade, und als sie einen Blick aus dem Fenster warf, sah sie einen schwarzen Van um die Ecke schießen. Sie dachte sich nichts weiter dabei. Ein paar Minuten später schaute sie in den Garten und stellte fest, dass der Junge verschwunden war.«

»Ist der Kleine vielleicht auf die Straße gelaufen?«, fragte Conklin.

»Schon möglich. Das Tor war offen. Entweder hat der Junge

es aufgemacht – ist ja wie gesagt ein kluges Bürschchen –, oder es war jemand anders. Das Police Department von Los Angeles hat gleich eine landesweite Fahndung über die Medien ausgelöst, aber der Vater wollte kein Risiko eingehen und hat die Bundespolizei eingeschaltet.«

Jacobi schob mir ein Fax mit dem Briefkopf des FBI hin. Die zweite Seite war ein kopiertes Foto eines entzückenden kleinen Jungen – große runde Augen, Grübchen, ein richtiger Goldschatz.

»Der Junge heißt Charles Ray und ist sechs Jahre alt. Die Kollegen in L. A. haben die Reifenspuren vor dem Haus analysiert. Sie stammen von einem Reifentyp, der serienmäßig mit den neueren Modellen des Honda-Minivan ausgeliefert wird. Allerdings gibt es keinen Beweis dafür, dass das Fahrzeug überhaupt in die Entführung verwickelt war. Am Gartentor konnten sie keine brauchbaren Fingerabdrücke sicherstellen.«

»Hatte der Junge ein Kindermädchen?«, fragte ich.

»Ja. Briana Kearney. Sie war beim Zahnarzt, als Charlie entführt wurde. Ihr Alibi ist wasserdicht. Noch ist es reine Spekulation, Boxer. Vielleicht haben wir es mit denselben Leuten zu tun, die Madison Tyler entführt haben, vielleicht aber auch nicht.«

»Wir sollten die Eltern vernehmen«, schlug Conklin vor.

»Als ob ich euch zwei aufhalten könnte, wenn ihr euch was in den Kopf gesetzt habt«, meinte Jacobi. »Wie zwei Kampfhunde, wirklich.«

Er schob uns noch mehr Papiere über den Schreibtisch zu – elektronische Flugtickets auf meinen und Conklins Namen, San Francisco – Los Angeles und zurück.

»Passt auf«, sagte Jacobi, »solange wir nichts Gegenteiliges erfahren, behandeln wir die Entführung dieses Jungen als Teil des Tyler-Falls, also erstattet ihr Lieutenant Macklin Bericht. Aber vergesst nicht, mich auf dem Laufenden zu halten!« Jacobi sah auf seine Uhr. »Es ist jetzt Viertel nach zwei. Ihr könntet gegen vier in L. A. sein.«

81

Streifenwagen parkten auf der einspurigen Straße vor dem kleinen Holzständerhaus der Rays. Es war eines von mehreren Dutzend ähnlichen Cottages, die dicht an dicht die Straße säumten.

Die Cops standen auf dem Gehsteig und unterhielten sich. Sie begrüßten uns, als wir unsere Marken vorzeigten. »Die Mutter ist im Haus«, ließ uns ein Uniformierter wissen.

Eileen Ray öffnete uns die Tür. Sie war weiß, Anfang dreißig, eins fünfundsiebzig, schien ungefähr im achten Monat schwanger zu sein und wirkte extrem verletzlich und hilflos. Ihr dunkles Haar war zu einem Pferdeschwanz gebunden, und ihr Gesicht war vom Weinen verquollen und gerötet.

Ich stellte Conklin und mich vor, und Mrs. Ray bat uns ins Haus, wo ein FBI-Techniker gerade eine Abhörvorrichtung am Telefon anbrachte. »Die Polizei war … ganz fantastisch, und wir sind so dankbar«, sagte Mrs. Ray. Sie deutete auf ein Sofa und einen Sessel und bat uns, Platz zu nehmen.

Das Wohnzimmer war vollgestopft mit bemalten Schränken, Körben, Vogelkäfigen und Trockenblumen, und auf dem Boden neben dem Küchentisch stapelten sich zusammengelegte Pappkartons. Der durchdringende Lavendelduft verstärkte noch den Eindruck, dass wir uns in einen Geschenkartikelladen verirrt hatten.

»Wir arbeiten von zu Hause«, beantwortete Mrs. Ray meine unausgesprochene Frage. »eBay.«

»Wo ist Ihr Mann?«, fragte Conklin.

»Scotty ist gerade mit einem FBI-Mann und Briana unterwegs«, antwortete sie. »Mein Mann hofft inständig, dass Charlie sich vielleicht nur verlaufen hat und sie ihn irgendwo auflesen werden. Charlie hat bestimmt *schreckliche* Angst!«, rief Eileen Ray. »Mein Gott, was er in diesem Moment durchmachen muss! Wer könnte ihn nur entführt haben?«, fragte sie mit brechender Stimme. »*Und warum*?«

Conklin und ich hatten keine Antworten, aber dafür traktierten wir Mrs. Ray mit Fragen – über ihre Aktivitäten in den letzten Stunden und Tagen, über ihre Ehe, und warum das Gartentor offen gewesen war.

Und wir fragten, ob irgendjemand – ein Verwandter, ein Freund oder ein Fremder – übertriebenes oder unangemessenes Interesse an Charlie an den Tag gelegt hatte.

Nichts von dem, was sie uns sagte, machte uns auch nur einen Deut schlauer.

Eileen Ray saß da und zerknüllte ein Taschentuch in den Händen, als Scott Ray mit dem FBI-Agenten und dem Kindermädchen zurückkam, einer jungen Frau mit kindlichen Gesichtszügen, die noch keine zwanzig sein konnte.

Conklin und ich teilten uns auf. Er befragte Scott im Schlafzimmer des Jungen, während ich mich in der Küche mit Briana unterhielt. Anders als die Europa-Importe der Westwood-Agentur war Briana Kearney Amerikanerin in der zweiten Generation und stammte aus L. A. Sie wohnte nur drei Blocks entfernt und passte stundenweise auf Charlie auf.

Mit anderen Worten, Briana war Babysitterin.

Sie schluchzte herzzerreißend, als ich auf sie eindrang, mich nach ihrem Bekanntenkreis erkundigte und nach ihrem Freund, und ob irgendjemand sie über die Rays und ihre Angewohnheiten ausgefragt habe.

Schließlich klappten Conklin und ich unsere Notizbücher zu und verabschiedeten uns. Als wir aus dem gemütlichen Häuschen auf die Straße traten, gingen in den Fenstern gerade die elektrischen Kerzen an.

»Dieses Mädchen hatte nichts mit der Entführung des Jungen zu tun«, sagte ich.

»Über den Mann konnte ich auch nichts Negatives rausfinden«, erwiderte mein Partner. »Sieht mir ganz nach einem Fall vom Typ ›Pädophiler lockt Kind in sein Auto‹ aus.«

»Tja. Es ist ja auch so verflucht leicht, ein Kind zu stehlen. Der Perverse sagt: ›Willst du mal mein Hundchen sehen?‹ Das Kind läuft hin, der Typ zerrt es ins Auto und rast davon. Keine Zeugen. Keine Spuren. Und dann«, schloss ich, »das lange Warten auf den Anruf… der nie kommt.«

82

Es war jetzt über sieben Stunden her, dass der sechsjährige Charlie Ray entführt worden war, und noch immer hatten die Kidnapper sich nicht bei den Eltern gemeldet.

Im Gegensatz zu den Tylers gehörten die Rays einer Einkommensschicht an, bei der man normalerweise nicht an Lösegeld als Motiv für eine Entführung denken würde.

Und das war ganz schlecht.

Wir saßen in Captain Jimenez' Büro, wo Agent David Stanford vom FBI uns Bericht erstattete. Stanford hatte blaue Augen und einen ergrauenden Pferdeschwanz; er hatte verdeckt an einem anderen Fall gearbeitet, bevor er auf diesen angesetzt worden war.

Ich nahm mir ein Flugblatt von dem Stapel auf dem Schreibtisch des Captains und studierte Charlie Rays kugelrunde Augen, seine Milchzähne, seine kurz geschnittenen dunklen Locken.

Würden sie in ein paar Wochen seine Leiche auf einer Müllkippe finden, oder verscharrt im Wald, oder irgendwo am Strand, angespült nach einem Sturm?

Nach der Besprechung rief ich Macklin an und brachte ihn auf den neuesten Stand. Anschließend fuhr Agent Stanford Conklin und mich zum Flughafen. Als wir vom Freeway abzweigten, schlug Stanford vor, dass wir vor unserem Abflug noch auf einen Drink ins Marriott LAX gehen könnten. Wir sollten ihm alles erzählen, was wir über Madison Tyler und ihre Entführung wussten.

Was mich betraf, konnte ich einen Drink gut gebrauchen. Vielleicht auch zwei.

Die Latitude 33 Lounge wartete mit einer gut bestückten Bar und einem Restaurant auf. Bei Bier und Erdnüssen unterhielten wir uns über Madison, und dann erzählte Stanford uns von einer scheußlichen Kindesentführung, mit der er vor einigen Monaten zu tun gehabt hatte.

Ein zehnjähriges Mädchen war auf dem Nachhauseweg von der Schule gekidnappt worden. Vierundzwanzig Stunden später hatte man sie auf dem Altar einer Kirche gefunden, vergewaltigt und erdrosselt, die Hände wie zum Gebet gefaltet. Der Täter war noch immer nicht gefasst.

»Wie oft gehen solche Entführungen gut aus?«, fragte ich.

»Die meisten Kindesentführungen sind das Werk von Familienmitgliedern. In diesen Fällen kann das Kind in der Regel unversehrt zu seinen Eltern zurückgebracht werden. Wenn der Entführer ein Fremder ist, liegt die Quote der Fälle mit gutem Ausgang bei rund fünfzig Prozent.« Stanfords Stimme klang angespannt, als er fortfuhr: »Nennen Sie es eine Leidenschaft oder meinetwegen Besessenheit, aber ich glaube, dass mit jedem Pädophilen, den ich aus dem Verkehr ziehe, die Welt für meine drei Kinder ein Stück sicherer wird.«

83

»Wie wär's, wenn Sie mir noch beim Abendessen Gesellschaft leisten?«, schlug Stanford vor.

Der Ober brachte uns die Speisekarten, und da die Acht-Uhr-Maschine nach San Francisco ohnehin gerade ohne uns abgehoben hatte, nahmen wir Stanfords Einladung an.

Er bestellte eine Flasche Pinot Grigio, worauf Conklin und ich ihm berichteten, was wir über die Entführung und den Mord an Paola Ricci wussten.

»Ehrlich gesagt, wir sind ziemlich aufgeschmissen«, gestand ich. »Die Sackgassen, in die wir geraten, führen immer nur in weitere Sackgassen. Wir sind inzwischen schätzungsweise in der fünften Sackgassen-Generation.«

Unsere Steaks kamen, und Stanford bestellte noch eine Flasche Wein. Und zum ersten Mal an diesem langen Tag konnte ich mich ein wenig entspannen. Ich war froh um die Gesellschaft und die Gelegenheit zu einem Brainstorming, während die Liveband in der Lounge im Hintergrund Country & Western spielte.

Und ich registrierte auch immer bewusster Conklins lange Beine neben meinen unter dem Tisch, den Ärmel seiner braunen Wildlederjacke, der immer wieder meinen Arm streifte, und den inzwischen vertrauten Tonfall seiner Stimme. Der Wein war angenehm süffig, und ich merkte gar nicht, wie die Zeit verging.

Gegen Viertel nach neun ließ Stanford sich die Rechnung bringen. Er versprach uns, uns Bescheid zu sagen, sobald sie die Verbindungsdaten vom Anschluss der Rays hatten, und uns alles zu melden, was uns im Fall Ricci-Tyler weiterhelfen könnte.

Wir hatten auch den nächsten Flug nach San Francisco verpasst, und als Rich und ich uns von Stanford verabschiedeten, machten wir uns darauf gefasst, noch einmal eine Stunde am Gate von United Airlines warten zu müssen.

Wir waren schon fast zur Tür hinaus, als die Band die ersten Takte eines Kenny-Chesney-Songs spielte und die Sängerin die Gäste zu einem Tanz aufforderte. Das Publikum in der Bar setzte sich aus jungen Geschäftsreisenden und Airline-Mitarbeitern zusammen, die alle schon ein wenig angeheitert waren und sich nun voller Begeisterung auf die Tanzfläche begaben.

Rich grinste und fragte: »Lust, ein bisschen albern rumzuhampeln?« Ich erwiderte sein Grinsen und sagte: »Klar. Warum eigentlich nicht?«

Ich folgte Rich auf die Tanzfläche, wo wir uns blendend amüsierten, im Takt der Musik herumwirbelten, bis uns schwindlig war, mit wildfremden Leuten kollidierten und – was das Allerbeste war – viel lachten.

Es war eine ganze Weile her, dass ich mir zuletzt vor Lachen den Bauch gehalten hatte, und ich hatte ganz vergessen, wie gut das tat.

Als der Song zu Ende war, nahm die Lady mit der Samtstimme ihr Mikro vom Ständer, fuhr sich mit der Zungenspitze über die Lippen und sang mit dem Typen am E-Piano im Duett »Lyin' Eyes«.

Die Paare fanden sich, und als Rich die Arme ausbreitete, schmiegte ich mich an seine Brust. Gott, es war einfach so ein wahnsinnig gutes Gefühl, Rich Conklins Arme um mich zu spüren.

Der Raum drehte sich ein bisschen, und so schloss ich die Augen und hielt mich an Rich fest. Immer näher rückten wir zusammen – es war einfach so wenig Platz auf der kleinen Tanzfläche. Ich stellte mich sogar auf die Zehenspitzen, um den Kopf auf seine Schulter legen zu können – und er hielt mich noch fester.

Als die Musik aufhörte, sagte Rich: »Mensch, ich hab überhaupt keine Lust, jetzt zum Flughafen zu latschen, du vielleicht?«

Ich weiß noch, dass ich antwortete, man könne durchaus argumentieren, dass wir zu dieser vorgerückten Stunde, nach einem langen Arbeitstag und, wie man zugeben musste, dem einen oder anderen Glas Wein, durchaus nachvollziehbare Gründe hätten, die Nacht auf Spesen in L. A. zu verbringen.

Und doch war ich hin- und hergerissen, als ich dem Empfangschef des Marriott meine Kreditkarte reichte. Ich redete mir ein, das alles habe gar nichts zu bedeuten. Ich würde nichts weiter tun als auf mein Zimmer gehen und schlafen. *Das war alles.*

Im Aufzug standen Rich und ich in verschiedenen Ecken, zwischen uns ein müdes Paar, während die verspiegelte Kabine lautlos in den zehnten Stock hinaufschwebte. Ich wollte es mir ungern eingestehen, aber ich sehnte mich nach seiner Umarmung.

Als wir aus dem Aufzug stiegen, sagte ich: »Gute Nacht, Rich.« Dann kehrte ich ihm den Rücken zu und schob meine Schlüsselkarte in den Schlitz. Ich wusste, dass er in diesem Moment an einer Tür auf der anderen Seite des Flurs das Gleiche tat.

»Dann bis morgen früh, Lindsay.«

»Alles klar. Schlaf gut, Rich.«

Das kleine grüne Licht leuchtete auf, und die Türklinke gab unter meiner Hand nach.

84

Ich schloss die Zimmertür hinter mir und schob den Riegel vor. Mir schwirrte der Kopf von einem heillosen Chaos widerstreitender Gefühle: Sehnsucht und Verlangen, Erleichterung und Bedauern. Ich zog mich aus, und eine Minute später pochte das Blut in meinen Schläfen, als ich unter dem heißen Strahl der Dusche stand.

Quietschsauber und rosig glühend rubbelte ich mich mit warmen Frotteehandtüchern ab und föhnte mir die Haare. Mit dem Handtuch wischte ich den beschlagenen Spiegel frei und beäugte kritisch meine nackte Erscheinung. Ich sah immer noch gut aus, jung und begehrenswert. Meine Brüste waren fest, mein Bauch flach, und das strohblonde Haar fiel mir in Wellen über die Schultern.

Warum hatte Joe mich nicht angerufen?

Ich hüllte mich in einen weißen Hotel-Bademantel, ging ins Schlafzimmer und hörte die Mailbox meines Handys ab, die ebenso leer war wie der unerbittliche Anrufbeantworter in meiner Wohnung.

Es war sechs Tage her, dass ich Joe zuletzt gesehen hatte.

War es wirklich endgültig aus zwischen uns?

Würde ich ihn nie wiedersehen? Warum hatte er sich nicht gemeldet?

Ich zog die Vorhänge zu, schlug die gesteppte Tagesdecke zurück und schüttelte die Kissen auf. Benommen vom Wein und der heißen Dusche, legte ich mich ins Bett.

Als ich die Augen schloss, stellte ich fest, dass die verblassenden Bilder von Joe durch neue Fantasien verdrängt wurden, die mir mächtig zusetzten.

Es zog mich in Gedanken zurück zu dem Moment vor gerade einmal einer halben Stunde, als Rich mich im Arm gehalten hatte. Ich durchlebte noch einmal den Augenblick auf der

Tanzfläche, als aus dem guten Gefühl ein *allzu* gutes geworden war, als ich seine Leidenschaft gespürt hatte, als ich die Arme um seinen Nacken geschlungen und meinen Körper an seinen gepresst hatte.

Es ist okay, solche Gefühle zu haben, sagte ich mir. Ich bin auch nur ein Mensch, genau wie er, und wir reagierten vollkommen normal auf die Tatsache, dass wir plötzlich miteinander allein waren …

Ein leises Klopfen an der Tür riss mich aus meinen Gedanken.

Mein Herz machte einen Satz, als das Klopfen sich wiederholte.

85

Ich band den Gürtel meines Bademantels zu und tappte barfuß zur Tür. Durch den Spion erblickte ich Rich Conklin – *und er hatte eine hauchdünne Duschhaube aus transparentem Plastik auf dem Kopf!*

Lachend schob ich den Riegel zurück, aber meine Hand zitterte, als ich die Tür aufzog. Conklin trug seine Hose und sein blaues Baumwollhemd, das ungefähr bis zur Mitte seiner Brust aufgeknöpft war. Und in der Hand hielt er eine Marriott-Zahnbürste wie eine kleine weiße Flagge.

»Ich wollte dich fragen, ob du ein bisschen Mundwasser für mich hast, Lindsay. Ich habe jede Menge Feuchtigkeitscremes in meinem Körbchen mit den Gratis-Toilettensachen, aber kein Mundwasser.«

Seine ernste Miene, kombiniert mit der absurden Bitte und seinem Aufzug mit der Duschhaube, war einfach zu komisch. Ich riss die Tür weit auf und sagte: »Bei mir ist auch kein Mundwasser drin, aber ich glaube, ich habe was in meiner Handtasche.«

Die Tür ging hinter mir zu, und als ich mich nach der Handtasche bückte, die ich einfach auf den Boden geworfen hatte, stolperte ich über einen meiner Schuhe.

Rich packte meinen Ellbogen, um mich zu stützen – *und dann standen wir da.* Auge in Auge. Beschwipst. Allein in einem Hotelzimmer in L. A. Ich streckte die Hand aus und zog ihm die Duschhaube vom Kopf. Eine Locke seines hellbraunen Haars fiel über sein hinreißendes Gesicht, und er ließ die Zahnbürste auf den Boden fallen. Dann schlang Rich die Arme um meine Taille und zog mich an sich.

»Ich habe nur ein Problem damit, dass wir jetzt Partner sind«, sagte er. »Aber das ist ein ganz *gewaltiges.*«

Rich beugte sich herab, um mich zu küssen, und ich konnte

es kaum erwarten. Wieder schlang ich die Arme um seinen Hals, und seine Lippen fanden meine. Unser erster Kuss löste ein hormonelles Gewitter aus.

Ich klammerte mich an Rich, als er mich in dem halbdunklen Zimmer aufs Bett herabsenkte. Ich weiß noch, wie ich unter ihm lag, wie unsere Finger sich ineinander verschränkten, als seine Hände meine auf die Matratze drückten und er ganz leise und zärtlich meinen Namen hauchte.

»Ich wollte dir schon immer so nahe sein, Lindsay, noch bevor du überhaupt meinen Namen kanntest.«

»Ich habe deinen Namen immer schon gekannt.«

Ich *verzehrte* mich nach ihm, und ich hatte jedes Recht, mich dieser Sache hinzugeben. Doch als mein junger, gut aussehender *Partner* meinen Bademantel zurückschlug und mit seinen Lippen meine Brust berührte, durchzuckte mich die schiere Panik wie ein Blitz, und mein Verstand zog im letzten Moment die Notbremse.

Das war eine schlechte Idee gewesen. Eine *ganz* schlechte Idee.

Ich hörte mich flüstern: »*Rich, nein.*«

Ich raffte meinen Bademantel zusammen, während Rich sich auf die Seite rollte, keuchend und mit gerötetem Gesicht. Er sah mir in die Augen.

»Es tut mir leid«, sagte er.

»Nein, das muss es nicht.« Ich nahm seine Hand und hielt sie an meine Wange, bedeckte seine Hand mit meiner. »Ich will es genauso sehr wie du. Aber wir sind Partner, Rich. Wir müssen füreinander da sein. Nur ... *nicht auf diese Weise.*«

Er stöhnte, als ich hinzusetzte: »Wir dürfen so etwas nie wieder tun.«

86

An diesem trüben Morgen nach unserer Rückkehr aus L. A. stand ich am Eingang der Westwood-Agentur und ließ den Türklopfer auf die Platte fallen. Conklin stand hinter mir, als ein Mann mit rundem Gesicht die Tür einen Spalt breit öffnete. Er war in den Fünfzigern, hatte blondes Haar mit grauen Strähnen und klare graue Augen, die mich durch eine randlose Brille über einer scharf geschnittenen Hakennase musterten.

Hatte er etwas mit Madison Tylers Entführung zu tun?

Wusste er, wo sie war?

Ich zeigte ihm meine Marke und stellte meinen Partner und mich vor.

»Ja, ich bin Paul Renfrew«, sagte der Mann. »Sind Sie die Detectives, die vor ein paar Tagen hier waren?«

Ich bejahte und fügte hinzu, dass wir einige Fragen zu Paola Ricci hätten.

Renfrew bat uns herein, und wir folgten dem adretten Mann den schmalen Flur entlang und durch die grüne Tür, die bei unserem letzten Besuch mit einem Vorhängeschloss gesichert gewesen war.

»Bitte, nehmen Sie doch Platz«, forderte Renfrew uns auf. Conklin und ich setzten uns auf die beiden Zweiersofas, die im rechten Winkel zueinander in einer Ecke des kleinen Büros standen, während Renfrew sich einen Stuhl heranzog.

»Ich nehme an, Sie wollen wissen, wo ich war, als Paola entführt wurde«, ergriff Renfrew das Wort.

»Das wäre ein Anfang«, erwiderte Conklin. Er sah müde aus. Ich wahrscheinlich auch.

Renfrew zog ein schmales Büchlein aus der Brusttasche – einen dieser dünnen Taschenkalender, wie sie in der Zeit vor Erfindung des PDA verbreitet waren. Ohne dass wir ihn dazu auffordern mussten, lieferte er uns einen kurzen Bericht über seine Termine nördlich von San Francisco in den Tagen vor und nach Paolas Tod, und dazu die Namen der potenziellen Kunden, mit denen er sich getroffen hatte.

»Ich kann Ihnen eine Kopie davon machen«, erbot er sich. Auf einer Skala von eins bis zehn, wobei zehn für Alarmstufe Rot steht, meldete mein Bauchgefühl eine Sieben. Renfrew schien allzu gut vorbereitet, fast als hätte er vorher geprobt.

Ich ließ mir eine Kopie von Renfrews Terminplan geben und fragte ihn, wo seine Frau in dem betreffenden Zeitraum gewesen sei.

»Sie reist ganz gemächlich durch Deutschland und Frankreich«, antwortete Renfrew. »Ich kann Ihnen keine genaue Reiseroute geben, weil sie das immer erst ganz kurzfristig entscheidet, aber ich erwarte sie nächste Woche zurück.«

»Fällt Ihnen irgendjemand ein, der einen Grund gehabt haben könnte, Paola oder Madison etwas anzutun?«, fragte ich.

»Nein, absolut nicht. Jedes Mal, wenn ich den Fernseher einschalte, gibt es wieder irgendeine Meldung über eine Entführung. Es ist eine regelrechte Epidemie«, meinte Renfrew. »Paola war ein reizendes Mädchen, und ich bin zutiefst erschüttert über ihren Tod. Alle mochten sie.

Madison bin ich erst ein Mal begegnet«, fuhr er fort. »Warum sollte irgendjemand so einem Goldschatz von einem Kind etwas antun? Ich begreife es einfach nicht. Ihr Tod ist eine furchtbare, furchtbare Tragöde.«

»Wie kommen Sie darauf, dass Madison tot ist?«, fuhr ich Renfrew an.

»Ist sie das nicht? Ich hatte einfach angenommen… Es tut mir leid, ich habe mich versprochen. Ich hoffe jedenfalls sehr, dass Sie sie lebend finden werden.«

Wir waren schon auf dem Weg nach draußen, als Mary Jordan, Renfrews rechte Hand, von ihrem Schreibtisch aufstand und uns zur Tür folgte.

Als wir draußen in der feuchtkalten Morgenluft standen, in

die sich Fischgerüche vom nahen Markt mischten, legte Jordan mir die Hand auf den Arm.

»Bitte«, flüsterte sie eindringlich, »nehmen Sie mich irgendwohin mit, wo wir reden können. Ich habe Ihnen etwas zu sagen.«

87

Fünfzehn Minuten später waren wir wieder im Präsidium. Conklin und ich saßen mit Mary Jordan in unserer schmuddeligen kleinen Teeküche. Sie hielt ihren Kaffeebecher in den Händen, trank aber nicht.

»Nachdem Sie vor ein paar Tagen bei uns waren, habe ich beschlossen, mich ein wenig umzusehen, bevor Mr. Renfrew zurückkam. Und ich habe das da gefunden«, sagte sie und zog die Kopie einer Seite aus einer linierten Kladde aus ihrer Handtasche. »Das ist aus dem Register. So nennen sie es.«

»Wo haben Sie das gefunden, Mary?«, fragte Conklin.

»Ich habe den Schlüssel zum Privatbüro der Renfrews entdeckt. Dort bewahren sie das Register auf.«

Ich rief im Büro der Staatsanwaltschaft an und ließ mir Kathy Valoy geben. Nachdem ich ihr gesagt hatte, worum es ging, versprach sie, in einer Minute unten zu sein.

Valoy, ihres Zeichens stellvertretende Bezirksstaatsanwältin, gehörte zu den Leuten, die auch eine Minute *meinen*, wenn sie »eine Minute« sagen. Sie kam zu uns in die Teeküche, und ich stellte ihr Mary Jordan vor.

»Haben Sergeant Boxer oder Inspector Conklin Sie aufgefordert, dieses Material zu beschaffen?«, fragte die stellvertretende Staatsanwältin.

»Nein, natürlich nicht.«

»Falls Sie von irgendjemandem aufgefordert wurden, dieses Material zu besorgen«, erklärte Valoy, »dann handeln Sie im Auftrag der Polizei, und wir müssten das Buch, aus dem diese Kopie stammt, bei einem künftigen Prozess als Beweismittel ausschließen.«

»Ich habe das alles aus freien Stücken getan«, versicherte Jordan ihr. »So wahr mir Gott helfe.«

Valoy lächelte und sagte: »Lindsay, wir müssen unbedingt

mal zusammen zum Mittagessen gehen.« Sie drohte mir scherzhaft mit dem Finger und verließ die Teeküche.

Ich fragte Mary, ob ich das Papier sehen könne, und sie reichte mir eine Tabelle, deren Spalten mit VERMITTLUNGEN, KUNDEN und GEBÜHREN überschrieben waren. Alle Einträge datierten aus dem laufenden Kalenderjahr.

Die Liste der Vermittlungen bestand aus Frauennamen, die meisten davon ausländisch. Den Namen der Kunden war in der Regel ein »Mr.« oder »Mrs.« vorangestellt, und die Gebühren bewegten sich im unteren fünfstelligen Bereich.

»Und alle diese Mädchen wurden dieses Jahr an die aufgeführten Familien vermittelt?«, fragte ich.

Mary nickte und sagte: »Sie erinnern sich doch, wie ich Ihnen erzählte, dass ein Mädchen namens Helga Schmidt vor ungefähr acht Monaten spurlos verschwunden sei, als die Agentur noch in Boston war?«

»Ich erinnere mich.«

»Also, ich habe ihren Namen im Register nachgeschlagen. Da ist sie.« Sie tippte mit dem Zeigefinger auf das Blatt. »Und da sind auch die Namen der Leute, bei denen sie beschäftigt war. Penelope und William Whitten.«

»Reden Sie weiter«, forderte Conklin sie auf.

»Aus den Unterlagen geht hervor, dass die Whittens eine Tochter namens Erica haben. Sie ist ein mathematisches Wunderkind, löst mit vier Jahren schon Rechenaufgaben für Grundschüler. Ich habe im Internet über die Whittens recherchiert und dieses Interview aus dem *Boston Globe* gefunden.«

Mary Jordan zog ein zweites Blatt aus der Handtasche, den Ausdruck eines Zeitungsartikels, den sie so auf den Tisch legte, dass wir ihn lesen konnten. Gleichzeitig gab sie uns eine Zusammenfassung des Inhalts.

»Dieser Artikel erschien letzten Mai auf den Lifestyle-Seiten. Mr. Whitten ist Weinkritiker, und er wurde zusammen mit seiner Frau zu Hause interviewt. Und hier«, Jordan zeigte auf einen Absatz gegen Ende des Artikels, »erzählen Mr. und Mrs.

Whitten der Reporterin, dass ihre Tochter derzeit bei Mrs. Whittens Schwester in England lebt, wo sie Privatunterricht erhält.

Und das kam mir nun wirklich sehr, sehr merkwürdig vor«, fuhr Jordan fort. »Unglaublich eigentlich. Ich meine, die Whittens engagieren ein Kindermädchen; das Kindermädchen verschwindet von einem Tag auf den anderen, und die Whittens schicken ihr Tochter nach Europa? Erica ist erst vier! Die Whittens können sich hier in den USA die besten Privatlehrer und Erzieherinnen leisten. Warum sollten sie ihre kleine Tochter wegschicken?«

Rich und ich tauschten Blicke, während Mary Jordan fortfuhr.

»Vielleicht hätte ich mir nichts weiter dabei gedacht, wenn da nicht der Mord an Paola und Maddys Entführung gewesen wären«, sagte sie. »Ich glaube einfach nicht, dass Erica Whitten in England lebt. Halten Sie mich jetzt für verrückt?«

»Wissen Sie, wofür ich Sie halte, Mary?«, erwiderte ich. »Ich halte Sie für ein kriminalistisches Naturtalent.«

88

Auf dem Stuhl neben mir wurde Jacobi von einem Hustenanfall geschüttelt. Die Luft war blau vom Rauch von Tracchios stinkender Zigarre, und in der Freisprechanlage des Telefons auf seinem Schreibtisch knackte es.

Der Apparat war mit der Wohnung der Whittens in Boston verbunden, wo sich nun FBI-Agent Dave Stanford meldete.

»Die Whittens sind offensichtlich mit den Nerven am Ende«, sagte er, »aber es ist mir gelungen, sie zum Reden zu bringen. Ihre jüngste Tochter Erica wurde vor acht Monaten zusammen mit ihrem Kindermädchen Helga Schmidt entführt.«

War sie das? War das endlich die lange gesuchte Verbindung zum Fall Ricci-Tyler?

Aber wenn Erica vor acht Monaten entführt worden war, *warum zum Teufel hatten die Whittens es dann nicht der Polizei gemeldet?*

»Niemand hat die Entführung beobachtet«, fuhr Stanford fort, »aber ungefähr eine Stunde, nachdem Helga mit Erica von der Schule hätte zurück sein sollen, fanden die Whittens eine Nachricht, die unter der Tür durchgeschoben worden war. Zusammen mit einem halben Dutzend Fotos.«

»War es eine *Lösegeldforderung*?«, fragte Macklin, der seine Ungeduld nur mühsam zügeln konnte.

»Nicht ganz. Haben Sie da drüben ein Faxgerät?«

Tracchio gab Stanford die Faxnummer durch. Bei den Whittens waren im Hintergrund Stimmen zu hören – ein leiser, aber heftiger Wortwechsel zwischen einem Mann und einer Frau. Die Frauenstimme zischte: »Komm schon, Bill, sag's ihnen.«

Stanford sagte: »Ich gebe Ihnen jetzt Bill Whitten.«

Bill Whitten sagte Hallo, worauf Tracchio kurz sich selbst und die übrigen Mithörer vorstellte. Angst und Wut schnürten

Whitten die Kehle zu, und seine Stimme war nur ein gepresstes Krächzen.

»Sie müssen begreifen, was Sie uns da antun«, sagte er. »Die haben gesagt, wenn wir die Polizei anrufen, bringen sie unsere kleine Tochter um. Vielleicht haben sie Wanzen in unserem Haus versteckt! Vielleicht beobachten sie uns ja *in diesem Moment. Verstehen Sie?*«

Das Faxgerät hinter Tracchios Rücken ratterte und summte, und ein Bogen Papier flatterte in den Auffangkorb.

»Sekunde«, sagte Tracchio und nahm das Fax aus dem Gerät. Er legte das Blatt so auf den Tisch, dass wir es lesen konnten.

> WIR HABEN ERICA. WENN SIE DIE POLIZEI EINSCHALTEN, STIRBT SIE. WENN WIR MERKEN, DASS SIE UNS AUF DEN FERSEN SIND, STIRBT SIE.
>
> UND DANN WERDEN WIR UNS *RYAN* HOLEN.
>
> ODER *KAYLA*. ODER *PATTY*.
>
> HALTEN SIE STILL, DANN WIRD ERICA NICHTS PASSIEREN. SIE WERDEN JEDES JAHR EIN NEUES FOTO VON IHR BEKOMMEN. VIELLEICHT BEKOMMEN SIE AUCH EINEN ANRUF. VIELLEICHT KANN SIE SOGAR IRGENDWANN NACH HAUSE.
>
> SEIEN SIE KLUG. HALTEN SIE STILL.
>
> ALLE IHRE KINDER WERDEN ES IHNEN EINES TAGES DANKEN.

Die Nachricht war acht Monate alt, aber die herzlosen Worte ließen mich das Grauen hautnah nachempfinden. Es war so unmittelbar, als wäre das Verbrechen eben erst geschehen.

Um mich herum sah ich nur schockierte Mienen, doch es war Macklin, der sich das Blatt schnappte und es so fest gepackt hielt, als ob er sich gerade vorstellte, wie er den Kidnapper würgte.

Tracchio holte gerade die zweite Seite aus dem Faxgerät.

»Ich kann die Bilder nicht erkennen«, sagte er zu Stanford.

»Erica wurde vor einem neutralen weißen Hintergrund fotografiert, in den Kleidern, die sie bei der Entführung trug. Die anderen Fotos sind Schnappschüsse der älteren Whitten-Geschwister, aufgenommen vor ihrer Schule. Und auch ein Foto von Kayla, das durch ihr Schlafzimmerfenster aufgenommen wurde. Wir werden sie alle analysieren lassen.«

Sicher, dachte ich, *sie werden den Umschlag und seinen Inhalt auf Fingerabdrücke und Faserspuren absuchen, aber was Stanford in Gegenwart der Whittens nicht sagen will, ist, dass sie die Beschreibung und die DNS sämtlicher nicht identifizierten weiblichen Leichen im Land mit denen von Helga Schmidt und Erica Whitten abgleichen werden.*

Ich hatte jedenfalls nicht den leisesten Zweifel, dass der Brief und die Fotos eine Finte waren, um Zeit zu gewinnen.

Erica Whitten und Helga Schmidt waren beide tot.

Aber was hatten die Kidnapper davon?

Was wollten sie?

Brutale Bilder von kleinen Mädchen und ihren Kindermädchen, die ebenso hilflos waren wie sie selbst, schwirrten mir durch den Kopf, als mein Handy klingelte. Es war Inspector Paul Chi, und er sagte: »Wir haben gerade einen Notruf reinbekommen, Lindsay. Im Blakely Arms ist jemand überfallen worden.«

89

Conklin und ich traten aus der Aufzugskabine in den mit Teppich ausgelegten Flur im sechsten Stock des Blakely Arms. Vor der Tür von Wohnung 6B sahen wir zwei Streifenpolizisten stehen. Ich erkannte Officer Patrick Noonan, der darauf brannte, zum Morddezernat zu wechseln.

»Was ist hier passiert, Noonan?«

»Eine Riesensauerei, wenn Sie mich fragen, Sergeant. Der Name des Opfers lautet Ben Wyatt. Wohnt seit ungefähr einem Jahr hier im Haus.«

Conklin hielt das Absperrband hoch, und ich schlüpfte darunter hindurch, während Noonan fortfuhr: »Der Täter kam durch diese Tür. Entweder war sie offen, oder das Opfer hat ihn hereingelassen. *Oder der Täter hatte einen Schlüssel.*«

»Wer hat den Vorfall gemeldet?«

»Die Nachbarin in 6F. Virginia Howsam. H-O-W-S-A-M.«

Conklin und ich betraten die spärlich möblierte Wohnung. Der Kopf des Opfers lag in einer Blutlache, einer dunklen Pfütze auf dem polierten Eichenparkett.

Der Mann war Afroamerikaner, Anfang dreißig, durchtrainiert, bekleidet mit Shorts, einem dünnen grauen T-Shirt und Laufschuhen. Er lag auf der Seite neben einem Laufband.

Ich beugte mich herab, um besser sehen zu können. Er hatte die Augen geschlossen, und sein Atem ging schwer – aber er lebte noch.

Schon kamen die Sanitäter hereingepoltert, drängten sich um das Opfer, zählten »Eins, zwei, drei« und hoben ihn auf die Trage.

Der Sanitäter, der am nächsten zu mir stand, sagte: »Er ist bewusstlos. Wir bringen ihn ins San Francisco General. Würden Sie bitte zur Seite treten, Sergeant? Danke.«

Sie fuhren schon mit heulenden Sirenen die Townsend hinauf, als Charlie Clapper und zwei Leute von seinem Spurensicherungsteam Wyatts Wohnung betraten und auf das Laufband zusteuerten.

»Das Kabel von dem Ding wurde durchschnitten«, stellte Clapper fest und zeigte mir die sauberen Schnittflächen, die von einem scharfen Messer herzurühren schienen. »Haben Sie das Opfer gesehen?«, fragte er mich.

»Ja. Er lebt, Charlie. Noch jedenfalls. Sieht aus, als hätte der Täter ihm von hinten eins übergebraten.«

Wie im Fall von Irene Wolkowski war der Gegenstand, mit dem Ben Wyatt der Schädel eingeschlagen worden war, vom Tatort entfernt worden. Und eine weitere Ähnlichkeit bestand darin, dass sonst kaum etwas auf die Anwesenheit eines Eindringlings hinwies.

Zweifellos gab es einen Zusammenhang zwischen den Überfällen, die die Bewohner des Blakely Arms inzwischen schon fast täglich in Angst und Schrecken versetzten.

Was war das für ein Zusammenhang? Was ging hier eigentlich vor?

90

Ben Wyatts Flurnachbarin Virginia Howsam war eine Frau von Ende zwanzig, die abends in einem Club arbeitete. Sie sagte uns, dass Wyatt Tageshändler an der Börse sei, ein wirklich netter Kerl, dem kein vernünftiger Mensch etwas Böses wollen könne.

Wir dankten Ms. Howsam für ihre Hilfe und gingen über die Feuertreppe nach unten, in der Hoffnung, dass die Leute in der Wohnung unter der von Wyatt vielleicht etwas gehört hatten, was uns helfen würde, den Tatzeitpunkt näher einzugrenzen.

Conklin war direkt hinter mir, als das Handy an meiner Hüfte klingelte. Ich nahm es und las Dave Stanfords Namen auf der Anruferkennung.

»Hier Boxer.«

»Ich habe Neuigkeiten für Sie.«

Ich gab Conklin ein Zeichen, dass er das Ohr an mein Telefon legen und mithören solle.

»Neuigkeiten von Erica Whitten?«

»Nein, aber ich dachte mir, es würde Sie interessieren zu hören, dass Charlie seine heiße Schokolade mit extra viel Schlagsahne getrunken hat und jetzt in seinem eigenen Bett schläft.« Stanford gluckste.

»Fantastisch, Dave! Was ist passiert?«

Stanford erzählte mir, dass der Ehemann einer unter Depressionen leidenden Frau sich bei der Polizei gemeldet habe. Die beiden hatten vor ein paar Wochen ihr Baby durch plötzlichen Kindstod verloren.

»Diese Frau, die Charlie entführt hat, war vor Kummer ganz von Sinnen«, sagte Stanford. »Sie fuhr die Straße entlang und sah Charlie über den Zaun schauen. Da hat sie einfach angehalten und ihn sich geschnappt.«

»Ist sie in Untersuchungshaft?«

»Ja, aber sie ist nicht die Person, die wir suchen, Lindsay. Sie hat nichts mit Erica Whitten oder mit Madison Tyler zu tun. Sie nimmt Antidepressiva und steht unter ärztlicher Beobachtung, und gestern hat sie zum ersten Mal seit dem Tod ihres Babys das Haus verlassen.«

Ich dankte Stanford und klappte das Handy zu. Conklin stand direkt neben mir. Ich sah ihm in die Augen, spürte die Hitze.

»Wir haben also nichts«, sagte Rich.

»Wir haben sehr wohl etwas«, erwiderte ich und ging weiter die Treppe hinunter. »Wir haben einen Mörder, der in diesem verdammten Haus frei herumläuft. Und was Madison Tyler betrifft, haben wir unsere nächste Sackgasse.«

91

Mickey Sherman saß neben Alfred Brinkley am Tisch der Verteidigung und mühte sich vergeblich, zu seinem von Medikamenten benebelten Mandanten durchzudringen. Der arme Trottel hatte ungefähr so viel Energie wie ein welker Kopfsalat.

»Fred. *Fred.*« Sherman rüttelte seinen Mandanten an der Schulter. »Fred, heute beginnen wir mit Ihrer Verteidigung, verstehen Sie? Ich werde also Leute in den Zeugenstand rufen, die für Ihren Charakter bürgen.«

Brinkley nickte. »Sie rufen meinen Arzt in den Zeugenstand.«

»Richtig. Dr. Friedman wird über Ihre psychische Störung sprechen, also regen Sie sich nicht auf. Er ist auf unserer Seite.«

»Ich will eine Chance, die Sache aus meiner Sicht darzustellen.«

»Das werden wir sehen. Ich weiß noch nicht, ob es nötig ist, dass wir Sie selbst aufrufen.«

Mickeys Assistentin gab ihm einen Zettel mit der Information, dass alle seine Zeugen zur Verfügung standen. Dann rief der Gerichtsdiener: »Bitte erheben Sie sich!«, und der Richter betrat den Saal durch die Tür hinter dem Podium. Die Geschworenen kamen einer nach dem anderen herein und nahmen ihre Plätze ein.

Es war der vierte Tag des Prozesses gegen Alfred Brinkley, und die Sitzung war eröffnet.

»Mr. Sherman«, fragte Richter Moore, »sind Sie bereit für Ihren ersten Zeugen?«

»Die Verteidigung ruft Mr. Isaac Quintana auf.«

Quintana trug mehrere Schichten bunt zusammengewürfelter Kleider, doch sein Blick war klar, und er lächelte, als er im Zeugenstand Platz nahm.

»Mr. Quintana«, begann Sherman.

»Sagen Sie Ike zu mir«, unterbrach ihn der Zeuge. »So nennen mich alle.«

»Gut, dann also Ike«, erwiderte Mickey nachsichtig. »Woher kennen Sie Mr. Brinkley?«

»Wir waren zusammen in Napa State.«

»Das ist kein College, nicht wahr?«, sagte Sherman und lächelte seinen Zeugen an, während er mit den Münzen in seiner Hosentasche klimperte.

»Nee, das ist ’ne Klapsmühle«, entgegnete Ike grinsend.

»Es ist eine staatliche psychiatrische Klinik, nicht wahr?«

»Klar.«

»Wissen Sie, warum Fred in Napa State war?«

»Klar. Er hatte Depressionen. Wollte nicht essen. Wollte gar nicht mehr aus dem Bett. Ganz schlimme Albträume hatte er. Seine Schwester war nämlich gestorben, und in Napa hat er sich einweisen lassen, weil er nicht mehr leben wollte.«

»Ike, woher wissen Sie, dass Fred unter Depressionen litt und Selbstmordabsichten hatte?«

»Weil er’s mir gesagt hat. Und ich wusste auch, dass er auf Antidepressiva war.«

»Und wie lange haben Sie Fred gekannt?«

»Ungefähr zwei Jahre.«

»Und Sie haben sich ganz gut mit ihm verstanden?«

»Aber klar doch. Er war ein ganz lieber Kerl. Deswegen weiß ich auch, dass er diese ganzen Leute auf der Fähre nicht umbringen wollte …«

»Einspruch, Euer Ehren! Kein Bezug zur Frage«, fuhr Yuki dazwischen. »Ich beantrage, dass die letzte Bemerkung des Zeugen aus dem Protokoll gestrichen wird.«

»Stattgegeben. Die Streichung wird hiermit angeordnet.«

»Ike«, wandte Sherman sich mit beruhigender Stimme an seinen Zeugen, »war Fred Brinkley in der Zeit, als Sie ihn kannten, jemals gewalttätig?«

»Ach was, nie. Wer hat Ihnen das denn erzählt? Er war total locker. Das kommt von den Medikamenten. Du schluckst 'ne Pille, und schon bist du gar nicht mehr wirklich verrückt.«

92

Yuki erhob sich vom Tisch der Anklagevertretung und strich die Falten ihres Nadelstreifenrocks glatt. Quintana wirkt wie aus der Muppet-Show entsprungen, dachte sie, mit seinem verrückten Grinsen und seinem Outfit, das aussah, als schleppte er einen kompletten Flohmarkt mit sich herum.

Es schien alles für ihn zu laufen. Die Geschworenen lächelten; sie mochten ihn, und das strahlte auch auf Brinkley ab.

»Mr. Quintana«, begann sie, »warum waren *Sie* in Napa State?«

»Ich bin Zwangsneurotiker. Das ist nicht gefährlich oder so. Es nimmt bloß meine ganze Zeit in Anspruch, weil ich dauernd Sachen sammle und immer alles überprüfen muss…«

»Danke, Mr. Quintana. Und sind Sie auch Psychiater?«

»Nee. Aber ich kenne ein paar von den Typen, das können Sie mir glauben.«

Yuki lächelte, während die Geschworenen in sich hineinkicherten. Es würde schwierig werden, Quintanas Aussage auseinanderzunehmen, ohne die Geschworenen gegen sich aufzubringen.

»Was arbeiten Sie, Mr. Quintana?«

»Ich bin Tellerwäscher im Jade Café an der Bryant. Wenn Sie's richtig sauber wollen, engagieren Sie am besten Zwangsneurotiker fürs Geschirrspülen.«

»Ich verstehe, was Sie meinen«, sagte Yuki in das Gelächter von der Zuschauergalerie hinein. »Haben Sie irgendeine medizinische Ausbildung?«

»Nein.«

»Und wann haben Sie Mr. Brinkley das letzte Mal gesehen, abgesehen von heute?«

»Vor ungefähr fünfzehn Jahren. Er ist so um 1988 rum aus Napa entlassen worden.«

»Und Sie hatten seither keinerlei Kontakt mit ihm?«

»Nein.«

»Sie würden es also auch nicht wissen, wenn er zwei Lobotomien und eine Herztransplantation gehabt hätte, seit Sie ihn das letzte Mal gesehen haben?«

»Ha, ha, das ist witzig! Äh – stimmt das denn?«

»Worauf ich hinauswill, Mr. Quintana, ist, dass der Sechzehnjährige, den Sie einen ›ganz lieben Kerl‹ genannt haben, sich vielleicht verändert hat. Sind *Sie* derselbe Mensch, der Sie vor fünfzehn Jahren waren?«

»Na ja, heute hab ich wesentlich mehr *Sachen.*«

Schallendes Gelächter kam von den Zuschauerreihen; sogar die Geschworenen glucksten vernehmlich. Yuki lächelte, um zu demonstrieren, dass es ihr – Gott bewahre! – nicht an Sinn für Humor mangelte.

Als wieder Ruhe einkehrte, fuhr sie fort: »Ike, als Sie sagten, Mr. Brinkley sei verrückt, war das Ihre private Meinung als sein Freund, nicht wahr? Sie wollten damit nicht ausdrücken, dass er im *juristischen* Sinne unzurechnungsfähig ist? Dass er nicht zwischen Recht und Unrecht unterscheiden kann?«

»Nein. Darüber weiß ich gar nichts.«

»Danke, Mr. Quintana. Ich habe keine weiteren Fragen.«

93

Shermans nächster Zeuge, Dr. Sandy Friedman, kam den Mittelgang herauf und betrat den Zeugenstand. Er war ein guter Therapeut, Harvard-Absolvent und entsprach auch in seinem Äußeren dem Bild des seriösen Psychiaters, mit seiner Designerbrille, der Brooks-Brothers-Krawatte und den markanten Gesichtszügen, die entfernt an Liam Neeson erinnerten.

»Dr. Friedman«, begann Sherman, nachdem der Zeuge vereidigt worden war und seinen Namen und Beruf genannt hatte, »Sie hatten Gelegenheit, mit Mr. Brinkley zu sprechen?«

»Ja, insgesamt drei Mal, seit er in Untersuchungshaft ist.«

»Haben Sie seine Krankheit diagnostiziert?«

»Ja. Meiner Ansicht nach leidet Mr. Brinkley an einer schizoaffektiven Störung.«

»Könnten Sie uns erklären, was das bedeutet?«

Friedman lehnte sich auf dem Stuhl zurück, während er sich seine Antwort zurechtlegte. Dann sagte er: »Eine schizoaffektive Störung ist eine Störung des Denkens, Fühlens und Handelns, die Elemente einer paranoiden Schizophrenie aufweist. Man kann sie sich als eine Art bipolarer Störung vorstellen.«

»›Bipolar‹ – das heißt so viel wie manisch-depressiv, nicht wahr?«, fragte Sherman.

»›Bipolar‹ in dem Sinne, dass Menschen mit einer schizoaffektiven Störung Hoch- und Tiefphasen haben; dass Verzweiflung und Depression sich mit Hyperaktivität oder manischen Stimmungen abwechseln. Allerdings haben die Patienten ihre Krankheit oft über längere Zeiträume so gut im Griff, dass sie sich mehr oder weniger erfolgreich am Rand der Gesellschaft eingliedern können.«

»Hören solche Menschen auch *Stimmen*, Dr. Friedman?«

»Ja, das kommt häufig vor. Das wäre einer der schizoiden Aspekte dieser Krankheit.«

»Bedrohliche Stimmen?«

»Ja.« Friedman lächelte. »Das wäre dann die Paranoia.«

»Hat Mr. Brinkley Ihnen gesagt, dass er glaubte, die Leute im Fernsehen würden mit ihm sprechen?«

»Ja. Das ist ein recht verbreitetes Symptom schizoaffektiver Störungen – ein Beispiel für den Verlust des Realitätsbezugs. Und die Paranoia verleitet ihn zu dem Glauben, dass die Stimmen sich an ihn richten.«

»Könnten Sie erklären, was Sie mit diesem ›Verlust des Realitätsbezugs‹ meinen?«

»Gewiss. Seit dem Ausbruch der Krankheit in Mr. Brinkleys Jugend waren sein Denken und sein Handeln, die Art, wie er seine Gefühle ausdrückt, immer einer Verzerrung unterworfen – und vor allem auch seine Wahrnehmung der Wirklichkeit. Das ist das psychotische Element: seine Unfähigkeit, Wirklichkeit und Einbildung zu unterscheiden.«

»Danke, Dr. Friedman«, sagte Sherman. »Kommen wir nun zu den jüngsten Ereignissen, wegen denen Mr. Brinkley vor Gericht steht. Was können Sie uns darüber sagen?«

»Bei einer schizoaffektiven Störung kommt es in der Regel zu einem auslösenden Ereignis, das eine Verstärkung des abweichenden Verhaltens bewirkt. Meines Erachtens war dieses auslösende Ereignis in Mr. Brinkleys Fall der Verlust seiner Arbeitsstelle. Das plötzliche Wegfallen der täglichen Routine, dazu die Kündigung seiner Wohnung – all das dürfte seine Krankheitssymptome verschärft haben.«

»Aha. Dr. Friedman, hat Mr. Brinkley mit Ihnen über den Amoklauf auf der Fähre gesprochen?«

»Ja. In unseren Sitzungen habe ich erfahren, dass Mr. Brinkley seit seinem sechzehnten Lebensjahr, als seine Schwester bei einem Segelunfall ums Leben kam, nicht mehr an Bord eines Bootes gewesen war. Am Tag des Vorfalls auf der Fähre kam noch ein auslösendes Moment hinzu. Mr. Brinkley sah ein

Segelboot, und das löste seine Tat aus. Laienhaft ausgedrückt: *Es brachte das Fass zum Überlaufen.* Er konnte nicht zwischen Einbildung und Wirklichkeit unterscheiden.«

»Hat Mr. Brinkley Ihnen gesagt, dass er auf der Fähre Stimmen gehört hätte?«

»Ja. Er sagte, sie hätten ihm befohlen, zu töten. Sie müssen wissen, dass Fred wegen des Todes seiner Schwester immer noch voll unterschwelliger Wut und Verbitterung ist, und diese Gefühle brachen sich in seinem Amoklauf Bahn.

Die Menschen auf der Fähre waren für ihn nicht real. Sie waren nur die Kulisse für seine Wahnvorstellungen. Die Stimmen waren seine Realität, und die einzige Möglichkeit, wie er sie zum Schweigen bringen konnte, war, ihnen zu gehorchen.«

»Dr. Friedman«, sagte Sherman und legte die Spitze des Zeigefingers an die Oberlippe, »können Sie mit hinreichender medizinischer Gewissheit sagen, dass Mr. Brinkley, als er auf diese Stimmen hörte und die Passagiere auf der Fähre erschoss, nicht zwischen Recht und Unrecht unterscheiden konnte?«

»Ja. Auf der Grundlage meiner Gespräche mit Mr. Brinkley und meiner zwanzigjährigen Erfahrung in der Arbeit mit Patienten mit schweren psychischen Störungen bin ich zu der Auffassung gelangt, dass Alfred Brinkley zum Zeitpunkt des Amoklaufs an einer psychischen Krankheit oder Störung litt, die es ihm unmöglich machte, zwischen Recht und Unrecht zu unterscheiden. Das ist meine feste Überzeugung.«

94

David Hale schob Yuki einen Zettel hin – eine Karikatur einer großen Bulldogge mit Stachelhalsband und vor Geifer triefenden Lefzen. In der Sprechblase stand: »Los, mach sie fertig!«

Yuki lächelte. Sie stellte sich vor, wie Len Parisi sich breitbeinig in der Mitte des eichengetäfelten Gerichtssaals aufbauen und Mickey Shermans gedungenen Seelenklempner in der Luft zerreißen würde.

Sie malte einen Kreis um die Karikatur und unterstrich sie. Dann stand sie auf und begann zu sprechen, noch bevor sie das Podium erreichte.

»Dr. Friedman, Sie sind weithin bekannt als Sachverständiger bei Gerichtsverhandlungen, nicht wahr?«

Friedman bejahte dies und sagte, er habe in den vergangenen neun Jahren sowohl für die Staatsanwaltschaft als auch für die Verteidigung als Zeuge ausgesagt.

»In diesem Fall hat die Verteidigung Sie engagiert?«

»Ja. Das ist richtig.«

»Und wie viel hat man Ihnen bezahlt?«

Friedman blickte zu Richter Moore auf, der ihn von oben herab musterte. »Bitte beantworten Sie die Frage, Dr. Friedman.«

»Ich habe rund achttausend Dollar erhalten.«

»Achttausend Dollar. Okay. Und wie lange haben Sie Mr. Brinkley behandelt?«

»Mr. Brinkley war genau genommen nicht mein Patient.«

»Oh«, sagte Yuki. »Dürfte ich Sie dann fragen, ob Sie einem Patienten, den Sie nie behandelt haben, eine Diagnose stellen können?«

»Ich hatte drei Sitzungen mit Mr. Brinkley, in deren Verlauf ich ihn auch einer ganzen Reihe psychologischer Tests unterzog. Und ja, ich kann Mr. Brinkley *beurteilen*, ohne ihn behandelt zu haben«, antwortete Friedman pikiert.

»Aufgrund dieser drei Gespräche und der Tests sind Sie also zu der Überzeugung gelangt, dass der Angeklagte nicht in der Lage war, zwischen Recht und Unrecht zu unterscheiden?«

»Das ist richtig.«

»Sie haben ihn nicht etwa geröntgt und einen Tumor gefunden, der auf einen Lappen seines Gehirns drückt?«

»Nein, natürlich nicht.«

»Und woher wissen Sie dann, dass Mr. Brinkley nicht gelogen und die Testergebnisse verfälscht hat, um einer Verurteilung wegen Mordes zu entgehen?«

»Das könnte er gar nicht«, antwortete Friedman. »Sie müssen nämlich wissen, dass die Testfragen wie ein Lügendetektor funktionieren. Sie wiederholen sich in immer neuen Variationen, und wenn die Antworten frei von Widersprüchen sind, sagt der Patient die Wahrheit.«

»Dr. Friedman, Sie benutzen diese Tests, weil Sie nicht wirklich wissen können, was im Kopf des Patienten vorgeht, oder?«

»Nun, auch Sie fällen Urteile auf der Basis des Verhaltens anderer.«

»Ich verstehe. Dr. Friedman, kennen Sie den juristischen Begriff des ›Unrechtsbewusstseins‹?«

»Ja. Er bezieht sich auf bestimmte Handlungen, aus denen geschlossen werden kann, dass der betreffenden Person das Unrechte ihres Tuns bewusst ist.«

»Sehr treffend formuliert, Dr. Friedman«, sagte Yuki. »Nun, wenn jemand fünf Menschen erschießt beziehungsweise anschießt und dann davonläuft, wie Alfred Brinkley es getan hat, beweist er damit nicht sein Unrechtsbewusstsein? Zeigt das nicht, dass Mr. Brinkley wusste, dass sein Tun unrecht war?«

»Sehen Sie, Ms. Castellano, nicht alles, was jemand im Zustand einer Psychose tut, ist notwendigerweise unlogisch. Die Menschen auf dieser Fähre haben geschrien, haben sich auf ihn gestürzt in der offensichtlichen Absicht, ihm wehzutun. Er lief davon. Die meisten Menschen hätten in dieser Situation die Flucht ergriffen.«

Yuki warf David einen verstohlenen Blick zu, und er nickte ihr aufmunternd zu. Sie wünschte, er hätte ihr etwas schicken können, womit sie Friedman drankriegen könnte – denn sie hatte nichts dergleichen.

Aber dann glaubte sie es doch gefunden zu haben.

»Dr. Friedman, spielt das Bauchgefühl auch eine Rolle bei Ihren Beurteilungen?«

»Aber sicher. Was wir ›Bauchgefühl‹ oder Intuition nennen, ist das Produkt unserer gesammelten Erfahrungen. Und deshalb sage ich: Ja, ich stütze mich bei meinen Beurteilungen ebenso auf mein Bauchgefühl wie auf formalisierte psychologische Verfahren.«

»Und haben Sie feststellen können, ob Mr. Brinkley gefährlich ist oder nicht?«

»Ich habe mit Mr. Brinkley gesprochen, bevor und nachdem er auf Risperdal gesetzt wurde, und meine Meinung ist, dass Mr. Brinkley bei entsprechender Medikation nicht gefährlich ist.«

Yuki legte beide Hände auf die Einfassung des Zeugenstands und sah Friedman in die Augen. Sie ignorierte alles und jeden um sich herum und sprach allein aus der Angst heraus, die sie jedes Mal empfand, wenn sie dieses Monster anschaute, das da neben Mickey Sherman saß.

»Dr. Friedman, Sie haben mit Mr. Brinkley hinter Gittern gesprochen. Stellen Sie Ihrem Bauchgefühl doch einmal diese Frage: Wäre Ihnen wohl dabei, wenn Sie mit Mr. Brinkley in einem Taxi nach Hause fahren müssten? Würden Sie sich sicher fühlen, wenn Sie mit ihm in seiner Wohnung zu Abend essen sollten? Oder allein mit ihm im Aufzug fahren?«

Mickey Sherman sprang auf: »Euer Ehren, ich erhebe Einspruch. Diese Fragen haben in einer Gerichtsverhandlung nichts verloren!«

»Stattgegeben«, brummte der Richter.

»Ich bin fertig mit diesem Zeugen, Euer Ehren«, sagte Yuki.

95

Um halb neun an diesem Montagmorgen nahm Miriam Devine den Stapel Post von der Ablage in der Diele und setzte sich damit in die Frühstücksecke.

Sie und ihr Mann waren erst am Abend zuvor von ihrer Mittelmeer-Kreuzfahrt zurückgekehrt, zehn traumhaften Tagen, unbehelligt von Telefon und Fernseher, Zeitungen und Rechnungen.

Liebend gerne hätte sie sich wenigstens noch für ein paar Tage die reale Welt vom Leib gehalten, sich dieses Urlaubsgefühl noch ein Weilchen bewahrt. Aber das war leider unmöglich.

Miriam setzte Kaffee auf, toastete zwei Zimtbrötchen aus dem Gefrierfach und nahm sich dann die Post vor. Die Werbung stapelte sie auf der rechten Seite des Küchentischs, die Rechnungen auf der linken und alles andere hinter ihrem Kaffeebecher.

Als sie den schlichten weißen Umschlag fand, der an die Tylers adressiert war, steckte sie ihn zuunterst in ihren »Sonstiges«-Stapel. Dann stellte sie weiter Schecks aus und sortierte Reklamesendungen aus, bis Jim zu ihr in die Küche kam.

Ihr Mann trank seinen Kaffee im Stehen und sagte: »Mensch, ich habe nicht die geringste Lust, ins Büro zu gehen. Es wird die Hölle – auch wenn keiner merkt, dass ich überhaupt da bin.«

»Ich mache uns Hackbraten zum Abendessen, Liebling. Den isst du doch so gern.«

»Okay. Wenigstens etwas, worauf ich mich freuen kann.«

Jim Devine verließ das Haus und zog die Tür hinter sich zu. Miriam erledigte die restliche Post, spülte das Geschirr ab und telefonierte mit ihrer Tochter, ehe sie ihre Nachbarin Elizabeth Tyler anrief.

»Liz, Liebes, Jim und ich sind gestern Abend zurückgekommen. Ich habe hier einen Brief für dich, der aus Versehen bei uns gelandet ist. Wie wär's, wenn ich schnell rüberkomme, dann können wir ein bisschen erzählen?«

96

Ich stand mit Conklin im Wohnzimmer der Tylers. Es war gerade einmal fünfzehn Minuten her, dass ihre Nachbarin Miriam Devine die handgeschriebene Nachricht von den Entführern vorbeigebracht hatte.

Sie hatte den Effekt einer emotionalen Atombombe auf Elizabeth Tyler, und mir ging es ähnlich.

Ich erinnerte mich, am Tag der Entführung auch bei den Devines geklingelt zu haben. Sie wohnten gleich nebenan, in einem cremefarbenen viktorianischen Haus mit Schindelverkleidung, fast identisch mit dem der Tylers. Ich hatte mit der Haushälterin der Devines gesprochen, einer gewissen Guadalupe Perez, die uns in gebrochenem Englisch erklärt hatte, dass die Hausherren verreist seien.

Vor neun Tagen hatte ich mir nicht vorstellen können, dass Guadalupe Perez einen Umschlag aufgehoben haben könnte, der unter der Tür durchgeschoben worden war, um ihn zu dem Stapel mit der übrigen Post der Devines zu legen.

Niemand hatte das wissen können, aber ich war trotzdem todunglücklich und fühlte mich irgendwie verantwortlich.

»Wie gut kennen Sie die Devines?«, fragte Conklin Henry Tyler, der aufgebracht im Zimmer auf und ab ging. Überall hingen oder standen Bilder von Madeline – Babyfotos, Familienporträts, Urlaubsschnappschüsse.

»Sie *waren* es nicht, okay? Die Devines haben es nicht getan!«, rief Tyler. »Madison ist *weg*!«, brüllte er und fasste sich mit beiden Händen an den Kopf. »Es ist zu *spät*!«

Ich senkte den Blick wieder auf das Sideboard und die Blockbuchstaben auf schlichtem weißem Briefpapier, die ich noch aus anderthalb Metern Entfernung lesen konnte.

WIR HABEN IHRE TOCHTER.

WENN SIE DIE POLIZEI EINSCHALTEN, STIRBT SIE.

WENN WIR MERKEN, DASS SIE UNS AUF DEN FERSEN SIND, STIRBT SIE.

IM AUGENBLICK IST MADISON WOHLAUF UND IN SICHERHEIT, UND SO WIRD ES BLEIBEN, SOLANGE SIE STILLHALTEN.

DIES IST DAS ERSTE FOTO. SIE WERDEN JEDES JAHR EIN NEUES FOTO VON MADISON BEKOMMEN. VIELLEICHT BEKOMMEN SIE AUCH EINEN ANRUF. VIELLEICHT KANN SIE SOGAR IRGENDWANN NACH HAUSE.

SEIEN SIE KLUG. HALTEN SIE STILL.

EINES TAGES WIRD MADISON ES IHNEN DANKEN.

Das Foto von Madison, das der Nachricht beigefügt war, war binnen einer Stunde nach Madisons Entführung mit einem handelsüblichen Drucker ausgedruckt worden. Das Mädchen sah sauber aus und schien unverletzt; sie trug ihren blauen Mantel und die roten Schuhe.

»Konnte er *wissen*, dass wir die Nachricht nicht bekommen hatten? Konnte er *wissen*, dass wir nicht die Absicht hatten, uns über seine Anweisungen hinwegzusetzen?«

»Ich weiß es einfach nicht, Mr. Tyler, und ich kann auch nicht darüber spekulieren …«

Elizabeth Tyler schnitt mir das Wort ab. Die Sehnen an ihrem Hals traten hervor, als sie mit gepresster Stimme hervorstieß: »Madison ist das klügste, fröhlichste kleine Mädchen, das man sich vorstellen kann. Sie singt. Sie spielt Klavier. Sie hat ein ganz bezauberndes Lachen.

Ist sie vergewaltigt worden? Ist sie in irgendeinem Keller an ein Bett gekettet? Ist sie hungrig, friert sie? Ist sie verletzt? Hat sie Angst? Ruft sie nach uns? Fragt sie sich, warum wir sie nicht holen kommen? Oder kann das alles ihr nichts mehr anhaben, weil Gott sie schon zu sich genommen hat?

Das ist alles, woran wir denken können, Officers.

Wir müssen wissen, was mit unserer Tochter passiert ist. Sie müssen mehr tun, als Sie je für möglich gehalten hätten«, beschwor Elizabeth Tyler mich. »Sie müssen uns Madison zurückbringen.«

97

Eine Plastikhülle mit der Botschaft der Entführer lag so auf meinem Schreibtisch, dass Conklin und ich sie beide lesen konnten.

WENN SIE DIE POLIZEI EINSCHALTEN, STIRBT SIE.
WENN WIR MERKEN, DASS SIE UNS AUF DEN FERSEN SIND, STIRBT SIE.

Wir waren immer noch erschüttert von diesen Worten, wurden das scheußliche Gefühl nicht los, dass wir durch unsere Ermittlungen im Fall Ricci-Tyler Madisons Tod erst herbeigeführt hatten.

Als Dave Stanford gegen Mittag eintraf, übergaben wir die Botschaft der Kidnapper dem FBI. Jacobi bestellte Pizza für alle, dann holte Conklin einen Stuhl für Stanford, und wir gewährten ihm Einblick in unsere Akten.

Eine Stunde später hatten wir immer noch nicht mehr als diese eine heiße Spur: *Die Whittens in Boston und die Tylers in Pacific Heights waren beide Kunden der Westwood-Agentur.*

Wir teilten die Namen der Kunden, die Mary Jordan aus dem Register kopiert hatte, unter uns auf und hängten uns ans Telefon. Der Pizzakarton war leer, als wir sie alle durchhatten und uns auf den Weg machten.

Conklin und Macklin fuhren bei Stanford mit. Und Jacobi und ich bildeten das zweite Team – nach langer Zeit wieder mal Partner für einen Tag.

Es war ein gutes Gefühl, Jacobis zerknautschtes Gesicht und seine etwas fülliger gewordene Gestalt neben mir auf dem Fahrersitz zu sehen.

»Entschuldige die Bemerkung, aber du siehst aus, als hätten sie dich kielgeholt«, sagte er.

»Dieser gottverdammte Fall macht mich noch *krank*. Aber da du es schon ansprichst, Jacobi – ich frage mich, ob du jemals auf die Idee gekommen bist, dass du vielleicht lügen könntest, wenn du findest, dass ich scheiße aussehe.«

»Nicht dass ich wüsste, nein.«

»Ich glaube, das ist eine der Eigenschaften, die ich an dir so mag.«

»Ach, nun werd mal nicht sentimental.« Er grinste, bog scharf rechts in die Lombard ein und parkte den Wagen.

In den nächsten fünf Stunden machten wir vier Kunden der Westwood-Agentur samt ihrer Kindermädchen ausfindig und befragten sie. Als wir uns wieder mit Macklin und den anderen im Präsidium trafen, ließ die Sonne die Wolken am westlichen Himmel schon wie rosa Zuckerwatte schimmern.

Es war eine kurze Besprechung, denn die ganze Ausbeute unserer insgesamt fünfundzwanzig Arbeitsstunden war einhelliges Lob von allen Seiten für die Westwood-Agentur und ihre importierten Fünf-Sterne-Kindermädchen.

Gegen sieben Uhr abends einigten wir uns darauf, dass wir am Morgen weitermachen würden. Ich überquerte die Bryant, ging zum Parkplatz, um meinen Wagen zu holen, und machte mich auf den Weg zum Potrero Hill.

Überall in der Stadt flammten die Straßenlaternen auf, als ich vor meinem trauten Heim parkte.

Ich hatte die Hand am Türgriff, als ein Schatten sich vor das Beifahrerfenster schob. Mein Herz pochte, während ich den Kopf drehte und eine dunkle Gestalt auf mich zukommen sah. Es dauerte ein paar Sekunden, bis mein Gehirn registrierte, was ich da sah. Und selbst dann traute ich meinen Augen noch nicht.

Es war Joe.

98

Es war Joe. *Es war Joe.*

Auf der ganzen Welt gab es keinen Menschen, den ich lieber gesehen hätte.

»Wie oft habe ich dir schon gesagt…«, begann ich mit klopfendem Herzen, während ich auf der Straßenseite ausstieg und die Autotür zuschlug.

»Dass man sich nicht an bewaffnete Polizisten anschleichen soll?«

»Genau. Hast du vielleicht was gegen Telefone? Ist das eine Phobie oder so?«

Joe grinste mich schuldbewusst an. »Nicht mal ein ›Hallo‹? Du bist ganz schön tough, Blondie.«

»Findest du?«

Aber ich fühlte mich nicht tough. Ich fühlte mich ausgelaugt, verletzlich, den Tränen nahe – doch ich war fest entschlossen, mir nichts davon anmerken zu lassen. Ich setzte eine finstere Miene auf und trommelte mit den Fingern auf dem Autodach herum, konnte aber nicht umhin zu bemerken, wie fantastisch Joe aussah.

»Tut mir leid. Ich dachte mir, ich riskier's einfach mal«, sagte er mit seinem unwiderstehlichen Lächeln. »Ich habe ganz einfach gehofft, dich zu sehen. Also, wie geht's dir denn so?«

»Super, danke«, log ich. »Viel zu tun, wie immer.«

»Klar, ich weiß. Du bist schließlich in allen Zeitungen, Wonderwoman.«

»Na ja, wäre wohl eher ein Wunder, wenn ich jemals einen Fall aufklären würde«, sagte ich und musste unwillkürlich lachen. »Und du?«, fragte ich. Schon fühlte ich mich wieder mit jeder Faser zu Joe hingezogen. Ich stellte das Trommeln ein und neigte den Oberkörper ein wenig in seine Richtung. »Wie läuft's bei dir so?«

»Ich war auch ziemlich beschäftigt.«

»Tja, dann hatten wir wohl beide kaum Gelegenheit, irgendwelche Dummheiten zu machen.« Ich schloss den Wagen ab, trat aber immer noch keinen Schritt auf ihn zu. Es war mir gerade recht, dass dieser große Haufen Metall zwischen uns stand. Mein Explorer als Anstandswauwau, der mir eine Chance gab, mir zu überlegen, was ich mit Joe anstellen sollte.

Joe grinste und meinte: »Ja, sicher, aber was ich *eigentlich* sagen wollte, ist, dass ich damit beschäftigt war, mein Leben neu zu organisieren.«

Was war das? Was hatte er da gerade gesagt?

Mein Herz machte einen Satz, und meine Knie drohten nachzugeben. Plötzlich ging mir ein Licht auf: Joe sah deshalb so gut aus und hörte sich so gut an, weil er sich in eine andere Frau verliebt hatte. Er war nur gekommen, weil er es mir nicht am Telefon beibringen konnte.

»Ich wollte dich eigentlich erst anrufen, wenn alles endgültig geklärt ist«, sagte er, und seine Worte rissen mich ins Hier und Jetzt zurück, »aber es dauert einfach so verdammt lange, bis der Antrag durch alle Instanzen durch ist.«

»*Wovon redest du eigentlich*?«

»Ich habe meine Versetzung nach San Francisco beantragt.«

Erleichterung durchflutete mich. Ich starrte Joe an, und meine Augen füllten sich mit Tränen. Ohne dass ich irgendetwas dagegen tun konnte, bestürmten mich tausend Bilder aus den Monaten unserer fantastischen Fern-Romanze. Aber es waren nicht die romantischen Momente, an die ich mich am deutlichsten erinnerte. Es waren die ganz alltäglichen Szenen – Joe, wie er singend unter der Dusche stand, während ich heimlich im Spiegel seine Geheimratsecken betrachtete. Oder die Art, wie er sich beim Frühstück über seine Müslischüssel beugte, als ob er fürchtete, dass jemand sie ihm wegnehmen könnte – weil er schließlich in einem Haus mit sechs Geschwistern aufgewachsen war, wo niemand einen Exklusivanspruch auf irgendetwas hatte. Ich musste daran denken, dass Joe der einzige Mensch in meinem Leben war, bei dem ich einfach sagen konnte, was mich beschäftigte, und der nicht von mir erwartete, dass ich immer stark war. Und – na ja, okay, was mir auch durch den Kopf schoss, war die Art, wie er beim Sex meinen Körper bearbeitete, bis ich mich ganz leicht und schwerelos fühlte, und dieses Gefühl absoluter Geborgenheit, wenn ich in seinen Armen einschlief.

»Man hat es mir zugesichert, aber noch habe ich nichts Konkretes in der Hand …« Er verstummte und heftete die Augen auf mich. »Mein Gott, Lindsay«, sagte er, »du weißt ja gar nicht, wie sehr du mir gefehlt hast.«

Der Wind, der von der Bucht her wehte, trocknete die Tränen auf meinen Wangen, und ich empfand nur noch Dankbarkeit für das unerwartete Geschenk seines Besuchs – und Vorfreude auf den Abend mit ihm. Ich hatte noch eine ungeöffnete Flasche Courvoisier in meiner Hausbar. Und Massageöl im Nachtschränkchen … Ich dachte daran, wie köstlich kühl die Luft war, und wie heiß uns oft wurde, wenn wir einfach nur nebeneinanderlagen, auch wenn wir uns noch gar nicht berührt hatten.

»Warum kommst du nicht einfach mit rauf?«, sagte ich schließlich. »Wir müssen uns doch nicht auf der Straße unterhalten.«

Ein Schatten huschte über seine Züge, als er auf mich zukam und sanft, aber entschlossen seine großen Hände um meine Schultern legte.

»Ich würde ja gerne reinkommen«, sagte er, »aber dann verpasse ich meinen Flug. Ich musste es dir einfach sagen. Bitte, gib mich noch nicht auf.«

Joe schlang die Arme um mich und zog mich an sich. Instinktiv spannte ich mich an, verschränkte die Arme vor der Brust und senkte das Kinn.

Ich wollte ihm nicht ins Gesicht sehen. Wollte mich nicht bezirzen oder umstimmen lassen, denn in diesen drei Minuten hatte ich wieder mal die komplette Joe-Molinari-Achterbahnfahrt absolviert.

Erst vor gut einer Woche hatte ich all meine Willenskraft zusammengenommen, um mich von ihm loszureißen, weil ich diesen verdammten Zaubertrick endgültig sattgehabt hatte – gerade noch ist er *da*, und im nächsten Moment – *Abrakadabra!* – ist er *weg*.

Nichts hatte sich geändert!

Ich kochte vor Wut. Und ich konnte nicht zulassen, dass Joe meinen Widerstand überwand, nur um mich gleich wieder im Stich zu lassen. Ich sah ihm noch ein letztes Mal in die Augen und stieß mich von ihm ab.

»Es tut mir leid. Einen Moment lang hatte ich dich für jemand anderen gehalten. Du solltest jetzt besser gehen«, stieß ich hervor. »Guten Flug.«

Er rief meinen Namen, als ich, so schnell ich konnte, die Stufen zu meiner Haustür hinauflief. Ich steckte den Schlüssel ins Schloss und drehte den Knauf, alles in einer Bewegung. Dann knallte ich die Tür hinter mir zu und stürmte gleich weiter die Treppe hinauf. Doch als ich in meiner Wohnung war, musste ich gleich zum Fenster gehen.

Ich schob den Vorhang zur Seite – und sah gerade noch Joes Wagen davonfahren.

99

Mein Telefon begann zu läuten, noch ehe ich den Vorhang wieder losgelassen hatte. Ich wusste, dass es Joe war, der vom Wagen aus anrief, und ich hatte ihm nichts zu sagen. Ich duschte lange und ausgiebig, fünfzehn oder zwanzig Minuten unter dem heißen Wasserstrahl.

Als ich aus dem Bad kam, läutete das Telefon schon wieder. Ich ignorierte es auch diesmal, genau wie die hektisch blinkende Anzeige meines Anrufbeantworters und den blechernen Klingelton des Handys, das mich aus meiner Jackentasche heraus anfunkte.

Ich schob mein Abendessen in die Mikrowelle. Dann machte ich den Courvoisier auf und schenkte mir ein Wasserglas voll ein. In diesem Moment setzte wieder das nervige Gedudel des Handys ein.

Ich fischte es aus der Jackentasche und knurrte: »Boxer.« Fast wäre mir auch noch ein »Lass mich in Ruhe, Joe, okay?« herausgerutscht, und als ich die Stimme meines Partners erkannte, war ich unerklärlicherweise enttäuscht.

»Was muss man denn eigentlich anstellen, damit du ans Telefon gehst, Lindsay?«, schimpfte Rich. Er war sauer auf mich, aber das war mir egal.

»Ich war unter der *Dusche*«, sagte ich. »Soviel ich weiß, ist das noch nicht verboten. Was gibt's?«

»Es hat schon wieder einen Überfall im Blakely Arms gegeben.«

Mir blieb die Luft weg.

»Einen Mord?«

»Das sag ich dir, wenn ich dort bin. Ich bin gerade ganz in der Nähe.«

»Lass das Gebäude absperren. Sämtliche Ausgänge«, sagte ich. »Niemand darf raus.«

»Wird gemacht, Sergeant.«

In diesem Moment fiel mir das Laufband-Opfer ein. *Wie hatte ich den Mann bloß vergessen können?*

»Rich, wir haben vergessen, uns nach Ben Wyatt zu erkundigen.«

»Nein, haben wir nicht.«

»Du hast im Krankenhaus angerufen?«

»Hab ich.«

»Ist Wyatt bei Bewusstsein?«

»Er ist vor zwei Stunden gestorben.«

Ich sagte Rich, dass wir uns am Tatort sehen würden, und rief Cindy an – aber sie ging nicht dran. Ich klappte das Handy zu und knallte es auf den Küchentisch, um es nicht aus dem Fenster zu feuern. Die Mikrowelle machte fünfmal *Ping*, um mir mitzuteilen, dass mein Essen fertig war.

»Ich werd noch *wahnsinnig*!«, schrie ich den Timer an. »Ich dreh echt gleich *durch*!«

Ach, scheiß drauf! Ich ließ den Cognac unberührt auf der Anrichte und das Essen in der Mikrowelle stehen, zog mich rasch an, schnallte mein Holster um und schlüpfte in meinen Blazer. Dann versuchte ich es noch einmal bei Cindy, bekam sie dran und sagte ihr, was passiert war.

Anschließend machte ich mich auf den Weg zur Ecke Townsend und 3rd Street.

Als ich auf den Eingang des Blakely Arms zuging, führte ich im Kopf schon meine nächste Diskussion mit Cindy. Und ich würde keinen ihrer albernen Einwände gelten lassen.

Sie würde zu mir ziehen, bis sie eine neue Wohnung gefunden hatte, wo sie sicher war.

100

Cindy wartete am Eingang des Blakely Arms auf mich. Ihre blonden Strähnchen standen wirr zu Berge, und ihr Lippenstift sah aus wie *abgekaut.*

»Mein Gott«, sagte sie. »Schon wieder? Ist es wirklich schon wieder passiert?«

»Cindy«, sagte ich, als wir die Eingangshalle betraten, »wird im Haus geredet? Machen irgendwelche Gerüchte die Runde? Zeigen die Leute mit dem Finger auf irgendwen?«

»Das Einzige, was ich gehört habe, ist das hässliche Geräusch, wenn den Leuten die Nerven reißen.«

Wir nahmen den Aufzug, und dann stand ich wieder vor einer Wohnung in diesem Horrorhaus, in der es von uniformierten Cops wimmelte.

Conklin begrüßte Cindy mit einem Nicken und machte mich dann mit Aiden Blaustein bekannt, einem hoch aufgeschossenen weißen Burschen von zweiundzwanzig Jahren, der komplett Schwarz in Schwarz daherkam – zerrissene Jeans, Myst-T-Shirt, Weste und geflickte Jacke. Selbst sein Haar war schwarz, im Nacken rasiert, vorn so lang, dass ihm der Pony über die panikgeweiteten Augen fiel.

»Mr. Blaustein ist das Opfer«, erklärte Conklin.

Ich hörte Cindy sagen: »Cindy Thomas von der *Chronicle.* Wären Sie so nett, mir Ihren Namen zu buchstabieren?«

Ich atmete erleichtert auf. Der Junge war unverletzt, hatte aber offensichtlich einen gewaltigen Schrecken abbekommen.

»Können Sie mir sagen, was passiert ist?«, fragte ich ihn.

»Scheiße, wenn ich das bloß wüsste! Ich bin so um fünf aus dem Haus, um mir ’n Sixpack Bier zu besorgen, und hab zufällig ’ne alte Freundin getroffen. Wir sind zusammen was essen gegangen, und als ich zurückkam, war meine Wohnung total *verwüstet*!«

Conklin stieß Blausteins Wohnungstür auf, und ich betrat das Einzimmerappartement, dicht gefolgt von Cindy.

»Bleib in meiner Nähe…«, begann ich.

»…und fass nichts an«, vollendete Cindy den Satz.

Die Wohnung sah aus wie ein Elektronik-Fachgeschäft, in dem ein Rhinozeros auf Crack gewütet hatte. Auf die Schnelle zählte ich einen Computer, drei Monitore, eine Stereoanlage und einen Plasmafernseher mit 42-Zoll-Bildschirm, der in Scherben lag. Nicht gestohlen – zerstört! Auch der Schreibtisch war ramponiert, wahrscheinlich ein Kollateralschaden.

»Ich hab Jahre gebraucht, bis ich alles so beisammen hatte, wie ich's mir vorstelle«, klagte Blaustein.

»Was machen Sie beruflich?«, fragte Cindy.

»Ich entwerfe Websites und Spiele. Für diese Sachen hab ich schätzungsweise fünfundzwanzigtausend hingelegt.«

»Mr. Blaustein«, sagte ich, »als Sie aus dem Haus gingen, haben Sie da Ihre Wohnungstür offen gelassen?«

»Ich lasse nie die Tür offen.«

»Mr. Blaustein hat die Musik angelassen, als er die Wohnung verließ«, sagte Rich. Sein Ton war neutral, aber er sah mich nicht an.

»Hat sich irgendjemand über die Musik beschwert?«, fragte ich Blaustein.

»Sie meinen heute?«

»Ich meine überhaupt.«

»Ich habe fiese Anrufe von *einer* Person gekriegt.«

»Und wer war das?«

»Sie meinen, ob er mir seinen Namen gesagt hat? Er hat ja nicht mal Hallo gesagt. ›Wenn Sie den Mist nicht abstellen, bring ich Sie um‹ – das war seine Begrüßung, als er das erste Mal angerufen hat. Das geht jetzt schon eine ganze Zeit lang so – ein-, zweimal die Woche fetzen wir uns am Telefon. Und immer verflucht der Typ mich. Verflucht meine Kinder.«

»Sie haben Kinder?«, fragte ich. Ich konnte es mir nicht so recht vorstellen.

»Nein. Er hat die Kinder verflucht, die ich vielleicht mal haben werde.«

»Und was haben Sie getan?«

»Ich? Ich kenne Schimpfwörter, die der Typ noch nie im Leben gehört hat. Ich meine, ich hätte die Stimme von dem Kerl sicher erkannt, wenn ich sie schon mal gehört hätte. Meine Ohren sind echt Spitze, ich sag's Ihnen, die sollten bei Lloyds versichert sein. Aber ich kenne ihn nicht. Und ich kenne alle, die hier wohnen. Ich kenne sogar *sie* hier«, sagte er und deutete auf Cindy. »Dritter Stock, stimmt's?«

»Und Sie sagen, es hat sich noch niemand sonst im Haus über Ihre Musikanlage beschwert?«

»Nein, weil ich erstens nur tagsüber arbeite, und zweitens darf man hier bis elf Uhr abends Musik hören. Und drittens mach ich die Musik auch gar nicht laut.«

Ich seufzte, nahm mein Handy vom Gürtel und rief die Kriminaltechnik an, wo ich den Leiter der Nachtschicht an den Apparat bekam. Ich sagte ihm, dass wir ihn hier brauchten.

»Haben Sie jemanden, bei dem Sie heute Nacht unterkommen können?«, fragte Rich Blaustein.

»Glaub schon.«

»Gut, denn hier können Sie nicht bleiben. Ihre Wohnung ist bis auf Weiteres ein Tatort.«

Blaustein blickte sich in den Trümmern seiner Wohnungseinrichtung um, und sein jugendliches Gesicht wurde immer länger, während er die Verwüstung katalogisierte. »Hier würde ich heute Nacht nicht mal für viel Geld bleiben.«

101

Während der Aufzugsfahrt nach unten setzten Cindy, Rich und ich die Puzzleteile zusammen.

»Die Hunde, das Klavier, das Laufband…«, sagte Rich.

»Die Wohnung des Webmasters…«, fügte Cindy hinzu.

»Es ist immer dasselbe«, fasste ich zusammen. »*Es ist der Lärm.*«

»Bingo«, pflichtete Rich mir bei. »Wer immer dieser Irre ist, auf Lärm reagiert er ein bisschen gewalttätig.«

»Rich«, sagte ich, »es tut mir leid, dass ich dich vorhin angeschnauzt habe. Ich hatte einen schlechten Tag.«

»Vergiss es, Lindsay. Jetzt lösen wir erst mal diesen Fall, und dann geht's uns beiden schon viel besser.«

Die Aufzugstüren glitten auf, und wir traten hinaus in die Eingangshalle, in der sich in diesem Moment rund zweihundert total verängstigte Mieter drängten. Es gab nur noch Stehplätze.

Cindy hatte schon ihr Notizbuch gezückt und hielt direkt auf die Vorsitzende des Mieterbeirats zu, während ich Conklin folgte, der seinen Körper als Pflug benutzte und uns eine Schneise bis zum Empfangstresen bahnte.

Jemand rief »*Ruhe!*«, und als das Geraune sich gelegt hatte, sagte ich: »Ich bin Sergeant Boxer. Ich muss Ihnen nicht erzählen, dass es in diesem Gebäude eine Serie beunruhigender Zwischenfälle gegeben hat…«

Dann musste ich erst einmal warten, bis die Zwischenrufe über die Untätigkeit der Polizei verstummt waren, ehe ich ankündigte, dass wir alle Bewohner noch einmal vernehmen würden und dass niemand ohne unser Okay das Gebäude verlassen dürfe.

Ein grauhaariger Mann in den Sechzigern hob die Hand und stellte sich als Andy Durbridge vor.

»Sergeant, ich habe vielleicht brauchbare Informationen. Ich habe heute Nachmittag in der Waschküche einen Mann angetroffen, den ich hier noch nie vorher gesehen hatte. Und er hatte Kratzer am Arm, die wie Bissspuren von einem Hund aussahen.«

»Können Sie den Mann beschreiben?«, fragte ich. Eine neue Art von innerer Anspannung erfasste mich – die positive Sorte.

»Er war knapp eins siebzig groß, muskulös, mit braunen, ziemlich schütteren Haaren, schätzungsweise Mitte dreißig. Ich habe mich schon umgeschaut, und ich kann ihn hier nirgends sehen.«

»Danke, Mr. Durbridge«, sagte ich. »Kann irgendjemand von den Anwesenden *einen Namen* mit dieser Beschreibung verbinden?«

Eine zierliche junge Frau mit karamellfarbenen Korkenzieherlocken schob sich durch die Menge, bis sie vor mir stand.

Ihre Augen waren riesig, ihre Haut unnatürlich blass – irgendetwas ängstigte sie fast zu Tode.

»Ich heiße Portia Fox«, sagte sie mit zitternder Stimme. »Sergeant, kann ich Sie unter vier Augen sprechen?«

102

Ich ging mit Portia Fox vor die Tür des Blakely Arms.

»Ich glaube, ich kenne den Mann, den Mr. Durbridge beschrieben hat«, vertraute Ms. Fox mir an. »Es klang ganz nach dem Typ, der tagsüber in meiner Wohnung wohnt.«

»Ihr Mitbewohner?«

»Nicht offiziell«, antwortete die Frau und blickte sich nervös um. »Er hat mein *Esszimmer* gemietet. Ich arbeite tagsüber, er nachts. Es ist so eine Art Schichtwechsel, verstehen Sie?«

»Es ist *Ihre* Wohnung, und dieser Mann ist Ihr Untermieter, verstehe ich Sie da richtig?«

Sie nickte.

»Wie heißt der Mann?«

»Garry Tenning, Garry mit zwei R. So steht es jedenfalls auf seinen Schecks.«

»Und wo ist Mr. Tenning jetzt?«, fragte ich.

»Auf der Arbeit – er hat einen Job bei einer Baufirma.«

»Er arbeitet auf dem Bau – in der Nacht?«, fragte ich. »Haben Sie seine Handynummer?«

»Nein. Ich hatte ihn ungefähr ein Jahr lang jeden Tag gegenüber im Starbucks gesehen. Manchmal haben wir ein paar Worte gewechselt oder uns eine Zeitung geteilt. Er schien mir ganz nett, und als er mich fragte, ob ich eine billige Wohnung wüsste… na ja, ich brauchte das Geld.«

Dieses *Kind* hatte einen Wildfremden in ihre Wohnung gelassen. Ich hätte sie am liebsten gepackt und geschüttelt und sie bei ihrer Mutter verpfiffen. Stattdessen fragte ich: »Wann erwarten Sie Mr. Tenning zurück?«

»Gegen halb neun morgen früh. Wie gesagt, ich bin eigentlich immer schon in der Arbeit, wenn er nach Hause kommt, und seit ich im Büro eine Kaffeemaschine habe, gehe ich auch nicht mehr ins Starbucks.«

»Wir werden Ihre Wohnung durchsuchen müssen.«

»Unbedingt«, erwiderte sie. Sie fischte einen Schlüssel aus ihrer Handtasche und drückte ihn mir in die Hand. »Ich bitte Sie sogar darum. Mein Gott, allein die Vorstellung, dass ich meine Wohnung mit einem Mörder teile!«

103

»Genau wie meine«, bemerkte Cindy, als wir Portia Fox' Wohnung betraten. Durch die Wohnungstür gelangte man in ein großes Wohnzimmer mit Fenster zur Straße – geräumig, sonnig, modern und zweckmäßig eingerichtet.

Das Wohnzimmer ging in eine kleine Küchenzeile über, doch anders als bei Cindy war hier das Esszimmer mit einer Wand aus Gipskartonplatten abgeteilt, in die eine Tür aus Sperrholz eingelassen war.

»Da drin wohnt er«, erklärte Ms. Fox.

»Hat sein Zimmer Fenster?«, fragte ich.

»Nein, er mag es so. Das war sogar ausschlaggebend für ihn.«

Es war zu dumm, dass das Esszimmer abgeteilt war, denn nun mussten wir entweder Tennings Einverständnis einholen, um es zu betreten, oder uns einen Durchsuchungsbeschluss besorgen. Zwar hatte Tenning keinen Mietvertrag mit Fox, aber er zahlte ihr Miete, und damit war seine Wohnung durch das Gesetz geschützt.

Ich legte die Hand auf den Türknauf von Tennings Zimmer in der Hoffnung, dass er sich vielleicht drehen ließe, war aber nicht sonderlich überrascht, als ich die Tür verschlossen fand.

»Haben Sie eine Freundin, bei der Sie heute übernachten können?«, fragte ich Ms. Fox.

Dann postierte ich einen Streifenpolizisten vor der Wohnungstür, während Portia ein paar Sachen einpackte.

Ich gab Cindy meine Schlüssel und sagte ihr, sie solle in meine Wohnung gehen. Sie protestierte nicht einmal.

Anschließend brachten Rich und ich noch einmal zwei Stunden damit zu, die Mieter im Blakely Arms zu befragen. Gegen zweiundzwanzig Uhr waren wir zurück im Präsidium.

Schon bei Tag war der Bereitschaftsraum einigermaßen trostlos, aber nachts, wenn die Neonröhren alles in ein kaltes weißes Licht tauchten, war es noch schlimmer. Es roch nach irgendwelchem Essen, das im Lauf des Tages in den Abfalleimern entsorgt worden war.

Ich warf einen Becher mit kaltem Kaffee in den Müll und schaltete meinen Computer an, während Rich an seinem Schreibtisch das Gleiche tat. Als ich die Datenbank aufrief, machte ich mich auf eine lange Recherche zu Garry Tennings Vergangenheit gefasst, aber schon nach wenigen Minuten hatte ich alles, was wir brauchten, auf dem Bildschirm.

Es lag ein offener Haftbefehl gegen Tenning vor. Zwar ging es nur um Peanuts – Nichterscheinen bei Gericht in einem Verkehrsdelikt –, aber jeder Haftbefehl war gut genug, um ihn einzukassieren.

Und es gab noch mehr.

»Garry Tenning ist als Wachmann bei Conco Construction angestellt«, sagte Rich. »Er könnte an irgendeiner von hundert Baustellen eingesetzt sein. Wir werden ihn nicht ausfindig machen können, bevor das Büro von Conco morgen früh aufmacht.«

»Hat er einen Waffenschein?«, fragte ich.

Richs Finger klapperten auf der Tastatur.

»Hat er. Und gültig ist er auch.«

Garry Tenning besaß eine Schusswaffe.

104

Am nächsten Morgen zogen dicke graue Wolken über San Francisco hinweg und überschütteten die Stadt mit sintflutartigen Regenfällen.

Conklin parkte unseren Einsatzwagen in einem Baustellenbereich auf der Townsend vor Block 2 des Beacon. Im Erdgeschoss dieses Wohnhochhauses waren verschiedene Geschäfte untergebracht, auch das Starbucks-Café, in dem Tenning und Fox sich kennengelernt hatten.

An einem wolkenlosen Tag hätten wir von unserem Standort aus beide Eingangstüren des Blakely Arms gut im Blick gehabt, auch den schmalen Fußweg, der von der Townsend Street an der Ostseite des Gebäudes entlang zum Hof und zum Hintereingang führte.

Aber bei dem Dauerregen konnten wir durch die Frontscheibe so gut wie nichts erkennen.

Inspector Chi und sein Partner McNeil waren im Wagen hinter uns und mühten sich wie wir, in dem Wolkenbruch etwas zu erkennen. Wir suchten die Umgebung nach einem circa eins siebzig großen Weißen mit braunen Haaren ab, der möglicherweise eine Uniform trug und wahrscheinlich mit einem Colt bewaffnet war.

Falls er seine Gewohnheiten nicht plötzlich geändert hatte, würde Tenning sich im Starbucks einen Kaffee holen, dann die Townsend überqueren und irgendwann zwischen halb neun und neun »zu Hause« ankommen.

Wir vermuteten, dass Tenning den Fußweg zum Hintereingang nehmen würde, für den er einen Schlüssel besaß, um dann über die Feuertreppe in den fünften Stock zu gelangen, weil er nicht von den anderen Mietern gesehen werden wollte.

Durch die regentrübe Scheibe beobachtete ich, wie Passanten in Trenchcoats, die Gesichter unter schwarzen Schirmen verborgen, in der Drogerie einkauften, ihre Wäsche in der Reinigung abgaben oder zur U-Bahn eilten.

Rich und ich litten beide unter bedenklichem Schlafmangel, und als dann ein Mann, auf den Tennings Beschreibung passte, ohne Kaffeebecher in der Hand die Townsend überquerte, war ich mir nicht sicher, ob es sich wirklich um unseren Verdächtigen handelte oder ob ich mir nur wünschte – *inständig* wünschte –, dass er es war.

»Der Typ mit der grauen Windjacke und dem schwarzen Schirm«, sagte ich.

Eine Ampel sprang auf Grün, und eine Autokolonne verdeckte uns gerade so lange die Sicht, bis der Verdächtige in dem Knäuel von Passanten auf der anderen Straßenseite untergetaucht war. Ich konnte nicht ausschließen, dass er den Fußweg zum Hintereingang des Blakely Arms genommen hatte.

»Ja. Ja, ich glaube, du hast recht«, sagte Conklin.

Ich funkte Chi an und kündigte an, dass wir zugreifen würden. Wir ließen ein paar Minuten verstreichen, dann klappten Conklin und ich die Kragen hoch und steuerten auf den Vordereingang des Blakely Arms zu.

Wir fuhren mit dem Aufzug in den fünften Stock. Mit Portia Fox' Schlüssel schloss ich ihre Wohnungstür auf, ohne sie zu öffnen.

Ich zog meine Waffe.

Sobald Chi und McNeil da waren, öffnete Conklin die Tür von Fox' Wohnung. Zu viert schlichen wir uns hinein und überprüften zuerst die anderen Räume, ehe wir uns Tennings Zimmer näherten.

Ich legte ein Ohr an die dünne Tür und hörte, wie eine Schublade aufgezogen wurde, hörte erst einen, dann einen zweiten Schuh auf die blanken Dielen fallen.

Ich nickte Conklin zu, der darauf an Tennings Tür klopfte.

»San Francisco Police Department, Mr. Tenning. Wir haben einen Haftbefehl gegen Sie.«

»*Machen Sie, dass Sie hier verschwinden!*«, gab eine wütende Stimme zurück. »Sie haben gar keinen Haftbefehl. Ich kenne meine Rechte.«

»Mr. Tenning, Sie haben Ihren Wagen in einer Feuerwehrzufahrt geparkt, schon vergessen? Am 15. August letzten Jahres. Sie sind nicht zum Gerichtstermin erschienen.«

»Und *deswegen* wollen Sie mich verhaften?«

»Machen Sie auf, Mr. Tenning.«

Der Türknauf drehte sich, und die Tür ging mit leisem Quietschen auf. Tennings Gesichtsausdruck schlug von Verärgerung in Wut um, als er unsere Waffen sah, die auf seine Brust gerichtet waren.

Er knallte uns die Tür vor der Nase zu.

»*Tritt sie ein!*«, sagte ich.

Conklin trat zweimal an eine Stelle neben dem Schloss. Die Tür splitterte und sprang auf.

Wir gingen links und rechts des Türrahmens in Deckung, aber vorher erhaschte ich noch einen Blick auf Tenning, der in drei Metern Entfernung mit dem Rücken zur Wand stand.

Er hielt einen .38er Colt in beiden Händen und zielte auf uns.

»Sie nehmen mich *nicht* mit«, sagte er. »Ich bin zu müde, und ich packe das jetzt einfach nicht.«

105

Mein Puls schoss in die Höhe, und unter der Bluse rann mir der Schweiß herab. Ich schwang auf dem rechten Fuß herum, sodass ich mitten in der offenen Tür stand. Die Glock auf Tenning gerichtet, baute ich mich breitbeinig auf.

Obwohl ich eine schusssichere Weste trug, hätte er leicht einen Kopfschuss anbringen können. Und der papierdünne Gipskarton würde mein Team nicht schützen.

»Waffe fallen lassen, Sie Schwein!«, rief ich. »Sonst haben Sie ein Loch in der Brust, ehe Sie bis drei zählen können!«

»Vier bewaffnete Cops wegen eines Verkehrsdelikts? Das ist ja ein Witz! Halten Sie mich vielleicht für blöde?«

»Sie *sind* blöde, Tenning, wenn Sie wegen einer Fünfundvierzig-Dollar-Verwarnung sterben wollen.«

Tennings Augen zuckten von meiner Waffe zu den drei anderen Mündungen, die auf ihn gerichtet waren. »Mann, ihr geht mir echt auf die Eier«, brummte er.

Mit einem dumpfen Schlag landete seine Waffe auf den Dielen.

Sofort stürmten wir den kleinen Raum. Ein Stuhl kippte um, und eine Schreibtischplatte knallte auf den Boden.

Ich kickte Tennings Waffe Richtung Tür, während Conklin den Mann herumriss, ihn gegen die Wand stieß und ihm Handschellen anlegte.

»Ich verhafte Sie wegen Nichterscheinens vor Gericht«, stieß Conklin keuchend hervor, »und wegen Behinderung der Polizeiarbeit.«

Ich belehrte Tenning über seine Rechte. Meine Stimme war rau vom Stress – und weil mir plötzlich bewusst wurde, was ich getan hatte.

»Gute Arbeit, Leute«, sagte ich. Ich war davor umzukippen.

»Alles okay, Lindsay?«, fragte McNeil und legte mir seine kräftige Pranke auf die Schulter.

»Klar. Danke, Cappy«, erwiderte ich. Ich musste daran denken, wie leicht diese Verhaftung in einem Blutbad hätte enden können – und noch hatten wir nichts gegen Tenning in der Hand außer einem Verkehrsdelikt.

Ich sah mich in seinem Zimmer um, einem Kabuff von drei mal vier Metern mit einem Einzelbett, einer kleinen Kiefernholzkommode und zwei Aktenschränken, die als Stützen für seine Schreibtischplatte gedient hatten. Die lag jetzt auf dem Boden, zusammen mit einem Computer und einem Haufen verstreuter Papiere.

Und noch etwas war bei dem Handgemenge nicht an seinem Platz geblieben: Ein Rohr war unter dem Bett hervorgerollt.

Es war ungefähr vier Zentimeter im Durchmesser und fünfundvierzig Zentimeter lang, und an einem Ende war ein Kugelgelenk angeschraubt.

Zusammengesetzt ergaben die beiden Teile so etwas wie eine Keule.

Ich beugte mich herab, um es genauer in Augenschein zu nehmen.

In den Rillen des Gewindes, mit dem das Kugelgelenk am Rohr festgeschraubt war, erkannte ich einen schwachen braunen Fleck. Ich machte Conklin darauf aufmerksam, und er ging neben mir in die Hocke. Für eine Sekunde trafen sich unsere Blicke.

»Sieht aus, als wäre das Ding als Schlagwaffe benutzt worden«, sagte Conklin.

106

Wir waren im Vernehmungsraum Nr. 2, dem kleineren von zweien, die uns im Dezernat zur Verfügung standen. Tenning saß am Tisch, mit dem Gesicht zum venezianischen Spiegel. Ich saß ihm gegenüber.

Tenning trug ein weißes T-Shirt und Jeans. Er hatte die Ellbogen auf den Tisch gestützt und den Kopf gesenkt, sodass das Licht der Deckenlampe ein sternförmiges Muster auf die kahle Stelle an seinem Hinterkopf malte.

Er redete nicht, weil er nach einem Anwalt verlangt hatte.

Es würde ungefähr fünfzehn Minuten dauern, bis sein Antrag zum Pflichtverteidiger-Büro durchgedrungen war. Und dann noch mal fünfzehn Minuten, bis irgendein Anwalt sich zu uns heraufbemühte.

Was immer Tenning bis dahin von sich gab, konnte nicht gegen ihn verwendet werden.

»Wir haben jetzt den Durchsuchungsbeschluss für Ihre Wohnung«, sagte ich zu ihm. »Dieses Rohr, mit dem Sie Irene Wolkowski und Ben Wyatt getötet haben, ist schon im Labor. Wir werden die Ergebnisse haben, noch bevor Ihr Pflichtverteidiger hier aufkreuzt.«

Tenning grinste. »Dann lassen Sie mich gefälligst in Frieden, bis er hier ist, okay? Lassen Sie mich mit meinen Gedanken allein.«

»Aber ich *interessiere* mich für Ihre Gedanken«, versicherte ich Tenning. »Diese ganzen Statistiken, die ich auf den Papieren in Ihrem Zimmer gesehen habe – worum geht's da eigentlich?«

»Ich schreibe an einem Buch, und ich würde eigentlich ganz gerne damit weitermachen.«

Conklin kam mit einem batteriebetriebenen Transistorradio herein. Er knallte die Tür hinter sich zu und schaltete das Radio ein. Aus den Lautsprechern kam nur lautes Rauschen. Er spielte an den Knöpfen herum und drehte die Lautstärke auf. An Tenning gewandt, sagte er: »Der Empfang ist wirklich ziemlich schlecht hier drin. Ich würde zu gerne wissen, wann dieser Regen endlich aufhört.«

Ich sah die Panik in Tennings Augen, als das Rauschen sich zu einem elektronischen Kreischen steigerte. Schweißperlen traten auf seine Stirn, während er zusah, wie Conklin am Regler drehte.

»Hey«, sagte Tenning schließlich, »könnten Sie das Ding vielleicht ausschalten?«

»Gleich, gleich«, entgegnete Conklin. Er drehte das Radio noch lauter und stellte es auf den Tisch. »Kann ich Ihnen einen Kaffee bringen, Garry? Ist zwar nicht von Starbucks, hat aber so viel Koffein, wie Sie sich nur wünschen können.«

»Hören Sie«, sagte Tenning, die hektisch flackernden Augen auf das Radio gerichtet, »Sie dürfen mich nicht ohne meinen Anwalt vernehmen. Sie sollten mich in eine Arrestzelle sperren.«

»Wir *vernehmen* Sie ja gar nicht, Mann«, entgegnete Conklin. Er griff nach einem Metallstuhl, knallte ihn möglichst geräuschvoll neben Tenning auf den Boden und setzte sich zu ihm.

»Wir versuchen, Ihnen zu *helfen*. Sie wollen einen Anwalt – *kein Problem*«, sagte Conklin direkt in Tennings Ohr. »Aber damit nehmen Sie sich die Chance, zu *gestehen* und einen *Deal* für sich herauszuholen. Und dagegen haben wir nichts einzuwenden, oder, Sergeant?«

»Mir ist alles recht«, sagte ich laut, um das statische Rauschen zu übertönen. Ich drehte am Knopf, fand einen Sender mit Heavy Metal aus den Achtzigern und stellte das Radio so laut, dass von dem misstönenden elektronischen Gejaule fast der Tisch vibrierte.

»Wir werden die Hunde exhumieren, die Sie getötet haben, Garry«, sagte ich über die Musik hinweg. »Und dann werden wir die Zähne mit den Bisswunden an Ihrem Arm vergleichen. Und wir werden die DNS von dem Blut an Ihrer Keule mit der Ihrer Opfer vergleichen. Und in zwanzig Jahren oder so werden Inspector Conklin und ich uns dann Plätze in der ersten Reihe bei Ihrer Hinrichtung reservieren – außer natürlich, Sie sagen mir, ich soll den Staatsanwalt anrufen und fragen, ob wir die Todesstrafe nicht vom Tisch kriegen können.« Ich sah auf meine Uhr. »Ich schätze, Sie haben noch ungefähr zehn Minuten Zeit, sich zu entscheiden.«

Eine Band namens Gross Receipts begann ihre schräge Version von »Brain Buster« zu intonieren. Tenning hockte da wie ein Häufchen Elend, schlang die Arme um den Kopf und hielt sich die Ohren zu.

»*Aufhören! Aufhören!* Schicken Sie den Anwalt weg. Ich sag Ihnen alles, was passiert ist. *Aber machen Sie um Himmels willen das verdammte Ding aus!*«

107

Es goss noch immer in Strömen, als ich den Wagen hinter Claires SUV abstellte.

Durch den prasselnden Regen sprintete ich quer über die Straße und rannte die knapp fünfzig Meter bis zum Eingang von Susie's Restaurant. Als ich die Tür öffnete, hörte ich schon die rhythmischen Klänge von Steeldrums, und der Duft von Hühnchen mit Curry stieg mir in die Nase.

Ich hängte meine Jacke an der Garderobe auf und bekam mit, wie Susie ihre Stammgäste zu einem Limbo-Wettbewerb aufforderte, während die Band ihren Soundcheck machte. »Lindsay, zieh deine nassen Schuhe aus und mach mit!«, rief sie mir zu. »Du kannst es doch, Mädel.«

»Vergiss es, Suz«, sagte ich und lachte. »Ich hab schon mal dabei zugeschaut, das hat mir gereicht.« Ich ging gleich ins Hinterzimmer, schnappte mir Lorraine und bestellte bei ihr ein Bier.

Yuki winkte mir von unserer Nische aus zu. Dann blickte Cindy auf und grinste. Ich rutschte auf die Bank neben meine beste Freundin Claire. Es war eine ganze Weile her, dass wir zuletzt alle vier zusammen etwas unternommen hatten. *Viel zu lange.*

Als mein Bier kam, wollte Cindy einen Toast auf mich ausbringen, weil ich Garry Tenning aus dem Verkehr gezogen hatte.

Ich winkte lachend ab und sagte: »Ich war schließlich extrem motiviert, Cindy. Ich war nicht so scharf auf eine Mitbewohnerin, und du hättest schließlich auf unbestimmte Zeit zu mir ziehen müssen, wenn wir diesen Mistkerl nicht geschnappt hätten.« Yuki und Claire kannten noch nicht die ganzen Einzelheiten, also brachte ich sie auf den neuesten Stand.

»Er schreibt an einem Buch mit dem Titel *Die Abrechnung*«,

erklärte ich. »Der Untertitel lautet *Ein statistisches Kompendium des 20. Jahrhunderts.*«

»Ach, komm! Er schreibt über *alles,* was in den letzten hundert Jahren passiert ist?«, fragte Yuki ungläubig.

»Ja, falls man das ›Schreiben‹ nennen kann, wenn jemand seitenweise Statistiken aneinanderreiht! Etwa, wie viel Milch und Getreide pro Jahr in jedem Staat produziert wurden, wie viele Kinder die Grundschule durchlaufen haben, die Zahl der Haushaltsunfälle mit Küchengeräten ...«

»Mensch, so was kann man doch googeln«, meinte Yuki.

»Aber Garry Tenning glaubt, dass *Die Abrechnung* seine Berufung ist«, sagte ich, als Lorraine uns Speisekarten brachte. »Seine Brötchen hat er nachts als Wachmann auf Baustellen verdient. Das gab ihm Zeit, ›seine großen Gedanken zu denken‹, wie er uns erzählt hat.«

»Wie kann es denn sein, dass er in seinem kleinen abgeschlossenen Zimmer den ganzen Lärm von den anderen Mietern gehört hat?«, wollte Claire wissen.

»Die Geräusche pflanzen sich über die Rohrleitungen und Lüftungsschächte fort«, sagte Cindy. »Und sie kommen an den komischsten Stellen raus. Ich kann zum Beispiel durch den Abzug in meinem Bad irgendwelche Leute unter der Dusche singen hören. Aber ich habe keinen blassen Schimmer, wer es ist und wo die Leute wohnen.«

»Ich frage mich, ob er vielleicht an Hyperakusis leidet«, warf Claire ein.

»Wie bitte?«, fragte ich.

»Krankhafte Feinhörigkeit – wenn das Hörzentrum des Gehirns Probleme mit der Wahrnehmung von Geräuschen hat«, führte Claire aus, untermalt vom Stimmengewirr im Hinterzimmer und dem Geklapper von Töpfen und Pfannen aus der Küche. »Für jemanden, der unter Hyperakusis leidet, können Geräusche, die andere kaum hören, schon unerträglich sein.«

»Mit welchen Folgen?«, fragte ich.

»Der Betroffene fühlt sich isoliert. Na ja, und wenn du das

alles mit krankhaftem Jähzorn und pathologischem Sozialverhalten zusammenrührst, bekommst du einen Garry Tenning.«

»*Das Phantom des Blakely Arms*«, sagte Cindy. »Du musst mir nur versprechen, dass er auf keinen Fall gegen Kaution freikommen kann.«

»Ausgeschlossen«, beruhigte ich sie. »Er hat gestanden. Wir haben die Mordwaffe. Er sitzt hinter Gittern, und er ist so gut wie verurteilt.«

»Also, wenn er wirklich diese akustische Wahrnehmungsstörung hat«, meinte Yuki, als Lorraine unser Essen brachte, »dann muss er im Gefängnis doch vollkommen durchdrehen.«

»Hört, hört!«, rief Cindy und zeigte auf ihre Ohren.

Während wir aßen, tauschten wir Anekdoten aus und vertrauten einander unsere Sorgen und Nöte an. Claire berichtete, dass ihr Arbeitspensum sich verdoppelt habe. »Heute Abend feiert Dr. Germaniuk seinen Ausstand. Er hat ein Jobangebot bekommen, das er nicht ablehnen konnte – irgendwo in Ohio.«

Wir stießen auf ihren Kollegen an, und dann fragte Claire Yuki, wie es ihr so gehe.

»Ich komme mir ein bisschen manisch-depressiv vor«, antwortete Yuki lachend. »An manchen Tagen denke ich, dass Fred-a-lito-lindo die Geschworenen davon überzeugen wird, dass er ein waschechter Psychopath ist. Und am nächsten Morgen wache ich auf und bin mir hundert Pro sicher, dass ich Mickey Sherman um Längen schlagen werde.«

Irgendwann versuchten wir uns gegenseitig mit Namen für Claires Baby zu überbieten. Cindy rief: »Margarita, wenn's ein Mädchen wird!«, wofür sie die nächste Runde spendiert bekam.

Viel zu bald waren von unserem Essen nur noch die Knochen übrig, der Kaffee war serviert, und im Eingang standen schon die nächsten Gäste mit knurrendem Magen Schlange.

Wir warfen unsere Scheine auf die Rechnung in der Mitte

des Tischs und wagten uns hinaus in den Regen. Ich war die Letzte, die das Lokal verließ.

Ich fuhr zum Potrero Hill, verlor mich im Rhythmus der Scheibenwischer und den verschwommenen Scheinwerferlichtern der entgegenkommenden Autos. Nach dem aufwühlenden Tag und dem ausgelassenen Beisammensein mit meinen Freundinnen empfand ich die Fahrt wie eine Oase der Stille, die mir half, auf den Boden der Tatsachen zurückzukommen.

Joe würde nicht auf den Stufen vor meiner Haustür sitzen, wenn ich nach Hause kam.

Und auch Martha war noch nicht aus ihrem Urlaub zurück.

Donner grollte, als ich die Treppe zu meiner Wohnung hinaufeilte. Und es regnete immer noch, als ich allein zu Bett ging.

108

Am nächsten Morgen saßen Rich und ich an unseren Schreibtischen wie auf glühenden Kohlen, während wir auf Mary Jordan warteten. Als sie dann mit zehn Minuten Verspätung auftauchte, sah sie ziemlich fertig aus.

Ich lud die Büroleiterin der Westwood-Agentur ein, sich mit uns in die fensterlose Zelle zu setzen, die wir unsere Teeküche nennen. Rich rückte ihr einen Stuhl zurecht, und ich machte Kaffee – schwarz mit zwei Stück Zucker – so, wie sie ihn bei unserem letzten Treffen getrunken hatte.

»Ich habe für Madison gebetet«, sagte Jordan, während sie die Hände im Schoß knetete. Sie hatte violette Schatten unter den Augen. »Ich bin in meinem Innersten davon überzeugt, dass Gott gutheißt, was ich getan habe.«

Bei ihren Worten verspürte ich ein nervöses Kribbeln in der Magengegend. »Was haben Sie denn getan, Mary?«

»Als Mr. Renfrew heute Morgen das Haus verlassen hatte, habe ich wieder die Tür zu seinem Büro aufgeschlossen und mich dort noch etwas genauer umgesehen.«

Sie hievte eine große Handtasche aus einem lederähnlichen Material auf den Tisch und nahm ein in schieferblaues Leinen gebundenes altmodisches Hauptbuch heraus. Es war mit *Queensbury-Agentur* beschriftet.

»Das ist Mr. Renfrews Handschrift«, sagte Jordan und wies auf die ordentlichen Blockbuchstaben und Ziffern. »Es sind die Bücher einer Firma, die die Renfrews vor zwei Jahren in Montreal hatten.«

Sie schlug die Kladde an einer Stelle auf, wo ein Bogen aus festerem Papier zwischen den Seiten steckte. Jordan zog ihn heraus und drehte ihn um.

Es war ein Foto eines Jungen von ungefähr vier Jahren mit blondem Haar und unglaublichen blaugrünen Augen.

»Haben Sie ein paar Minuten Zeit?«, fragte ich Jordan.

Sie nickte.

Ich war mit Kathy Valoy von der Staatsanwaltschaft im Aufzug nach oben gefahren, also wusste ich, dass sie an ihrem Schreibtisch war. Ich rief sie an und erklärte ihr die Sache mit der Queensbury-Agentur und dem Foto des Jungen.

»Die Renfrews ziehen kreuz und quer durch die Staaten und eröffnen überall diese Agenturen, um sie kurze Zeit später wieder zu schließen«, sagte ich. »Kathy, ich glaube, was wir hier vor uns haben, ist *das Foto eines weiteren Opfers*.«

Kathy muss immer zwei Stufen auf einmal genommen haben, denn kaum hatte ich den Hörer aufgelegt, da stand sie auch schon in der Tür der Teeküche.

Sie fragte Mary Jordan, ob sie die Informationen auf eigene Faust ausgegraben habe, und wieder schwor Mary Jordan, nicht in unserem Auftrag gehandelt zu haben.

»Ich werde Richter Murphy anrufen«, sagte Valoy, während sie das Foto anstarrte und sich mit beiden Händen durch das kurze schwarze Haar fuhr. »Mal sehen, was sich machen lässt.«

Wenige Minuten, nachdem wir Jordan zum Aufzug begleitet hatten, war Kathy Valoy wieder am Apparat. »Ich faxe euch gleich den Durchsuchungsbeschluss durch.«

109

Paul Renfrew öffnete auf unser Klopfen hin persönlich die Tür der Westwood-Agentur. Er sah sehr adrett aus in seinem grauen Anzug mit Fischgrätmuster, dem frisch gestärkten Hemd mit Fliege und dem gepflegten weizenblonden Haar. Seine buschigen Augenbrauen hoben sich über der rahmenlosen Brille, und sein Lächeln wurde breiter.

Er schien höchst erfreut, uns zu sehen.

»Bringen Sie gute Nachrichten? Haben Sie Madison gefunden?«, fragte er.

Dann fiel sein Blick auf die vier uniformierten Beamten des Suchteams, die gerade aus ihrem Van stiegen.

»Wir haben einen Durchsuchungsbeschluss, Mr. Renfrew«, sagte ich.

Conklin gab den Uniformierten ein Zeichen, worauf sie mit ihren leeren Kartons die Treppe hinaufgestapft kamen. Sie folgten uns über den langen Flur in das Büro der Renfrews.

Es war ein ganz normaler Arbeitsplatz – auf dem Schreibtisch stand ein Becher mit Tee, dazu ein Teller mit den Resten von ein paar Muffins neben einem Stoß aufgeschlagener Akten.

»Ich schlage vor, dass Sie uns einfach alles über die Queensbury-Agentur erzählen«, sagte ich zu Renfrew.

»Bitte, nehmen Sie doch Platz«, entgegnete er und deutete auf eines der zwei Sofas in der Ecke des Büros. Ich setzte mich, und Renfrew rollte seinen Bürostuhl heran. Dabei schielte er immer wieder unruhig zu Conklin, der den Cops Anweisungen erteilte. Sie begannen, die Akten in ihre Kartons zu räumen.

»Queensbury ist kein *Geheimnis*«, sagte Renfrew. »Ich hätte es Ihnen sicher gesagt, aber wir haben das Geschäft damals aufgegeben, weil es in Konkurs ging.«

Er zeigte mir seine Handflächen, als wollte er demonstrieren, dass sie sauber waren.

»Ich bin einfach nur in vielerlei Hinsicht ein miserabler Geschäftsmann«, fügte er hinzu.

»Wir müssen mit Ihrer Frau sprechen«, sagte ich.

»Sicher, sicher – und Sie will auch mit Ihnen sprechen. Sie fliegt heute Abend von Zürich aus zurück.«

Renfrews offene Art war so gewinnend – und ich ließ ihn in dem Glauben, dass er gewonnen hatte. Ich lächelte, und dann fragte ich: »Kennen Sie dieses Kind?«

Renfrew nahm das Foto des blonden Jungen mit den blaugrünen Augen und betrachtete es.

»Er kommt mir nicht bekannt vor. Sollte er das?«

Conklin kam mit einem Cop im Schlepptau und mehreren Kladden mit blauem Einband unter dem Arm auf uns zu.

»Mr. Renfrew, es ist Ihnen für die nächsten zweiundsiebzig Stunden untersagt, Ihr Geschäft zu betreiben, und das schließt die Benutzung Ihres Bürotelefons ein. Ich darf Ihnen Officer Pat Noonan vorstellen. Seine Aufgabe ist es, *sicherzustellen*, dass Ihr Geschäft geschlossen bleibt, bis die Frist abläuft.«

»Er bleibt hier?«

»Bis in circa acht Stunden, wenn seine Ablösung kommt. Verstehen Sie etwas von Football? Pat ist ein großer Fan der Fighting Irish. Kann Ihnen ein Ohr abquatschen, wenn Sie ihn nur lassen.«

Noonan lächelte, aber Renfrews Miene wurde starr.

»Und Mr. Renfrew, versuchen Sie nicht, die Stadt zu verlassen. Das würde einen sehr schlechten Eindruck machen.«

110

Die Atmosphäre in Tracchios Büro war fast unerträglich angespannt. Die unersättliche Medienmeute saß uns seit über einer Woche ununterbrochen im Nacken – in Form von Radio und Fernsehen, seriösen Tageszeitungen und der Supermarkt-Gazetten. Und wir hatten nichts, was wir ihr zum Fraß vorwerfen konnten.

Ein neunzehnjähriges Mädchen war ermordet worden. Das Kind einer prominenten Familie wurde vermisst und war wahrscheinlich auch tot.

Es war ein entsetzliches Gefühl, und alle, die in Tracchios Büro versammelt waren, fühlten sich persönlich verantwortlich.

»Boxer, zeig dem Chief, was wir haben«, wies Jacobi mich an.

Ich antwortete mit einem Blick, der sagte: *Ich weiß, was ich zu tun habe, Lieutenant.*

Dann schilderte ich, was ich hatte, während ich unsere Beweismittel eins nach dem anderen auf den Schreibtisch knallte. Zuerst die Kopien der Entführer-Briefe. Dann die Fotos der drei Kinder – Erica Whitten, Madison Tyler und der unbekannte Junge mit den blaugrünen Augen.

»Wer dieser kleine Junge ist, wissen wir nicht. Renfrew behauptet, ihn nicht zu kennen, aber das Foto des Kindes steckte in dieser Kladde in seinem Büro.«

Rich legte das Queensbury-Register zu den beiden Westwood-Registern auf den Schreibtisch.

»Wir wissen, dass die Renfrews hintereinander drei verschiedene Kindermädchen-Agenturen betrieben haben«, fuhr ich fort. »Eine in Boston, dann die Agentur, die sie hier führen, und ein früheres Unternehmen, die Queensbury-Agentur in Montreal.

Die Kollegen in Montreal haben einen ungelösten Fall in

den Akten. Ein kleiner Junge namens André Devereaux wurde vor zwei Jahren auf einem Spielplatz in der Nähe seines Elternhauses entführt. *Er hatte ein Kindermädchen.*«

»Und das kam von der Queensbury-Agentur?«

»Ja, Sir«, antwortete Conklin. »Ich bin diese zwei Bücher durchgegangen. Wenn man die Miete, die Ausgaben für die Anwerbung und den Import der Mädchen aus Übersee plus die Büro- und Anwaltskosten zusammennimmt, dann wird klar, dass die Renfrews – trotz der satten Vermittlungsgebühren, die sie kassieren – *enorme Verluste machen.*«

»Und dennoch machen sie immer weiter damit«, sagte ich. »Da fragt man sich doch, wieso. *Was springt dabei für sie heraus?*«

Lieutenant Macklin schob Tracchio ein ausgedrucktes Foto zu.

»Das ist André Devereaux, das Kind, das in Kanada entführt wurde«, erklärte er. »Es scheint sich um den Jungen zu handeln, dessen Foto im Queensbury-Register gefunden wurde.

Andrés Kindermädchen war Britt Osterman, eine schwedische Staatsbürgerin. Sie war bei der Queensbury-Agentur angestellt. Eine Woche nach André Devereaux' Entführung wurde Britt Ostermans Leiche in einem Graben an einer abgelegenen Straße gefunden. Kopfschuss.

Die Queensbury-Agentur gehörte zwei Amerikanern, die sich John und Tina Langer nannten«, fuhr Macklin fort. »Nach der Devereaux-Entführung und dem Mord an Osterman verschwanden sie. Die kanadische Polizei hat uns dieses Foto von den Langers gemailt.«

Macklin legte ein weiteres Foto aus dem Laserdrucker auf Tracchios Schreibtisch. Es zeigte einen Mann und eine Frau, beide weiß und Ende vierzig.

Es war ein Schnappschuss von einer Weihnachtsfeier. Ein prächtiger Saal, Holztäfelung mit Schnitzereien. Männer im Abendanzug, Frauen im Cocktailkleid.

Macklin hatte den Finger auf das Foto gelegt, genau auf die

brünette Frau, die ein tief ausgeschnittenes bronzefarbenes Kleid trug. Sie schmiegte sich an einen lächelnden Mann, der den Arm um sie gelegt hatte.

Wer die Frau war, konnte ich nur raten, aber den Mann kannte ich. Er hatte schwarze Haare, glatt nach hinten gekämmt, Kinnbart, keine Brille.

Aber ich hatte erst vor Kurzem in dieses Gesicht geblickt, und ich erkannte es wieder.

John Langer war Paul Renfrew.

111

Kurz nach zwölf Uhr mittags am selben Tag saß ich mit Conklin im Uncle's Café in Chinatown. Wir hatten beide das Tagesgericht bestellt: Schmorfleisch mit Kartoffelpüree und grünen Bohnen. Conklin machte sich gleich über seine Kartoffeln her, aber ich hatte einfach keinen Appetit.

Durch das Fenster hatten wir einen ungehinderten Blick über die düstere Straße auf die Reihe von Backsteinhäusern und die Westwood-Agentur.

Eine schwangere Chinesin mit Zöpfen schenkte uns Tee nach. Als ich eine Nanosekunde später aus dem Fenster schaute, sah ich Paul Renfrew – wie er sich derzeit nannte – aus der Tür seiner Agentur treten und die Stufen hinuntergehen.

»Sieh mal«, sagte ich und schlug mit dem Löffel an Conklins Teller. Mein Handy klingelte. Es war Pat Noonan.

»Mr. Renfrew geht jetzt Mittag essen. Er ist in einer Stunde wieder da.«

Ich bezweifelte es.

Renfrew würde fliehen.

Und er hatte keine Ahnung, wie viele Augen ihn beobachteten.

Conklin beglich die Rechnung, während ich zuerst Stanford und dann Jacobi anrief. Ich zog den Reißverschluss meiner Jacke über der schusssicheren Weste zu und beobachtete, wie Renfrew energischen Schritts an Kräuterläden und Souvenirgeschäften vorbeimarschierte und auf die Ecke Waverly und Clay zusteuerte.

Conklin und ich stiegen in unseren Crown Vic, als Renfrew gerade seine mitternachtsblaue BMW-Limousine aufschloss. Er sah sich kurz um, dann stieg er ein und fuhr in Richtung Süden davon.

Dave Stanford und seine Partnerin Heather Thomson hängten sich an Renfrew dran, als er zur Sacramento Street kam, während Jacobi und Macklin die nördliche Route Richtung Broadway nahmen. Es piepste und knatterte in unseren Funkgeräten, als die Einheiten unseres Teams ihre Positionen und die des BMW meldeten. Ein Wagen folgte ihm eine Weile und ließ sich dann zurückfallen, während der nächste sich unauffällig einfädelte und die Fährte aufnahm.

Mein Herz schlug wie eine Basstrommel, als wir Paul Renfrew folgten, ohne auch nur den leisesten Schimmer zu haben, wohin er uns führte.

Wir fuhren über die Bay Bridge und weiter nach Norden auf dem Highway 24, bis wir nach Contra Costa County kamen.

Conklin und ich waren an der Spitze der Verfolger, als Renfrew von der Altarinda Road auf eine der kleineren Straßen abbog, die nach Orinda hineinführen – eine ruhige, wohlhabende Stadt, halb versteckt zwischen den Berghängen ringsum.

Ich hörte Jacobis Stimme im Funkgerät; er meldete der örtlichen Polizei, dass wir im Rahmen einer Mordermittlung eine Observation durchführten. Macklin forderte Verstärkung von der Staatspolizei an und rief dann das Revier in Oakland an, um eine Hubschrauber-Überwachung zu beantragen. Die nächste Stimme, die ich hörte, war die von Stanford. Er forderte schweres Geschütz an – ein Einsatzteam des FBI.

»Wir haben gerade die Kontrolle über den Zugriff verloren«, sagte ich zu Conklin, als Renfrews BMW plötzlich langsamer wurde und in die Einfahrt eines weißen Hauses mit mehreren Giebeln und blauen Fensterläden einbog.

Conklin fuhr ganz unauffällig an dem Haus vorbei.

An der Kreuzung am Ende der Straße machten wir kehrt, rollten langsam zurück und hielten im Schatten eines Baums, schräg gegenüber der Einfahrt, in der Renfrew seinen BMW neben einem schwarzen Honda Minivan abgestellt hatte.

Das konnte kein Zufall sein.

Das musste der Van sein, mit dem Madison Tyler und Paola Ricci entführt worden waren.

112

Ich gab das Kennzeichen des Vans in den Bordcomputer unseres Wagens ein. In Gedanken war ich schon bei dem Durchsuchungsbeschluss, den wir uns besorgen würden. Wenn wir den Van beschlagnahmten, gab es die vage Hoffnung, dass wir vielleicht ein paar Partikel von Paola Riccis Blut in einer Polsternaht finden könnten – und damit einen handfesten Beweis, der die Renfrews mit der Entführung von Madison Tyler und dem Mord an Paola Ricci in Verbindung brachte.

In der nächsten Stunde wurden zwei Absperrungen errichtet. Die innere umschloss das Haus mit dem Giebeldach, die äußere ein Areal von zwei Häuserblocks im Umkreis.

Im Haus selbst hatte sich in der ganzen Zeit nichts gerührt, und ich fragte mich allmählich, was da drin vorging. *Packte Renfrew seine Koffer? Vernichtete er Unterlagen?*

Es war schon fast vier Uhr nachmittags, als fünf schwarze Geländewagen die Straße hinaufkamen. Sie parkten auf dem Gehsteig, senkrecht zur Front des Hauses mit dem Giebeldach.

Dave Stanford kam auf unseren Wagen zu und reichte mir ein Megafon durchs Fenster. Sein Pferdeschwanz war auf FBI-Norm gestutzt, das humorvolle Blitzen in seinen blauen Augen war verschwunden. Dave arbeitete jetzt nicht mehr undercover.

»Wir haben hier das Kommando, Lindsay«, sagte er. »Aber da Renfrew Sie kennt, sollten Sie versuchen, ihn dazu zu überreden herauszukommen.«

Conklin ließ den Motor an, und wir fuhren ein paar Meter über die Straße, um vor Renfrews Einfahrt stehen zu bleiben. Sowohl der Van als auch der BMW waren jetzt zugeparkt.

Ich nahm das Megafon und stellte mich hinter die offene

Autotür. »*Paul Renfrew*, hier spricht Sergeant Boxer. Wir haben einen Haftbefehl gegen Sie wegen Mordverdachts. Bitte kommen Sie langsam und mit erhobenen Händen heraus.«

Meine Stimme dröhnte durch die ruhige Wohnstraße. Ein Vogelschwarm flog auf und übertönte kurz das Knattern der Hubschrauberrotoren.

»Bewegung im Obergeschoss«, sagte Conklin.

Alle Muskeln in meinem Körper spannten sich. Blitzschnell glitten meine Augen über die Fassade des Hauses. Ich sah nichts, und doch überlief es mich eiskalt. Ich *spürte*, dass eine Waffe auf mich gerichtet war.

Wieder hob ich das Megafon, drückte auf den Knopf.

»Mr. Renfrew, das ist Ihre letzte Chance, und Sie sollten sie nutzen. Es ist genug Artillerie auf Ihr Haus gerichtet, um es in einen Trümmerhaufen zu verwandeln. Zwingen Sie uns nicht, sie einzusetzen.«

Die Haustür wurde einen Spalt breit geöffnet. Renfrew tauchte aus dem Dunkel auf und rief: »*Ich komme raus. Nicht schießen! Bitte nicht schießen!*«

Ich schielte kurz nach links, um zu sehen, wie das FBI reagierte. Ein Dutzend M16-Gewehre, wenn nicht mehr, waren immer noch auf die Haustür gerichtet. Ich wusste, dass in diesem Moment irgendwo auf einem Dach, vielleicht dreißig Meter von hier, ein Scharfschütze mit einer Remington 700 mit Präzisions-Zielfernrohr Renfrews Stirn genau im Fadenkreuz hatte.

»Treten Sie vor, damit wir Sie sehen können«, rief ich dem Mann in der Tür zu. »Gute Entscheidung, Mr. Renfrew«, fügte ich hinzu, als er meiner Aufforderung folgte. »Und jetzt drehen Sie sich um und gehen *rückwärts* vom Haus weg, immer dem Klang meiner Stimme nach.«

Renfrew stand jetzt unter dem Giebeldreieck vor dem Eingang seines Hauses. Zwischen uns lagen knapp zehn Meter kurz geschorener grüner Rasen.

»Ich kann nicht«, sagte Renfrew mit schwacher Stimme, beinahe flehend. »Wenn ich da rausgehe, erschießt sie mich.«

113

Renfrew sah aus, als hätte er Angst, und er hatte auch allen Grund dazu. Eine falsche Bewegung, und seine Lebenserwartung läge bei etwas unter zwei Sekunden.

Aber er fürchtete sich nicht vor uns.

»*Wer* will Sie erschießen?«, rief ich.

»Laura, meine Frau. Sie steht oben mit einer Halbautomatik. Ich glaube, sie wird versuchen, zu verhindern, dass ich mich ergebe.«

Das war eine ungute Wendung. Wenn wir erfahren wollten, was mit Madison Tyler passiert war, mussten wir dafür sorgen, dass Paul Renfrew am Leben blieb.

»Tun Sie *genau*, was ich Ihnen sage!«, rief ich. »Ziehen Sie Ihre Jacke aus und werfen Sie sie weg. ... Okay. Gut. Und jetzt leeren Sie Ihre Hosentaschen aus.«

Das Mikro meines Funkgeräts war eingeschaltet, sodass alle, die auf unserer Frequenz waren, mithören konnten.

»Schnallen Sie Ihren Gürtel auf, Mr. Renfrew, und lassen Sie die Hose herunter.«

Renfrew warf mir einen fragenden Blick zu, aber er gehorchte. Die Hose fiel, doch das Hemd reichte ihm fast bis zur Mitte der Oberschenkel.

»Jetzt drehen Sie sich langsam um. Dreihundertsechzig Grad. Ziehen Sie das Hemd hoch, damit ich Ihre Taille sehen kann«, sagte ich. Er mühte sich, meiner Anweisung Folge zu leisten. »Okay, Sie können die Hose wieder hochziehen.«

Das ließ er sich nicht zweimal sagen.

»Und jetzt möchte ich, dass Sie die Hosenbeine bis zu den Knien hochziehen.«

»Hübsche Beine für einen Kerl«, sagte Conklin über das Dach des Wagens hinweg zu mir. »Und nun holen wir ihn da raus.«

Ich nickte und dachte dabei: Wenn seine Frau jetzt die Treppe herunterstürmt, kann sie ihn durch die offene Tür abknallen.

Ich sagte Renfrew, er solle die Hosenbeine wieder fallen lassen, ganz herauskommen und sich dicht an die Hauswand drücken.

»Wenn Sie tun, was ich sage, kann sie Sie nicht ins Visier kriegen«, sagte ich. »Legen Sie beide Hände an die Wand und lassen Sie sie dort. Dann gehen Sie so bis zur Südecke des Hauses. Legen Sie sich hin und verschränken Sie die Hände im Nacken.«

Sobald Renfrew am Boden lag, fuhr ein schwarzer Chevrolet Suburban auf den Rasen vor dem Haus. Zwei FBI-Agenten sprangen heraus, legten Renfrew Handschellen an und tasteten ihn ab.

Sie verstauten ihn gerade auf dem Rücksitz ihres Fahrzeugs, als ich im Obergeschoss des Hauses mit dem Giebeldach Glas splittern hörte. *Ach du Scheiße.*

Das Gesicht einer Frau tauchte am Fenster auf.

Sie hatte eine Pistole in der Hand und drückte die Mündung an die Schläfe eines kleinen Mädchens, das mit großen Augen und offenem Mund ins Leere starrte.

Das kleine Mädchen war Madison Tyler.

Die Frau, die sie in ihrer Gewalt hatte, war Tina Langer alias Laura Renfrew, und sie sah aus wie eine Mörderin. Ihr Gesicht war wutverzerrt, aber ich entdeckte keine Spur von Angst.

»Der letzte Akt ist immer der spannendste, nicht wahr, Sergeant Boxer?«, rief sie durchs Fenster. »Ich verlange sicheres Geleit. Und zwar für mich *und* Madison. Dieser Helikopter ist schon mal ein guter Anfang. Am besten rufen Sie gleich mal den Piloten an. Er soll auf dem Rasen landen. Los, tun Sie, was ich sage. Sofort!

Ach, übrigens, wenn irgendjemand mir zu nahe kommt, erschieße ich dieses kleine …«

Ich sah das schwarze Loch, das plötzlich auf ihrer Stirn erschien, noch bevor der Widerhall des trockenen Knalls von dem Dach auf der anderen Straßenseite an meine Ohren drang.

Madison schrie auf, während die Frau, die sich Laura Renfrew nannte, reglos wie eine Statue im Fenster stand.

Erst im Fallen ließ sie das kleine Mädchen los.

114

Ist Madison Tyler wohlauf? Das war mein einziger Gedanke, als ich mit Conklin in das vordere Schlafzimmer im ersten Stock stürmte. Doch von dem Mädchen war nichts zu sehen.

»Madison?«, rief ich mit schriller Stimme.

An der Wand neben der Tür stand ein ungemachtes Bett. Darauf lag ein geöffneter Koffer, in den jemand hastig ein paar Mädchenkleider geworden hatte.

»Wo bist du, Schatz?«, rief Rich, während wir auf den Wandschrank zugingen. »Wir sind von der Polizei.«

Wir erreichten den Schrank gleichzeitig. »Madison, es ist alles okay, Schätzchen«, sagte ich, während ich den Türknauf drehte. »Niemand wird dir etwas tun.«

Ich öffnete die Tür und erblickte einen Haufen Kleider am Boden des Wandschranks. Ein rhythmisches Auf und Ab verriet, dass darunter jemand atmete.

Ich beugte mich herab, immer noch voller Angst vor dem, was ich dort finden könnte. »Madison«, sagte ich, »ich heiße Lindsay und bin Polizistin. Ich bin gekommen, um dich nach Hause zu bringen.«

Ich schaufelte den Berg Kleider zur Seite, bis ich das kleine Mädchen gefunden hatte. Sie kauerte mit geschlossenen Augen am Boden und schaukelte leise wimmernd vor und zurück.

Gott sei Dank! Es war Madison.

»Es ist alles in Ordnung, Schatz«, sagte ich mit zitternder Stimme. »Alles wird gut.«

Madison schlug die Augen auf, und ich streckte die Arme nach ihr aus. Sie warf sich an meine Brust, und ich hielt sie ganz fest, schmiegte die Wange an ihr Haar.

Dann nahm ich mein Handy vom Gürtel und wählte eine Nummer, die ich inzwischen auswendig kannte. Meine Hände zitterten so sehr, dass ich noch einmal von vorn anfangen musste.

Schon beim zweiten Läuten wurde am anderen Ende abgehoben.

»Mrs. Tyler, hier sind Lindsay Boxer und Inspector Conklin. Wir haben Madison.« Ich hielt Madison den Hörer hin und flüsterte: »Sag was zu deiner Mom.«

115

Am frühen Abend desselben Tages saßen Conklin und ich zusammen mit fünfzehn Agenten und anderen Cops in der FBI-Zentrale in der Golden Gate Avenue, oben im dreizehnten Stock. Auf Monitoren verfolgten wir dort Renfrews Vernehmung durch Dave Stanford und seine Partnerin Heather Thomson.

Ich saß neben Conklin und hörte mir an, wie Stanford und Thomson die Verbrechen sezierten, die Paul Renfrew begangen hatte – oder John Langer, oder David Cornwall, oder *Josef Waller,* der Name, der auf seiner Geburtsurkunde stand.

»Er genießt die Aufmerksamkeit«, sagte ich zu Conklin.

»Nur gut, dass ich da nicht mit ihm im Kabuff sitze«, meinte er. »Ich würde das nicht aushalten.«

Er meinte Wallers selbstgefällige und einschmeichelnde Art. Anstatt herablassend oder trotzig zu reagieren, redete Waller mit Stanford und Thomson, als ob sie Kollegen wären, als ginge er davon aus, dass sie miteinander in freundschaftlichem Kontakt bleiben würden, nachdem er seine Version der Geschichte zum Besten gegeben hatte.

Macklin, Conklin und ich saßen wie angenagelt auf unseren Stühlen, als Waller die Namen der Kinder auf der Zunge zergehen ließ: André Devereaux, Erica Whitten, Madison Tyler – und ein kleines Mädchen namens Dorothea Alvarez aus Mexiko-City.

Ein Kind, von dem wir nichts gewusst hatten.

Ein Kind, das vielleicht noch am Leben war.

Während er seinen Kaffee schlürfte, erzählte Waller Stanford und Thomson, wo die drei vermissten Kinder zurzeit lebten – als Sexspielzeuge in den Häusern reicher Männer, verstreut über den ganzen Globus.

»Es war die Idee meiner Frau, hübsche Mädchen aus Europa

zu importieren und sie als Kindermädchen an gute Familien zu vermitteln«, sagte Waller. »Und dann Käufer für die Kinder zu finden. Ich habe mit den Kindermädchen gearbeitet. Das war mein Job. Meine Mädchen waren am stolzesten auf die Kinder, die besonders schön, intelligent und begabt waren. Und ich ermunterte die Mädchen, mir alles über die Kinder zu erzählen.«

»Die Kindermädchen haben die Kleinen also an Sie verraten, hatten aber keine Ahnung, was Sie mit ihnen vorhatten?«, sagte Thomson.

Renfrew lächelte.

»Wie haben Sie die Käufer gefunden?«, fragte Stanford.

»Mundpropaganda«, erwiderte Renfrew. »Unsere Kunden waren allesamt Männer mit Vermögen und Status, und ich hatte immer das Gefühl, dass die Kinder bei ihnen in guten Händen waren.«

Mir war speiübel, aber ich klammerte mich an den Stuhllehnen fest und hielt den Blick starr auf den Bildschirm vor mir gerichtet.

»Sie haben Madison fast zwei Monate bei sich behalten«, sagte Thomson. »Ziemlich riskant, oder?«

»Wir haben auf eine Überweisung gewartet«, antwortete Waller bedauernd. »Eins Komma fünf Millionen waren für Madison versprochen, aber der Abschluss verzögerte sich. Wir hatten ein anderes Angebot, nicht ganz so gut, und dann kam der ursprüngliche Interessent wieder ins Spiel. Diese paar Tage Verzögerung haben uns alles gekostet.«

»Reden wir über die Entführung von Madison und Paola«, sagte Stanford. »Zu diesem Zeitpunkt hat es im Park von Menschen gewimmelt. Es war helllichter Tag. Eine ziemlich beeindruckende Aktion, das muss ich zugeben. Es würde mich wirklich interessieren, wie Sie das geschafft haben.«

»Ach ja … aber ich muss Ihnen sagen, dass die Aktion ganz fürchterlich aus dem Ruder gelaufen ist«, sagte Waller. Er seufzte vernehmlich, als er daran zurückdachte, und schien sich sorgfältig zu überlegen, wie er die Geschichte erzählen wollte.

»Wir sind mit dem Van zum Alta-Plaza-Spielplatz gefahren«, sagte der Psychopath im grauen Fischgrätanzug. »Ich bat Paola und Madison, mit uns zu kommen. Sehen Sie, die Kinder vertrauten den Kindermädchen, und die Kindermädchen vertrauten uns.«

»Genial«, sagte Stanford.

Renfrew nickte und fuhr fort, beflügelt von so viel Anerkennung. »Wir sagten Paola und Madison, es habe im Haus der Tylers einen Unfall gegeben; Elizabeth Tyler sei die Treppe hinuntergefallen.

Auf dem Rücksitz betäubte ich Madison mit Chloroform – der gleiche Plan wie bei den drei anderen Entführungen. Aber Paola versuchte, nach dem Lenkrad zu greifen. Wir hätten alle sterben können. Ich musste sie schnell außer Gefecht setzen. Was hätten Sie denn getan?«, fragte Renfrew Dave Stanford.

»Ich hätte Sie gleich nach der Geburt erstickt«, erwiderte Stanford. »Bei Gott, ich wünschte, ich hätte die Chance gehabt.«

Fünfter Teil

Fred-a-lito-lindo

116

Die Zuschauergalerie war bis auf den letzten Platz besetzt mit Justizangestellten, Gerichtsreportern, Verwandten der Opfer und Dutzenden von Menschen, die an Bord der *Del Norte* gewesen waren, als Alfred Brinkley die tödlichen Schüsse abgefeuert hatte. Das gedämpfte Gemurmel wurde zu einem vernehmlichen Raunen, als zwei Aufseher Brinkley in den Gerichtssaal führten.

Da war er!

Der Fährenkiller.

Mickey Sherman stand auf, als man Brinkley die Handschellen und die Ketten abnahm. Er rückte seinem Mandanten einen Stuhl zurecht, und Brinkley fragte ihn: »Bekomme ich jetzt meine Chance?«

»Ich denke darüber nach«, beschied Sherman seinem Mandanten. »Sind Sie sich da sicher, Fred?«

Brinkley nickte. »Sehe ich okay aus?«

»Klar. Sie sehen gut aus.«

Mickey lehnte sich zurück und betrachtete eingehend den bleichen, klapperdürren Mann mit dem ungleichmäßigen Haarschnitt, dem Rasierbrand im Gesicht und dem glänzenden Anzug, der an ihm hing wie die Lumpen an einer Vogelscheuche.

Die Faustregel ist, dass man seinen Mandanten nicht in den Zeugenstand holt, solange einem das Wasser nicht bis zum Hals steht, und auch dann nur, wenn der Mandant glaubwürdig und sympathisch genug ist, um die Geschworenen umstimmen zu können.

Fred Brinkley war ein Sozialkrüppel und ein Langweiler.

Andererseits, was hatten sie denn zu verlieren? Die Staatsanwaltschaft hatte Aussagen von Augenzeugen, Videoaufnahmen *und* ein Geständnis. Und deshalb spielte Sherman mit dem Gedanken. Einerseits hieß es allzu große Risiken vermeiden, andererseits könnte Fred-a-lito-lindo die Geschworenen ja vielleicht doch davon überzeugen, dass er wirklich nicht bei Sinnen war, als er auf diese armen Leute geschossen hatte, weil das Krakeelen in seinem Kopf einfach so *unerträglich* gewesen war …

Es war Freds gutes Recht, zu seiner eigenen Verteidigung auszusagen, aber Sherman glaubte, es ihm ausreden zu können. Er war immer noch unentschlossen, als die Geschworenen sich auf der Bank niederließen und der Richter seinen Platz einnahm. Der Gerichtsdiener bat um Ruhe, und erwartungsvolles Schweigen legte sich über den holzgetäfelten Saal.

Richter Moore spähte über den schwarzen Rahmen seiner dicken Brille und fragte: »Sind Sie bereit, Mr. Sherman?«

»Ja, Euer Ehren«, erwiderte Sherman. Er erhob sich, schloss den mittleren Knopf seines Sakkos und wandte sich an seinen Mandanten. »Fred …«

117

»Und nach dem Unfall Ihrer Schwester sind Sie also ins Napa State Hospital gegangen?«, fragte Sherman. Er stellte fest, dass Fred im Zeugenstand ganz locker und entspannt wirkte. Besser, als er erwartet hatte.

»Ja. Ich habe mich selbst einweisen lassen. Ich wär sonst durchgedreht.«

»Ah ja. Und haben Sie im Napa Medikamente bekommen?«

»Klar. Wenn man sechzehn ist, hat man's so schon schwer genug, auch ohne dass man seine kleine Schwester sterben sieht.«

»Sie hatten also Depressionen, weil Sie Ihre Schwester nicht hatten retten können, als sie von dem Baum getroffen wurde und über Bord ging?«

»Euer Ehren«, warf Yuki ein und erhob sich von ihrem Platz, »wir haben nichts dagegen einzuwenden, dass Mr. Brinkley hier aussagt, aber ich denke, dann sollte er wenigstens vereidigt werden.«

»Ich werde eine andere Frage stellen«, fuhr Sherman kühl lächelnd fort, ohne den Blick von seinem Mandanten zu wenden. »Fred, haben Sie schon vor dem Unfall Ihrer Schwester Stimmen in Ihrem Kopf gehört?«

»Nein. Erst danach habe ich angefangen, *ihn* zu hören.«

»Fred, können Sie den Geschworenen sagen, wen Sie damit meinen?«

Fred verschränkte die Finger auf dem Kopf und seufzte tief, als würde er die Stimme dadurch, dass er sie beschrieb, heraufbeschwören.

»Also, es gibt da mehr als nur eine Stimme«, erklärte Brinkley. »Da ist einmal eine Frauenstimme, die redet in so einer Art Singsang, ein bisschen weinerlich, aber die können Sie *vergessen*. Und dann ist da der andere, und der ist richtig *wü-*

tend. So richtig rasend vor Wut, total ausgerastet. Und der *beherrscht* mich.«

»Ist das die Stimme, die Ihnen an jenem Tag auf der Fähre befahl, zu schießen?«

Brinkley nickte unglücklich. »Er hat geschrien: ›*Töte, töte, töte!*‹, und alles andere war in dem Moment *egal.* Ich konnte nur *ihn* hören. Ich konnte nur tun, was *er* mir sagte. Es gab nur *ihn*, und alles andere war ein entsetzlicher Albtraum.«

»Fred, könnte man sagen, dass Sie niemals, unter keinen Umständen, einen Menschen erschossen hätten, wenn es diese Stimmen nicht gegeben hätte, die Sie seit fünfzehn Jahren, seit dem Unfall Ihrer Schwester, ›beherrschen‹?«, fragte Sherman.

Doch er musste feststellen, dass sein Mandant ihm gar nicht mehr richtig zuhörte. Freds Blick war auf die Zuschauergalerie gerichtet.

»Das ist meine *Mutter*!«, rief er mit ungläubigem Erstaunen in der Stimme. »Das ist meine *Mom*!«

Die Blicke der Zuschauer richteten sich auf eine attraktive, hellhäutige Afroamerikanerin von Anfang fünfzig, als sie sich an einer Sitzreihe entlangschob, ihren Sohn steif anlächelte und Platz nahm.

»Fred«, sagte Sherman.

»Mom! Ich werde reden!«, rief Brinkley, seine Stimme vibrierend vor innerer Bewegung, die Miene schmerzverzerrt.

»Hörst du mich, Mom? Mach dich drauf gefasst, die Wahrheit zu hören! Mr. Sherman, Sie irren sich. Sie reden immer von einem *Unfall.* Lilys Tod war *kein Unfall.*«

Sherman wandte sich an den Richter und sagte in nüchternem Ton: »Euer Ehren, das wäre vielleicht ein guter Zeitpunkt für eine Pause …«

Doch Brinkley unterbrach seinen Verteidiger und sagte scharf: »Ich *brauche* keine Pause. Und Ihre Hilfe brauche ich ehrlich gesagt auch nicht mehr, Mr. Sherman.«

118

»Euer Ehren, ich beantrage, dass Mr. Brinkleys Aussage aus dem Protokoll gestrichen wird«, sagte Sherman mit ruhiger Stimme. Er gab sich redlich Mühe, zu ignorieren, dass sein Mandant gerade vom Weg abgekommen war und mit Vollgas auf den Abgrund zuraste.

»Mit welcher Begründung, Mr. Sherman?«

»Ich habe mit ihr geschlafen, Mom!«, rief Brinkley quer durch den Saal. »Wir hatten es *früher* schon getan. Sie war gerade dabei, ihr Oberteil auszuziehen, als der Baum herumgeschwenkt ist…«

Im Zuschauerraum stöhnte jemand auf: »Mein Gott…«

»Euer Ehren«, sagte Sherman, »die Aussage des Zeugen hat keinen Bezug zur verhandelten Sache.«

Yuki sprang auf. »Euer Ehren, Mr. Sherman hat diesem Zeugen selbst die Tür geöffnet – einem Zeugen, *der auch sein Mandant ist*!«

Brinkley wandte sich von seiner Mutter ab und fixierte die Geschworenen mit seinem durchdringenden Blick.

»Ich habe geschworen, die Wahrheit zu sagen«, begann er, während im Saal das Chaos auszubrechen drohte. Selbst das Pochen des Hammers, mit dem der Richter auf seinen Tisch eindrosch, ging in dem Tumult unter. »Und die Wahrheit ist, dass ich keinen Finger gerührt habe, um meine Schwester zu retten.« Speicheltropfen flogen von Brinkleys Lippen, als er erregt fortfuhr: »Und ich habe diese Leute auf der Fähre getötet, weil *er* es mir gesagt hat. Ich bin ein *sehr gefährlicher Mann*.«

Sherman ließ sich auf seinen Stuhl am Tisch der Verteidigung sinken und begann, in aller Ruhe seine Papiere in einer Ordnungsmappe zu verstauen.

Brinkley schrie jetzt: »An diesem Tag auf der Fähre, da habe ich mit meinem Revolver auf die Leute angelegt und den Abzug gedrückt. *Ich könnte es wieder tun.*«

Die Augen der Geschworenen weiteten sich vor Entsetzen, während Alfred Brinkley sich mit den Handflächen die Tränen von den eingefallenen Wangen wischte.

»*Das reicht*, Mr. Brinkley!«, herrschte ihn der Richter an.

»Ihr da, ihr habt geschworen, dass ihr für Gerechtigkeit sorgen werdet«, tönte Brinkley, während er abwechselnd seine Knie umfasste und sich rhythmisch auf die Oberschenkel schlug. »Ihr müsst mich hinrichten lassen für das, was ich diesen Leuten angetan habe. Nur so könnt ihr dafür sorgen, dass ich es nie wieder tue. Und wenn ihr mich nicht zum Tod verurteilt, dann *werde* ich es wieder tun, das verspreche ich euch!«

Mickey Sherman steckte die Ordnungsmappe in seinen glänzenden Metallkoffer und ließ die Schlösser zuschnappen. Für ihn war Feierabend.

»Mr. Sherman«, sagte der entnervte Richter, dessen Gesichtsfarbe inzwischen zu einem tiefen Lachsrosa gewechselt hatte, »haben Sie noch weitere Fragen an Ihren Zeugen?«

»Mir will partout keine mehr einfallen, Euer Ehren.«

»Ms. Castellano? Wünschen Sie ein Kreuzverhör?«

Aber Yuki konnte nichts sagen, was Brinkleys eigene Worte an Wirkung übertroffen hätte: *Und wenn ihr mich nicht zum Tod verurteilt, dann* werde *ich es wieder tun, das verspreche ich euch!*

»Ich habe keine weiteren Fragen, Euer Ehren«, sagte Yuki.

Doch als der Richter Brinkley aufforderte, den Zeugenstand zu verlassen, begann ein kleines rotes Licht in Yukis Kopf zu blinken.

Hatte Brinkley wirklich gerade den letzten Nagel in seinen eigenen Sargdeckel getrieben?

Oder hatte er mehr dazu beigetragen, die Geschworenen von seiner Geisteskrankheit zu überzeugen, als alles, was Mickey Sherman hätte tun oder sagen können?

119

Fred Brinkley saß auf dem harten Bett in seiner Sechs-Quadratmeter-Zelle. Überall um ihn herum herrschte Lärm, die Stimmen der anderen Gefangenen mischten sich mit dem Quietschen der Räder des Essenswagens und dem Knallen von Metalltüren, das durch den Korridor hallte.

Brinkley hatte das Tablett mit seinem Essen auf dem Schoß. Er aß die trockene Hühnerbrust, das wässrige Kartoffelpüree und das harte Brötchen – das Gleiche wie am Abend zuvor –, und kaute alles gründlich, aber ohne Genuss.

Er wischte sich den Mund mit der braunen Papierserviette ab, knüllte sie zusammen, bis sie so fest und rund war wie eine Murmel, und ließ sie in die Mitte des Tellers fallen.

Dann legte er das Plastikbesteck fein säuberlich daneben, stand von der Pritsche auf, ging die zwei Schritte zu Tür und schob das Tablett darunter durch.

Er kehrte zu seinem Stockbett zurück und lehnte sich an die Wand, ließ die Beine über die Bettkante hängen. Von hier aus konnte er die Kombination aus Waschtisch und Toilette zu seiner Linken und die kahle Wand aus Hohlblocksteinen zu seiner Rechten überblicken.

Die Wand war grau gestrichen; hier und da waren Graffiti in den Beton geritzt, Telefonnummern, Slangausdrücke, Namen von Gangs und Symbole, die er nicht verstand.

Er begann die Hohlblocksteine in der Wand gegenüber zu zählen, fuhr im Geist die Fugen nach, als wäre der Mörtel, der die Steine zusammenhielt, ein Labyrinth und die Lösung irgendwo zwischen den Blöcken verborgen.

Ein Aufseher hob das Tablett vor seiner Zellentür auf. Auf seinem Namensschild stand *Ozzie Quinn.*

»Zeit für deine Pillen, Fred-o«, sagte Ozzie.

Brinkley trat an die Gittertür, streckte die Hand aus und

nahm den kleinen Pappbecher mit seinen Tabletten entgegen. Der Aufseher sah zu, wie Brinkley sich den Inhalt in den Mund kippte.

»Bitte sehr«, sagte Ozzie und reichte einen zweiten, mit Wasser gefüllten Becher durch die Stäbe. Er wartete, bis Brinkley die Pillen hinuntergeschluckt hatte.

»Zehn Minuten bis zum Zapfenstreich«, sagte Ozzie zu Fred.

»Müde bin ich, geh zur Ruh«, sagte Fred.

Er ging zu seiner Matratze zurück, lehnte sich wieder mit dem Rücken an die Wand. Zaghaft begann er zu singen: *Ay, ay, ay, ay, Mamacita linda.*

Und dann packte er die Bettkante mit beiden Händen, stieß sich ab und rannte mit dem Kopf voran gegen die Betonwand.

Und dann noch einmal.

120

Als Yuki in den Gerichtssaal zurückkam, saß Leonard Parisi neben David Hale am Tisch der Anklagevertretung. Yuki hatte Len sofort angerufen, als sie von Brinkleys Selbstmordversuch gehört hatte. Aber sie hatte nicht damit gerechnet, ihn im Gericht anzutreffen.

»Leonard – wie schön, Sie zu sehen!«, sagte sie und dachte bei sich: *Verdammt – wird er den Fall übernehmen? Kann er mir das wirklich antun?*

»Die Geschworenen haben kein Problem mit der Geschichte?«, fragte Parisi.

»Das haben sie jedenfalls dem Richter gesagt. Niemand hat Interesse an einem Prozess ohne Ergebnis. Mickey hat nicht einmal eine Vertagung beantragt.«

»Gut. Die Chuzpe von dem Kerl gefällt mir«, murmelte Parisi.

Auf der anderen Seite des Mittelgangs redete Sherman auf seinen Mandanten ein. Brinkleys Augen waren grün und blau. Ein dicker Gazeverband war um seinen Kopf gewickelt, und er trug einen Krankenhauskittel aus hellblauem Baumwollstoff über einer gestreiften Pyjamahose.

Brinkley stierte auf den Tisch und zupfte an seinen Armhaaren, während Sherman redete. Er blickte auch nicht auf, als der Gerichtsdiener rief: »Bitte erheben Sie sich!«

Der Richter nahm Platz, goss sich ein Glas Wasser ein und fragte Yuki, ob sie für ihr Schlussplädoyer bereit sei.

Yuki bejahte.

Als sie zum Pult ging, hörte sie das dumpfe *Ka-dum, ka-dum* des Pulsschlags in ihren Ohren. Sie räusperte sich, um den Frosch in ihrem Hals zu lösen, begrüßte die Geschworenen und stürzte sich in ihr Plädoyer.

»Wir sind nicht hier, um zu entscheiden, ob Mr. Brinkley

psychische Probleme hat«, begann Yuki. »Wir haben *alle* Probleme, und manche kommen damit besser zurecht als andere. Mr. Brinkley hat ausgesagt, er habe eine wütende Stimme in seinem Kopf gehört, und das mag tatsächlich so sein.

Wir können es nicht wissen, und es spielt auch keine Rolle. *Eine psychische Störung ist keine Lizenz zum Töten*, meine Damen und Herren, und ob er nun Stimmen gehört hat oder nicht, es bleibt die Tatsache, dass Alfred Brinkley wusste, dass er etwas *Unrechtes* tat, als er vier unschuldige Menschen hinrichtete, darunter den Unschuldigsten von allen, einen neunjährigen Jungen.

Wie können wir wissen, dass Mr. Brinkley wusste, dass er etwas Unrechtes tat?«, fragte sie die Geschworenen. »Weil sein Verhalten, sein *Handeln*, ihn verriet.«

Yuki machte eine Kunstpause und blickte sich im Saal um. Sie registrierte Len Parisis massige Gestalt, seinen angespannten Gesichtsausdruck, registrierte Brinkleys irren, finsteren Blick – und sie sah, dass die Geschworenen an ihren Lippen hingen und gespannt auf ihre nächsten Worte warteten …

»Betrachten wir also Mr. Brinkleys Verhalten«, sagte sie. »Zunächst einmal nahm er eine geladene Schusswaffe vom Typ Smith & Wesson Model 10 mit an Bord der Fähre.

Dann wartete er, bis die Fähre *anlegte*, um nicht draußen auf der Bucht ohne jede Fluchtmöglichkeit in der Falle zu sitzen.

Diese Handlungen zeigen *Voraussicht. Diese Handlungen zeigen Vorsatz.*

Während die *Del Norte* anlegte«, fuhr Yuki fort, ohne den Blick von den Geschworenen zu wenden, »zielte Alfred Brinkley sorgfältig und feuerte seine Waffe auf fünf Menschen ab. Dann *floh* er. Er rannte wie der Teufel. Das beweist Unrechtsbewusstsein. *Er wusste, dass er etwas Unrechtes getan hatte.*

Mr. Brinkley entzog sich zwei Tage lang der Verhaftung, ehe er sich stellte und die Verbrechen gestand – *weil er wusste, dass er etwas Unrechtes getan hatte.*

Wir werden vielleicht nie genau wissen, was an diesem 1. November in Mr. Brinkleys Kopf vorging, aber wir wissen, was er *getan* hat.

Und wir wissen bestimmt, was Mr. Brinkley uns gestern Nachmittag in seinen eigenen Worten gesagt hat.

Er nahm seine Opfer ins Visier«, sagte Yuki, indem sie mit der Hand eine Pistole formte und sie in Schulterhöhe im Halbkreis schwenkte, vorbei an der Zuschauergalerie und der Geschworenenbank.

»Er drückte *sechs Mal* auf den Abzug. Und er hat uns gewarnt und gesagt, dass er ein *gefährlicher Mann* ist.

Offen gestanden, der beste Beweis für Mr. Brinkleys Zurechnungsfähigkeit ist, dass er in beiden Punkten mit uns einer Meinung ist.

Er ist schuldig.

Und er sollte die höchste Strafe erhalten, die das Gesetz zulässt. Bitte geben Sie Mr. Brinkley das, worum er gebeten hat, damit wir nicht fürchten müssen, dass er jemals wieder eine geladene Waffe in die Hand bekommt.«

Ein erregendes Gefühl des Triumphs durchflutete Yuki, als sie neben Len Parisi Platz nahm. »Großartiges Schlusswort, Yuki«, flüsterte er ihr zu. »Einfach Spitze.«

121

Mickey Sherman stand sofort auf. Er wandte sich an die Geschworenen und erzählte ihnen eine einfache und tragische Geschichte, und er erzählte sie so, als ob er mit seiner Mutter oder seiner Freundin spräche.

»Damit eines klar ist, Leute«, begann er, »Fred Brinkley *wollte* mit seinem Revolver auf diese Leute schießen, und er hat es *getan*. Das haben wir nie geleugnet, und das werden wir auch nie leugnen.

Was also war sein Motiv?

Hatte er Stress mit einem der Opfer? War es ein Raubüberfall oder ein Drogendeal, der aus dem Ruder lief? Hat er diese Leute aus Notwehr erschossen?

Nein, nein, nein und nochmals nein.

Die Polizei konnte keinen vernünftigen Grund finden, weshalb Brinkley diese Leute erschossen haben könnte, weil es nämlich kein Motiv *gab*. Und wenn es null Motiv für ein Verbrechen gibt, bleibt am Ende immer noch die Frage – warum?

Fred Brinkley leidet unter einer schizoaffektiven Störung, und das ist eine *Krankheit*, wie Leukämie oder Multiple Sklerose. Er hat diese Krankheit nicht bekommen, weil er sich irgendetwas zuschulden kommen ließ. *Er wusste nicht einmal, dass er sie hatte.*

Als Fred diese Menschen erschoss, wusste er nicht, dass es falsch war, sie zu erschießen, ja, er wusste nicht einmal, dass diese Menschen *wirklich existierten*. Das hat er Ihnen gesagt. Er wusste nur, dass eine laute, unerbittliche Stimme in seinem Kopf ihm befahl, zu *töten*. Und die einzige Möglichkeit, wie er die Stimme zum Schweigen bringen konnte, war, ihr zu gehorchen.

Aber Sie müssen uns ja nicht einfach glauben, wenn wir behaupten, dass Fred Brinkley nicht zurechnungsfähig ist.

Dutzende von Zeugen haben ausgesagt, dass sie gehört haben, wie Mr. Brinkley sich mit Fernsehapparaten unterhielt, wie er vor sich hin sang und wie er sich so fest mit der flachen Hand an die Stirn schlug, dass der Abdruck noch lange danach zu sehen war – so verzweifelt hat er versucht, die Stimmen aus seinem Kopf zu vertreiben.

Sie haben auch von Dr. Sandy Friedman gehört, einem hoch angesehenen klinischen und forensischen Psychiater, der Mr. Brinkley drei Mal untersucht hat und bei ihm eine schizoaffektive Störung diagnostizierte«, sagte Sherman, der jetzt begonnen hatte, vor der Geschworenenbank auf und ab zu gehen.

»Dr. Friedman sagte uns, dass Fred Brinkley sich zum Zeitpunkt des Verbrechens im Zustand einer Psychose befand und unter Wahnvorstellungen litt. Er litt unter einer psychischen Störung oder einem psychischen Defekt, der es ihm unmöglich machte, sich gemäß den gesellschaftlichen Regeln zu verhalten. Das ist die *Definition* von Unzurechnungsfähigkeit.

Und wir reden hier nicht von einer Erfindung von Winkeladvokaten«, sagte Sherman. Er ging zwei Schritte zum Tisch der Verteidigung und nahm ein schweres, gebundenes Buch zur Hand.

»*Das hier* ist das DSN-IV, die diagnostische Bibel der Psychiatrie. Sie werden es zur Verfügung haben, wenn Sie sich zur Beratung zurückziehen, damit Sie selbst nachlesen können, dass es sich bei der schizoaffektiven Störung um eine Psychose handelt – eine schwere psychische Krankheit, die das gesamte Verhalten des Betroffenen beeinflusst.

Mein Mandant ist kein Vorbild«, sagte er. »Wir versuchen nicht, ihm einen Orden an die Brust zu heften. Aber Fred Brinkley ist *kein Krimineller*, und nichts in seiner Vergangenheit legt einen gegenteiligen Schluss nahe. Sein gestriges Verhalten war eine Demonstration seiner Krankheit. *Welcher zurechnungsfähige Mensch würde die Geschworenen bitten, ihn zum Tode zu verurteilen?*«

Sherman ging zum Tisch der Verteidigung, legte das Buch

hin und nahm einen Schluck aus seinem Wasserglas, ehe er zum Pult zurückkehrte.

»Die Beweise für die Unzurechnungsfähigkeit des Angeklagten in diesem Fall sind überwältigend. Fred Brinkley hat nicht aus Liebe oder aus Hass getötet, nicht aus Geldgier oder wegen des Nervenkitzels. Er ist nicht böse. Er ist *krank*. Und darum bitte ich Sie heute, das einzig Angemessene zu tun.

Befinden Sie Fred Brinkley für ›nicht schuldig‹ aufgrund von Unzurechnungsfähigkeit.

Und vertrauen Sie darauf, dass der Staat in der Lage sein wird, die Bürger vor diesem Mann zu schützen.«

122

»Zu schade, dass ihr Yukis Schlussplädoyer verpasst habt«, sagte Cindy und legte zärtlich den Arm um Yuki, während sie Claire und mich über den Tisch hinweg anstrahlte. »*Es war der Hammer.*«

»Das ist jetzt wohl nicht deine unvoreingenommene Meinung als Journalistin?«, fragte Yuki leicht errötend.

»Ach Gott, nein«, Cindy lachte, »das ist meine *persönliche* Meinung. Ganz inoffiziell.«

Wir saßen im MacBain's gegenüber dem Justizgebäude, und alle vier hatten wir unsere Handys auf dem Tisch liegen. Sydney MacBain, die Tochter des Inhabers, brachte uns Gläser und zwei große Flaschen Mineralwasser.

»Wasser, immer nur Wasser«, meinte Syd. »Was ist los mit euch, Ladys? Das hier ist eine *Bar*, wenn ihr wisst, was ich meine.«

Ich antwortete, indem ich reihum auf mich und meine Freundinnen deutete. »Es ist so, Syd: Im Dienst. Im Dienst. Im Dienst.« Zuletzt zeigte ich auf Claire und sagte: »*Schwanger* und im Dienst.«

Sydney lachte, gratulierte Claire, nahm unsere Bestellungen auf und verschwand in Richtung Küche.

»Also, er hört wirklich Stimmen?«, fragte ich Yuki.

»Mag sein. Aber eine Menge Leute hören Stimmen. Allein in San Francisco fünf- bis zehntausend. Wahrscheinlich sitzen ein paar davon in diesem Moment in dieser *Bar*. Aber ich sehe keinen, der den Laden zusammenballert. Fred Brinkley hört vielleicht tatsächlich Stimmen. Aber an diesem Tag, da wusste er, dass das, was er tat, falsch war.«

»Dieser Dreckskerl«, sagte Claire. »Und das ist *meine* persönliche Meinung, ganz *offiziell*, als äußerst voreingenommene Augenzeugin und als Opfer.«

Schlagartig und mit schrecklicher Klarheit stand mir jener Tag wieder vor Augen – das Deck glitschig von Blut; die schreienden Passagiere; meine Angst, dass Claire sterben könnte. Ich erinnerte mich, wie ich Willie umarmt und Gott gedankt hatte, dass Brinkleys letzter Schuss ihn verfehlt hatte.

Ich fragte Yuki: »Glaubst du, dass die Geschworenen für eine Verurteilung stimmen werden?«

»Keine Ahnung. Sie täten jedenfalls *verdammt* gut daran. Wenn irgendjemand die Giftspritze verdient hat, dann er«, sagte Yuki und salzte energisch ihre Pommes frites. Die Haare, die ihr dabei vors Gesicht fielen, ließen uns nicht sehen, was in ihr vorging.

123

Es war kurz nach zwei Uhr nachmittags, am dritten Tag, nachdem die Geschworenen ihre Beratungen aufgenommen hatten, als Yuki den Anruf bekam.

Ein Schock durchfuhr sie.

Es war so weit.

Einen Moment lang saß sie nur stocksteif auf ihrem Stuhl und blinzelte benommen. Dann riss sie sich zusammen.

Sie funkte Leonard an und drückte die Kurzwahltasten für Claire, Cindy und Lindsay, die alle drei binnen Minuten im Gerichtssaal sein konnten. Dann stand sie von ihrem Schreibtisch auf, ging die paar Schritte über den Flur und lugte um die Ecke von Davids Arbeitsnische.

»Sie sind so weit!«

David legte sein Thunfischsandwich weg und folgte Yuki zum Aufzug.

Sie fuhren hinunter ins Erdgeschoss, durchquerten die Haupthalle und gingen durch die ledergepolsterte Doppeltür in die Nebenhalle. Nach dem Sicherheits-Check betraten sie den Gerichtssaal durch den verglasten Vorraum und nahmen ihre Plätze am Tisch der Anklagevertretung ein.

Die Nachricht hatte sich rasch herumgesprochen, der Saal war bereits voll besetzt. Fernsehkameras wurden aufgebaut, die Reporter der Lokalzeitungen und die freien Korrespondenten der Boulevardblätter, der Presseagenturen und der nationalen Fernsehnachrichten drängten sich in der letzten Reihe. Cindy saß am Mittelgang.

Yuki entdeckte Claire und Lindsay im mittleren Block, aber die Mutter des Angeklagten, Elena Brinkley, konnte sie nirgends sehen.

Mickey Sherman kam durch die Schranke. Sein dunkelblauer Anzug stand ihm hervorragend. Er legte seinen Aktenkoffer vor sich auf den Tisch, nickte Yuki zu und begann zu telefonieren.

Yukis Handy klingelte. »Len«, sagte sie, als sie seinen Namen auf dem Display las, *»es gibt ein Urteil!«*

»Verdammt, ich bin gerade beim Kardiologen«, knurrte Len. »Halten Sie mich auf dem Laufenden.«

Die Seitentür links vom Richtertisch ging auf, und der Gerichtsdiener führte Alfred Brinkley herein.

124

Brinkleys Kopfverband war entfernt worden, und man konnte die Reihe von Stichen sehen, die sich vertikal von der Mitte seiner Stirn bis über den Haaransatz hinaufzogen. Die Blutergüsse um seine Augen waren zu einem gelbgrünen Farbton verblasst, der an zu lange gekochte Eidotter erinnerte.

Der Gerichtsdiener löste die Kette, die um Brinkelys Leib geschlungen war, und nahm ihm die Handschellen ab, worauf der Angeklagte sich zu seinem Anwalt an den Tisch setzte.

Dann ging die Tür rechts von der Geschworenenbank auf, und die zwölf Geschworenen betraten zusammen mit den zwei Ersatzleuten den Saal. Sie hatten sich herausgeputzt; man sah frisch gestylte und gesprayte Frisuren, und an den Fingern und Hälsen der Frauen blitzte Schmuck. Sie sahen weder Yuki noch den Angeklagten an und machten insgesamt einen angespannten Eindruck, als hätten sie noch bis vor einer Stunde über das Urteil gestritten.

Schließlich trat durch die Tür in der Stirnseite des Saals Richter Moore ein. Er putzte seine Brille, während die Sitzung für eröffnet erklärt wurde, und wandte sich dann an den Sprecher der Geschworenen: »Mir wurde mitgeteilt, dass die Geschworenen zu einem Urteil gelangt sind?«

»Das ist richtig, Euer Ehren.«

»Würden Sie bitte Ihr Urteil dem Gerichtsdiener übergeben?«

Der Sprecher war ein Zimmermann mit schulterlangen blonden Haaren und nikotingelben Fingern. Er wirkte aufgeregt, als er dem Gerichtsdiener ein gefaltetes Blatt übergab, das dieser zum Richtertisch trug.

Richter Moore entfaltete das Blatt und warf einen Blick darauf. Er forderte die Zuschauer auf, die Würde des Gerichts zu wahren und bei der Verlesung des Urteils keine übertriebenen Reaktionen zu zeigen.

Yuki verschränkte die Hände vor sich auf dem Tisch. Sie konnte David Hale neben sich atmen hören, und für einen kurzen Moment fühlte sie sich ihm sehr nahe.

Richter Moore begann zu lesen: »Im Fall des Mordes an Andrea Canello befinden die Geschworenen den Angeklagten Alfred Brinkley für nicht schuldig aufgrund psychischer Krankheit oder Störung.«

Eine Welle der Übelkeit erfasste Yuki.

Sie lehnte sich auf ihrem Stuhl zurück und hörte kaum noch, wie der Richter die Namen der anderen Opfer verlas und zu jedem Anklagepunkt das gleiche Urteil verkündete: nicht schuldig aufgrund von Unzurechnungsfähigkeit.

Sie stand auf, als Claire und Lindsay zu ihr nach vorn kamen. Sie waren in ihrer Nähe, als Brinkley wieder in Fesseln gelegt wurde, und sie bekamen beide mit, wie er Yuki ansah.

Es war ein merkwürdiger Blick, eine Mischung aus grimmigem Starren und verschlagenem Grinsen. Yuki wusste nicht, was Brinkley damit beabsichtigte, doch sie spürte das Kribbeln, als die Härchen in ihrem Nacken sich aufrichteten.

Und dann sprach Brinkley sie an. »Nicht schlecht, Ms. Castellano. Gar nicht schlecht. Aber wissen Sie – irgendjemand muss bezahlen.«

Einer der Aufseher gab Brinkley einen Schubs, und nach einem letzten Blick in Yukis Richtung schlurfte er, flankiert von seinen Bewachern, den Mittelgang hinauf.

Ob psychisch krank oder nicht, Alfred Brinkley würde für lange Zeit von der Bildfläche verschwunden bleiben. Das wusste Yuki.

Und doch – sie hatte Angst.

125

Einen Monat später waren Conklin und ich wieder im Alta Plaza Park, wo alles angefangen hatte.

Wir standen in der Nähe des Spielplatzes und sahen, wie Henry Tyler auf uns zugeeilt kam, die Jacke vom Wind aufgebauscht. Er ergriff Conklins Hand und schüttelte sie kräftig, um mich anschließend ebenso herzlich zu begrüßen.

»Sie haben uns unser Leben wieder geschenkt. Ich weiß gar nicht, wie ich Ihnen danken soll – mir fehlen einfach die Worte.«

Dann rief Tyler nach seiner Frau und dem kleinen Mädchen, das auf einem Klettergerüst spielte. Madisons Gesicht hellte sich auf, als sie uns erkannte. Sofort ließ sie sich von der Stange fallen und rannte auf uns zu.

Henry Tyler schnappte seine Tochter und hob sie auf den Arm. Madison beugte sich über die Schulter ihres Vaters und legte einen Arm um meinen Hals und den anderen um den von Rich, um uns beide an sich zu drücken.

»Ihr seid meine allerbesten Freunde«, sagte sie.

Ich lächelte immer noch, als Henry Tyler Madison herunterließ und mit strahlender Miene zu uns sagte: »Wir sind Ihnen so dankbar, alle drei. Ich selbst, Liz, Maddy – wir werden immer Ihre Freunde sein.«

Meine Augen wurden ein bisschen feucht.

An diesem Tag war es ein fantastisches Gefühl, ein Cop zu sein.

Als Rich und ich zum Wagen zurückgingen, redeten wir über den Höllenstress, den wir oft durchstehen müssen, um einen Fall aufzuklären – die Plackerei, den hautnahen Kontakt mit Mördern und Junkies, die falschen Fährten.

»Und ab und zu«, sagte ich, »läuft ein Fall mal so wie dieser, und das ist dann ein echtes Highlight.«

Rich blieb plötzlich stehen und legte mir die Hand auf den Arm. »Setzen wir uns doch noch ein bisschen hier hin«, sagte er.

Ich ließ mich auf die breiten, von der Sonne gewärmten Stufen nieder, und Rich setzte sich neben mich. Ich konnte sehen, dass er etwas auf dem Herzen hatte.

»Lindsay, ich weiß, dass du denkst, ich bin bloß verknallt in dich«, sagte er, »aber es ist mehr als das. Glaub mir.«

Zum ersten Mal tat es weh, in Rich Conklins attraktives Gesicht zu schauen. Wenn ich an unseren Clinch im Hotel in L. A. zurückdachte, wollte ich immer noch vor Verlegenheit im Boden versinken.

»Wirst du uns eine Chance geben?«, fragte er. »Lass mich dich zum Essen einladen. Ich habe wirklich nicht vor, dich anzubaggern oder so, Lindsay. Ich will einfach nur, dass wir … äh …«

Rich musste meine Miene richtig gedeutet haben, denn er brach plötzlich ab. Dann schüttelte er den Kopf und sagte schließlich: »Ich bin jetzt besser still.«

Ich drehte mich zu ihm um und legte meine Hand auf seine.

»Es tut mir leid«, sagte ich.

»Das muss es nicht … Vergiss es, Lindsay. Vergiss, dass ich überhaupt irgendwas gesagt habe, okay?« Er versuchte zu lächeln, und fast wäre es ihm gelungen. »In ein paar Jahren werde ich das verarbeitet haben – wozu gibt's schließlich Therapien?«

»Du bist in *Therapie*?«

»Würde das es leichter machen? Nein.« Er lachte. »Es ist nur, na ja – du weißt, was ich für dich empfinde. Das ist fast schon genug.«

Die Fahrt zurück zum Präsidium war eine Qual. Wir versuchten angestrengt, Konversation zu machen, bis wir per Funk aufgefordert wurden, uns zum Fundort einer Leiche im Tenderloin District zu begeben. Zusammen arbeiteten wir an dem Fall bis zum Ende unserer Schicht und noch darüber hinaus. Und es war gut – als ob wir schon seit Jahren als Team zusammenarbeiteten.

Um kurz nach neun sagte ich zu Rich: »Wir sehen uns dann morgen früh.« Ich hatte gerade meinen Wagen aufgeschlossen, als mein Handy klingelte.

»Was ist denn jetzt schon wieder?«, murmelte ich.

Ein statisches Rauschen, dann drang eine tiefe, wohltönende Stimme aus dem Lautsprecher und machte die Nacht zum Tag.

»Ich weiß, dass man einer bewaffneten Polizistin nicht vor ihrer Haustür auflauern soll, Blondie. Also warne ich dich schon mal rechtzeitig vor. Ich bin dieses Wochenende in der Stadt. Ich habe Neuigkeiten. Und ich habe große Lust, dich zu sehen.«

126

Kaum war ich zu Hause, da klingelte es an der Tür.

Ich drückte rasch den Knopf der Gegensprechanlage, sagte: »Ich komme!«, und trabte die Treppe hinunter. Vor der Haustür stand Karen Triebel, Marthas Hundesitterin. Ich umarmte sie und bückte mich dann, um Sweet Martha ans Herz zu drücken.

»Sie hat dich wirklich vermisst, Lindsay«, sagte Karen.

»Meinst du?«, fragte ich lachend, während Martha winselte und bellte und mich glatt von den Beinen holte. Ich sank auf die Fußmatte und musste es über mich ergehen lassen, dass Martha sich mit ihrem ganzen Gewicht auf mich legte und mein Gesicht mit nassen Küssen bedeckte.

»Ich geh dann mal. Wie ich sehe, habt ihr zwei viel zu bereden«, rief Karen, die schon auf dem Weg zu ihrem alten Volvo war.

»Warte, Karen. Komm doch noch mit rauf, ich habe einen Scheck für dich.«

»Ist schon okay! Das können wir auch nächstes Mal machen«, sagte sie und verschwand in ihrem Wagen. Nachdem sie die Tür mit einem Stück Wäscheleine fixiert hatte, leierte sie den Motor an.

»Danke!«, rief ich, als sie winkend an mir vorbeifuhr. Dann wandte ich meine Aufmerksamkeit wieder meinem Prachtmädel zu.

»Weißt du eigentlich, wie sehr ich dich liebe?«, sagte ich in eins von Marthas seidigen Ohren.

Offenbar wusste sie es.

Ich rannte mit ihr nach oben, zog meine Laufschuhe an, schlüpfte in meine Jacke und setzte eine Mütze auf. Dann ging es hinaus auf die Straßen, die wir besonders mögen. Wir liefen die 19th Street hinunter und weiter Richtung Rec Center Park, wo ich mich auf eine Bank fallen ließ und Martha dabei zusah, wie sie ihre Border-Collie-Nummer abzog, in großen Kreisen über die Wiese tollte, andere Hunde »hütete« und sich ganz prächtig amüsierte.

Nach einer Weile kam sie zu meiner Bank zurück, setzte sich neben mich und legte den Kopf auf meinen Oberschenkel. Mit ihren großen braunen Augen blickte sie zu mir auf.

»Na, bist wohl froh, wieder zu Hause zu sein, Boo? Genug geurlaubt?«

In gemächlicherem Tempo trabten wir zu meiner Wohnung zurück und gingen die Treppe hinauf. Martha bekam eine große Schüssel Trockenfutter, und ich stieg unter die Dusche. Als ich mich abgetrocknet und mir die Haare geföhnt hatte, lag Martha auf meinem Bett und schlief.

Sie war vollkommen weggetreten – ihre Augenlider zuckten, ihre Lefzen zitterten, und ihre Pfoten bewegten sich in irgendeinem fantastischen Hundetraum.

Und sie schlug nicht mal die Augen auf, während ich mich für mein Date mit Joe zurechtmachte.

127

Das Restaurant Big 4 liegt ganz oben auf dem Nob Hill, vis-à-vis der Grace Cathedral. Benannt nach den vier großen Eisenbahn-Tycoons der Central Pacific Railroad, ist es ausgesprochen elegant eingerichtet, mit dunkler Holztäfelung an den Wänden, stilvoller Beleuchtung und üppigem Blumenschmuck. Und ein Dutzend der anspruchsvollsten Hochglanzmagazine sind sich darin einig, dass das Big 4 einen der besten Küchenchefs der ganzen Stadt hat.

Unsere Vorspeisen waren schon serviert – Joe hatte sich für die Foie gras mit Apfelglasur entschieden, während mich die französischen Butterbirnen mit Prosciutto angelacht hatten. Aber ich war nicht so hin und weg von der Atmosphäre und der Aussicht, dass ich nicht die Unsicherheit in Joes Augen bemerkt hätte oder die Tatsache, dass er mich unentwegt anschaute.

»Ich hatte einen Haufen verrückter Ideen«, sagte er. »Und frag mich nicht, was das für Ideen waren, okay, Linds?«

»Nein, natürlich nicht.« Ich grinste. »Ich doch nicht.« Ich schob mir ein Stückchen Ziegenkäse mit Haselnusskruste auf die Gabel und ließ es auf der Zunge zergehen.

»Und nach langer, gründlicher Überlegung – nein, wirklich, Blondie, ich habe *sehr* gründlich nachgedacht –, ist mir etwas klar geworden, und das will ich dir jetzt erzählen.«

Ich legte meine Gabel hin und ließ den Ober meinen Teller abräumen. »Und ich will es hören.«

»Okay«, sagte Joe. »Du kennst die Geschichte von mir und meinen sechs Geschwistern, wie wir alle zusammen in einem Reihenhaus in Queens aufgewachsen sind. Und dass mein Vater nie zu Hause war.«

»Weil er Vertreter war.«

»Genau. Stoffe und Kurzwaren. Er ist die Ostküste rauf und

runter gereist und war sechs von sieben Tagen in der Woche unterwegs. Manchmal noch mehr. Er hat uns allen sehr gefehlt. Aber meiner Mutter hat er am meisten gefehlt.

Er war ihr ganzes Glück – und dann war er eines Tages verschwunden«, erzählte Joe. »Er rief immer abends an, bevor wir ins Bett gingen, aber an diesem Tag kam kein Anruf. Und da hat meine Mutter die Polizei angerufen, und die hat ihn am nächsten Tag schlafend in seinem Auto gefunden. Es stand aufgebockt in einer Werkstatt am Rand irgendeiner texanischen Kleinstadt.«

»Er hatte eine Autopanne gehabt?«

»Ja, und damals gab's natürlich noch keine Handys. Mensch, du kannst dir nicht vorstellen, was wir durchgestanden haben, bis wir endlich die Nachricht bekamen. Wir haben gedacht, er wäre mit dem Auto in einen Wassergraben gefallen und ertrunken. Oder bei einem Überfall auf eine Tankstelle erschossen worden. Oder dass er vielleicht ein Doppelleben führte.«

Ich nickte. »Ach, Joe, das kann ich gut verstehen.«

Joe schwieg eine Weile und spielte mit seinem Besteck, ehe er von Neuem ansetzte. »Mein Dad hat gesehen, wie meine Mom litt, wie wir alle litten, und er sagte, er würde seinen Job an den Nagel hängen. Aber das konnte er nicht, wenn er weiter so für uns sorgen wollte, wie er sich das wünschte. Und dann, eines Tages, als ich im zweiten Jahr auf der Highschool war, hat er tatsächlich gekündigt. Ab da blieb er immer zu Hause.«

Joe schenkte uns Wein nach, und wir tranken beide einen Schluck, während der Ober unsere Hauptspeisen servierte. Doch Joes stockende Stimme und die Ahnung, die in mir aufzusteigen begann, ließen mich das Essen völlig vergessen.

»Was ist passiert, Joe?«

»Er blieb zu Hause. Und wir gingen weg, einer nach dem anderen. Meine Eltern kamen jetzt mit weniger aus, und sie waren glücklicher damit. Sie sind immer noch glücklich. Und ich habe das gesehen und mir geschworen, dass ich meiner

Familie nie das antun würde, was mein Dad uns angetan hatte, dadurch, dass er immer weg war.

Und dann habe ich dein Gesicht gesehen, als ich das letzte Mal hier aufgekreuzt bin und dir sagte, dass ich meinen Flieger nicht verpassen dürfte. Und auf einmal ist all das, was du immer gesagt hast, endlich zu mir durchgedrungen.

Ich habe begriffen, dass ich, ohne es zu wollen, genau den Fehler meines Vaters wiederholt hatte. Und das ist die Neuigkeit, die ich unbedingt loswerden wollte, Lindsay. Ab jetzt bleib ich immer zu Hause.«

128

Ich hielt Joes Hand, während er mir erzählte, dass er sich nach San Francisco hatte versetzen lassen. Ich hörte ihm zu, ich beobachtete sein Gesicht und sah darin all seine Liebe zu mir – doch in meinem Kopf begannen sich schon die Räder zu drehen.

Joe und ich hatten viel darüber gesprochen, wie es wäre, wenn wir endlich beide zur gleichen Zeit am gleichen Ort wären. Und ich hatte mit ihm Schluss gemacht, weil es den Anschein gehabt hatte, dass wir allmählich nur noch *redeten*, anstatt konkrete Pläne zu schmieden, um den Worten Taten folgen zu lassen.

Jetzt, als ich diesem Mann so nahe gegenübersaß, fragte ich mich, ob das Problem wirklich Joes Job gewesen war. Oder hatten wir uns gemeinsam verschworen, diese Beziehung auf Distanz zu halten – eine Beziehung, die ganz bestimmt das Zeug dazu hatte, echt und von Dauer zu sein?

Joe nahm seinen Kaffeelöffel und steckte ihn in die Brusttasche – ich war mir ziemlich sicher, dass er ihn mit seiner Lesebrille verwechselte.

Dann kramte er in seiner Innentasche und holte eine Schmuckschatulle hervor, ein Kästchen von fünf Zentimetern Seitenlänge, mit schwarzem Samt bezogen.

»Ich hab da etwas für dich, Lindsay.«

Er stellte die Vase mit dem Rosenbukett zur Seite und reichte mir das Kästchen.

»Mach es auf. Bitte.«

»Ich glaube, ich kann das nicht«, sagte ich.

»Du musst einfach nur den Deckel anheben. Da hinten ist ein Scharnier.«

Ich lachte über seinen Witz, doch als ich tat, wozu er mich aufforderte, verschlug es mir den Atem. In der Schatulle, gebettet auf Samt, lag ein Platinring mit drei großen Diamanten und einem kleinen auf jeder Seite, die mich anfunkelten.

Irgendwann schnappte ich nach Luft, weil ich einfach musste. Der Ring war im wahrsten Sinne des Wortes atemberaubend. Und dann blickte ich über den Tisch hinweg in Joes Augen. Es war fast, als ob ich in meine eigenen Augen schaute, so vertraut war er mir.

»Ich liebe dich, Lindsay. Willst du mich heiraten? Willst du meine Frau werden?«

Der Ober kam, sah und schwebte wortlos wieder von dannen. Ich klappte die Schatulle zu. Es gab ein leises Klicken, und ich hätte schwören können, dass es im Restaurant plötzlich dunkler wurde.

Ich schluckte krampfhaft, weil ich nicht wusste, was ich sagen sollte. Die Räder in meinem Kopf rotierten immer noch, und jetzt hatte ich auch das Gefühl, dass der Raum sich drehte.

Joe und ich waren beide schon einmal verheiratet gewesen.

Und wir hatten beide eine Scheidung hinter uns.

War ich bereit, es noch einmal zu riskieren?

»Linds?«

Endlich brachte ich mit belegter Stimme heraus: »Ich liebe dich auch, Joe, und ich … ich bin überwältigt.« Meine Stimme versagte fast.

»Ich brauche ein bisschen Zeit, um selbst gründlich nachzudenken. Ich *muss* einfach hundertprozentig sicher sein. Kannst du das hier so lange aufbewahren, bitte?« Ich schob ihm die kleine Schatulle wieder hin.

»Lass uns eine Weile ausprobieren, wie wir uns im Alltag bewähren«, sagte ich. »Waschen, kochen, ins Kino gehen. Wochenenden, die nicht damit enden, dass du in eine Limousine steigst und zum Flughafen fährst.«

Die Enttäuschung stand Joe ins Gesicht geschrieben, und es tat mir furchtbar weh, ihn so zu sehen. Einen Moment lang wirkte er regelrecht verloren. Dann drehte er meine Hand um, legte das Kästchen hinein und schloss meine Finger darum.

»Behalte du es, Lindsay. Ich werde es mir nicht anders überlegen. Ich habe mich für dich entschieden, und dabei bleibt es, ganz egal, wie viel Wäsche es zu waschen gibt. Ganz egal, wie oft wir den Wagen waschen oder den Müll runtertragen müssen oder uns meinetwegen auch streiten, wer mit was dran ist. Im Gegenteil, ich freue mich sogar darauf.« Er grinste.

Unglaublich, wie der Raum mit einem Mal wieder heller wurde.

Joe hielt meine Hände und lächelte. »Wenn du so weit bist«, sagte er, »dann lass es mich wissen, damit ich dir diesen Ring an den Finger stecken kann. Und meinen Eltern und Geschwistern sagen, dass sie sich auf eine große italienische Hochzeit gefasst machen können.«

129

Es war der 6. Juni, als Jacobi Rich und mich in sein Büro rief. Er sah stinksauer aus – so hatte ich ihn noch selten erlebt.

»Ich habe schlechte Nachrichten«, sagte er. »Alfred Brinkley ist entkommen.«

Mir klappte die Kinnlade runter.

Niemand entkam aus Atascadero. Es war eine Klinik für psychisch kranke Straftäter, und das bedeutete, dass es mehr ein Hochsicherheitsgefängnis als ein Krankenhaus war.

»Wie konnte das passieren?«, fragte Conklin.

»Ist mit dem Kopf gegen die Zellenwand gerannt …«

»Hat er denn keine Medikamente bekommen? Und stand er nicht unter Sonderbeobachtung wegen Selbstmordgefährdung?«

Jacobi zuckte mit den Achseln. »Keine Ahnung. Also, normalerweise kommt der Arzt in den Zellenblock, aber dieser Doc Carter besteht darauf, dass der Gefangene in seine Praxis gebracht wird. Unter Bewachung …«

»O nein«, stöhnte ich. Ich konnte es schon vor mir sehen, noch ehe Jacobi zu Ende erzählt hatte. »Der Wärter hatte eine Waffe.«

Jacobi wandte sich an Conklin und erklärte: »Die Wärter tragen nur dann eine Waffe, wenn sie Gefangene von einem Flügel zum anderen eskortieren. Tja, und der Arzt sagt, dass der Wärter Brinkley die Handschellen abnehmen muss, damit er den neurologischen Test mit ihm machen kann.«

Jacobi berichtete weiter, dass Brinkley sich ein Skalpell geschnappt, den Wärter entwaffnet und dessen Waffe an sich genommen hatte. Er war in die Kleider des Arztes geschlüpft, hatte mit den Schlüsseln des Wärters das Tor aufgeschlossen und war mit dem Wagen des Arztes geflüchtet.

»Es ist vor zwei Stunden passiert«, sagte Jacobi. »Es ist

eine Fahndungsmeldung rausgegangen für Dr. Carters blauen Subaru Outback.«

»Wahrscheinlich hat er den inzwischen längst irgendwo abgestellt«, sagte Conklin.

»Ja«, meinte Jacobi. »Ich weiß nicht, was diese Information wert ist«, fügte er hinzu, »aber laut Aussage des Wärters ist Brinkley total auf diesen Serienmörder Edmund Kemper abgefahren, hat alles über ihn gelesen.«

Conklin nickte. »Hat sechs junge Frauen ermordet, wenn ich mich nicht irre. Lebte bei seiner Mutter.«

»Genau der«, bestätigte Jacobi. »Eines Abends kommt er von einem Date nach Hause, und seine Mutter sagt so was wie: ›Jetzt wirst du mich wohl wieder mit deinen Abenteuern langweilen.‹«

»Seine Mutter wusste von den Morden?«, fragte ich.

»Nein, Boxer, davon wusste sie nichts«, sagte Jacobi. »Sie war einfach ein Dragoner. Mensch, ich wollte gerade aufs Klo gehen, als der Anruf kam, also darf ich jetzt vielleicht mal meine Geschichte zu Ende erzählen?«

Ich grinste ihn an. »Bitte sehr, Chef.«

»Also, Mutter Kemper sagt: ›Du willst mich also langweilen, ja?‹ Und Edmund Kemper wartet, bis sie im Bett ist. Dann schneidet er ihr den Kopf ab und legt ihn auf den Kaminsims. Anschließend erzählt er dem *Kopf* seiner Mutter, was er den ganzen Abend gemacht hat. In aller Ausführlichkeit, kann ich mir vorstellen.«

»Dieser Psychopath hat sich auch selbst gestellt, wenn ich mich recht erinnere«, sagte Conklin. Er knackte mit den Fingern, was er immer macht, wenn er aufgewühlt ist.

Auch ich war fix und fertig bei der Vorstellung, dass Brinkley frei herumlief – ein gefährlicher Irrer mit einer Waffe. Ich erinnerte mich an den Blick, mit dem er Yuki nach seinem Prozess fixiert hatte. Er hatte anzüglich gegrinst und gesagt: »Irgendjemand muss bezahlen.«

»Ja, Kemper hat sich selbst gestellt. Aber das Interessante

ist, dass Kemper bei seinem Geständnis aussagte, er hätte diese Mädchen eigentlich *anstelle* seiner Mutter getötet. Verstehst du?« Jacobi sprach jetzt wieder zu mir. »Er hatte endlich die ›Richtige‹ getötet.«

»Und der Wärter sagte, dass Kemper Alfred Brinkley viel bedeutete?«

»Richtig«, antwortete Jacobi. Er stand auf, zog seine Hose am Gürtel höher und wich Conklins langen Beinen aus, um zur Tür zu gehen. »Brinkley ist besessen von Edmund Kemper.«

130

Fred Brinkley ging die Scott Street entlang, die Augen unter Dr. Carters Baseballkappe starr geradeaus gerichtet. Am Ende der Straße konnte er die kleinen Dreiecke der Segel im Yachthafen sehen, und er roch die Seeluft, die von der Bucht her wehte.

Der Kopf tat ihm immer noch weh, aber die Pillen hatten die Stimmen zum Schweigen gebracht, sodass er *nachdenken* konnte. Er fühlte sich stark, voller Power. So, wie er sich gefühlt hatte, als er und Bucky diese jämmerlichen Saftsäcke auf der Fähre umgenietet hatten.

Während er ging, ließ er im Kopf noch einmal die Szene in Dr. Carters Praxis ablaufen – wie er blitzschnell zugeschlagen hatte, sobald sie ihm die Handschellen abgenommen hatten, wie ein richtiger Superheld.

Fassen Sie sich an die Nase.

Fassen Sie sich an die Zehen.

Schnapp dir das Skalpell!

Dann dem Doktor die Klinge an die Kehle gehalten und den Wärter aufgefordert, seine *Waffe* rauszurücken. Fred lachte jetzt, wenn er daran dachte, wie dieser blöde Wärter die Zähne gefletscht hatte, als er ihn und den Doktor mit Klebeband nackt aneinandergefesselt hatte, wie er ihnen Verbandmull in den Mund gestopft und sie im Wandschrank eingesperrt hatte.

»Du bist bald wieder hier, du kranker Spinner!«

Fred berührte die Pistole in der Kitteltasche des Doktors und dachte: *Ich bin bald wieder da, darauf kannst du Gift nehmen.*

Das hab ich fest vor.

Aber noch nicht gleich.

Die kleinen Häuser mit den verputzten Fassaden in der Scott Street waren sechs Meter von der Straße zurückversetzt und standen dicht an dicht wie die Schweine am Trog. Das Haus, das Fred suchte, war hellbraun mit dunkelbraunen Läden und einer Einzelgarage unter der Wohnfläche des Obergeschosses.

Und da war es, mit dem sauber gemähten Rasen und dem Zitronenbaum, alles ganz so, wie er es in Erinnerung hatte. Das Auto stand in der Garage, und das Garagentor war offen.

Das war hervorragend. *Und auch das Timing war perfekt.*

Fred Brinkley ging die sechs Meter lange asphaltierte Auffahrt hinauf und schlüpfte in die Garage. Er schob sich an dem hellblauen BMW-Cabrio Baujahr 95 vorbei und nahm die schnurlose Nagelpistole von der Werkbank. Er haute ein Magazin rein und feuerte einmal in die Wand, um zu überprüfen, ob das Gerät funktionierte. *Za-wack!*

Dann ging er die paar Stufen zur Haustür hinauf, drehte den Knauf und trat auf den Parkettboden des Wohnzimmers. Er verharrte einen Moment lang vor dem *Altar.*

Anschließend nahm er die ledergebundenen Fotoalben von der Kommode, riss das Aquarell von der Staffelei und trug alles in die Küche.

Sie saß in der Küche und stellte Schecks aus. In dem kleinen Fernseher, der unter den Küchenschränken montiert war, lief eine Gerichtssendung.

Die dunkelhaarige Frau drehte den Kopf, als er in die Küche trat, und ihre Augen weiteten sich, als sie zu begreifen versuchte, was geschah.

»*Hola, Mamacita*«, sagte er fröhlich. »Ich bin's. Und jetzt ist es Zeit für die *Fred and Elena Brinkley Show.*«

131

»Du solltest nicht hier sein, Alfred«, sagte seine Mutter.

Fred legte die Nagelpistole auf der Arbeitsplatte ab und verriegelte die Küchentür hinter sich. Dann begann er die Fotoalben durchzublättern, zeigte seiner Mutter Aufnahmen von Lily in ihrem Kinderwagen, Lily mit Mommy, Lily in ihrem kleinen Badeanzug.

Fred sah, wie Elenas Augen ganz groß wurden, als er nach dem Aquarellbild von Lily griff und das Glas an der Arbeitsplatte zerschlug.

»*Nein!*«

»Doch, Mama. O doch. *Das sind schmutzige Bilder.* Schmutzig und unanständig.«

Er öffnete den Geschirrspüler und stellte die Alben in den unteren Korb, legte das Aquarell in den oberen. Als die komplette Bildergalerie seiner hochheiligen Schwester in der Maschine war, knallte er die Tür zu und stellte den Timer auf fünf Minuten.

Er hörte, wie die Maschine zu ticken begann.

»Alfred«, sagte seine Mutter und machte Anstalten, aufzuspringen, »das ist nicht *komisch.*«

Fred stieß sie auf den Stuhl zurück.

»Das Wasser wird erst in fünf Minuten aufgedreht. Alles, was ich will, ist deine ungeteilte Aufmerksamkeit für *vier* Minuten, dann nehme ich deine kostbaren Fotoalben wieder raus.«

Fred nahm sich einen Stuhl und setzte sich direkt neben seine Mutter. Sie musterte ihn mit ihrem *Du-bist-ja-widerlich*-Blick und zeigte ihm die Verachtung, wegen der er sie sein ganzes Leben gehasst hatte.

»Ich war noch nicht *fertig* mit dem, was ich dir damals im Gerichtssaal erzählen wollte«, sagte er.

»Mit deinen Lügen, wolltest du sagen?« Sie drehte den Kopf in Richtung des tickenden Geschirrspülers, schielte kurz zu der verschlossenen Küchentür.

Fred zog die Beretta des Wärters aus der Jackentasche. Entsicherte sie.

»Ich will mit dir reden, Mama.«

»Die ist nicht geladen.«

Fred lächelte. Dann feuerte er einen Kugel in den Fußboden. Das Gesicht seiner Mutter wurde grau.

»Leg die Arme auf den Tisch. Na los, Mom. Du willst doch die Bilder wiederhaben, oder?«

Fred packte den einen Arm seiner Mutter, riss ihn hoch und legte ihn auf den Tisch. Dann setzte er die Mündung der Nagelpistole auf den Stoff des Ärmels und drückte ab.

Za-wack. Er nagelte die andere Seite des Ärmels fest. *Za-wack, za-wack.*

»Siehst du? Was hast du denn gedacht, Mama? Dass ich dir etwas antun würde? Ich bin doch nicht *verrückt.*«

Nachdem er den ersten Ärmel fixiert hatte, nagelte er auch den zweiten an. Bei jedem Knall zuckte seine Mutter zusammen. Sie sah aus, als wäre sie den Tränen nahe.

Der Timerknopf des Geschirrspülers rückte ein Stück weiter. Eine Minute war verstrichen.

Tick, tick, tick.

»Gib mir die Bilder, Fred. Sie sind alles, was ich habe…«

Fred beugte sich zum Ohr seiner Mutter herab und sagte in vernehmlichem Flüsterton: »Ich habe im Gericht gelogen, Mom, weil ich dir wehtun wollte. Du solltest wissen, wie es mir *die ganze Zeit* geht.«

»Ich habe nicht die Zeit, dir zuzuhören«, sagte Elena Brinkley. Der Stoff der Ärmel spannte sich, als sie an den Nägeln zerrte.

»Doch, du hast Zeit. Heute geht es nur um mich. Siehst du?« Er schoss noch mehr von den Dreiviertelzoll-Dachpappenägeln in den Tisch, an beiden Ärmeln entlang, hinauf bis zu den Ellbogen.

Za-wack, za-wack, za-wack.

»Und die Wahrheit ist, dass ich die schmutzige Sache mit Lily machen *wollte,* und das war *deine Schuld,* Mom. Weil du aus Lily ein kleines Sexpüppchen gemacht hast, mit ihren Miniröckchen und lackierten Nägeln und High Heels – bei einer Zwölfjährigen! Was hast du dir dabei gedacht? Hast du gedacht, sie kann so rumlaufen, ohne dass die Typen ihr an die Wäsche wollen?«

Das Telefon klingelte, und Elena Brinkley drehte den Kopf sehnsüchtig in Richtung des Geräuschs. Fred stand auf und riss das Kabel aus der Wand. Dann wuchtete er den Messerblock von der Arbeitsplatte und knallte ihn auf den Tisch. *Peng.*

»Vergiss das Telefon. Es gibt niemanden, mit dem du reden musst. Ich bin der wichtigste Mensch der Welt für dich.«

»Was hast du *vor,* Alfred?«

»Was glaubst du denn?«, entgegnete er, indem er eines der langen Messer herauszog. »Denkst du, ich werde dir die *Zunge* abschneiden? Für wie krank hältst du mich denn?«

Er lachte, als er das Entsetzen im Gesicht seiner Mutter sah.

»Also, worauf ich hinauswollte, Mommy – ich hab gesehen, wie Lily diesem Peter Ballantine, der im Yachthafen gearbeitet hat, einen geblasen hat.«

»Das hat sie niemals getan.«

Brinkley begann, die zwanzig Zentimeter lange Klinge an der langen Karborundstange zu wetzen, die als Schleifstein diente. Befriedigt lauschte er dem *Schnick-Schnick* von Metall auf Stein.

»Du solltest jetzt gehen. Die Polizei sucht …«

»Ich bin noch nicht *fertig.* Du wirst mir zuhören, zum ersten Mal in deinem gemeinen, elenden …«

Ticketa-ticketa-tick.

In Freds Kopf tönte *seine* Stimme: *Töte sie! Töte sie!*

Fred legte das Messer beiseite und wischte seine verschwitzten Hände an Dr. Carters Khakihose trocken. Dann hob er es wieder auf.

»Wie ich schon sagte, Lily hat mich provoziert, Mom. Rennt halb nackt im Haus rum, und dann nimmt sie Ballantines Schwanz in den Mund. *Vergiss die Bilder und hör mir zu!*

Lily und ich sind mit der Jolle rausgefahren, und wir haben weit draußen den Anker geworfen, wo uns niemand sehen konnte, und dann hat Lily ihr Oberteil ausgezogen.«

Lügner. Feigling. Ihr die Schuld zu geben.

»Und da hab ich sie angefasst. Ich hab ihre kleinen Titten angelangt, und sie hat mich so angeschaut, wie du mich jetzt anschaust. Als wär ich ein Stück Hundedreck.«

»Ich will mir das nicht anhören.«

»Du *wirst* es dir anhören«, sagte Brinkley und berührte mit der Klinge leicht die runzlige Haut am Hals seiner Mutter. »Da stand sie also in ihrem knappen Bikini-Höschen und hat behauptet, *ich* wäre der Perverse, und dann hat sie noch gesagt: ›Das werde ich Mom erzählen.‹

Das waren ihre letzten Worte, Mama. ›Das werde ich Mom erzählen.‹

Als sie sich von mir wegdrehte, habe ich den Baum zurückgezogen und ihm einen Schubs gegeben. Er hat sie voll am Hinterkopf getroffen und …«

Ein Geräusch von splitterndem Glas war zu hören, gefolgt von einer ohrenbetäubenden Erschütterung und einem grellen Lichtblitz.

Fred Brinkley dachte, die Welt ginge unter.

132

Durch das kleine Küchenfenster beobachtete ich entsetzt, wie Brinkley seiner Mutter ein frisch geschliffenes Messer an den Hals hielt.

Wir waren bewaffnet und einsatzbereit, aber was wir brauchten, war eine freie Schusslinie, und Mrs. Brinkley war uns im Weg. Hätten wir das Haus durch eine der beiden Türen gestürmt, wäre ihm genug Zeit geblieben, sie zu töten.

Die Angst um die Frau kroch mir das Rückgrat hinauf wie eine Lunte. Ich wollte schreien.

Stattdessen drehte ich mich zu Ray Quevas um, dem Leiter unseres Sondereinsatzkommandos. Er schüttelte den Kopf – nein, er konnte den Schuss immer noch nicht riskieren. Die Situation konnte von einer Sekunde auf die andere eskalieren, ganz gleich, was wir taten. Deshalb gab ich grünes Licht, als er mich fragte, ob sie die Blendgranate einsetzen sollten.

Wir setzten Masken und Schutzbrillen auf. Dann zerbrach Ray die Scheibe mit dem Schaft des Granatwerfers und feuerte.

Die Blendgranate prallte von der gegenüberliegenden Küchenwand ab und explodierte mit einem grellen Lichtblitz und ohrenbetäubenden Krachen.

Binnen einer halben Sekunde hatte das Einsatzkommando die Tür aufgebrochen, und wir stürmten in den rauchgeschwängerten Raum, mit nur einem Ziel vor Augen: Brinkley zu überwältigen, bevor er zu sich kam und nach seiner Waffe greifen konnte.

Ich entdeckte Brinkley am Boden, mit dem Gesicht nach unten, die Beine unter dem Tisch. Sofort stellte ich mich mit gespreizten Beinen über ihn und drehte ihm die Arme auf den Rücken.

Ich hatte die Handschellen fast geschlossen, als er sich herumwarf und mich von sich herunterstieß. Er war stark wie ein verdammter Bulle. Während ich mich noch aufzurappeln versuchte, schnappte Brinkley sich seine Waffe, die auf den Boden gefallen war.

Conklin riss sich die Maske vom Gesicht und schrie: »Lassen Sie die Hände da, wo ich sie sehen kann!«

Es war eine Pattsituation.

133

Laser zielten auf Brinkleys Kopf – doch er hatte beide Hände am Griff seiner Waffe, und seine militärische Ausbildung zeigte sich in der Art, wie er im Liegen anlegte. Seine Beretta war auf Conklin gerichtet. Und Rich hatte Brinkley im Visier.

Ich stand direkt daneben.

Ich drückte Brinkley den Lauf meiner Glock in den Nacken, genau am ersten Halswirbel, so fest, dass er sie ordentlich spüren konnte. Durch meine Maske schrie ich: »*Keine Bewegung. Wenn Sie auch nur mit dem Finger zucken, sind Sie ein toter Mann!*«

Richie trat nach Brinkleys Waffe. Sie schlitterte quer über den Boden.

Sechs Waffen waren auf Brinkley gerichtet, als ich ihm die Handschellen anlegte. Ein Hochgefühl durchströmte mich – aber Brinkley lachte uns nur aus.

Ich nahm meine Maske ab, und von dem Phosphor, der noch immer in der Luft hing, musste ich ein wenig würgen. Ich wusste nicht, was Brinkley an der Sache so komisch fand.

Wir hatten ihn. Wir hatten ihn lebend.

»Er wollte mich *umbringen*!«, schrie Elena Brinkley Jacobi an. »Können Sie ihn denn nicht wegsperren?

»Was ist passiert?«, fragte Brinkley und drehte den Kopf, um mich anzusehen.

»Erinnern Sie sich an mich?«, fragte ich zurück.

»O ja«, sagte er. »Meine Freundin Lindsay Boxer.«

»Sehr gut. Ich verhafte Sie wegen Ausbruchs aus der Haft«, sagte ich. »Und ich glaube, wir kriegen Sie auch noch wegen fahrlässiger Gefährdung dran. Vielleicht auch wegen versuchten Mordes.«

Hinter mir redete Jacobi auf Elena Brinkley ein, sie solle

einfach stillhalten, dann würde er sie aus ihrer Zwangslage befreien.

»Sie haben das Recht, die Aussage zu verweigern«, belehrte ich Brinkley.

Elena befreite sich selbst – sie zerrte den Stoff an einem Ärmel los, riss ihre Bluse auf und zog den anderen Arm heraus. Dann ging sie auf ihren Sohn zu.

»Ich hasse dich«, sagte sie. »Ich wünschte, sie hätten dich *abgeknallt*.« Dann schlug sie ihn mit aller Kraft ins Gesicht.

»Wow, was für ein *Schock*«, sagte er und sah mit verschlagenem Grinsen zu mir auf.

»Alles, was Sie sagen, kann und wird gegen Sie verwendet werden«, fuhr ich fort.

»Wem wollen Sie denn hier was weismachen?«, schrie Brinkley mich an, der offenbar völlig vergessen hatte, dass er von aufgeputschten Polizisten umringt war, die nur auf eine Gelegenheit warteten, sich auf ihn zu stürzen und ihn in die Mangel zu nehmen.

»Sie können mich nach Atascadero zurückbringen, das ist alles«, sagte Brinkley. »Mit einer Anklage wegen was auch immer kommen Sie niemals durch.«

»Maul halten, Arschloch«, sagte ich. »Sei froh, dass wir dich nicht gleich in einen Leichensack stecken.«

»Nein, *Sie* halten jetzt das Maul!«, schrie Brinkley auf mich ein. Speicheltropfen flogen durch die Luft, und ein höllisches Leuchten erhellte sein Gesicht. »Ich bin keiner einzigen Straftat schuldig, das wissen Sie genau. Ich bin nämlich *unzurechnungsfähig*.«

Plötzlich hörte ich Elena Brinkley aufschreien: »*Nein!*« Der Geschirrspüler hatte sich eingeschaltet.

Epilog

Das sechste Geschoss

134

Ich kannte den armen Mann nicht, der da nackt wie am Tag seiner Geburt auf Claires Tisch lag; ich wusste nur, dass sein Tod vielleicht mit der Tragödie auf der *Del Norte* zusammenhing. Claire hatte die Kopfhaut des Toten vom Knochen geschält und über sein Gesicht gezogen, als ob sie ein Paar Socken umstülpte. Dann hatte sie sein Schädeldach aufgesägt und das Gehirn entfernt.

Jetzt hielt sie ein Fragment eines Projektils zwischen Daumen und Zeigefinger.

»Es ist zuerst durch etwas anderes hindurchgegangen, Schätzchen«, erklärte sie mir. »Vielleicht ein Stück Holz. Was immer es war, es hat das Geschoss abgebremst, aber es hat trotzdem noch ausgereicht, um diesen Herrn hier zu töten.«

Ich rief Jacobi an, und er sagte: »Du weißt, was zu tun ist, Boxer. Erzähl ihm deine Geschichte, aber mach's nicht zu kompliziert.«

Dann stellte er mich zum Chief durch.

Ich lieferte Tracchio die Kompaktversion – dass Wei Fong, ein zweiunddreißigjähriger Bauarbeiter, heute Morgen verstorben war. Dass er wegen einer inoperablen Schussverletzung im Schädel seit Monaten in der Langzeitpflege des Laguna Honda Hospital im Wachkoma gelegen hatte. Dass er die Kugel an dem Tag abbekommen hatte, als Alfred Brinkley die Passagiere auf der *Del Norte* niedergeschossen hatte.

»Brinkleys sechster Schuss verfehlte sein Ziel«, sagte ich. »Und jetzt hat die Kugel Wei Fong getötet.«

»Haben Sie meine Handynummer?«, fragte Tracchio.

Claires sonst so ruhige Hände zitterten, als sie das Geschossfragment in einen transparenten Umschlag steckte. Dann unterschrieben wir beide die Papiere, und ich rief in der Kriminaltechnik an.

Hinter mir hörte ich, wie Claire zu dem toten Mann auf dem Tisch sagte: »Mr. Fong, mein Freund, ich weiß, Sie können mich nicht hören, aber ich möchte mich trotzdem bei Ihnen bedanken.«

Claires Wagen stand gleich vor der Parkbucht für die Rettungswagen. Ich warf die Tüte mit der Wäsche aus der Reinigung nach hinten, kletterte auf den Beifahrersitz und schnallte mich an.

»Ist ein bisschen wie bei den Manson-Morden«, sagte ich, als wir in die Harriet Street einbogen. »*Zwei verschiedene* Mordfälle – Tate und LaBianca. *Zwei Teams* von Cops, die wochenlang nebeneinanderher ermitteln, bevor ihnen klar wird, dass dieselben Täter hinter allen Morden steckten. Und jetzt das hier. Macklins Team ermittelt im Fall Wei Fong und kommt auf keinen grünen Zweig.«

»Dazu musste der Mann erst sterben«, sagte Claire. »Hast du alles?«

»Ja.«

Das Geschossfragment war in meiner Brusttasche, die Waffe in einer verschlossenen Papiertüte zwischen meinen Füßen. Wir nahmen die 280 bis zur Cesar Chavez und fuhren weiter zum Hunters Point Naval Shipyard, wo in einem blau und grau gestrichenen Betonbau das kriminaltechnische Labor untergebracht ist.

Claire parkte unter einer der drei Dattelpalmen, die wie Wachposten auf dem Parkplatz stehen.

Ich war schon draußen, noch ehe Claire die Handbremse gezogen hatte.

135

Jim Mudge, der Leiter der Kriminaltechnik, erwartete uns in seinem Büro. Nachdem er uns begrüßt hatte, nahm er mir die Papiertüte ab und fischte Alfred Brinkleys tödlichen Freund »Bucky« heraus.

Wir folgten Mudge den Flur entlang und durch die zweite Tür rechts zum Schießstand. Dort übergab er den Revolver dem Schusswaffeninspektor, der die Smith & Wesson Model 10 in eine lange, mit Wasser gefüllte Kammer abfeuerte. Er nahm das .38er-Geschoss heraus und gab es mir zurück.

»Bitte sehr, Sarge. Viel Glück damit. Bringen Sie denReckskerl zur Strecke.«

Mudge eskortierte Claire und mich zu einem Raum am Ende des Flurs mit einer hufeisenförmigen Anordnung von Computertischen und einer langen Reihe von Vergleichs-Mikroskopen. Eine junge Frau begrüßte uns. »Hallo, ich bin Petra. Dann zeigen Sie mal her.«

Ich gab ihr das .38er-Geschoss aus Alfred Brinkleys Waffe und das Fragment, das Claire aus Mr. Fongs Gehirn entfernt hatte.

Dann hielt ich die Luft an und drückte innerlich sämtliche Daumen.

Claire und ich rückten der Labortechnikerin auf den Leib, als sie beide Geschosse auf ein Gestell legte und durch das Mikroskop betrachtete.

Petra lächelte, als sie zurücktrat und sagte: »Sehen Sie selbst.«

Selbst mir war die Sache sonnenklar, als ich durch die beiden Okulare spähte und die zwei Geschosse verglich.

Die Riefen, die Erhöhungen und die Rillen auf dem Fragment waren identisch mit denen auf dem Projektil, das gerade aus Alfred Brinkleys Waffe abgefeuert worden war.

Das Fragment stammte von Brinkleys sechstem Schuss, den er auf Claires Sohn Willie abgefeuert hatte – und der ihn verfehlt hatte.

Ich drehte mich zu Claire um, aber ich wusste nicht, ob ich sie abklatschen oder umarmen sollte – also tat ich zuerst das eine und dann das andere.

»*Wir haben ihn*«, sagte Claire, als wir uns im Arm hielten.

136

Eine Stunde später stand ich mit Rich Conklin in einem grauen Raum mit vielen kleinen Tischen und Stühlen im Atascadero. Brinkley trat ein. Er hatte einen rosigen Teint und sah wohlgenährt aus.

Er schien so erfreut, mich zu sehen, dass ich schon dachte, er wollte mich zum Tanzen auffordern. »Haben Sie mich vermisst, Lindsay? Ich muss jedenfalls immer wieder an unsere letzte Begegnung denken!«

»Sie brauchen sich gar nicht erst hinzusetzen, Fred«, entgegnete ich. »Wir sind gekommen, um Sie zu verhaften. Wegen eines Tötungsdelikts.«

»Sie machen wohl Witze. Sie wollen mich auf den Arm nehmen, hab ich recht?«

Ich lächelte ihn an – ich konnte gar nicht anders, bei dem Freudenfeuerwerk, das gerade in meinem Kopf abgebrannt wurde. Ich war einfach überglücklich. »Wissen Sie noch, Ihr großer Tag auf der *Del Norte*?«

»Was ist damit?«

»Der letzte Schuss, den Sie abfeuerten, verfehlte Willie Washburn. Aber er fand ein anderes Ziel. Wir sind gekommen, um Sie wegen der Tötung von Mr. Wei Fong zu verhaften, Fred-o. Die Anklage lautet auf Mord mit bedingtem Vorsatz.«

»Vergessen Sie's, Lindsay«, erwiderte Brinkley und zuckte gleichgültig mit den Achseln. »Sie sagen, ich habe jemanden erschossen, den ich noch nicht mal gesehen habe?«

»Na klar. Sie sind doch ein Meisterschütze.«

»Sie träumen, kleine Lady. Ich wurde in der *Del-Norte*-Sache freigesprochen. Ich bin unzurechnungsfähig, schon vergessen? Und ich kann nicht wegen ein und derselben Straftat ein zweites Mal angeklagt werden.«

»Bei Ihrem Prozess waren Sie gar nicht wegen Mr. Fongs

Tod angeklagt, Fred. Das hier ist ein neuer Fall. Mit neuen Beweisen. Und neuen Geschworenen. Und ich schätze mal, dass diesmal Ihre Mutter als Zeugin der Anklage aussagen wird.«

Brinkley verging das Lächeln, als ich ihn aufforderte, sich umzudrehen. Ich legte ihm die Handschellen an, während Conklin ihn über seine Rechte belehrte.

Rich und ich brachten Alfred Brinkley zu unserem Wagen. Kaum hatten wir ihn auf die Rückbank hinter dem Drahtgitter verfrachtet, da ging mit seinem Gesicht eine Veränderung vor. Es nahm einen gequälten Ausdruck an, und ich vermutete, dass er sich vielleicht in eine frühere Zeit zurückversetzt fühlte – als er noch ein kleiner Junge war und all diese schlimmen Dinge ihm zu widerfahren begannen.

Doch als wir wieder auf dem Freeway waren, hatte Fred zu singen begonnen.

»*Ay, ay, ay, ay, canta y no llores,*
Porque cantando se alegran, cielito lindo, los corazones…«

»Hat Ihre Mutter Ihnen das beigebracht, Fred?«, fragte ich ihn. Ich kannte den Text des alten Liedes: »Sing, mein Schatz, und weine nicht, denn Singen macht die Herzen froh.«

Ich warf einen Blick in den Rückspiegel und fuhr zusammen, als ich sah, wie Brinkley mein Spiegelbild anstarrte. Er hörte auf zu singen und sagte in deutlich hörbarem Flüsterton: »Hey, Lindsay, glaubst du wirklich, dass du gewonnen hast?«

Danksagung

Unser herzlicher Dank gilt all den Profis, die uns so großzügig ihre Zeit und ihr Expertenwissen zur Verfügung gestellt haben: Dr. Maria Paige, Autorin und Psychiaterin; Dr. Humphrey Germaniuk, Rechtsmediziner und Medical Examiner von Trumbull County, Ohio; Top-Cop Captain Richard Conklin aus Stamford, Connecticut, Philadelphia; Allen Ross, MD, aus Montague, Massachusetts; den Rechtsexperten Philip Hoffman, New York City und Melody Fujimori, San Francisco; sowie Mickey Sherman, Strafverteidiger der Extraklasse aus Stamford, Connecticut.

Und einen besonderen Dank an unsere hervorragenden Rechercheure Don McBain, Ellie Shurtleff und Lynn Colomello.